樟园百花论丛

新时代中国古代道教文学与文化研究成果荟萃

蒋振华——主编
胡海义——副主编

本书获国家社科基金重大项目经费资助
本书为2017年度国家社科基金重大项目《历代道经集部集成、编纂与研究》（批准号：17ZDA248）阶段性成果之一

知识产权出版社
全国百佳图书出版单位
—北京—

图书在版编目（CIP）数据

新时代中国古代道教文学与文化研究成果荟萃/蒋振华主编．—北京：知识产权出版社，2020.5

ISBN 978－7－5130－6669－3

Ⅰ.①新… Ⅱ.①蒋… Ⅲ.①道教—宗教文学—古典文学研究—中国 Ⅳ.①I207.99

中国版本图书馆 CIP 数据核字（2019）第 277895 号

策划编辑：蔡　虹　　责任校对：谷　洋
责任编辑：高　超　　责任印制：刘译文
封面设计：博华创意

新时代中国古代道教文学与文化研究成果荟萃

蒋振华　主　编
胡海义　副主编

出版发行：知识产权出版社有限责任公司　　网　址：http：//www.ipph.cn
社　址：北京市海淀区气象路 50 号院　　邮　编：100081
责编电话：010－82000860 转 8324　　责编邮箱：caihong@163.com
发行电话：010－82000860 转 8101/8102　　发行传真：010－82000893/82005070/82000270
印　刷：三河市国英印务有限公司　　经　销：各大网上书店、新华书店及相关专业书店
开　本：720mm×1000mm　1/16　　印　张：20
版　次：2020 年 5 月第 1 版　　印　次：2020 年 5 月第 1 次印刷
字　数：340 千字　　定　价：89.00 元
ISBN 978-7-5130-6669-3

本书获国家社科基金重大项目经费资助

本书为2017年度国家社科基金重大项目“历代道经集部集成、编纂与研究”（批准号：17ZDA248）阶段性成果之一

序　言

中国道教文学产生很早，如果从老庄道家文学中对神仙形象的描绘算起的话，它比我国本土宗教——道教的产生还早。但是，对它的研究起步却是很晚的。晚清以至于中华人民共和国的成立，也只有极少数的学者如刘师培、曲继皋、胡适、陈寅恪等涉及道教文学。中华人民共和国成立后，道教文学研究呈上升热烈之态势，但队伍规模、研究成果仍然有限。改革开放以来，随着思想的解放、学术的繁荣，道教文学的研究也迎来了生机勃勃的春天。尤其是21世纪、新时代以来，中国道教文学的研究如火如荼，硕果累累，学界同人秉承“旧学商量加邃密，新知培养转深沉”的学术理念，开拓中国古代文学研究的学术路径，把传统文学研究与道家道教文学、文化研究结合起来，呈现鲁迅先生所说的“中国文化的根底全在道教”的文化认同和判断格局，达到继承弘扬我国优秀传统文化之目标，完成将传统优秀文化转变到新时代社会主义核心价值观建设之伟大工程。在这样重要的时代背景下，我们于2019年6月21—23日举办了首届中国道教文学文化学术研讨会暨国家社科基金重大项目“历代道经集部集成、编纂与研究”推进会，选编在本书中的22篇学术论文，就是从这次会议参会的35篇论文中精选出来的学术成果，是目前中国道教文学研究最前沿的学术动态之一。

中国道教文学历史悠久，创作辉煌，形式多样，文体多彩，主要收录在《正统道藏》《续道藏》《藏外道书》《敦煌道经》等道教文献之中，包括文人总集、别集、仙传、山志文学、散文、韵文、文论、诗论等各种样式。本次中国道教文学与文化研讨会暨国家社科基金重大项目推进会，就是来自全国35所高校学者对这些研究对象进行的一次学术观礼，从各个角度、运用各种研究方法对它们进行全面、系统、深入地研究，其成果特色主要表现在以下几个方面。

第一，拓宽了中国道教文学的基础理论研究。主要表现为对道家思想、道教学说的研究。

第二，深化了道教与文学之关系的研究，探讨许多世俗文人之所以取得丰富的文学创作成果的原因。

第三，对中国道教文学的本体研究是此次学术会议成就最大、取得成果最多的部分。仙传文学、道教韵文学、道教山志文学、道教文学思想都体现了学者们对于道教文学本体的深刻理解和阐释，使得道教文学的研究不流于表层的附属关系的探讨，这也正是主编者作为国家社科基金重大项目“历代道经集部集成、编纂与研究”的首席专家举办这一项目推进会所预期的效果。

第四，学术成果新见迭出，求新求实，实事求是，说理充分，证据确凿。

第五，逻辑探讨，理论分析，因果揭示，这也是本次学术会议的一大亮点。

第六，研究方法多种多样，文本阐释，理论驾驭，文史互证，比较研究，数据分析，传统训释等方法各显其能，各显其效。

这次学术盛会也为学界同人预告了未来中国道教文学研究要努力的方向，指出具体的五个研究领域，这就是国家社科基金重大项目“历代道经集部集成、编纂与研究”所建构的五个子课题范畴：（1）历代道经别集总集集成、编纂与研究；（2）历代道经仙传文学集成、编纂与研究；（3）历代道经山志文学集成、编纂与研究；（4）历代道经仙歌青词颂赞集成、编纂与研究；（5）历代道经文学思想资料集成、编纂与研究。

这次会议，这些成果，是中国道教文学研究者对我国优秀传统文学与文化继承弘扬的行动表现，我们一定乘着时代东风，在这个伟大盛世和伟大新时代，以饱满的热情，以文化自信的情怀，为社会主义文化建设添砖加瓦，贡献力量。

主编者

2019 年 10 月 20 日于湖南师范大学

中国古代道教文学研究中心

目 录

上篇 道教文学本体研究

下篇 道教文学文化研究

上　篇

道教文学本体研究

张谦《道家诗纪》的编纂与文学成就考论

罗争鸣

（华东师范大学　古籍研究所）

摘　要：《道家诗纪》是清中叶海盐道士张谦所纂的一部道诗总集，共四十卷，现残存稿本22卷。该集把历代道家、道教诗汇为一编，因卷首散佚，无从知晓选诗的起始年代，但最迟当从两汉开始，直至嘉庆、道光前后，历时一千多年。这部由道士编纂的道家、道教诗歌总集在众多总集中别具一格，是清代道教文学发展中颇有代表性的成就，具有重要的文学史意义。

关键词：张谦；《道家诗纪》；文学成就

一、张谦与小瀛洲诗社

《道家诗纪》现藏于上海图书馆，属稿抄善本，弥足珍贵。2008年上海图书馆联合复旦大学出版社影印出版了《上海图书馆未刊古籍稿本》，其中集部第58册至60册收录该书，卷首附陈尚君所作《解题》。这篇《解题》对《道家诗纪》编者张谦年里、成书时间、卷次分合等作了考察，并参以《全唐诗》指出《道家诗纪》的纂辑方式和采择短长。关于是书的基本情况和张谦的生平，《解题》的考订仍有其借鉴价值：

> 上海图书馆藏清人稿本《道家诗纪》，各卷前署“海盐张谦云槎编辑”。原书四十卷，今缺卷一至卷十一、卷十七至二十三，凡缺十八卷。存者二十二卷，其中卷十二至卷十五为《唐纪》四卷，卷十六为《五代纪》一卷，卷二十四至二十九为《元纪》六卷，卷三十至卷三十四为《明纪》，卷三十五至卷四十为《国朝》六卷。可以推知所缺部分之前十一卷为先秦至隋代部分，卷十七至二十三为宋、辽、金部分。今存各卷亦偶有脱页，如卷十二即缺第二、三两页。

> 张谦，生平传记无考。据其自署知为海盐人，字云槎。本书卷三五称海盐邑庙桐柏山房道士夏霖为“谦十八世师祖”；卷三六称乾隆间桐柏山房道士陈绍蕃为“谦十一世师祖也”；同卷称小瀛洲仙馆道士宋昭明为“七世师祖”，卷三七称嘉庆己亥（1815）化去之海盐道士严克真为“谦授业高师祖”。因此，可以确定张谦本人也是海盐地方的一位道士。书中卷三八至四十各卷，有张谦本人在嘉庆、道光间与以海盐为中心的江浙道士交游的大量记录，可据以知道其生活年代即在此一阶段。❶

《道家诗纪》的卷次存佚情况基本如上，关于张谦的生平，“字云槎”并不准确。《晚晴簃诗汇》卷一九四选录张谦诗三首，并附张谦小传和小字注，谓“张谦，字地山，号云槎，海盐人”。❷ 清人王彬《（光绪）海盐县志》卷十九有关张谦的记载，也谓“道人张谦，号云槎”。❸ 古人的名与字在意义上往往是相通相连的，从这个通则看，张谦的字，更应该是“地山”。“谦”是《易经》第十五卦，艮下坤上，上卦为坤、为地，下卦为艮、为山，为“地中有山”之象。可以肯定张谦字“地山”，而非“云槎”，《晚晴簃诗汇》所载可信。

《晚晴簃诗汇》又名《清诗汇》，两百卷，选录从明末遗民至民国初6100余人的2.7万多首诗，是目前单种规模最大的一部清诗总集。诗集成于众手，选择标准不一，但保存了大量清诗文献，小传所附各家诗话也颇为精当。❹ 我们佐以其他文献，发现《晚晴簃诗汇》所载张谦小传的其他信息，能为我们进一步认识张谦其人提供颇有价值的线索，现摘引如下：

> 张谦，字地山，号云槎，海盐人。桐柏山房道士。有《补梅居士诗选》。诗话：……云槎又辑《历朝道家诗纪》五十卷，搜采甚富，几出《禅藻集》之右。年复老寿，至咸丰中尚存。弟子冯水香传其琴，朱文江传其诗画，郑素庵传其篆刻。❺

---

❶ 陈尚君：《道家诗纪解题》，《上海图书馆未刊古籍稿本》第58册，第5页，复旦大学出版社2008年版。

❷ 徐世昌：《晚晴簃诗汇》，民国十八年（1929）退耕堂刻本。

❸ （清）王彬、徐用仪：《（光绪）海盐县志》，清光绪二年刊本。

❹ 骆玉明，汪永豪：《中国诗学》第3卷（东方出版中心，2008年）及金开诚，葛兆光：《古诗文要籍叙录》（中华书局，2012年）等论著对《晚晴簃诗汇》均有论定。

❺ 徐世昌：《晚晴簃诗汇》，民国十八年（1929）退耕堂刻本。

通过这段记载，我们对张谦的生平、创作，可有如下几个方面的认识：张谦至咸丰（1851—1861）中期仍健在，当主要活跃于嘉庆、道光之际。谓其“老寿”，概生于乾隆（1736—1795）年间。此谓“弟子冯水香传其琴，朱文江传其诗画，郑素庵传其篆刻”，当非虚言。（光绪）《海盐县志》卷十九载张谦幼年出家于城隍庙，受过良好的教育——“及长，熟精玄理，兼通儒术，工诗，善书画”❶。所谓“《历朝道家诗纪》五十卷”即《道家诗纪》的别称。而《（光绪）海盐县志》又谓其“辑历朝道家诗为《方壶合编》”。《方壶合编》或同《历朝道家诗纪》一样，也是《道家诗纪》的别名，而“五十卷”之数或误，或今四十卷本仍有缺失。张谦的别集为《补梅居士诗选》。《（光绪）海盐县志》卷十九、潘衍桐《两浙輶轩续录》卷五十一均称“《补梅居士吟稿》”。

《道家诗纪》每卷诗人小传和诗作后多附“小瀛洲仙馆诗话”的品评和论定。“小瀛洲仙馆”源自海盐一带的小瀛洲诗社。关于这个诗社的基本情况，《晚晴簃诗汇》卷一九四张谦小传下“诗话”可以提供一些线索：

> 海盐显佑宫桐柏山房道士，自明隆、万间，徐月汀秋沙、吴允修两峰、黄思石竹楼诸人，与邑中士大夫结诗社，往还酬唱，流风甚远。至乾隆、嘉庆之际，尚有以诗鸣者。云槎与赵凌洲继之，各有诗集……❷

徐月汀、黄思石均是海盐道士，明隆庆（1567—1572）、万历（1572—1620）年间，徐月汀、黄思石等海盐善诗能文的道士，多与时贤往来唱和，而这个传统，可以上溯至嘉靖壬寅年（1542）的小瀛洲诗社活动。“小瀛洲”本为徐咸的私家园林，嘉靖壬寅年四月望日，徐咸在“小瀛洲”组织倡议，由朱朴、陈鉴、吴昂、钱琦、徐泰、钟梁、陈瀛、刘锐、钟西皋和僧石林等十人结为“小瀛洲十老诗社”。他们之间的往来唱和之作结集为《小瀛洲社十老诗》。《四库全书》集部总集类《槜李诗系》卷十一收录此集。从嘉靖壬寅年（1542）的这次小瀛洲结社，到隆庆、万历年间徐月汀等道士与士大夫的唱和，海盐一地已成为江浙一带非常活跃的诗坛重镇。《道家诗纪》卷三六“宋昭明”小传中，张谦自称宋昭明为其七世师祖，宋约为乾隆间道士，“晚年筑小瀛洲仙馆”，张谦继其业，当延用其

❶（清）王彬、徐用仪：《（光绪）海盐县志》，清光绪二年刊本。

❷ 徐世昌：《晚晴簃诗汇》，民国十八年（1929）退耕堂刻本。

道馆名，因以名所撰诗话。张企巍在《简述海盐续小瀛洲诗社活动情况》中提到社友朱葵之作组诗《续小瀛洲诗社》13首，其中一首题为《展重阳，集小瀛洲仙馆，即赠云槎道人二首》，“云槎道人”当即张谦❶。

二、张谦《补梅居士诗选》及其诗作艺术特征

据《晚晴簃诗汇》记载，张谦曾有《补梅居士诗选》传世。张元济先生曾亲见这部诗集，《张元济全集》第八卷、第九卷、第十卷收录古籍题跋、识语、校勘记等，其第十卷专收浙江嘉兴、海盐先哲及海盐张氏先人的著述题跋，集部有《张元济手抄本〈补梅居士诗选〉识语》一则：

> 云槎先生为吾邑羽流之能诗者，辑有《历朝道家诗纪》，余得其残稿数册。其所为诗，甚罕见，余于友人处借得此册，因录存之。卷末有蚀损处，无可觅补矣。海盐张元济。甲子十一月初二日钞竟。1924年11月28日❷

张元济曾从友人处借得张谦诗集《补梅居士诗选》，并手抄录存，据张元济后人张人凤透露，此集现藏上海图书馆，但因编目等各种因素尚未公开。不过，我们综合《海盐县志》卷十九、潘衍桐《两浙𬨎轩续录》卷五一、徐世昌《晚晴簃诗汇》卷一九四等，仍可集张谦诗七首。七律《述怀》透露了张谦清苦的求道生活，深刻体现了张谦内心深处的各种婉曲：

> 一粟乾坤泡影微，苍松翠竹自相依。
> 冰霜寒甚无椒酒，刀尺声催尚葛衣。
> 小有才华非至理，绝无闻见是玄机。
> 古今不少高贤传，毕竟柴桑似者稀。❸

“一粟乾坤泡影微，苍松翠竹自相依”是一位求道者对无限宇宙和当下现实的特殊关照，“沧海”在天地乾坤中不过泡影而已，而当下“相依”的苍松、翠竹，象征性地体现个体的坚韧、清高。“冰霜寒甚无椒酒，刀尺声催尚葛衣”这句当是张谦身世和彼时处境的写照。住在小瀛洲仙馆的

---

❶ 《海盐史志》2011年第1、2两期发表张企巍《简述海盐续小瀛洲诗社活动情况》，此刊当未正式发行，转引自罗争鸣《张谦及其稿本〈道家诗纪〉再探》，见于《学术论坛》，2013年第8期，第54页。

❷ 张元济：《张元济全集》第10卷．商务印书馆2010年版，第73页。

❸ 徐世昌：《晚晴簃诗汇》，民国十八年（1929）退耕堂刻本。

张谦，虽有酬唱往来，但在特殊节庆万家灯火之际，想必是清冷而孤寂的。“椒酒”即用椒浸制的酒，《荆楚岁时记》中有这样的记载：“俗有岁首用椒酒。椒花芬香，故采花以贡樽。正月饮酒，先小者，以小者得岁，先酒贺之；老者失岁，故后与酒。”❶ 椒酒之礼，在长幼之间，充满了俗世中的天伦之乐，而张谦在冰冷潮湿的正月，没有温暖的椒酒，且常人已经冬衣棉袄，自己仍旧衣着单薄，其清苦寂寥可见一斑。“小有才华非至理，绝无闻见是玄机”一句撇开外在生活，转而描述内在的思想和闻见，“小有才华”的自谦之辞，引出下句“绝无闻见”，体现了所求之“道”的玄妙。尾联“古今不少高贤传，毕竟柴桑似者稀”体现了张谦深刻的洞察力和批判精神。陶渊明字元亮，又名潜，浔阳柴桑（今江西省九江市）人，后人多以“柴桑”代指陶渊明。历史上的高道、隐士传记层出不穷，但像陶渊明这种真正的大隐，却没有几个人。

张谦另一首《自述诗》也颇能体现其个性与身世：

不娴尘世事，松竹掩柴关。
老鹤惯栖树，孤云慵出山。
懒贫诸虑淡，因拙此生闲。
习静延年术❷，丹砂岂驻颜❸。

“不娴尘世事”的张谦，如老鹤、孤云自甘淡泊，正因为清贫拙笨而落得清闲，这种顺任自然的独处心态与陶渊明式的隐逸情怀是相通的。“习静延年术”他本作“莫问延年术”，与下句“丹砂岂驻颜”在诗意上更为通顺，如此，张谦对丹道能否驻颜的豁达心态，更体现了一位修道者的无为至境。张谦还有其他几首描写旅途和游赏的诗作。《西水驿》是诗人乘舟沿着古运河至西水驿（今嘉兴）途中所写。这首诗与张谦其他表现道家情怀的作品不同，“野阔诗怀壮，天寒酒力轻。雁声惊别梦，月色鉴离情❹”两句，表现的是征人的离愁。绝句《高士湖》写的是游览西湖的感怀：

凉风瑟瑟起菰蒲，九十九峰青此湖。

---

❶ 梁宗懔著，姜彦稚辑校：《荆楚岁时记》，第2—3页，岳麓书社1986年版。
❷ “习静”，潘衍桐《两浙辅轩续录》卷五十一“方外”所收《自述》作“莫问”。
❸ （清）王彬、徐用仪：《（光绪）海盐县志》，清光绪二年刊本。
❹ 徐世昌：《晚晴簃诗汇》，民国十八年（1929）退耕堂刻本。

高士不来鹤飞去，沙堤剩有月轮孤。❶

张谦还有两首表现日常生活的小诗，从中可以看出张谦是个通达而富有趣味的人，并非完全不食烟火、离群索居的修道者，比如这首《夏日田园杂兴》：

乍收白雨晚凉天，扁豆棚低湿翠鲜。
喜与邻翁拌一醉，囊中尚有卖瓜钱。❷

一个雨后的夏日傍晚，难得一丝清凉，张谦在田间收拾劳作，晚间与邻舍老翁浊酒一壶，醉意朦胧，而心底泛起一丝慰藉的是，“囊中尚有卖瓜钱”。诗中满是清新自然的田园气息，而与之相应的还有那份自足与恬淡。其《过友人旧宅》写道：“旧板桥边处士家，三间老屋自敧斜”，几笔勾勒出友人废弃的老宅，具有很强的画面感，这或许与张谦善画有关，桥边“自敧斜”的三间老屋，正如昔日主人的放达自适，而“野风忽送香过涧，开遍墙阴卍字花”❸ 从嗅觉角度描写这处幽静的老宅。

除了诗歌，张谦工篆，善画，其《题画竹诗》用典造句也相当讲究：

翛然万个而纷纭，与可当年技轶群。
未出头时先抱节，解虚心故易凌云。
每从林下思高士，合向窗前对此君。
清绝淇园烟雨里，巧凭斑管一枝分。❹

张谦诗作清雅脱俗而富有生活趣味，在历代道士诗人中，乃至整个道教文学史中，其艺术成就当属上乘。

三、《小瀛洲仙馆诗话》的“道教诗学”意义

另外，《道家诗纪》每卷诗人小传和诗作后多附“小瀛洲仙馆诗话”的品评和论定。《小瀛洲仙馆诗话》没有单行，一向乏人问津，实际上它是一部谨严而富有创意的诗学批评著作，对清代诗学及道教文学的探索尤为重要。陈尚君《解题》曾云：“当然也有另外一种可能，即该诗话仅作

❶ 徐世昌：《晚晴簃诗汇》，民国十八年（1929）退耕堂刻本。
❷ （清）潘衍桐：《两浙輶轩续录》卷五十一，清光绪十七年刊本。
❸ （清）徐世昌：《晚晴簃诗汇》，民国十八年（1929）退耕堂刻本。
❹ （清）王彬、徐用仪：《（光绪）海盐县志》，清光绪二年刊本。

本书议论或记录轶事之资，未必另成专书。该诗话虽然时间较晚，影响不大，议论也未必高明，但是中国古代为数不多的表达道教徒文学批评立场的著作，也有其特殊的意义。”❶

《小瀛洲仙馆诗话》在《道家诗纪》现存诸卷中，大部分诗人小传后都附“小瀛洲仙馆诗话曰”的字样。这一如钱谦益《列朝诗集》、朱彝尊《明诗综》、徐世昌《晚晴簃诗汇》中的“小传”“诗话”一样，是编者在编辑历代诗作时，“辨句法，备古今，纪盛德，录异事，正讹误”❷ 的“随笔”性作品，未必结集成书。后人把这类随笔誊录重抄，即为诗话著作，如从《列朝诗集》“小传”辑出的《列朝诗集小传》（上海古籍出版社，2008 年），从《明诗综》“小传”、“诗话”辑出的《静志居诗话》（姚祖恩辑，人民文学出版社，1990），从《晚晴簃诗汇》中辑出的《晚晴簃诗话》（傅卜棠辑，华东师范大学出版社，2009）等。由此，我们也完全可以从《道家诗纪》中辑出《小瀛洲仙馆诗话》，于吴宏一《清代诗话知见录》、蒋寅《清诗话考》、张寅彭《新订清人诗学书目》等清人诗话的考订性著作有所助益。

《小瀛洲仙馆诗话》为羽流所创，这样的诗话作品并不常见。以何文焕《历代诗话》、丁福保《历代诗话续编》为参考，历代诗话中，僧人写作的有释皎然的《诗式》、齐己的《风骚旨格》等，但道士撰写的极少，张寅彭《新订清人诗学书目》也未得道士作品。《小瀛洲仙馆诗话》作为一部道士诗话，从诗学立场上看，自有其特殊价值。

《小瀛洲仙馆诗话》出现较晚，但有些生平事迹的考论、风格优劣的评骘，绝非拾人牙慧之作。比如关于诗人生平，张谦常引《云笈七籤》等道经作品，这在其他诗话中并不多见。关于诗人、诗作辨伪等，也多有考订，如卷十六《五代纪》“黄损”：

> 损，字益之，连州人。登梁龙德二年进士第，累进尚书左仆射。以极谏忤意，退居永州。一日忽隐去，越三十二载乃归。呼其子适不在，遂题诗于壁而去。
>
> 小瀛洲仙馆诗话曰：《广舆记》：损与桑惟翰宋齐邱友善，常游五老峰下，遇一叟，谓惟翰齐邱曰：子异日当作相，则不得其死。指损

❶ 陈尚君：《道家诗纪解题》，《上海图书馆未刊古籍稿本》，第 58 册，第 5 页。
❷ （宋）许颉：《彦周诗话》，文渊阁《四库全书》本。

曰：子有道气，当善终。后惟翰相晋，齐邱相南唐，皆有杀。损独入道，为神仙。

题壁

一别人间岁月多，归来人事已消磨。

惟有门前鉴池水，春风不改旧时波。

小瀛洲仙馆诗话曰：按贺知章《回乡偶书》云：离别家乡岁月多，近来人事半消磨。唯有门前镜湖水，春风不改旧时波。而《渔隐丛话》以此诗为黄损《题壁诗》，盖因东坡误闻虔州布衣赖仙芝语。今考黄作，纯是贺诗，惟易七字而已。本欲删去，姑存其人耳。[1]

张谦选录黄损诗，是有所甄别的。此诗与贺知章《回乡偶书》雷同，所以“本欲删之”，但本着“存人”的原则，还是录了这首《题壁诗》。《道家诗纪》中的其他选诗，也大多遴选谨严，考订精详，有些诗作的品格判定也相当准确。当然，《道家诗纪》还是一部未刊“书稿”，体例不定，时见删补改饰的字样。选录的黄损《题壁诗》的书页抬头部分，又补录了选自《唐音统鉴》中的三首黄损诗，并补作“小瀛洲仙馆诗话”。

《道家诗纪·唐纪》选录孙思邈、司马承祯、吴筠的诗作，却没有选李白的作品。我们现在考订李白或做过上清派道士，受过道箓，[2] 但毕竟没有明确的历史记载。总体上看，《道家诗纪》中的作者，多有过明确的入道经历，诗作也表达浓厚的慕道情怀和淡泊清虚的处世态度，但仍是以中国诗歌的“情志”传统为主。如《元纪》部分选录大量丘处机的作品。丘处机的诗作，与全真教早期王重阳、马钰的诗作在风格上有所不同，更具有传统文人诗的意味，而《道家诗纪》所选正是这类作品，阐释内丹方术的丹道诗歌很少。

张谦的论诗，有些仿自历代诗话，或录自前人，但也有很多具个性化色彩的评论，如卷十二录司马承祯《答宋之问》诗：

《小瀛洲仙馆诗话》曰：清淡得好！纯是初唐口吻，其原，始汉晋七言中来。

时既暮兮节欲春，山林寂兮怀幽人。

---

[1] 《道家诗纪》，《上海图书馆未刊古籍稿本》，第 58 册，第 178—179 页。

[2] 这方面的论述，可参阅李小荣、王镇宝的《取象与存思：李白诗歌与上清派关系略探》，《福建师范大学学报》2007 年第 2 期。

登奇峰兮望白云，怅缅缈兮象欲纷。
白云悠悠去不返，寒风飕飕吹日晚。
不见其人谁与言，归坐弹琴思逾远。❶

“清淡得好”，完全是口语化的表述，但直白而准确地道出《答宋之问》的“诗魂”所在。总之，从诗学角度，《道家诗纪》是一部相当谨严的，以清虚、淡雅为主要审美取向的历代道士作品集，且包含着大量“小瀛洲仙馆诗话”的品评和考订，其“道教诗学”意义的研讨价值不可限量。

四、《道家诗纪》所辑清代道教诗歌的文献价值

《道家诗纪》具有多方面的学术价值。在2008年《上海图书馆未刊古籍稿本》出版之前，《藏外道书》（巴蜀书社，1992—1994年）就影印过《道家诗纪》一书。这次影印时间很早，但质量不尽如人意，或限于当时的照排技术，字体细小模糊，基本上无法研读，丧失了文献的原始面貌。而这容易误导读者，以为原书就是如此。如果从20世纪90年代算起，近30年来，《道家诗纪》乏人问津，或许跟这次影印有关，虽然我们不能否定《藏外道书》把大量明以后道书汇为一编、提供线索的历史性功绩。现在我们通过《上海图书馆未刊古籍稿本》的影印，可以看到原书抄写相当精美，且版式工整，字体清晰疏朗。根据这个影印本，我们可以具体分析《道家诗纪》纂辑的各种细节，随着研究的深入，我们看到《道家诗纪》虽出道流，却颇有可观者。

《道家诗纪》卷三五至卷四十为“国朝（清朝）”道教诗歌。如果单独辑出来，这部分内容是大量清人选清诗文集中的一种，而且独具特色，是专选道士诗作的专题性诗集。书题“《道家诗纪》”的“道家”，从内容和作者看，即指我们现在所谓的“道教”，集中诗作都出自道士之手，充分体现了清代道教诗歌的艺术成就。

这六卷清代道教诗作，在纂辑方式和遴选策略上，有鲜明的地域色彩，即道士诗人主要集中在海盐、嘉兴、杭州等浙西一带，其中尤以编者张谦所在的海盐为主。所选100多位清代道士诗人中，董白为青城道士，徐本衷为武侯祠道士，贝本恒为淮阳人，梁清格、余清衡、王阳舒三人为湖北钟祥元祐宫道士，另有江宁（南京）道士数位，其他主要集中在海盐

❶《道家诗纪》，《上海图书馆未刊古籍稿本》，第58册，第21—22页。

等浙江省内。张谦所在的海盐及附近的嘉兴、平湖等地，位于杭嘉湖平原，自然资源优越，富甲一方，是公认的钟灵毓秀之地，与此相应，地方宗教、民俗信仰也相当繁盛。据《道家诗纪》清朝部分，海盐、嘉兴、平湖一带的道士诗人36人，录诗近200首，现统计如表1：

表1

卷次	诗人	籍贯	出家道观	诗集	存诗
卷三五	颜鼎受	嘉兴	入衡山为道士	《峰山堂半乐亭诗》	3
	郭长彬	平湖	松尘道院		2
	陆微	平湖	松尘道院	《松间道人拾遗稿》	1
	夏时	海盐	邑庙斗南山房	《痴吟》一卷	9
	夏霖	海盐	邑庙桐柏山房		6
	韩承晋	海盐	栖真观	《水月轩续吟》	13
	唐观复	海盐	栖真观		5
	朱景文	海盐	栖真观		4
	任鼎	海盐	邑庙后房		3
	吴人逸	海盐	邑庙南山房	《存遏轩吟稿》	6
	冯敬可	海盐	栖真观		3
	金鼎	海盐	三元庙	《上清宫倡和诗》	2
	顾阳	平湖			1
卷三六	刘暻	海盐	邑庙坤房（斗南山房）		3
	吾琦	海盐	栖真观		1
卷三七	张士达	海盐	邑庙坤房（斗南山房）	《效哦集》	4
	贺炳	海盐	东岳庙漱石山房	《云涛散人集》	9
	李柱	海盐	入天台山，不知所终	《松岩诗草》九集	6
	朱佩	海盐	栖真观		5
	严克真	海盐	邑庙桐柏山房	《浙东游记》一卷	6
	陆振育	海盐	栖真观		1
	曹志道	秀水、嘉兴一带	成真道院	《假鸣集》	5
	陈泓	嘉兴	万寿宫	《椰梅居诗稿》	2
	张应轸	海盐	邑庙后房蓬莱阁	《清怡集》	5
	沈克峻	海盐	东岳庙		4
	金峻	平湖	东岳庙		2

续表

卷次	诗人	籍贯	出家道观	诗集	存诗
卷三八	王蘅	秀水	曹庙西房	《鹤巢诗稿》、《西窗杂录》	7
	张远	秀水	曹庙东房	《题画诗》一卷	9
	俞中楷	海盐	邑庙斗南山房	《星南小草》	3
	王安	嘉兴			1
	周维新	海盐	吕家庙		1
卷三九	陈敬	海盐	东岳庙漱石山房	《餐玉庐诗存》	21
	潘鸿	秀水濮院镇	翔云观	《来云阁小稿》	8
	柳渔	海盐甘泉乡	斗南山房	《一栞诗钞》	10
卷四十	许湘	嘉善	古瓶山	《翠竹山房诗集》	27
	李江	秀水濮院乡	平湖佑圣宫		2

通过表1，我们可以看出，清初至中叶以前，浙江海盐的栖真观、邑庙（城隍庙）道士多工诗书，善绘事，有很高的文化素养，而嘉兴、桐乡、平湖一带道观的道士也大致如此。所列36位道士诗人，一半人曾有诗集，这个比例在道教文学史上是相当高的。

《道家诗纪》编纂时曾参考了阮元组织编纂的《两浙輶轩录》，张谦《道家诗纪》所选诗人主要以浙江省内为主的采择范围，很可能受到这部地方性诗歌总集的影响。相较《两浙輶轩录》，《道家诗纪》中的诗人小传和《小瀛洲仙馆诗话》对诗人、诗作风格有更详尽的叙述，如道士诗人钱一清，《两浙輶轩录》卷三九仅一句话介绍："钱一清，钱塘吴山喜神庙道士"，选诗《洞霄宫怀古》两首，而《道家诗纪》共选诗14首，诗人小传作：

> 选字一清，号仲举，吴山重阳庵道士，武肃后裔也。嗜酒工诗，尤擅手弹，杭邑善弈者，无能与之胜角。性好客，士大夫往还，咸推为东道主云。❶

这段记载较完整地还原了清道士钱选（字一清）的生平、个性，《小瀛洲仙馆诗话》又补充云：

> 钱一清少从南轩邱炼师学道，后从西山施真人游，传以韵语。有

❶ 《道家诗纪》，《上海图书馆未刊古籍稿本》，第60册，第218页。

《咏虞美人》诗云：

美人犹有种，楚项已无歌。
霸气当时尽，名花奈若何。
鹃声啼蜀血，竹泪感湘波。
千古同遗恨，春风不为磨。

一时脍炙人口。汪槐塘征君称其诗有伯雨霞外之风。著《枕山楼诗稿》，并自序。❶

这里不仅提及钱一清学道、交游情况，还录了一首当时“脍炙人口”的《咏虞美人》诗。

作为一部专题性诗集，《道家诗纪》的诗人诗作，大部分都有较详尽的记载，这对认识清代道教诗歌的艺术成就有重要意义。另外《道家诗纪》卷三八录袁守中诗，《小瀛洲仙馆诗话》云：

同门吴拙存尝云：“袁月渚《西山探梅》八咏，颇佳，可以采入《道家诗纪》。”然屡次求录，终未寄下。❷

从这段话我们可以看出，张谦在选录过程中，曾多方求索，并与同门切磋琢磨。除了跟时贤索诗，张谦还广泛利用了阮元的《两浙𬨎轩录》四十卷及《两浙𬨎轩录补遗》十卷等诗集文献。阮元的《两浙𬨎轩录》及《两浙𬨎轩录补遗》是清诗研究的重要参考，其中前者卷三九录道士诗人7位，《补遗》卷九录道士诗人11位。张谦《道家诗纪》卷三六贝本恒《游大涤洞天和闻人儒韵》、卷三七陈嘉宣《山居》、朱敏求《乙未秋上清宫送含山还钱塘》、施锡昌《吴山九日宴集值雨感赋次方汉水韵》、缪鹤鸣《除夕》、翟翥缑《山楼晚晴》等均见《两浙𬨎轩录补遗》卷九，其中录贝本恒诗时，《小瀛洲仙馆诗话》说：

《洞霄宫志》载常吉诗一章，与阮中丞《两浙𬨎轩录》中互异，只依中丞本录出。❸

可见，张谦《道家诗纪》从《两浙𬨎轩录》（包括《补遗》）录入部分诗作，但并非单纯的复制。

---

❶ 《道家诗纪》，《上海图书馆未刊古籍稿本》，第60册，第218页。
❷ 《道家诗纪》，《上海图书馆未刊古籍稿本》，第60册，第270页。
❸ 《道家诗纪》，《上海图书馆未刊古籍稿本》，第60册，第110页。

从人数上看，《道家诗纪》“国朝（清朝）”部分六卷收录清代道士诗人105位，选诗700余首。目前收录清诗最多的《晚晴簃诗汇》卷一九三、一九四两卷“道士”类诗作，选录不足80人，仅200余首，与《道家诗纪》“国朝（清朝）”部分在数量上还有很大差距。《道家诗纪》六卷“国朝（清朝）”部分是目前所见最完整的两浙道士诗人的作品集，而且保存了部分江浙文人群体唱和的珍贵记录。

目前清代尚无今人纂辑的诗歌总集，据朱则杰《〈全清诗〉的先声》一文，国家清史编纂委员会项目“清史·典志·文学艺术志·诗词篇”的项目组正有志于此。❶“全清诗”至今未能成编，与清诗本身的搜集整理相对艰难繁杂有关。虽然民国初年就有这方面的动议，且不乏张元济、胡玉缙、徐世昌等重要机构和人物的参与，但仍难以蹴就。一部断代诗歌总集的编纂，绝不是把作品搜罗到一起就算完成任务，作家小传涉及的生平事迹，诗作真伪等，都需要大量可靠文献的考辨分析。从作品纂辑和诗人小传的撰写角度看，《道家诗纪》中的“国朝（清朝）”部分，可资考订、借鉴，是“全清诗”纂辑工作中相当重要的文献参考。

五、《道家诗纪》所辑清诗的艺术成就

《道家诗纪》“国朝（清朝）”部分所录清代道士诗人作品，有少数是艺术水平相对平庸的“道人体”，但大多数作品体现了这个特殊群体清远脱尘的诗风，记录了他们琴、棋、诗、书、画的修道生活，有时也流露出不得已的各种辛酸，总体上有较高的艺术成就。

《道家诗纪》所录道士诗人，有几位曾被召至京师，备受恩宠，后来成为扶宗立教的一代高道。沈清正，字默夫，号一诚，又号蟾阳了，华亭人，尚在襁褓时候，父亲去世，母亲誓死守节，后投海死。清正长大成人后，刺血书祈祷，冀得母尸，后梦神人以告，果得母尸，归葬父墓。沈清正后来入道。《小瀛洲仙馆诗话》引《松江诗钞》云：“（沈清正）康熙丙申（1716）游楚，丁酉（1717）游豫，戊戌（1718）入都，圣祖召对，获赐金扇笔墨。……每登山临水，无不吟咏。”❷又引《潄芳斋诗话》称：

❶ 朱则杰：《〈全清诗〉的先声》，《中国文学研究》，2012年第4期。

❷ 《道家诗纪》，《上海图书馆未刊古籍稿本》，第60册，第52页。

“蟾阳子诗尤雅健警辟，卓然不群，于方外中，固当高置一座。”❶ 沈清正虽出身道人，但其诗作往往摆脱了“道人体”的俗套，古雅而具风骨，如其漫游楚地所作的《游赤壁》：

两赋当年思赤壁，片帆此夜泊黄州。
江山遗恨烽烟冷，风月无情碧树秋。
七尺孤身凫泛泛，三分往事水悠悠。
振衣独上巉岩立，长啸犹惊落斗牛。❷

沈清正出身悲苦，“七尺孤身”与“三分往事”的无限遐思正从“江山遗恨”与“风月无情”而来，读来意味深长。又如其《登汴城楼》：

匹马西风立戍楼，繁台艮岳剩荒邱。
蝉声咽断千林雨，雁影横来万里秋。
故井梧桐寒露落，废宫禾黍暮云愁。
古今不尽英雄泪，滚滚黄河天际流。❸

这是一首登临怀古之作，“匹马”“西风”“戍楼”“万里秋”“天际流”等用语略显俗套，但整首诗仍能感受作者不同一般道人的壮怀与激情。

清初受到皇帝召请优渥，诗作自成一家的高道，还有《道家诗纪》卷三六所录的惠远谟。惠远谟，字虚中，号澹峰，姑苏（今苏州）玄妙观方丈。远谟幼孤，性格静默，读书过目成诵，后出家受业于潘梧庵，胡云卢为其延师讲学，远谟乃得肆力于学。惠远谟通儒书，览《道藏》，三十岁授道纪司。雍正九年（1731），敕修龙虎山上清宫，主玉华院。雍正十一年（1733）京师光明殿落成，雍正帝欲择选有道法者焚修，远谟由是入都。在京师期间，与清初著名正一派高道娄近垣有过交游。乾隆九年（1744），复召入京师，充御前值，后辞归玄妙观，乾隆赐道经一藏。乾隆三十六年（1771）惠远谟化去，年七十有五，著《学吟稿》。惠远谟诗，时人已颇有赞誉，《小瀛洲仙馆诗话》称：

彭少司马称虚中词旨清远，无尘俗气。以之追配吴筠、杜光庭、

❶ 《道家诗纪》，《上海图书馆未刊古籍稿本》，第 60 册，第 52 页。
❷ 《道家诗纪》，《上海图书馆未刊古籍稿本》，第 60 册，第 55 页。
❸ 《道家诗纪》，《上海图书馆未刊古籍稿本》，第 60 册，第 56 页。

郑遨诸公，亦足以自名一家。余爱其《秋日感怀》一联云：“正愁春去花无主，忽报秋来叶有声。”又《晚秋游开元寺》一联云：“衰草楼台余废址，夕阳钟鼓出荒林。”如“墨子至今悲素染，阮生从古哭穷途。从来世态多炎冷，何处桃源可问津。”有无穷感叹。❶

惠远谟“词旨清远”的诗风，通过《立秋得清字》颇可品味：

草木欲摇落，翛然天地清。
林塘消暑气，碪杵动秋声。
叶不因风堕，虫知应节鸣。
晚凉庭院静，新月傍檐明。❷

这首诗描述立秋时节的气候变换，首联“翛然天地清”的“清”字一统全诗，随后树叶、秋虫、新月、砧板等意象构成清秋的图景，充满了顺任自然的恬淡与闲适。惠远谟选诗 32 首，这是《道家诗纪》选诗较多的诗人之一了。清代苏州玄妙观，不仅是江南地方道教信仰的中心，也是彼时道教文学的重镇，隶属玄妙观的诗人，除了惠远谟，还有施远恩、俞桐等人，都有诗作传世。

雍正壬子（1732）前后，施远恩诣京师，侍大光明殿妙正真人娄近垣左右。皇帝赐题，赋诗称旨，授龙虎山提点。施远恩与郑板桥、浙西词派大家厉鹗、杭世骏等名流结诗社唱和，著有《环山房诗钞》。《小瀛洲仙馆诗话》曾引其诗《山居即事》：

秋声动岩壑，爽气满柴关。
红叶高低树，白云远近山。
肩因长病耸，发为苦吟斑。
宠辱浑闲事，浮名似可删。❸

评曰：“语无烟火，情景俱佳。”瘦削的双肩、斑白的长发，可能是施远恩的“自画像”，这样一幅任性落拓、看破红尘的道人形象，通过这首诗或可窥见一斑。大光明殿是原址位于今北京市西城区西安门大街路南、光明胡同以西的道教宫观，始建于明嘉靖年间，雍正和乾隆年间重修，成

❶ 《道家诗纪》，《上海图书馆未刊古籍稿本》，第 60 册，第 85 页。
❷ 《道家诗纪》，《上海图书馆未刊古籍稿本》，第 60 册，第 89 页。
❸ 《道家诗纪》，《上海图书馆未刊古籍稿本》，第 60 册，第 97—98 页。

为皇家专用道观，后为义和团据点，八国联军进京时，连同殿内所藏明《道藏》经版等化为灰烬。娄近垣是清初获雍正、乾隆宠信的道士之一，雍正曾表以“秉性忠实，居心诚敬”，乾隆封其为通议大夫，赐三品，备员两朝，屡荷恩赐。施远恩在京师大光明殿侍奉娄近垣，曾有《寄本师娄真人》之作：

卅年师弟倍情亲，千里书来慰问频。
敢谓闭门忘甲子，每思侍坐守庚申。
不才甘向山中老，多病难回镜里春。
何日玉炉丹九转，华阳楼畔御琼轮。❶

“师弟倍情亲”一语，可见施远恩与娄近垣师徒情之深笃。在京期间，施远恩当参与大光明殿的各种斋醮科仪活动，《道家诗纪》录其《大光明殿步虚词》四首当即殿内科仪所用：

巍巍金阙耸瑶天，羽盖朱轮满大千。
惭愧野人樗散甚，侍香亲到至尊前。

诵彻琅函玉笈文，月华如水夜初分。
琉璃世界通明殿，香气蒸成五色云。

五珠衣覆九霞裙，上界颁来十赍文。
何处飞翔双白鹤，夜深遥拜玉晨君。

洞阙玲珑网户开，金虬导我玉京回。
道人报国无他愿，只祝风调雨顺来。❷

这四首《步虚词》已经不再遵守六朝《步虚词》一般为十首的格式，前两首描述道教科仪中的静穆、神圣的坛场氛围和祥瑞之像，最后一首略去了早期《步虚词》对飞升玉京天的描述，以“洞阙玲珑网户开，金虬导我玉京回”一句简单带过，最后一句“道人报国无他愿，只祝风调雨顺来”最能体现作为皇家宫观的宗教职能：祈祷国泰民安、风调雨顺。

---

❶ 《道家诗纪》，《上海图书馆未刊古籍稿本》，第 60 册，第 100—101 页。
❷ 《道家诗纪》，《上海图书馆未刊古籍稿本》，第 60 册，第 102 页。

除了惠远谟、施远恩、贝本恒等这些有一定影响的高道，《道家诗纪》收录了更多的平凡而寂寥的普通道士的诗作。这些道士，有的狂傲不羁，疾恶如仇，有的淡泊自守，潜心静修，还有的才华横溢却不幸早逝。如果没有《道家诗纪》的记载，历史上这些曾经鲜活的存在，就永远湮没无闻了。杨通幽，字怀冰，号铁鉴，苏州吴江人。为人狂傲不羁，每见贫谄而富骄者，就大加痛骂，使其不堪忍受，有不服的，发一二隐语密咒，此人必骇然惊走。杨通幽这个名字未必是真名，但他这种充满正义的豪侠之情，于道人中十分难得。杨通幽不仅有如此侠肝义胆，还写得一手好诗。《小瀛洲仙馆诗话》评其诗，谓其“诗格在王孟韦柳间”，观其《野鹤》诗，确有此境：

深山有野鹤，结巢乔松巅。
饥餐幽岩芝，渴饮清溪泉。
乘轩适足耻，肯受俗缨牵。
清唳只自赏，焉用声闻天。❶

野鹤“清唳自赏”的孤傲品格，或许正是诗人求道生活的真实写照。

陈敬，字月坡，海盐人，笃志好学，过目成诵，今古文词，俱臻卓越，兼画梅兰，精于岐黄医药，是《道家诗纪》编者张谦的诗友，可惜年仅 25 岁而逝。《小瀛洲仙馆诗话》云：

月坡诗，以汉魏六朝唐宋元明，靡不潜心研究。余善其近体，《感怀》数联云：

岂有英雄甘落魄，即看诗赋亦披肝。
十年寂寞知音少，万事纷纭混迹难。
……

何等笔法！然用心太过，染患劳疾，一日呕血数斗，药石不能治，于癸未春暮下世。时萧雨芗明经暨阳旋里，哭之云：“远道澄江怀旅客，才归沧海哭诗仙”。余挽之云：

空见陈蕃一榻悬，怜才泪洒暮春天。
文章岂为功名显，诗卷凭将著述编。
径僻三三虚迓客，年符五五遽升仙。

❶ 《道家诗纪》，《上海图书馆未刊古籍稿本》，第 60 册，第 19 页。

泉台或有思归咏，好向桐君梦里传。❶

陈敬《感怀》诗颇能体现青年道士的胸襟气魄，其《秋感》五首也有此等格局，《小瀛洲仙馆诗话》曰："月坡《秋感》五章，按时立言，词高响远，是胎息杜陵而寓其寄托者。月坡当日亦自谓得意之作，曾付装池悬诸斋壁，今读其诗，不胜击节叹赏。"❷ 这里把陈敬的《秋感》比为"胎息杜（少）陵"，可见赞誉之高。且看《秋感》之一：

大地风霜催岁暮，碧天星斗淡凉宵。
千家碪杵声哀怨，一室篝灯影寂寥。
壁下吟虫何唧唧，枥中鸣马更萧萧。
遥知长胜幽燕将，偃月榆林正射雕。❸

这首诗虽然描写了"岁暮""寂寥"，但毫无"道人体"的幽深退隐之味，颇有"沉郁顿挫"之感，谓之"胎息杜少陵"亦无不可。

《道家诗纪》中还记载了一位清苦高洁的道士诗人王芳洲，也是英年早逝。王芳洲，字篁邨，德清人，吴山清秀山房道士，著有《松山乡人诗草》。《小瀛洲仙馆诗话》记曰："篁村少工诗，以王孟为宗。行墨间情真语挚。《省亲》一首，蔼然蓼莪遗音。"❹《省亲》今见录《道家诗纪》：

我身为黄冠，我家松竹乡。桑麻足烟景，溪水环林塘。
残书满架积，耕读堪徜徉。蓦遭迍邅境，门户悲荒凉。
贱子今暂归，瞻宇先彷徨。问安入寝室，亲老形郎当。
兀然四壁立，倾盖无余粮。负米朝入市，到家俄斜阳。
慈亲心悬念，倚杖柴门旁。艰辛具一飧，藜藿同充肠。
夜静默无语，孤灯照空梁。自顾影踽踽，吞声向暗墙。
邻翁适然至，劝慰何周详。尔兄既早世，嗣续畴承当。
尔父年已迈，出入畴扶将。穷达虽异等，孝父理则常。
尔能明大义，出处宜料量。深感邻翁语，永矢无相忘。
譬彼水泻地，水痕不圆方。譬彼橘踰淮，易名不同芳。

---

❶ 《道家诗纪》，《上海图书馆未刊古籍稿本》，第 60 册，第 286—287 页。
❷ 《道家诗纪》，《上海图书馆未刊古籍稿本》，第 60 册，第 288 页。
❸ 《道家诗纪》，《上海图书馆未刊古籍稿本》，第 60 册，第 288 页。
❹ 《道家诗纪》，《上海图书馆未刊古籍稿本》，第 60 册，第 303 页。

生见不得力，终身两情伤。生当常念亲，忍离梓与桑。[1]

诗人以古风叙事体记录了一次回家省亲的过程，全诗不事雕琢，用语平实，但情真意切，感人肺腑。这是一个遭遇不幸的家庭，父母年迈多病，兄长早逝，家徒四壁，艰辛非常。自己回乡省亲，夜晚一家人没有团聚的欢欣，孤灯照空梁，只有暗自吞声咽泪。这时候，邻舍老翁过来劝慰："穷达虽异等，孝父理则常。尔能明大义，出处宜料量。"但是，即使如此，道士王芳洲仍坚定地"忍离梓与桑"，离开了父母。从常理看，这位年轻道士不顾人伦的修道之志实难理喻，但可以窥见那个时代以求道为终极目的者的人生选择与生活方式。这也正是这类诗作不可忽视的艺术价值之一。

《道家诗纪》所录清诗的艺术价值还有待发掘，但通过以上个案简述，我们不难发现，这部诗集不仅在清代道教文学史上具有代表性意义，就是在整个清代诗史上，也当有其重要地位。

---

[1] 《道家诗纪》，《上海图书馆未刊古籍稿本》，第60册，第303—304页。

关于明代仙传诸书的再探讨

赵　益

（南京大学　文学院）

摘　要：对于明代仙传文学的研究已经成为学术研究的热点，但当代研究者对于明代仙传的认识还存在模糊之处，导致很多研究对这一材料的使用出现相当严重的错误。本文就明代仙传的性质问题，对包括《三教源流搜神大全》在内的六种仙传图书的版本与内容进行梳理，并将其划分为三种类型进行详细论述，明代仙传乃是典型的商业出版的草率随意之作，很难反映社会宗教生活的历史与现状，因而，有关明代仙传诸书在近现代被视为社会宗教生活中的神祇系统的第一手客观材料，这一认识观点是非常值得商榷的。

关键词：明代仙传；坊刻图书；宗教；通俗文学

明代中期以后出现了一批仙传类图书，今一般统称为“明代仙传”。其名目主要有：《三教源流搜神大全》《新刻出像增补搜神记大全》《广列仙传》《列仙全传》《仙佛奇踪》《新镌仙媛纪事》等。关于此类明代仙传的研究，以近代叶德辉影刻《绘图三教源流搜神大全》并加以考证为滥觞，此后即以李丰楙先生为其与王秋桂主编的《中国民间信仰资料汇编》第一辑所撰提要最为系统。[1] 李氏提要尽管囿于体例不能详细论证，但所论简明扼要，均能切中其实。近几十年来，关于明代仙传颇有零星考察，并有相关学位论文加以研究，特别是日本学者二阶堂善弘对于明代仙传中较为重要的《三教源流搜神大全》《新刻出像增补搜神记大全》作了专门探讨，[2] 但从整体上加以系统、深入考察者仍未有新论出现。

由于元赵道一《历世真仙体道通鉴》以后至于近世，除此“明代仙

[1] 李丰楙：《中国民间信仰资料汇编·提要与总目》，《中国民间信仰资料汇编（第一辑）》，台湾学生书局1989年版。

[2] 二阶堂善弘：《元帅神研究》，齐鲁书社2014年版。

传”外再无系统的民间神佛传记故事汇编，因此这一批仙传受到极大的重视。但问题在于：当代学术界对于“明代仙传”的文献性质和内容性质的认识是否正确？这一批仙传能否被视为明以来社会宗教生活的直接反映？或者说，明代仙传是否能作为、在何种程度上能作为考察明以来社会宗教生活的重要资料？这些前提问题实际上并没有得到圆满的解决，当代研究者对于明代仙传的认识还存在模糊之处，导致很多研究对这一材料的使用出现相当严重的错误。

有鉴于此，本文在叶德辉、李丰楙、二阶堂善弘等前辈时贤实证研究的基础上，重点就明代仙传的性质问题，再作探讨如次，敢祈海内外方家不吝指正。

一

目前已知的“明代仙传”，皆为典型的坊刻图书，是当时较为流行的商业出版通俗文献中的一个小的种类。此一事实，是晚近采用明代仙传资料进行相关研究者所未能清楚认识到的。

明代中期以后的商业出版图书类型，一般来说大致有通俗文学书（含小说、戏曲、故事、笑话等）、科举用书、日用书、医药书、宗教读物书等数类，[1] 其中宗教读物书包括各种宝卷、善书、劝化故事、仙佛事迹、术数书等。上述“明代仙传”，即属于“仙佛事迹”一类，所录者为“三教贤圣、世奉众神”，在性质上属于“社会一般宗教生活”范畴，内容及叙述上兼有一定的文学性。和其他通俗文献一样，此类仙传图书因具有相对广泛的受众，故而成为商业书坊出版的图书类型之一。

《三教源流搜神大全》，今存“西岳天竺国藏板”本（日本内阁文库藏）及四知馆杨丽泉晚明刊本（日本宫内厅书陵部藏）。《中国民间信仰资料汇编（第一辑）》所收为前者，凡七卷，扉页题“三教源流圣帝佛祖搜神大全”，版心题“三教源流搜神大全”。宣统元年叶德辉即据此系统某本翻刻，乃题《三教源流搜神大全》。本人所见又有一翻刻本，扉页上图下

[1] 张秀民：《中国印刷史》（浙江古籍出版社，2006 年）对金陵书坊和谢水顺、李珽《福建古代刻书》（福建人民出版社，1997 年）对建阳书坊进行分析后认为主要为通俗文学、科举应试书、医药书、民间日常实用之书四种。早先的研究大都忽略了宗教读物也是非常重要的通俗出版物类型。

文，上图儒释道像，两旁联为："万古灵光垂竹帛，一团慧性照乾坤"；下文题"三教源流圣帝佛帅搜神大全""西岳天竺国藏板"。此本或即日本内阁文库藏"西岳天竺国藏板"本，扉页为书贾另加。"西岳天竺国藏板"及"四知馆杨丽泉"，难详究竟，刊刻时代亦不明确，但均为明末清初坊刊无疑。

《新刻出像增补搜神记》，今存金陵书坊世德堂刊六卷本，正文卷端有"金陵三山对溪唐富春校梓"，并有癸巳年（万历二十一年，1593）后不久罗懋登"引搜神记首"序。此书实即罗懋登所编（详下文）。后收入明万历《续道藏》中（高一至高六），删去插图，仍为六卷。

《广列仙传》，今存有日本内阁文库藏明万历十一年刻本，《中国民间信仰资料汇编（第一辑）》所收即此本。正文卷端题张文介辑录，并有张氏自序。张文介，字惟守，龙游人，有《少谷集》（《明诗综》卷五十九小传）。黄虞稷《千顷堂书目》著录有《盛明十二家诗选》，文介《少谷集》为其一。此书究为张氏所辑，抑或书坊伪托，较难断定。观张氏自序，文辞虽尚雅洁晓畅，不类书贾或编手之语，但误《神仙传》作者葛洪为陶弘景，似又不尽符合张氏应有之学识水平。

《有像列仙全传》，今存明万历间汪云鹏刊九卷本，版心间有"玩虎轩"字样。前八卷正文卷端均题"吴郡王世贞编（辑）次，新都汪云鹏校梓"，卷九题"新都后学汪云鹏辑补"。题"王世贞编"并前"李攀龙"序，均为徽人书坊主汪云鹏所托。题"王世贞辑"，大约因收录王世贞所撰长篇《王昙阳传》，顺水推舟而托名；李攀龙序，全钞《广列仙传》张文介自序而成。❶ 此均明中期以后坊贾伎俩。汪云鹏所刻此书插图精美，❷ 是其书坊玩虎轩刻书鲜明特色之一。

《仙佛奇踪》，《四库全书总目》小说家类存目二著录："明洪应明撰。应明字自诚，号还初道人，其里贯未详。是编成于万历壬寅。前二卷记仙事，后二卷记佛事。首载老子至张三丰六十三人，名曰《逍遥墟》，末附

---

❶ 另外，"李攀龙序"有曰："龙……习静山中，澹然无事，回念刘向、陶弘景二《神仙传》，所载仅汉晋以上，而六朝逮今阙焉，读者少之。乃搜群书并二传旧所载者，共得四百九十七人，合而梓之，名曰《列仙全传》"，而正文卷端又题"王世贞辑次"，自相矛盾，造伪而自露马脚。

❷ 刻工"黄一木"，据《黄氏族谱》，为徽州虬村黄氏二十七世，生于（1586）卒于（1641）。此据周芜《徽派版画史论集》，安徽人民出版社 1984 年版，第 44 页。

《长生诠》一卷。次载西竺佛祖自释迦牟尼至般若多罗十九人，中华佛祖自菩提达摩至船子和尚四十二人，曰《寂光境》，末附《无生诀》一卷。仙、佛皆有绘像，殆如儿戏。”可知今名乃四库馆臣据其收录版本题识所定。其仙道部分内容，后又收入万历《续道藏》。《中国民间信仰资料汇编(第一辑)》所收为民国时陶湘重印八卷本，又据《道藏》本增补。今存明万历刻本，乃《逍遥墟》三卷、《寂光境》三卷、《长生诠》一卷、《无生诀》一卷合刊本。《逍遥墟》前有“了凡道人袁黄”《逍遥墟引》，《寂光境》前有“真实居士冯梦祯”《寂光境引》；后二种并有洪氏自撰《长生诠小引》《无生诀小引》，末署时间为万历壬寅（万历三十年，1602）。绘像风格，并属徽州一派。洪应明与书坊关系密切，或即为“雇用编手”，而袁黄❶、冯梦祯序亦系伪托。

《仙媛纪事》，今存明万历三十年草玄居刊本，九卷附补遗，正文卷端题“钱塘雉衡山人杨尔曾辑”，前有冯梦祯、邵于岭二序。插图精美，刻工黄德宠（玉林）为黄氏刻工家族二十六世中高手❷。杨尔曾，字圣鲁，号雉衡山人、夷白主人、卧游道人。除本书外，编刻有《韩湘子传》《杨家府演义》《图绘宗彝》《新镌海内奇观》《许真君净明宗教录》等，又曾参与过题焦竑编《熙朝名臣实录》的刊刻，应是集书坊主、编手为一身者❸。其书坊可以明确者有夷白堂，草玄居等或为其印刷商或分销商。

---

❶ 案：袁黄（了凡）生平事迹学术界已经多有研究，主要有酒井忠夫《中国善书研究（增补版）》（刘岳兵等译，江苏人民出版社，2010年）、奥崎裕司《中國鄉紳地主の研究》（汲古书院，1978年）、章宏伟《袁了凡生平事迹考述（上）——袁了凡的家世、生卒年和籍贯考》（田澍编《第十一届明史国际学术讨论会论文集》，天津古籍出版社，2007年）、林志鹏《袁黄〈四书删正〉考述》（《中国典籍与文化》，2016年第3期）。袁黄的身份应该算是上层文士，但亦有复杂之处，主要是其五十余岁方进士及第而入仕。另外，袁黄是16世纪和商业出版关系非常密切的一位士人，其父兄及其本人著述颇丰，确实编撰过科举书、家训及功过格一类，因批削《四书》《尚书》而为书坊刻出《四书删正》，“坐非儒见黜，焚其书”（查继佐《罪惟录》“列传”卷十八；《明史陈幼学传》）。因享有大名，故成为明中期以后和李贽、陈继儒、冯梦祯等齐名的最常为坊贾索稿、借重并伪托的人物。

❷ 周芜：《徽派版画史论集》，安徽人民出版社1984年版，第40页。

❸ 李丰楙：《中国民间信仰资料汇编·提要与总目》。有学者据杨尔曾为《许真君净明宗教录》所撰序，认为其是一位向道的文人（王岗《作为圣传的小说，以编刊艺文传道》，载盖建民编《开拓者的足迹——卿希泰先生八十寿辰纪念文集》，巴蜀书社，2010年），似不正确。杨氏绝不能称传统文士，至多是书坊主兼小说编刊者（参龚敏《明代出版家杨尔曾编撰刊刻考》，载《小说考索与文献钩沉》，齐鲁书社，2010年），其辈编刊宗教读物，实属常态，谈不上“向道”行为。至于其为《许真君净明宗教录》所撰序，亦属职业编手或书坊主所撰序跋一路，文字既劣，又欠通顺，内容则多标榜夸饰，不足为信。

综合考察以上明代仙传，除《列仙广记》尚需进一步考察外，其他皆属坊刊无疑。它们有如下特点：首先是都富有精美的插图，其中以汪云鹏玩虎轩刊《有像列仙全传》、杨尔曾草玄居刊《仙媛纪事》最为突出，《仙佛奇踪》《新刻出像增补搜神记》亦不遑稍让，风格皆属徽州版画一派，线条细腻、形象生动。其次是除《三教源流搜神大全》二本不详外，其余诸书各版，均出于南京、杭州、苏州地区，是明中期以后通俗文献出版中心转至江南地区的结果。最后是此类图书或标榜三教融合，或推崇修仙长生，编者或是雇用编手（如罗懋登、杨尔曾），或是一些专门从事图书编纂的文士（如洪自诚），或是书坊主自己（如汪云鹏），往往托为名家所撰，或伪撰名人序跋，绘图刊刻则不惜工本，销售对象当是新兴市民阶层和一般文士以上阶层，是明代中晚期江南地区商业图书消费水平提高的反映。

《广列仙传》虽不能确定是否出自商业书坊，其编者张文介的身份亦不能详知，但据丁丙《善本书藏书志》著录有明刊本《堪舆仙传四秘》四卷，其一为郭《葬书》，题“古杭张文介惟守校”，则张氏或常为书坊编校书籍。又《广列仙传》书眉间有批语，极类明世评点之书。从以上两点来看，其书乃张文介为书坊所编，是有极大可能性的。

二

从名义、内容、材料来源三方面综合考虑，此六种仙传图书可以分为三种类型：第一类是以“搜神”为名的《三教源流搜神大全》和《新刻出像增补搜神记》。第二类是以“列仙”“仙佛”为名的《广列仙传》《有像列仙全传》《仙佛奇踪》。第三类为《仙媛纪事》，专收女仙故事。

第一类容后详论，兹先论第二类和第三类。

通过简单考察即可获知，《广列仙传》《有像列仙全传》《仙佛奇踪》和《仙媛纪事》都是典型的钞缀编汇之书，并非新纂之作。其中《广列仙传》《有像列仙全传》《仙佛奇踪》三书一脉相承：《广列仙传》收入仙真三百多人；《有像列仙全传》除直接承继《广列仙传》外，扩充至五百多位；《仙佛奇踪》仙传部分则出自《有像列仙全传》。《广列仙传》书前附有《采辑群书书目》，实际上除采自《列仙传》《搜神记》外，六朝以下主要承自元赵道一《历世真仙体道通鉴》；《有像列仙全传》所扩充者，同样取自《历世真仙体道通鉴》；《仙媛纪事》的材料亦基本不出《历世真仙体道通鉴》《广列仙传》之外。最为重要的是，此四种仙传所记述的主要对象是历史上的仙真，其传记故事亦均为钞缀前有文献而成。这一系列的滥觞《广列仙传》仅收有张三丰等七位神仙；《有像列仙全传》的数百位增补中，亦仅有十三位明人（卷八张三丰、刘道秀、张中孚、周颠仙、冷廉、周玄初、任风子、裴仙、沈野云、海上老人；卷九张金箔、董伯华、周思得）。至于《仙媛纪事》所收录的明代女仙，除《广列仙传》《有像列仙全传》均收入的王昙阳外，也只有寥寥数人。

此四种图书的内容和编纂方式，典型地反映了明代商业出版的一个重要特色，即凡是较为大型的、内容较为丰富的、资料性的图书，绝大多数都是承自前有某书，同时对其加以改编、扩充；扩充部分，也是以汇编前有资料为主。商业出版属于典型的商品经济，出版宗旨在于谋利，独立撰著并新创图书，书坊主及其雇用编手之辈既无此能力，同时也无法负担人力成本和时间成本。商品经济的本质属性，决定了购买成稿、书板、拼凑汇编甚至盗版，成为商业书坊的主要出版方式。而各种可以提高附加值，促进购买的形式手段如增加插图等，则普遍为其采用。明中期以后江南地区的书坊主主要是徽人，以同乡之谊为基础形成从原料供应、编纂、刊刻到分销的产业链条，其出版图书的插图由与其结成紧密合作关系的、同是徽州人的刻工完成，成本相对较低，产品竞争力则极强。至于可以扩大销路的一些广告宣传手段比如伪托名人或伪造名家序跋，则很早就成为商业出版的普遍行为。很明显，《广列仙传》《有像列仙全传》《仙佛奇踪》和《仙媛纪事》的内容和编纂方式，决定了其所录资料不可能是其出版之际的社会宗教生活的直接反映。

第一类两种《三教源流搜神大全》（以下简称《三教搜神》）和《新刻出像增补搜神记大全》（以下简称《增补搜神记》），内容上有相当的特点，现当代以来已成为采摭、取资最多的仙传文献，但这种采摭、取资是否具有合理性，仍然需要认真探讨。

具体论之，《增补搜神记》《三教搜神》同样也是据前有成书辗转钞纂拼凑而成的。可以肯定的是，二书都是在元代已出现的《新编连相搜神广记》（以下简称《搜神广记》）基础上的扩编。据叶德辉及当代学者李丰楙、贾二强的研究，《三教搜神》的重编递刻的过程为：《搜神广记》（元刊图像本）—《增补搜神记》（日本内阁文库藏金陵唐氏富春堂明刊本、《道藏》本）—《三教源流圣帝佛祖搜神大全》（日本内阁文库藏明刊西天竺藏板本，又日本宫内厅书陵部藏四知馆杨丽泉晚明刊本；宣统元年叶德辉郎园校刊本《三教源流搜神大全》即据此翻刻)，成书刊刻时间应该在明代晚期。❶ 二阶堂善弘则认为《三教搜神》和《增补搜神记》之间并无直接的关系，二书“更可能是在《搜神广记》之后，以别于《搜神广记》而编纂的‘搜神’类书籍的基础上，分别作了随意的改编罢了”❷。二阶堂善弘的观点未必正确，因为有不少《搜神广记》以外的条目，《三教搜神》和《增补搜神记》的内容完全一致。虽然不可能得出确切的结论，但可以肯定的是二书都是典型的坊刻，在共同的承袭者之外还存在相同的内容，必然有一先一后的抄袭关系。《增补搜神记》今存金陵唐氏富春堂刊本（日本内阁文库藏）有罗懋登万历癸巳年序，又被完成于万历三十五年的万历《续道藏》收入，则其最早刊板必在此前，故很大可能早于《三教搜神》，李丰楙、贾二强的观点较为正确。

当然，在直接继承和随意性极强的抄纂中，各种抄纂本也会体现出不同的特点。二阶堂善弘通过细致的比较认为：相对于共同的母本《搜神广记》，《增补搜神记》则比较系统，增补内容相对全面，特别是大量增补了地方神祇，是非常显著的特色；《三教搜神》的体系比较散漫，增补内容随意性较强。❸ 二阶堂善弘同时发现，《三教搜神》虽然收录元帅神甚为丰富，但没有出现当时民间信仰中的诸多神灵，特别是“八仙”“尽管《三教搜神大全》编纂时，八仙人员在很大程度上还尚未固定，但无论是在道教抑或民间信仰中，当时最为著名者非八仙莫属。事实上，在先见之《仙佛奇踪》里，完整地收录有八仙的传记。《搜神记大全》中虽然没有八仙的传记，但却独独列有‘张果老’之项目。不过，八仙的其他成员，如吕洞宾、钟离权、韩湘子、何仙姑，其传记在《搜神广记》《三教搜神大全》和《搜神记大全》中一个也未予收录。这使人颇感蹊跷，也不明个中原因。对此，唯一能想象的就是编纂者对这些全真教系的神仙不大重视”。❹

---

❶ 叶德辉：《重刊绘图三教源流搜神大全序》，载《绘图三教源流搜神大全（外二种）》，上海古籍出版社，1990 年，第 3 页。李丰楙《三教源流搜神大全》提要，载《中国民间信仰资料汇编（第一辑）》，《提要与总目》，台北：台湾学生书局，1989 年。贾二强《叶覆明刻〈三教源流搜神大全〉探源》，《古代文献研究集林（第二集）》，陕西师范大学出版社，1992 年。

❷ 二阶堂善弘：《元帅神研究》，齐鲁书社 2014 年版，第 67 页。

❸ 二阶堂善弘：《元帅神研究》，齐鲁书社 2014 年版，第 70—80 页。从此一角度看，《三教搜神》采自于《增补搜神记》的可能性更大。

❹ 二阶堂善弘：《元帅神研究》，齐鲁书社 2014 年版，第 75 页。

实际上这和编纂者的倾向无关，而是《增补搜神记》《三教搜神》直接承自于《搜神广记》，《仙佛奇踪》则来自于《广列仙传》，二者根本不是同一个源流体系的缘故。总之，《增补搜神记》《三教搜神》尽管存在着差异，但这种差异性特点并不十分显著，并不能成为关于社会宗教生活的历时性写照。

总结以论，二书不外两大来源：一是前有成书《搜神广记》（《搜神广记》又来自于对更早成书如《历世真仙体道通鉴》之类的钞纂），这是主体来源。拥有一个继承主体，是明代坊刻图书的常态；二是现有书籍如各种小说及其他读物。不妨以“祠山张大帝”和“门神二将军”为例作进一步的说明：

祠山张大帝，《搜神广记》与《增补搜神记》《三教搜神》均有此一条目，内容完全相同。祠山张大帝约起于唐，性质为水神或水利神，宋时颇有灵应，影响渐广，民间传说以外，渐为文人诗文、笔记所载，如宋叶适有《祷雨题张王庙》诗记祷雨得应事，黄震有《以申尚书省乞禁本军再行牛祭事》论禁止祠山祭神用牛，元程棨《三柳轩杂识》、宋周密《癸辛杂识》、宋吴曾《能改斋漫录》、洪迈《夷坚志》、明田艺蘅《留青日札》并有相关记述。明时由于朝廷的提倡，[1] 在太湖周边影响益广，小说中既有反映，也有对此民间传说的进一步敷衍（如《西湖二集》）。《搜神广记》与《增补搜神记》《三教搜神》所叙祠山张大帝事迹虽然完整有序，但内容基本不出于上述笔记之外，没有任何新的建构。祠山张大帝在宋代可能就为佛教所吸收，今日本仍有寺庙视其为保护神。[2] 被道教正式吸收、申发仅见于《道法会元》，[3] 根据其内容看，应是在吸收《搜神广记》基础上的改编。《增补搜神记》《三教搜神》没有任何文字增加，当然对此明以降的影响和祭祀实况也就没有任何反映。

《增补搜神记》《三教搜神》取资小说之处甚夥。最直接的证据是受《西游记》的影响，如《增补搜神记》“门神二将军”条有云：“《西游记》小词有‘本是英雄豪杰旧勋臣，只落得千年称户尉，万古作门神’句，传于后世也。”（《道藏》本同）此词即见于《西游记》世德堂本第十回。富

[1] 赵翼：《陔余丛考》，卷三十五，河北人民出版社 2007 年版。

[2] Yoshihiro Nikaidō, *Asian Folk Religion and Culture Interaction*, Taiwan University Press, 2015, p. 42.

[3] Yoshihiro Nikaidō, *Asian Folk Religion and Culture Interaction*, pp. 46—47.

春堂、世德堂皆为唐氏家族书坊，或是同一书坊的不同招牌，故二书实即为一家所刊的可能性很大。《三教搜神》“门神二将军”条的内容完全相同，此亦可证其与《三教搜神》的承继关系。间接证明则更多，据二阶堂善弘的研究，《三教搜神》很多条目所载细节，与《宣和遗事》《武王伐纣平话》《封神演义》《南游记》、邓志谟《飞剑记》《咒枣记》《铁树记》等有密切的关系，也有颇多相同之处。❶

《增补搜神记》《三教搜神》的编纂随意性也是极为显著的。明代坊刻读物的商品属性和内容性质，决定了此一类书籍不存在由专门作者调查、收集、整理的撰作方式，而只能是书坊主或其雇用写手依据既有材料所进行的随意编创。世德堂本《增补搜神记》有罗懋登所撰《引搜神记首》，其中有曰：

> 昔新蔡干常侍所著《搜神记》……迨今日千百年于斯，善本已就圮，虽间刻间有之，而存什一于千佰，不免贻漏万之讥。登不肖走衣食，尝遡燕关、探邹鲁、游齐梁、下吴楚欧越之区，中间灵疆神界，磅礴硲岈，靡不领略而悉数之。岁万历纪元之癸巳，来止陪京，为披阅书记，得《搜神记》于三山富春堂，读之，见其列以卷、别以类，且绘以像赞之。不肖前日所周览者，而一墨盖不袭于旧，能得于意，发于未明，增于所未备，卓哉神也，要在造民福而拱翼我皇图于亿万斯永者。

此序文字颇为糟糕，符合当时书坊主雇用小说作者的古文水平。这段序言可以说明几点事实：（1）很大可能罗懋登就是编纂者，至少也是加工者。其为金陵唐氏书坊所雇用的写手，于南京三山街富春堂依据各种材料编纂而成。（2）罗氏尝撰《三宝太监西洋记通俗演义》，其本人很熟悉也很擅长创作神灵故事。（3）《增补搜神记》较多补充了地方神祇，可能与罗懋登的经历有关。这一点似乎与前述“此一类书籍不存在由专门作者调查、收集、整理的撰作方式”的结论矛盾，但考察其内容就可知道，这一部分神祇一大半仍是历史性人物。其他则篇幅较短，或记叙简略，仍属较为随意的拼凑或虚构，并非是对地方神祇的忠实记录。

另外，这种随意性也表现在民间匠人的发挥上。比如“赵元帅”条，

---

❶ 二阶堂善弘：《元帅神研究》，齐鲁书社 2014 年版，第 179—254 页。

《搜神广记》《三教搜神》《增补搜神记》三书文字全同（与《道法会元》卷二百三十二“正一玄坛赵元帅秘法”中“赵元帅录”同源）；而所配图像，《增补搜神记》为赵公明修髯长袍坐于帐中，较为独特；《新编连相搜神广记》和《三教搜神》均为暴髭执鞭跨虎，与正统《道藏》扉页图中的赵元帅相似，❶ 符合《法海遗珠》卷三十六“神霄都督金轮执法赵元帅符法”所言“紫黑色面胡须，圆眼，铁幞头，黄抹额，金甲，皂掉袍，绿靴，左手提铁索，右手仗铁鞭，乘黑虎”（《道藏》）的形象，但二图的具体造型仍然有相当的区别，反映出民间刻工在继承传统中的不同的理解和创造。

《搜神广记》之赵公明

《增补搜神记》之赵公明

《三教搜神》之赵公明

三

总体而言，明代仙传乃均商业书坊依据各种前有成书或历史资料钞纂拼凑而成，是非常典型的商业出版的草率随意之作。即使是较有特色的《增补搜神记》《三教搜神》，既不能算是宗教生活的历史的和现实的忠实记录，也很难反映具体的社会宗教生活的历史与现状，只能在一定程度上提供一种补充性的印证。此类读物多取资于通俗文学，但在反映、建构程度上尚远远不如通俗文学。

在古代中国，正统史传自古就有“不语怪力乱神”的传统，除国家祠

❶ 关于《道藏》扉页图像，见尹翠琪《〈道藏〉扉画的版本、构成与图像研究》，《中国台湾大学美术史研究集刊》第四十三期（2017）。

祀、灾异祥瑞外，很少有关于社会宗教生活的系统记录。地方史志一方面兴起较晚，另一方面受到正统史观的规范，也缺乏对宗教生活深入全面的记载。而义理化的宗教有意识建构教派化的宗教内史，则不免添饰和神化，更称不上是历史实录。从社会宗教生活本身来说，其较为丛散、杂乱、多绪的外在表现，也使其很难得到系统的描述。于是，社会宗教生活的描述即多由文人笔记小说、见闻杂记以及通俗宗教读物承担。文人记录多出于一人之闻见，零散而孤立，且带有精英观念的立场；而通俗宗教读物则不免沿袭、钞纂、拼凑。由此，《增补搜神记》、《三教搜神》等在近现代被视为社会宗教生活中的神祇系统的第一手客观材料，这一认识观点是非常值得商榷的。

晚明文人仙传的新态势：以杨尔曾《仙媛纪事》为例

何　璇

（香港中文大学　文化及宗教研究系）

摘　要：《仙媛纪事》是晚明出版商杨尔曾的一部女仙集传，是明万历文人仙传出版风潮的一种。本文即以《仙媛纪事》为中心，探讨晚明道教仙传所体现出的新动向。首先，万历仙传出版风潮中，仙传的作者由道士转向文人，这批文人对宗教有着亲近的态度，甚至有亲身修行的行为。其次，《仙媛纪事》材料丰富，形制精美，体现了杨尔曾对女仙传统的重视，这也和晚明独特的时代风气分不开。这些新的发展态势，为我们审视晚明文人仙传的发展提供了一个新的视角。

关键词：杨尔曾；《仙媛纪事》；道教

杨尔曾（生卒年不详），浙江钱塘（今杭州）人，号雉衡山人、卧游道人、夷白堂主人等，晚明杭州重要书商，有苏州草玄居、杭州夷白堂两家书坊，据王重民推断，他的（从）兄弟杨尔贤，也是书坊主。[1] 他曾刊刻、编撰了《吴越春秋注》《新镌仙媛纪事》《狐媚丛谈》《出像许真君净明宗教录》《海内奇观》《韩湘子全传》《新镌东西晋演义》等书籍。杨尔曾编撰的书籍中，和道教有直接关联的主要有《新镌仙媛纪事》《出像许真君净明宗教录》《韩湘子全传》三种。此外，《新镌海内奇观》中亦有不少道教神圣地理的内容。《新镌仙媛纪事》是晚明时期涌现的诸多神仙集传的一种，主要汇集从上古至明代的女仙传记。《出像许真君净明宗教录》是一部净明道的道书集成，杨尔曾明确表示编纂此书的目的是传播净明道，杨尔曾对其投射了对净明道祖师的巨大关注，在其中收录了以《许真

[1] 王重民，《中国善本书提要》，上海古籍出版社 1983 年版，第 281 页。王氏言，杨尔贤字圣求，杨尔曾字圣鲁，都为浙人，字辈相同，应该是行兄弟。

君八十五化录》为代表的诸多净明道仙传。《韩湘子全传》则以八仙之一的韩湘子为主角，全面记录了韩湘子出身、自我修炼并度化韩愈的历程。是一部道教向度极为明显的小说。《仙媛纪事》是晚明出版商杨尔曾的一部女仙集传，是《墉城集仙录》《历世真仙体道通鉴后集》之后的第三本专门的女仙集传，也是明万历文人仙传出版风潮的一种。本文即以《仙媛纪事》为中心，探讨晚明道教仙传所体现出的新动向。

一、作者杨尔曾与明万历仙传出版风潮

（一）杨尔曾的早年行迹与道教信仰

杨尔曾早年的游历经历似乎颇为丰富，在不同书的序言中，都提到了他小时候跟随父亲宦游之事，综合来说，他的行迹集中在�、楚、颍这些地方。他在《叙刻海内奇观》中说：(余纫爰山水，髫龀从先大夫游于筠楚间。"[1] 又在《纪刻许真君净明宗教录事》中说：(岁在昭阳协洽，予以髫龀从先大夫官于楚，无何，移于颍"，可见"髫龀"之年，亦即七八岁的孩童时代，杨尔曾之父在筠、楚之地为官，杨尔曾则跟随在侧。而后则随其父官职的调动迁居到颍地，也是在颍地，他经历了许真君在梦中的示现：

> 居颍之日，予昼寝斋头，恍一羽士，魁梧奇伟，修髯长目，冠碧玉，衣紫霞。□予起，曰：(曾乎，吾旌阳君也，鉴尔久矣。尔善而良，尔貌而扬，飘飘骨格，阆苑遗芳，尔净尔明，尔炽尔昌。"予斜瞩之，光芒闪烁，莫可仰视。俯首唯唯，俄然而觉。花枝傍午，莫测梦之何从也。越□而英山侯以《净明宗教全书》惠贶先大夫，予因是得以卒业。其殷殷恳恳，论人以忠孝净明之义，不吝斧钺。视左道诬民蔑人伦、躭虚寂者，邈乎不侔。予乃始蘧然悟畴昔梦之都仙，得无意乎？胡然而梦，胡然而似梦非梦也！梦不梦，不梦梦，都仙示予宏矣。[2]

这次神启，是在一次午睡时，许真君自报家门后，表示观察了杨尔曾

---

[1] （明）杨尔曾，《新镌海内奇观》，《续修四库全书》，上海古籍出版社2015年版，第721册，第345页。

[2] （明）杨尔曾，《纪刻许真君净明宗教录事》，杨尔曾，《出像许真君净明宗教录》，明万历三十二年詹氏西清堂刊本。

很久，认为他品德高尚、相貌端正，骨格清奇，具有仙缘。之后，英山侯正好送了杨尔曾父亲一套《净明宗教全书》（应为《净明忠孝全书》），杨尔曾因此接触到净明道。他深为其中的净明忠孝之义所吸引，认为这远超“蔑人伦、耽虚寂”的左道，于是他骤然醒悟了许真君梦示的真意。

杨尔曾入道的过程，非常典型地体现了晚明文人和净明道的新的接触模式，可以说，是当时时代宗教风气的体现。在元代，士人想了解净明道，往往需要亲自前往宫观，结交道士与之讲论。随着印刷出版技术的发达，到了明代中晚期，在三教合一的风尚之下，士人接触、进入净明道的方式有了新的改变。阅读《净明忠孝全书》，成为最方便了解净明道的途径。比如前文曾提及，娄衷和就曾从湖广道人处得到《净明忠孝全书》，之后于家塾刊行，这样就能让更多人获取净明道知识。熊开来（1625 年进士）也是从觉来大师处获得《净明忠孝全书》，孙慎行（1565—1636）将《净明忠孝全书》和《文昌化书》合并为《忠孝两书》刊刻。[1] 以上这些例子的主人公，都是以在家士人的身份，阅读了《净明忠孝全书》，从而对净明道产生了兴趣，甚至成为信徒。杨尔曾的轨迹也是如此。而他对净明道的推崇，也如李攀龙一样，认为净明忠孝才是真正的大道，绝非其他“左道”可比。

杨尔曾的特殊之处，在于从梦中接受了许真君的神启。从他在梦中已经知道示现的神祇是许真君来看，他那时已然在实际生活中接触到净明道，并有了一定的基础了解。他童年、少年时代生活的江西高安一带（瑞州），临近净明道祖庭，瑞州有悠久的道教传统，州内诸多道教相关的遗迹，逍遥山的净明道盛况，也是极为世人所重的，加上瑞州当地的道教风俗，这些对他应有耳濡目染的作用。

杨尔曾入道和时人不同的地方，在神启之梦外，还有更名一事，他改名的直接原因，也是因为许真君在梦中称呼他“曾乎”，他在《出像许真君净明宗教录》中记载，“……予时名尔真，迨甲午而更名尔曾，是一十三历之前，都仙业已命予矣。”[2] 由此可知，他原名杨尔真，大概是因梦中，许真君曾言“曾乎”，他认为这是真君在呼唤他，故而改名尔曾。改名的时间万历年间的甲午年，即为二十二年，即公元 1594 年，杨尔曾也自

---

[1] 张艺曦：《明中晚期江右儒学士人与净明道的交涉兼论〈净明忠孝全书〉的影响》，台北：《明代研究》，2013 年 6 月第 20 期，第 1－30 页。

[2] 杨尔曾：《纪刻许真君净明宗教录事》，明万历三十二年詹氏西清堂刊本。

道改名是在十三年后，按“齠齔”之年推算，此时则在二十岁左右，正是弱冠成年之时。改名一事，显然是他宗教身份确立的重要标志。“曾”之名，是梦中许真君赐予，更名“尔曾”，一方面足见他信仰的虔诚，另一方面，也体现了他的认知中，其道统直承许真君，而越过了刘玉、黄元吉等人。❶ 他在《出像许真君净明宗教录》中，“弟子杨尔曾”的署名方式，也体现了这一点。

杨尔曾经过神启，进入了净明道信仰。通过阅读《净明忠孝全书》，深入了解净明道教义，确立了信仰。在弱冠之年通过改名，正式确立了自己的宗教身份。至此，他一生从事的编刊出版事业，也成为弘道的载体。

（二）晚明的仙传出版风潮

到了明代，前代已然蔚为大观的仙传文学，出现了前所未有的发展趋势。明前的仙传，不论教派体例如何，其执笔者皆为道门中人，拥有明确的宗教身份——如《墉城集仙录》作者杜光庭是唐五代时的著名道士，赵道一是浮云山圣寿万年宫道士。而到了明代中晚期兴起的仙传编撰、出版热潮，参与其中的作者反而全是在家文人，虽然他们可能有着相应的宗教信仰与宗教追求，甚至不少还有宗教实践，却没有人出家成为道士。

年代	作者	书名	版本信息
万历十一年（1583）	张文介	《广列仙传》	日本内阁文库藏万历十一年（1583）刻本
万历年间	屠隆	《列仙传补》	见《鸿苞集》
万历二十三年（1595）	陈继儒	《香案牍》	《四库存目丛书》子部260册（《宝颜堂秘笈》本）
明万历二十八年（1600）	汪云鹏（托名王世贞）	《列仙全传》/《有象列仙全传》	明万历二十八年（1600）玩虎轩刻本。 庆安三年（1650）京都藤田庄右卫门刊本，山口刚旧藏。 日本宽政辛亥三年（1791）京书林中，川藤四郎等刊本。

❶ 许蔚：《断裂与建构：净明道的历史与文献》，上海书店出版社2014年版，第96页。许蔚认为，杨尔曾讲述自己在梦中受到真君提点，以及被真君赐名的往事，就是他对“真君嫡传弟子”这一身份的认同。

续表

年代	作者	书名	版本信息
万历三十年（1602）	洪应明	《仙佛奇踪》《月旦堂仙佛奇纵合刻》	明万历刻本 道藏本（《万历续道藏》，《逍遥墟经》） 月旦堂刻板陶氏重印本
万历三十一年（1603）	杨尔曾	《新镌仙媛纪事》	草玄居刊本

从作者的身份看，张文介、屠隆、陈继儒是当时颇有盛名的文人，而汪云鹏、洪应明和杨尔曾则为具有较高文化水平的书商。从时间线来看，这股仙传出版风潮先在文人群体中盛行，自万历二十八年之后，才蔓延到出版界之中。而杨尔曾的《仙媛纪事》，恰是万历年间仙传出版风潮的最后一本。

“文人”是对这批仙传编撰者的社会身份的一重界定，在文人的身份之外，他们也是宗教信仰者和实践者。比如《广列仙传》作者张文介，浙江龙游人，字惟守，号少谷山人，明代诸生，善诗，为盛明十二家之一，有诗集《少谷集》《代赞集》《醉吟集》[1]，王世贞曾为其诗集作序。除诗之外，他也对堪舆等神秘数术感兴趣，曾经校对过《堪舆仙传四秘》一书。[2] 此外，张文介本身是有着相当的宗教追求的，这从他自作的《广列仙传序》中可以明显看出：

> 方城宗子有曰：人世有二乐，上焉者乘青云，弄紫霞，而次则宏辞丽句，照耀今古，名并日月，万世莫得而掩焉。殆兼三子而有之哉。介夙事辞林，慨碧纱之空兆，晚耽玄理，冀石髓之倘逢。[3]

他赞同文章之师和修仙得道都是人生之大乐的说法，并且亲身实践了这二者——年轻时追求文采，而年长后则开始进行宗教实践。张文介在《广列仙传》的序言中，引用宗臣《报梁公实书》来说明写作目的，原文

[1] （清）黄虞稷《千顷堂书目》卷二十四载：（张文介《少谷集》，字惟守，龙游人”。又卷二十六载：（张文介《题行集》，龙游人，又《代赞集》《醉吟集》。”（清）黄虞稷撰，瞿凤起、潘景郑整理，《千顷堂书目》，上海古籍出版社 2001 年版，第 607 页、622 页。

[2] （清）丁丙《善本书室藏书志》卷十七，“郭书题古杭张文介惟守校。”，《善本书室藏书志》，上海古籍出版社 1995 年版，第 806 页。

[3] （明）张文介，《广列仙传》，台湾学生书局 1989 年版，第 4—5 页。

为“仆常言人世祇有二道上焉者：乘青云，弄紫霞；而次则宏词丽句，照耀今古，名并日月”[1]，在求仙之外，将宏辞丽句作为人生第二的追求，实则是自曹丕《典论·论文》以来千百年来文人所追求的境界：（盖文章经国之大业，不朽之盛事。年寿有时而尽，荣乐止乎其身。二者必至之常期，未若文章之无穷。”[2] 曹丕将文章之地位，拔擢到建功立业之上，而宗臣、张文介这些晚明文人，则又将修仙求道置于文章之上。屠隆亦热衷道教，他曾笃信昙阳子，昙阳子化去后，又笃信李海鸥，且热衷扶乩，一直对龙沙谶怀着坚定的态度，着有大量文字论证飞升之事可期。而在《仙佛奇踪》的《佛引》（署“真实居士冯梦祯题”）中记载：（洪生自诚氏，幼慕纷华，晚栖禅寂，缘是遡诸佛菩萨而为之，传其神，纪其事，因以寂光境标焉。”[3] 可见洪自诚早年或有功名之事，而到晚年，则有进行佛教修行的经历。这种身份上的多元重合，体现为写作上的独特倾向性，杨尔曾则堪称这种多元身份的代表。

二、《仙媛纪事》的相关情况

《仙媛纪事》是万历文人仙传出版风潮中最晚的一部，也是较为特殊的一部，本书专收女仙传记，是继《墉城集仙录》《历世真仙体道通鉴》之后，第三部专门的女仙仙传合集。是书共九卷，收录了自上古至明代的女仙传记，共计九卷，附补遗，为杨尔曾所编撰，明万历三十一年(1602）草玄居刊本，书前有冯梦祯、邵于崙、沈周元之序，书末有杨尔曾后序。半页八行，每行十二字，单鱼尾，版心刻有“草玄居”，配有黄玉林插画三十三幅。是书今藏于“台湾图书馆”，为当今存世最早的一版，学生书局的《中国民间信仰资料汇编》即根据此版影印。中国国家图书馆、台北故宫博物院图书馆、日本国会图书馆等亦有收藏。

此外《仙媛纪事》配有极精美的版画插图，《仙媛纪事》题“新安黄玉林镌”，新安黄氏家族与汪氏家族为刻工世家。徽派版画于万历十年左

[1] （明）宗臣撰，《宗子相集》，收在《四库明人文集丛刊》，第1287册，上海古籍出版社1993年版，第161页。

[2] （梁）萧统编，（唐）李善注，《文选》，中华书局1977年版，第720页。

[3] （明）洪应明撰，《月旦堂仙佛奇踪》，台湾学生书局1989年版，第6页。

右开始崛起，之后徽州的版画刻工大量迁往江南一带。周亮曾整理了徽州黄氏家族迁徙杭州的情况，从二十五世至二十八世，黄氏家族大量徙入杭州，然而其中并无黄德宠一支。❶ 黄德宠，字玉林，为新安黄氏第二十六代，其父为黄銮（1517—1599），他有兄黄德时，亦从事刻书事业。黄德宠后来迁往苏州。❷ 这是黄氏家族唯一迁往苏州者。❸ 杨尔曾在苏州出版《仙媛纪事》，找到名重一时的黄德宠合作，足见他对此书的重视。

《仙媛纪事》收录女仙传记，大体按时间排列，从太古时代和殷商时代的女仙一直到卷八、卷九的明代仙真，其中，万历初年名动一时的昙阳子传记占据了卷八的所有篇幅。第九卷之后附有“补遗”，补遗则自炎帝少女开始，直到近古神仙，对前文做出补充。

《仙媛纪事》的材料来源十分丰富。过去往往认为《仙媛纪事》沿袭自前代两部女仙专门传记《墉城集仙录》和《历世真仙体道通鉴后集》，除此之外，《仙媛纪事》也援引了大量其他材料。主要来自道教经典、前代小说集、明代仙传和方志。

他对道教经典的重视在书中时有体现，比如《张珍奴》一篇，即出自《悟真篇注疏》，讲述了宋代宣和年间吕洞宾度化张珍奴的事迹。张珍奴的故事在《夷坚志》中亦有记载，但《仙媛纪事》这版的张珍奴传记与《夷坚志》有较大出入，反而和《悟真篇》比较一致。何仙姑在与杨尔曾同时代的神仙集传中均有记载，《广列仙传》《列仙全传》与《仙佛奇踪》（《逍遥墟经》）中的何仙姑文本，均取自《仙鉴后集》。从其他文本的参照情况来看，杨尔曾显然读过《仙鉴后集》，并且将此书放到非常重要的参考地位。以同时期的其他仙传来看，《仙鉴后集》本的何仙姑故事，在当时的流行范围也是十分广泛的。不论从哪个角度来说，这一版本的何仙姑传记，杨尔曾势必非常熟悉，但是在《仙媛纪事》中，他采用的并非这一体系的何仙姑传记文本，而是全文采撷自《吕祖志》。

三、《仙媛纪事》与前代仙传传统

《仙媛纪事》大多数文本来自赵道一的《通鉴后集》，甚至保留了不少

❶ 周亮：《明末徽派版画对武林版画的影响及武林版画新的风格确立》，《江南大学学报（人文社会科学版）》，2010 年，第 115 – 130 页。

❷ 周芜：《徽州版画史论集》，安徽人民出版社 1984 年版，第 22 页、第 65 页。

❸ 周亮，《明末武林和苏州版画共同性初探》，创意与设计，2010 年，第 65 – 67 页。

注语，只是删除了注明“道一”的按语。也有部分采集自《广列仙传》者，唯用语较为简洁。此外还收录有王世贞的昙阳子传记以及王世懋的书后。[1] 不过，若详细考察文本可以发现，《仙媛纪事》的传记并非简单转抄自某本前代仙传，而是杂糅了诸本记载所形成的文字。此处试以《仙媛纪事》中的谌姆传记为例，谌母传记杂糅了《修真十书·玉隆集》（《历世真仙体道通鉴》的谌姆传记来自此处）的主要部分，并在结尾加入《墉城集仙录》的语句。如黄堂观的来历，《墉城集仙录》中谌姆本居于黄堂观修道，而《玉隆集》中，谌姆只是居住在黄堂这个地方，黄堂观是谌姆乘龙而去之后，许真君效仿丹阳黄堂坛所修建，而在《墉城集仙录》结尾，许逊为朝拜谌姆，建立了“黄堂坛靖”。《仙媛纪事》中，谌姆居住于黄堂，许真君为她所立之祠为黄堂坛靖，黄堂观在文本中彻底消失了，在故事开始时本存在于丹阳的黄堂坛靖，被移到了结尾处，由许逊设立。这一情节的安排意味着“坛靖”在净明道中的角色被重新重视，说明师徒传承关系是此处的重点，而黄堂坛靖的地址，杨尔曾采取的是《墉城集仙录》的说法，认为黄堂坛靖在洪州高安县东四十里处，而非《仙鉴》之记载。此外，还有谌姆传记中关于孝道之法的阐释，杨尔曾采用《墉城集仙录》的说法，言道“其孝道之法，与灵宝小异，豫章人世世行之”，[2]《仙媛纪事》要选录这段语句，强调了净明孝道之法和灵宝的差异，此外，杨尔曾删去了《墉城集仙录》结尾的“伟哉！人之行莫大于孝，孝于亲者必忠于君，理于家者必康于国。感天地，动鬼神，厚人伦，美教化，移风俗，外清八表，内正百度，可以助道弘化者，其唯孝乎，则孝道之法降自上玄，隆于晋代，豫章之俗，至今行之，故许君则拔宅升天，位统列国，皆孝感也。”[3] 这段赞美孝道的议论，是以豫章人世世修习孝道之法作为结尾，也代表了杨氏这位净明道徒的某些取舍。

《何仙姑》一篇，也体现了杨尔曾对材料的特殊选择。何仙姑的身份，在不同的文献中记载各异，主要有广东增城说和湖南零陵说两种。广东增城说最早可以追溯到《太平广记》所引之《广异记》，称广州有何二娘，有一天对母亲说想去远游，第二天便飞去了罗浮山，为众僧采摘杨梅，这

---

[1] 《中国民间信仰资料汇编·提要与总目》，台湾学生书局 1989 年版，第 12—13 页。

[2] 《新镌仙媛纪事》，台湾学生书局 1989 年版，第 270 页。

[3] 杜光庭，《墉城集仙录》，《道藏》，第 18 册，卷 5，新文丰出版公司 1988 年版，第 192 页中。

杨梅来自四百里外的循州山寺，众僧才知道她是仙女。后来，她的身份具体为广州增城何泰之女，因服食云母粉而成仙，武后召她入京，途中消失，后在中宗时成仙离去，这种说法在《历世真仙体道通鉴后集》中得到采用。与杨尔曾同期的仙传如《广列仙传》《仙佛奇踪》，亦采用这一文本。但《仙媛纪事》的《何仙姑》篇，材料来源于《吕祖志》。何仙姑的身份变成了零陵道女，和女伴入山采茶时偶遇吕祖，得一仙桃，食之成仙，后来尸解飞升而去。《吕祖志》编者不详，成书于嘉靖、万历年间，和杨尔曾年代近似，故而杨尔曾能有机会阅读此书。相对于其他仙传，直接采用《仙鉴后集》的增城何泰之女说，杨尔曾选取的《吕祖志》文本体现了他对吕祖系道书的重视，吕祖度化何仙姑的故事也是吕祖显化度人故事重要一环，这一故事和曹三香等故事一起，体现了当时吕祖度人祖师形象的接受。

由上文分析可见，相较于万历诸本文人仙传，《仙媛纪事》对道教文献更加看重，且使用《仙鉴》和《墉城集仙录》的成分极多，他在《净明宗教录》中的署名为“弟子杨尔曾”，足见他对道教徒身份与自我的认同，抑或因为他道教徒的身份，他能有机会接触到藏于宫观内部的《道藏》，使他能够较为方便地使用宗教文本作为编撰素材。

四、《仙媛纪事》与时代风气

（一）龙沙谶与文人的道教传统

在万历年间，净明道的“龙沙谶”预言风靡一时，龙沙谶来自净明道的许逊斩蛟传说，相传许逊曾降服引起水患之蛟龙，并修建铁柱镇压之，蛟子在此时逃走，许逊说，如果逃走的蛟子作乱，在一千二百四十年之后，会有地仙八百人出世平乱。这段传说既见于地方记载，在道经中也颇多著述。许逊斩蛟故事延伸出松沙谶和龙沙谶两种谶语，在《灵剑子》一书中可以看见有关松沙谶的记载：

> 余自修道，方明气术为先，阴功为首，顷获灵剑，荡妖精。蛇蜃之毒，伤害于民，滋潭之上，铸铁纂以封蜃穴，夜使鬼神铸二铁柱，暗锁豫章一柱在于南。又于西岭，恐蜃奔冲，陷溺庶民，立一柱在西山，东面双岭之前。斩大蛇于西平建昌之界，有子从腹而出，走投入

海，遂飞神剑逐之，缘此蛇子无过，致神剑不诛。上足吴猛云：蛇子五百年后，当准前害于人民，但当以松坛为记，松枝低覆于坛拂地，合当五百年矣。吾当自下观之，若下伤害于民，吾之灵剑亦不能诛之。今来豫韦之境，五陵之内，相次已去，前后有八百人，皆于此得道，而获地仙。当此之时，自有后贤而降伏之。吴君云：将何物为记？答曰：豫章大江中心，忽生沙洲，渐长延下，掩过沙市口，与龙沙相对，遮掩是也。是其道渐修之，各自成功，相次超升金阙。及为洞府名山主者，道首人师当出豫章之地，大扬吾道。❶

《灵剑子》约成书于北宋年间，这段记载中，许逊斩杀了大蛇，有子破腹而出，但是灵剑不能诛杀无罪的蛟子，因而许逊对吴猛预言，蛇子五百年后将为祸世间，则将有八百地仙出，作为后辈降服蛇子。《松沙记》中的预言，只提到了五百年。在《灵剑子》年代之后的许逊仙传里，许逊斩蛟和八百地仙的故事结合为重要情节。《西山许真君八十五化录》的“小蛇化”中，龙沙谶的完整形态出现：

蛇腹裂，有小蛇自腹中出，长数丈，甘君欲斩之，祖师曰：彼未为害，不可妄诛。小蛇惧而奔行六七里，闻鼓噪声犹返听，而顾其母。群弟子请追而戮之，祖师曰：此蛇五百年后若为民害，当复出诛之。以吾坛前松柏为验，其枝覆坛拂地是其时也。又预谶云：吾仙去后一千二百四十年间，豫章之境五陵之内当出地仙八百人，其师出于豫章，大扬吾教。郡江心忽生沙洲掩过沙井口者，是其时也。此时小蛇若为害，彼八百人自当诛之。苟无害于物，亦不可诛也。❷

在此，松沙谶中的相关元素被整合起来，虽然许逊仍指松坛作谶语，但八百地仙出世平乱的时间变成了一千二百四十年后。后出的许逊仙传，比如《旌阳许真君传》《净明道师旌阳许真君传》等材料的龙沙谶记载，都沿袭自《化录》中的此条。

许逊斩蛟的故事发生在东晋时期，一千二百四十年之后，恰好落在明代万历年间，这一谶语遂引起了士林间的广泛注意。元代所出的《净明忠孝全书》中的刘玉传记《西山隐士玉真刘先生传》中，刘玉已成为“师出

❶ 《道藏》，第 10 册，第 667 页上 – 中。
❷ 《道藏》，第 6 册，第 821 页中 – 下。

豫章”的师者[1]，是时已有应谶之兆。1283年，洞真天师胡惠超曾在西山示现刘玉（1257—1308），告诉他此刻龙沙已生，刘玉正是八百弟子的师者，正是兴盛净明大道的时候，但并没有向刘玉明言一千二百四十年之期。张艺曦认为，这可能是因为八百应谶弟子未至，而师者先来，于是将刘玉的出世作为应谶之先机。[2]

而后，王阳明平定宸濠之乱，也被附会成龙沙谶的应谶之兆。武宗正德十四年（1519），宁王朱宸濠在江西发动叛乱，此次叛乱被王阳明扑灭，在一些笔记之中，宸濠之乱和许逊斩蛟故事结合起来，认为朱宸濠就是那条逃走的蛟子，而此时正约略过了一千二百四十年。

净明道为时人所重，也能从净明道祖庭之玉隆万寿宫在当时得到良好修缮看出。万历四年（1576），张位（1538）、万恭（1515—1591）、李迁（1511—1582）、李逊、吴桂芳等人，自万历四年有了重建的念头，万历十一年（1583）真正着手重建，到到万历十三年（1585）竣工。[3] 张位又在玉隆万寿宫建了“逍遥靖庐”，据《逍遥山万寿宫通志》记载，“万寿宫门，附逍遥靖庐，即文忠祠前万历癸未年建。”[4] 作为讲学所在。逍遥靖庐的讲学内容十分丰富，张位、李逊、邓以讚曾在其内讲心学、理学等当时流行的儒门之学。

除了资助、重修宫观和讲学习静之外，文人们也往往有积极的道教实践行为。净明道在和儒家不谋而合的忠孝之说之外，也非常重视内丹的修炼。《石函记》讲述了净明道的内丹修炼之法，虽然《石函记》一书，被

---

[1] “至元壬午，朝命改隆兴路为龙兴。其年五月，章江门外一洲。是秋，先生经行西山泻油冈，遇洞真天师胡君，告以姓字，先生拜问曰：天师胡为在此？曰：龙沙已生，净明大教将兴，当出八百弟子，汝为之师。”《道藏》，第24册，第629页上－中。

[2] 张艺曦，《飞升出世的期待——明中晚期士人与龙沙谶》，《新史学》，第22卷1期，2011年，第12页。

[3] “万历思念，余偕李司寇迁、吴司空桂芳、李学使逊，遡萧峰，而息于其故宫，寻唐堬登宋封，则苍薜峨峩，顽石嵯嵯，而千百之复道遗迹、书检留琼，皆不可复识矣……故宫禾黍，不可复见矣！归而谋诸张学士位，乃以万历十年中秋，觅仙迹，吊颓宫，载谋之谢大理丞廷杰、邓太史以讚，而万司马恭为之疏券，遂纠值正殿而新之。乃抚院曹公大野以五十金率而至，按院贾公如式以五十金率而至，合之乡好行其德约七百金有奇，始事于万历十一年七月，而学士复藉胥太府遇，下檄新建县丞张濯董其事，十三年秋乃成。”（明）万恭，《重新玉隆万寿宫碑记》，（清）金桂馨、漆逢源纂辑，《逍遥山万寿宫通志》，卷14，北京出版社2000年版，第829页。

[4] （清）金桂馨，《逍遥山万寿宫通志》，江苏古籍出版社2000年版，第746－747页。

刘玉否认是许逊本人亲作，❶ 但是因为其中提到龙沙谶的应谶之期，在万历年间引起文人的极大兴趣，也引起了修炼内丹的热情，如屠隆在给陈继儒的信中说，“许旌阳《石函记》中龙沙期，政在此时，而海内开明疏暘之士，亦往往好谭性命，从事大道”❷，可见性命之说的内丹学说，海内士人中十分风行，甚至亲身实践。

（二）昙阳子和晚明的女仙崇拜

到了晚明，时间已经更接近一千二百四十年，此时越来越多的人开始讨论龙沙谶，当时人心目中，龙沙谶的应谶之地也从江西南昌转向了江南地区，当时士人对于飞升成仙的期待，也让龙沙谶的重点从平乱变成了成仙。这时横空出世的昙阳子，吸引了众多志在飞升的文人的注意。昙阳子（1558—1580）是大学士王锡爵（1534—1610）之女，本名王桂，字焘贞，初由父亲许配给徐景韶为妻，尚未成亲，徐氏不幸亡故，王桂立誓守节，遂开始修道，自号昙阳子，颇多灵异之事，后来昙阳子在众人面前坐化飞升。当时许多知名文人墨客都拜昙阳子为师，如屠隆（1542—1605）、沈懋学（1539—1582）、冯梦祯（1546—1605）等晚明文坛领袖，甚至有其父王锡爵和其叔父王鼎爵。昙阳子所作的一首五言绝句则让她拥有了龙沙谶八百地仙的师者身份：

> 左髻昙阳子，他时王害风。五陵为教主，古月一孤峰。两头尖未至，九环会壁红。❸

此诗语言奇异晦涩，难以理解。“王害风”当为全真教祖师王重阳的外号，此处昙阳子将自己同王重阳相提并论，当有以祖师自居之意。而“五陵为教主，古月一孤峰”一句，则直接与龙沙谶预言中的“五陵之内”相吻合，昙阳子成为五陵教主，便似乎应验了龙沙谶中的师者身份。王士性的《广志绎》也论述了这一重关系：

---

❶ 《净明忠孝全书》卷五：（先生曰：世传《石函记》《金锁记》及《醉思仙歌》等类，皆非真君所作。真君之文，无非发明忠孝之道，学者审之。”见《道藏》，第24册，第648页上。

❷ （明）屠隆，《栖真馆集》，卷16，《畬陈仲醇道兄》，上海古籍出版社1995年版，第9－10页。

❸ （明）尤求，《昙阳仙师像》（沪1－1097），中国古代书画鉴定组，《中国古代书画图目》卷三，文物出版社1997年版，第167页。

> 龙沙在豫章城北，江水之滨，白沙涌起，堆阜高峻，其形如龙，俗为重九登高处。旧有谶云：（龙沙高过城，江南出圣人。”今沙过城十余年矣。昔许旌阳斩蛟，蛟子逸去，散游鄱湖，弟子请悉诛之，旌阳曰：（吾去后一千一百二十年，岁在三丙，五陵之内，当有八百地仙出，自能诛之，毋劳今日尽也。”今正当三丙间，去其岁不及二十年，又有龙沙之应。《昙阳子记》亦云：（五陵为教主，古月一孤峰。”意其所谓圣人者，神仙之流与。❶

在昙阳子化去后，她的信徒就屡次通过扶乩与她建立联系。比如管志道曾经在书信里斥责屠隆迷信乩仙的行为。而根据钱谦益《列朝诗集小传》记载，当时有乩手孙荣祖，其乩仙叫慧虚子，常常往来于江南诸多文人之中，深得屠隆信赖。直到去世前的病重之时，还扶床凝望，等着乩仙来接他。在昙阳子化去后，就有许多人围绕在这位孙荣祖身边，请他和昙阳子沟通、传达讯息。又如潘士藻，他也有自己的专属乩仙，名白云颖，也多请教乩仙龙沙谶相关之事。可见，扶乩已经成为晚明文人的宗教生活中的重要部分，此时产生的大量扶乩降临的诗文，显示扶乩已成为他们文学生活和宗教生活的结合点。而扶乩又和女仙信仰紧密联结，除了昙阳子之外，稍晚一些明末的金圣叹也曾在叶绍袁家为他的亡女叶小鸾扶乩招魂，留下许多诗句，尤侗亦有乩仙孙真人（孙虔礼）和瑶宫花史，瑶宫花史亦为佳人后身的女仙。

这种女仙崇拜的文人风气，和因之在社会上和文坛中引发的种种风潮，也深刻影响到了杨尔曾，从他将王世贞的《昙阳大师传》全篇收录为《仙媛纪事》卷八来看，他无疑深刻了解这一动态，并在编刊图书的作为中表达了自己的认同。

五、结语

综上所述，杨尔曾的《仙媛纪事》体现了晚明道教仙传的新动向。首先，万历仙传出版风潮中，仙传的作者由道士转向了文人，这批文人对宗教有着亲近的态度，甚至有亲身修行的行为，杨尔曾的特殊之处，在于他曾经受过许真君神启，从此成为虔诚的净明道徒。其次，《仙媛纪事》材

❶ （明）王士性，《广志绎》，卷4，「龙沙」条，中华书局1981年版，第24页。

料丰富，形制精美，体现了杨尔曾对女仙传统的重视，这也和晚明独特的时代风气分不开，当时龙沙谶和昙阳子事件在士林中引起极大反向，文人们热衷于扶乩等秘术与神灵沟通，且不少乩仙都是女性。在材料上，《仙媛纪事》除了采用方志、小说集和传统仙传之外，对道教文献的处理尤其值得重视，杨尔曾并没有全文采纳，而是会将不同仙传中的文字，按照自己的取舍拼接成文，并特别注重吕祖系的道书。这些新的发展态势，为我们审视晚明文人仙传的发展提供了一个新的视角。

张宇初诗歌的世俗化探究

段祖青

（江西农业大学　人文学院）

摘　要：作为明初著名道士，张宇初创作的诗歌与文人诗歌几无区别，呈现出较以往道教诗人更为突出的世俗化内容，为我们展现出一幅充满世俗情感的人间画卷。这与明初道教进一步世俗化有关，而其亦道亦士的双重人格结构及抒性情的诗学观念也是导致其世俗化的重要原因。

关键词：张宇初；诗歌；世俗化

明初道门人物中，张宇初的文学创作成就最为突出，被誉为"国初第一好手"，[1] 但目前尚未引起学界的足够重视。基于此，笔者试就其诗歌的世俗化进行集中论述。

关于张宇初的诗歌创作，《道藏》本《岘泉集》十二卷，录其诗五卷286首；《四库全书》本《岘泉集》四卷，仅录其七言歌行37首，其中4首亦见《道藏》本。两种版本皆收录不全，唯有五十一代天师张显庸重校的《耆山无为天师岘泉集》六卷，收录张宇初诗歌最全，共860首，[2] 诗歌创作数量位居明代道教诗人之首。借助这些诗歌，我们可以走进他的心灵世界，知其作为道教领袖却未真正忘怀世俗尘务，而是身在道门，心系红尘，呈现出一副世俗化的面貌。

一、张宇初诗歌的世俗化表现

张宇初的诗歌主要呈现的不是修行的感悟与体验，探讨的也不是道家道教之理思和宗教信仰之鹄的，而是倾向于关注世俗平凡之日常，生活气

[1] 王夫之著，周柳燕校：《明诗评选》卷四，上海古籍出版社2011年版，第111页。

[2] 根据这个重校本，统计诗歌情况如下：歌行37首，五言古诗195首，五言律诗136首，五言排律7首，七言律诗337首，七言绝句148首，共计860首。

息浓郁，给人以亲切之感，从而表现出较以往道教诗人更为突出的世俗化内容，并可归结为书写文人的生活情趣和表达真挚的世俗情感两方面。

（一）书写文人的生活情趣

在张宇初的诗歌中所呈现出的日常生活内容，大多是文人所着意的风雅意趣，或是诗歌酬唱，或是品茗饮酒，或是赏玩花草，这样的张宇初不像是久居道门的高道，更像是一位追慕高雅情调的文人。

1. 诗歌酬唱

诗歌酬唱在文人交往中是司空见惯之事。张宇初与时人友好往来，亦能以诗赠答以表情达意，如送人远行有《送别王仲缙先生歌》《送丘子硕审理还荆南》《送郑教授叔度之蜀歌》，表达了与友朋临别之际的愁绪怅惘；贺人生日、秩满、建筑竣工如《寿云溪杨先生》《贺绍庵龚先生寿》《寿曹演法六十》《贺了庵李东堂八十》《题自画崆峒高节墨竹贺三家叔五帙》《贺辛子容秩满赴阙归任》《贺李了庵建玄润斋》《贺彦衡弟新居落成》，无不充满欢乐与祥和；题人画作如《题王右丞雪霁江行图歌为陈无垢作》《题何沧洲高峰晴旭墨竹为王乐丘赋》等，数量众多，仅给方壶的题画诗就达31首。题画诗，本是文人交际中的常见现象，到了明代，题画诗成为文人间交际酬赠之礼品，在文人交际中的作用日益突出。[1] 据笔者初步统计，张宇初诗作中涉及的方外人士27位，赠诗97首，其中题画诗39首，占总数的40%。很明显，题画诗被张宇初作为一种与人交流的重要方式；还有缅怀、悼念逝世友人如《挽何沧洲》《挽曹道录希鸣》《挽王助教仲缙》《挽傅元宗二首》《挽倪晋明隐士二首》《挽朋山张东堂二首》等，皆注入了诗人真挚而热烈的情感，因而读来令人倍受感动。张宇初所作和诗也不少，如《和宋元益赋闲居二绝韵》《和何伯度谢惠芍药韵》《和秋渊沈讲师见寄韵》《答葛维祯贺醮成韵》《次葛维祯贺京回赐服韵三首》《再次前韵答王景山见庆三首》《再用前韵次董仲巩贺章三首》《次宋学士贺周仙官祷雪韵》《次黄编修宗豫见寄韵》《次吴孟启谢牡丹韵》《次独庵少师见寄韵二首》等，张氏与社会各阶层之间的这种双向互动，既是礼貌友好的体现，也有加深关系、展现生活情趣的意味。

---

[1] 刘继才：《中国题画诗发展史》，辽宁人民出版社2010年版，第6页。

2. 品茗

对文人而言，品茗兼具精神和物质双重享受，乃是他们打发闲暇时光最常用的手段。张宇初也是一样，品茗在其诗中随处可见，成了他日常生活的重要内容，如《雪行纪怀》写他独啜“野屋”。首句中“苦雨”二字，既表明天气，也渲染张氏心情，其中“啜茗汲冰流，资觞薄焚炙。怅怀离绪盈，愤惋抱中愓。……悒快契阔情，竟夕何由释。微躯眇若寄，所托慨畴昔”几句，充满凄楚悲凉之感。诗人离别故友、羁旅他乡，情绪太过低落，虽可“啜茗”“资觞”加“焚炙”，但苦于无友相伴，因此，对茗独啜反将其生活映衬得十分清冷。较之独啜之幽静，张氏与友饮茶时却倍觉神怡：“浮生逼岁偏无绪，况我羁栖百虑增。窗雨送寒留宿火，茶瓯倾碧响春冰。香浮鹤队梅初白，濑洗鹅群雪未胜。料得空山犹寂寞，喜从陆羽视飘腾。”[1] 诗人“羁栖百虑”之际，友人持茶过寓，让其欣喜不已。与友品茗清话后，张氏顿时觉得心情舒畅。如有人送茶，张宇初作诗以谢。在《了庵李东堂馈茶供赋谢》中，他除对友人送茶表达感谢外，还以茶喻世，将自己的人生体验附加到茶饮当中。

3. 饮酒

张诗中出现最多、最引人注目的当是饮酒。有个人独饮，如《独酌二首》《山居九日》《晚坐桂香中偶作》《午饮村舍》《对菊独酌》等，体现了张的文人雅兴。有宴集聚饮，如《清熙亭同诸玄幕赏紫牡丹即席赋歌》：“陈觞稍面画楹间，列席傍依彩檐侧。”又《六月廿三日晚宴仙岩有赋》：“胜集岂凡缘，谐欢杂觞俎。”又《八月六日黄伯仪席中赋》：“绮绣园林银汉露，珠玑觞咏碧梧秋。”逢宴必有酒，无酒不成席。对张宇初而言，逢宴必饮也是很平常的事。这三首诗，便是这种生活的集中体现。有友人来访而饮，如《花晨后官行甫过访赋赠》：“稍后花晨日正和，耆英载酒访云萝。……风入丝桐白雪操，池倾尊酒紫芝歌。”又《吴至德自安仁故居来访饮赋次韵》：“乡还又是经旬别，山酌偏欢一夕从。”又《谢杨孟顼过访山居二首》其二：“樽酒论文到夕阳，夜醒深觉每疏狂。”友人探访，张

---

[1] 张宇初：《岁暮丘凤冈持茶同解性初过寓馆清话》，沈乃文《明别集丛刊》第一辑《耆山无为天师岘泉集》，黄山书社 2013 年版，第 250 页上。

宇初热情款待，将酒作为其待客必备之物，或与之开怀痛饮，或与之樽酒论文，彼此间的深情厚谊都浸润在这浓浓的酒香之中。有自抒怀抱而饮，如《上巳山居述怀》："浮荣笑竞真萦系，樽酒怡情岂世同。"又《听雪》："尘事浑牢落，宁消向酒前。"又《中秋日自遣》："翛散林泉须自慰，锦屏樽酒意何如。"张宇初虽"居耆山中，闲游鹤松下"，[1] 但这也不能完全消解那困扰在他心头的"尘事"苦闷。所以他只好借酒"自慰"，以排遣现实的种种不愉快，进而得到暂时的解脱。可"宁消向酒前"，似又表明其喝酒"实在是一件最不得已的痛苦事情"。[2]

4. 赏玩花草

四季花草千姿百态，各有其秀妍芳容，"莫不予人一种生命的感觉"，[3] 清赏其间，既能怡人感官，又能激发诗思。因而赏玩花草无疑是骚人韵士之好，自然也就成了张宇初自适其性的方式之一。在他笔下，牡丹、芍药、梅花、桐花、菊花、芙蓉、莲花、水仙花、栀子花、竹等植物，都是天然的观赏对象。张宇初对它们的喜爱，并非附庸风雅，而是发自肺腑，近于痴迷。如在"春过初开小雨天"时节，他曾独自感受"石栏红药竞分妍"[4] 的物色之美。到了"芳莲烂漫遍池东"的夏天，他便"翛然静立风尘外，赖与渔溪乐趣同"[5]。秋天，赞赏山庵盛开的芙蓉是"秋花无意斗婵娟""最负红妆照水鲜"[6]。冬天，静坐赏梅，以为"我本岁寒心似铁，正须和月伴梅花"[7]，甚至"不嫌薄雪淹春色，伴取梅花听雨眠"[8]。由此可知，无论阳春盛夏，还是金秋寒冬；不管山庵，还是湖渚，张宇初赏花兴

---

[1] 张宇初：《赠御风子序》，沈乃文《明别集丛刊》第一辑《耆山无为天师岘泉集》，黄山书社 2013 年版，第 66 页下。

[2] 王瑶：《中古文学史论集》，上海古籍出版社 1982 年版，第 38 页。

[3] 叶嘉莹：《迦陵论诗丛稿》，北京大学出版社 2015 年版，第 136 页。

[4] 张宇初：《观芍药》，沈乃文《明别集丛刊》第一辑《耆山无为天师岘泉集》，黄山书社 2013 年版，第 273 页下。

[5] 张宇初：《夏日山庵池莲盛开赋此自怡》，沈乃文《明别集丛刊》第一辑《耆山无为天师岘泉集》，黄山书社 2013 年版，第 251 页上。

[6] 张宇初：《湖渚间忽见芙蓉盛开喜赋》，沈乃文《明别集丛刊》第一辑《耆山无为天师岘泉集》，黄山书社 2013 年版，第 280 页下。

[7] 张宇初：《寒坐》，沈乃文《明别集丛刊》第一辑《耆山无为天师岘泉集》，黄山书社 2013 年版，第 281 页上。

[8] 张宇初：《春寒》，沈乃文《明别集丛刊》第一辑《耆山无为天师岘泉集》，黄山书社 2013 年版，第 274 页下。

致不减，可谓“造次必于是，颠沛必于是”[1]。诸花草之中，张宇初独爱菊花。在张氏诗歌中，以菊花为题的作品即有《怀菊》《植菊》《溪人献菊》《对菊独酌》《雨中玩菊》《月下观白菊》等，与之相关的作品更是不胜枚举。值得注意的是，张宇初爱菊既不同于文人雅士倾心菊花之高洁品质，也不同于一般修道之士在意“菊解制颓龄”[2]，“服之者长寿，食之者通神”[3]，看重菊之留年驻颜功效。他之钟情于菊，与周敦颐一样，“谓菊，花之隐逸者”[4]，视菊为隐逸象征。

（二）表达真挚的世俗情感

张宇初虽处方外，但毕竟生活在方内，而且身为社会的一分子，要完全做到超然物外几乎是不可能的。他“不可能抛却人类的共性，去过一种纯粹的、飘飘然的世外生活”[5]，因此，张宇初的诗歌中并不避讳对世俗凡情的表达。

1. 咏叹乡思

刘若愚指出：“中国诗人似乎永远悲叹流浪及希望还乡。”[6] 作为一个传统的诗歌主题，咏叹乡思在文士诗中出现的频率极高，在张宇初的诗中亦达到了前所未有的普遍与深沉。每逢奔波赶路、节令交替、疾病纠缠之际即是他最情不自禁思念故乡的时候。《晓行二首》中，诗人“倦行偏旅思”“苦疾嗟长道，舟涂总未安”，一路舟车劳顿，疲惫非常，还不忘宣泄“晚程逢雁少，秋梦到乡难”的痛苦。“苏水危台夜月孤，几经西越忆乡途”（《夜过姑苏》），诗人辗转奔波而夜宿姑苏，然身处姑苏而神思却已转入对“乡途”的回忆之中不能自拔。“乡思疑添梦，川情惧涉湍”（《京口月夜》），诗人行至京口，竟因思乡心切而梦见家乡，可惜难以到达。“惧涉湍”说明还乡艰难，充满浓浓的哀愁。

---

[1] 孙钦善：《论语本解》，三联书店 2013 年版，第 40 页。

[2] 陶渊明著，王瑶注：《陶渊明集》，人民文学出版社 1956 年版，第 66 页。

[3] 《全晋文》卷四十五，严可均《全上古三代秦汉三国六朝文》，中华书局影印 1958 年版，第 1717 页下。

[4] 周敦颐著，陈克明校：《周敦颐集》，中华书局 1990 年版，第 51 页。

[5] 张松辉：《唐宋道家道教与文学》，湖南师范大学出版社 1998 年版，第 141 页。

[6] ［美］刘若愚著，韩铁椿、蒋小雯译：《中国诗学》，长江文艺出版社 1991 年版，第 70 页。

每到季节变换，张宇初的这种乡思更为浓烈而浩重。最典型的是《岁晏自遣》："乡心春更切，家信杳无凭。尘事嗟阑岁，浮名繁半生。寒风归蝶梦，残雨晓鸡声。不觉晨钟发，披衣倍客情。"通篇抒发诗人岁暮思家的万千愁绪，现在读来仍令人感同身受。又如《岁暮怀乡》中"坐阅年光旅思凄，客怀偏重故园思。腊残北斗横江渚，春近南风入酒卮"，为客既久，想到久别之乡，诗人身心煎熬，只觉悲楚。节日的到来，更易勾起张氏无尽的乡愁。元夕，即元宵节，是合家团聚的日子，人们非常重视这一节日，还会举行各种活动来庆祝，如观灯、猜灯谜等。但对张宇初而言，热闹是别人的，与他无关，"湖溆逢元夜，怀乡泊驿矶"（《元夕夜泊有怀》），没有丝毫的节日气氛，却渗透着诗人对于故乡的思念，对于回乡的渴盼，不免让人心生怜悯。

即使染病在身，张宇初也不忘作诗抒发他的思乡之情，"弥旬卧疾越江干，无限乡愁遣更难。……身世浮云知底似，客怀直欲向谁宽"（《客中病怀》）、"寂寞湖山又逼春，客愁无地贮晴曛。病馀弱质惭蒲柳，岁晚归心更水云"（《嘉兴道中》）、"病知须乐久，忧感遇时同。……客思惊秋燕，乡心付暝鸿。终期云卧稳，归棹听西风"（《遣怀》），这些诗句无一不体现了诗人强烈的思归之情，凸显出浓厚的流浪意识。按理说，娱情山水应该可以稍微冲淡他绵延不断的思乡之愁，然而事实并非如此。诗人在嘉兴湖中远眺时，面对"夕阳回棹""秋水危桥""湖月波澜""江蘋风露"的景致，发出的还是"乡怀多在白云中"（《嘉兴湖中夜月》）的感慨，可见诗人"抚景添乡思"（《九日纪怀》），心中无法释怀的依然是对故乡的思念。

2. 抒写友情

对于与友人的深情厚谊，张宇初注重于日常生活的点点滴滴中体现。如《癸未秋同参伯胡公游仙岩》《次杨孟项游仙岩韵》《陪仲缙先生游仙岩分题云锦石》《和吴彦直游岘泉韵》等，这些诗歌均是通过张氏陪友游山玩水，共同在"雅度试豪放"（《次杨孟项游仙岩韵》）的洒脱境界中展现彼此之间的真挚情谊。在日常生活中，张宇初与朋友赠物往来也较为频繁。如朋友送羽扇（《谢张司业玄略惠羽扇》）、绨袍（《舟中有怀曹道录临别惠贶赋谢》）、杯子（《谢惠鹦鹉杯》）等，张氏以诗答谢；赠友人画（《次葛维贞炼师谢画韵二首》）、芍药（《和何伯度谢惠芍药韵》）、牡丹（《次吴孟启谢牡丹韵》）等，亦和诗记录，张氏在反映双方真实交往状态的同时，也让我们感受到了“千古知心独鲍生”（《过岘泉得曹演法书》）般的友谊。友朋生病，张宇初也会给予诚挚慰问，如《闻曹道录病安赋以致喜》：“畏暑惊闻膺小疾，悬心千里重驰情。吁天知赖刘安妙，善药何烦董奉精。旋睹鹤书交喜慰，况趋鸾步倍恩荣。从兹云阁增遐寿，金奏寥天协九成。”首联紧扣诗题中的“病”，为“喜”铺垫。“惊闻”“悬心”表明诗人对曹道录“小疾”牵挂于心，心急如焚。后因“善药”，已无大碍，而诗人“旋睹鹤书交喜慰”，情感真挚而细腻。尾联转对朋友的祝福与期盼，关怀之情溢于言表。

与友别后思念，乃人之常情。在《寄张司业》中，张宇初直接表达了与友分别后愁绪满腹、难以入眠的情状：“成均校艺重师儒，白首交情慨事殊。麋鹿闲踪寻屐穗，鸳鸿故友候音疏。张衡漫缀思玄赋，唐次难通辨谤书。寒夜冰霜灯烬落，离怀不寐更烦纡。”诗人以麋鹿自喻，以鸳鸿喻友，一在地上，一在天空，表明会面暂无期。又以张衡漫缀《思玄赋》，说明自己常思己身之事；以唐次罢官奏《辨谤略》而君犹不悟，暗示张司业似乎也处于这样尴尬的境地，文字中略带担忧。最后，诗人直抒“离怀”而“不寐”，然一“更”字却将诗人对故友的牵挂表露无遗。就是故地重游，也同样会勾起张宇初内心对友人的深深思念。如《过钱塘》：“越上曾游地，年深感寂寥。山光随浦尽，海色共天遥。古寺藏秋树，寒江送暮潮。故人浑不见，愁绪酒难消。”面对故地的山光海色，诗人首先感叹的是“年深感寂寥”，说明时间越久，对友人的思念越深。中间两联写景，因心情不佳，故景非乐景，所取意象如古寺、寒江等，皆给人以孤寂落寞之感。最后只好借酒浇愁，以此逃避思友之痛，但这“愁绪”并不因酒而减一分一毫。

朋友亡故，张宇初亦不能释怀，易勾起他对往事与亡友的回忆，作诗以寄托对亡友的哀思。如《挽李提点钦明二首》其二：“两朝遗老重仪刑，廿载云山雅淡情。温厚襟容推长者，丰腴姿格属耆英。春深蝶梦兴亡远，名著鸾笺去住轻。遥睇霞裾凌浩劫，人间何地即方瀛。”再如《挽吴华阳先生》：“锦溪华胄素儒宗，耆德高年感令终。笔阵早追虞褚妙，诗邮晚振杜韩风。故山琴鹤清霜冷，别墅园林落月空。忆昔朋游总凋谢，不堪洒涕送飞鸿。”前首诗伤悼的李钦明，是位管理道教事务的“提点”。或许因工作而相识，生活中多有书信往来，并与这位方外前辈有着长达二十年的淡雅交情。在诗人的眼里，他襟容温厚，姿格丰腴，而今羽化飞升，从此告别人间浩劫。后首诗追悼的“吴华阳先生”即吴至德，诗人多次提及，❶相交颇深，是他的方内至交。前两联对吴先生的道德文章给予高度评价，颈联以景衬情，其中“冷”“空”凝聚了诗人太多的孤寂及悲凉，读至尾联，绵延的伤痛席卷心头，读之无不令人愀然动容。诗人悲伤如此，正是源于二人深沉的友谊。

3. 哀叹衰老

人之年迈体衰是一种不可抗拒的自然规律。一般来说，方外人士不会像普通人一样忧之、惧之、叹之，而应尽可能控制、淡化甚至消解这种因衰老而起的哀叹，但张宇初却如普通人一样忧衰怕老，他诗中叹息衰老来临的自述可谓俯拾即是，尤其是白发作为衰老最明显最直观的外在表现频繁地出现在诗中，如“半生托迹身徒患，百虑关心鬓欲华”（《桐江晚思》）、“老愧青眸减，愁知白发添”（《漫兴》）、“明朝又值菖阳节，白发空怀恋阙心”（《出京有怀》）、“春添白发江湖里，雪霁苍冈竹树中”（《次邵原性立春见贻韵》）等。张宇初慨叹百虑千愁是导致他白发滋生的最重要原因，即使充满生机、嗾人发狂的春天美景也无法使其于青丝日少、白发渐生的困扰中不再悲观，颇有“多情白发春无奈”❷的意味。不过，张氏在书写白发时偶用“春”这样极具反差意义的意象，在某种程度上似乎又消解了白发书写带来的衰弱无力之感，使诗歌呈现出较强的语言张力。

叹逝年华是哀叹衰老的间接体现。张宇初曾于建文元年（1399）“不意获咎，乃尔幸蒙苟全……惟困卧泉石，期以自励”（《答张司业书》），虽然最终化险为夷，退卧岘泉，但突如其来的变故不可避免地给他心理投下了挥之不去的恐惧阴影，势必会引发他“对社会、对人生进行深刻地理性思考的同时，也不能不重新审视一下自身的存在”。❸加之诸多好友同道先于他亡故之后亦不免自伤，时而又不断悲叹“只今齿暮慚衰槁”（《题清真轩歌》），所以他对于时间的流逝特别在意，即便是“岁徒添闰也匆匆”

---

❶ 详参张宇初有关诗文，诗如《雨中怀吴征士至德》（《耆山无为天师岘泉集》，208页下-209页上）、《答吴至德谢惠芎药韵》（249页上）、《吴至德自安仁故居来访饮赋次韵》（265页上）、《挽吴华阳先生》（264页上）；文如《华阳吴先生寿颂有序》（131页上-132页上）、《定武兰亭跋》（147页上）、《赵文敏真书千文跋》（147页下）。

❷ 辛弃疾著，邓广铭笺注：《稼轩词编年笺注》，上海古籍出版社1993年版，第152页。

❸ 蒋寅：《大历诗风》，凤凰出版社2009年版，第55页。

(《晓》)。这里仅举《辛巳初度》一首为例："老态浑添鬓欲疏，流光荏苒慨居诸。半生清分沧虬玦，一世浮名玉燮书。泛雪江湖邻雁鹜，卧云山谷寄樵渔。久知幻相同沤泡，且付馀龄学养虚。"辛巳年即建文三年(1401)，此时诗人只有41岁，距离"获咎"才两年，便自称"老态"，可见衰老不完全取决于年龄，关键还是诗人的心态。❶ 在这里，诗人感慨年华易逝的同时，又掺杂着对于过往之总结，或许还有稍稍的得意与满足，所以诗人最后以从容、平和的心态去拥抱生活作为结尾，这似乎可视为他对"年华倏忽浑哀思"(《初秋夜坐》)消解后的无奈接受。

在哀叹衰老的表达中，疾病常被作为典型的书写意象。考察张宇初的健康状况，可知与常人相比，疾病几乎与之相伴始终，并成为其衰老书写的重要内容，比如"卧疴返旧林，蹇晦愈更作"(《夏雨池亭遣疾》)、"卧疴中林下，偃息寂无虑"(《山雨》)、"养疾逢春尽，庭除半草莱"(《卧疾》)、"山躯卧病弊书帏，岁尽明朝若未知"(《除夕卧疾自遣二首》其一)、"束帛宁招隐，悬帏遂养疴"(《夏日杨云溪过访山居》)、"怀疴卧宵雨，晓雷震南隅"(《养疾四首》其一)等，仿佛他的职业是卧病，业余是写诗。至于所患何病？病症如何？似乎不是关注重点，诗人只是将病作为一个整体概念加以描写，以"作为全诗叙述主线的点缀、背景或说明置于叙事的脉络中"❷，避免从正面对病症作具体细致的刻画。即使张诗中提到的"蹇疾"❸ 与"颐疾"❹ 两种，诗人也仅是交代疾病名称，未对病症作细笔勾勒，这样就可理所当然地规避诗中"对于极端情绪、可怖情景的表达，把疾病之痛消解于日常情形的叙述"❺ 之中，从而构成独特的张氏疾病书写方式。

二、张宇初诗歌的世俗化成因

"文变染乎世情"，任何一种文学样式的发展演变，都会受时代环境不

---

❶ 在《初度遣怀》(《明别集丛刊》第一辑，第248页下)中，诗人自称"壮龄增岁惭虚度……疏鬓衰颜缘学苦"，可见衰老感早已袭上心头。

❷ 孙宗英：《论欧阳修的衰病书写》，《国学学刊》2018年第4期，第25页。

❸ 《川行雨怀》(《耆山无为天师岘泉集》，第211页下)："蹇疾愧益深，星霜惧羸瘠。"

❹ 《养疾四首》其三(《耆山无为天师岘泉集》，第200页上)："颐疾觉带缓，编简生尘姿。"

❺ 孙宗英：《论欧阳修的衰病书写》，《国学学刊》2018年第4期，第25页。

同程度的影响，诗也不例外。作为明代诗歌史上一道别样的风景，张宇初诗歌的世俗化背后自然也有着深刻的原因。

首先，与道教的世俗化有关。道教作为本土宗教，与三大世界宗教追求灵魂解脱，关注来世利益，并以冷漠的态度看待现实人生迥然不同。道教直接否定死亡，追求长生久视，肉身成仙，以为人身难得，更加注重现世的作为。它虽有"超越世俗的宗教追求，向往与道合一的神圣境界，可另一方面它并不要求人们放弃世俗生活，进而还强调在世俗生活中修道成仙"。[1] 同时，它还把"中国统治阶级的意志搬进人们的信仰世界，把封建宗法观念和伦理道德变成神学教条"[2] 以加强对教民的束缚，甚至被作为修仙不得不具备的条件加以强调。可以说，道教的教旨、信仰世界、修炼实践与人民的世俗生活联系紧密，使之无法超然于世俗生活之外。特别到了明代，随着道教宗教活动已成为人民世俗生活的重要组成部分，[3] 道教世俗化的特点就更为明显。由于明初统治者，以为全真教"务以修身养性，独为自己而已"，[4] 多强调个人的隐遁潜修；而正一道"专以超脱，特为孝子慈亲之设，益人伦，厚风俗"，[5] 为孝子超度亡亲，有宣扬忠孝的作用，于国有补，有益王纲政教，所以明初统治者采取扶持正一道而抑制全真教的道教政策。结果是全真教"逐渐离开了社会政治舞台的中心，走上了学者式的隐遁清修之路"；[6] 而正一道地位远超全真成为道教主导。正一道是由东汉张道陵创立的五斗米道发展而来。五斗米道在创立的过程中，"针对当时社会疾病流行、但祷祀无效的情况，吸取了巫术中的禁咒、厌胜、解除而摒弃了祭祀"，[7] 以符箓禁咒、斋醮祈禳、役使鬼神为其主要特征。尽管经过魏晋的整顿改造，使它由一个不成熟的民间宗教转变为适合上层社会需要的官方正统宗教，但它以斋醮祈禳为职事，长于符箓法术的特点并未改变。加之没有严格的戒律和宫观制度，其斋醮活动又广泛参与人民的家庭、社会生活而成为世俗社会生活的组成部分，以至于道俗之间

---

[1] 赵玉玲：《从正一道的贵盛看明代道教的世俗化》，《湖北社会科学》2005 年第 11 期，第 101 页。

[2] 牟钟鉴、胡孚琛、王葆玹：《道教通论——兼论道家学说》，齐鲁书社 1993 年版，第 325 页。

[3] 任继愈：《中国道教史》，上海人民出版社 1990 年版，第 607—610 页。

[4][5] 朱元璋《御制玄教斋醮仪文序》，《道藏》（9 册），文物出版社、上海书店、天津古籍出版社影印 1996 年版，第 1 页上。

[6] 牟钟鉴，张践：《中国宗教通史》（下），社会科学文献出版社 2000 年版，第 802 页。

[7] 卿希泰：《中国道教史》（第一卷），四川人民出版社 1996 年版，第 162 页。

的界限日益模糊，“道士也不再是深居庙堂远离世俗的出家人，他们生活在世俗社会之中，与俗人没有太大的区别，完全变成了满足社会宗教需求的从业人员，他们所关心的，并不是道教信仰的传播，而是自己在现实社会中获得利益的多寡。……道士也不再超脱，而成为普通的社会成员”。[1]这样，“永掌天下道教事”[2]的正一道在自身进一步民间化、世俗化的同时，必然也会促进整个道教的进一步世俗化。张宇初作为当时的道教领袖，自然避免不了受这种趋势的影响，从这个角度来说，张宇初诗歌的世俗化是一种与时俱进的自觉选择。

其次，亦道亦士（文士、儒士）的双重人格结构所致。覃召文曾将僧俗交往方式概括为“请进来”“走出去”两种，并强调“诗僧的世俗圈子主要限定于社会的中上层，而特别集中于王侯公卿与文人墨客这两类人物甚少”，[3]颇有见地，其实道俗交际亦然。张宇初就是通过“请进来”与“走出去”的方式与当时文士交往周旋，酬酢唱答。在张宇初这里，可以明显感知他与文士的接触不仅仅停留在简单的交往阶段，准确地说是彼此影响、渗入。这既增进了他与诸名士间的友谊，更提升了他的文化品位，有助其文士人格的形成。需要指出的是，张宇初涉足俗内，要获得文人墨客与王侯公卿的认可，进而扩大自己的影响，需要熟练掌握并运用道教和儒学两种不同话语。这不仅需要出众的文采，还需要具备深厚的儒学修养。张宇初显然具有这两个条件。一方面，他被视为明初“道家之有文者”，[4]文学创作丰富，据笔者初步统计，其文学创作达到1048篇（题），且“各极其婉丽清新，得天趣自然之妙，可谓兼胜具美”，[5]达到了极高的造诣。而且作为道教文学家的张宇初，主要是以正统文学样式来进行大部分文学创作，其纯粹的文人人格于此得以较为充分的体现。另一方面，天师家族与儒学家族关系及龙虎山特殊制度设置，造就了宇初坚实的儒学基

[1] 任继愈：《中国道教史》，上海人民出版社1990年版，第625页。

[2] 张正常：《汉天师世家》卷三，《道藏》（34册），文物出版社、上海书店、天津古籍出版社影印1996年版，第835页上。

[3] 覃召文：《禅月诗魂：中国诗僧纵横谈》，三联书店1995年版，第136页。

[4] 钱谦益：《列朝诗集》（闰集卷一），《续修四库全书》，上海古籍出版社影印2002年版，第277页上。

[5] 朱植：《耆山无为天师岘泉文集序》，沈乃文《明别集丛刊》第一辑《耆山无为天师岘泉集》，黄山书社2013年版，第6页下。

础。由于天师家与传授陆派心学的吴澄有亲戚关系，[1] 因此张宇初的“髫童慕儒业”（《送别王仲缙先生歌》），可能源于吴氏的影响。[2] 他的夫人也是来自夙业儒学的曲阜孔氏家族，[3] 无疑为其儒士人格的塑造奠定了深厚的基础。为了提高龙虎山的文化素质，大上清宫特别设置玄学讲师制度，延揽文人儒士教育山中的道众，“果然自元末至明初，天师世家中出现一个儒者型的张宇初”，[4] 以至他的安序堂所藏“近世儒先道德性命之书，靡不备具”；[5]《岘泉集》不喜谈论神怪法术，“若《太极释》《先天图论》《河图原辨》《荀子辨》《阴符经》诸篇，皆有合于儒者之言。《问神》一篇，悉本程朱之理，未尝以云师风伯荒怪之说张大其教”，[6] 三篇“普说”多引宋儒性理之说，正是张宇初儒士人格的突出表现，无怪乎被人称为“列仙之儒”。[7] 因而可以说，在道教与儒学两种不同话语体系的熏陶下，张宇初虽然文学修养较高，儒学功底深厚，然而却又始终徘徊在道士、文士、儒士之间，形成了亦道亦士的双重人格结构，从而在很大程度上促使其诗歌流露出丰富的世俗情趣与情感。

最后，抒性情的诗学观念使然。杜贵晨在论及明初诗坛现状时曾指出：“元代诗歌本来已经朝着歌咏性情的方向发展，元末战乱又赋予其较为充实的社会内容，明诗接其馀绪，几乎就要大放异彩了，但是明初的封建专制扼杀了她再度辉煌的生机，并迫使其成为皇权的侍婢。”[8] 由于皇权“历来是为文学生态中最不容忽视的影响因素”，[9] 所以明初统治者的禀性心理所造就的政治高压和残酷杀戮，使得大多数文士只能屈从朝廷，甘作

---

[1] 《回吴文正公宅求亲书》（《明别集丛刊》第一辑，130页上）、《回吴宅定聘书》（130页下）。

[2] 孙克宽：《寒原道论》，联经出版事业公司1977年版，第326页。

[3] 胡广：《玄君孔氏墓志铭》载：“正一嗣教道和无为阐祖光范大真人张公宇初之配曰孔氏，讳静柔，曲阜之裔也。”（《胡文穆公文集》卷十三）

[4] 孙克宽：《寒原道论》，联经出版事业公司1977年版，第266页。

[5] 徐一夔著，徐永恩校注：《始丰稿校注》卷十，浙江古籍出版社2008年版，第269页。

[6] 纪昀等著，四库全书研究所整理《钦定四库全书总目》（下册），中华书局1997年版，第2287页。

[7] 钱谦益：《列朝诗集》（闰集卷一），《续修四库全书》，上海古籍出版社影印2002年版，第276页下。

[8] 杜贵晨：《明诗选》（前言），人民文学出版社2003年版，第1页。

[9] 郭万金：《明诗文学生态述议》，山西大学学报（哲学社会科学版）2009年第2期，第49页。

倡优，颂歌升平，[1] 职是之故，这一时期的诗歌几乎沦为朝野上下颂圣谀君，粉饰太平的工具。令人惊异的是，张宇初诗歌中虽不乏恢张皇度，歌功颂德之作，但所占比重不大，诗风也较自然平和，绝少华贵靡丽之气，尤其难能可贵的是他主张诗歌应抒发真情，并以之为标准评价时人诗歌。比如他在为好友倪子正、杨孟项诗集作序时即云："其诗歌篇什，得乎性情之实。"[2]"发乎性静之正"[3]，在《还真集序》中，评价混然子"歌辞论辨，庶得乎指归之正"，等等，这里的"性静""旨归"意为"性情"，主要指向个人内在情感的表达；而"实""正"即"真"，言真实纯粹，可见，张宇初认为诗必本乎真实之性情，唯有真性情才能写出动人的诗篇，"而韦、孟之闲雅，陶、柳之冲澹有焉"。[4] 张氏的上述诗学观念，与吴澄"诗以道情性之真。……尚陶、韦，则亦以其不炼字、不琢句、不用事而情性之真近于古也"[5]"诗以道性情之真，自然而然之为贵"[6] 所云正合。由于张、吴两家的亲密关系，我们有理由相信，张宇初几乎完全继承了吴氏有关"性情之真"的观点，并以之作为诗歌创作之根本。可以说张氏在诗歌创作中，描写日常生活，表达世俗情感，正是其"诗以道情性之真"论从形而上到形而下的真实而具体之体现。

综上所述，张宇初诗歌的世俗化既是道教世俗化的一个缩影，也是张氏亦道亦士双重人格结构的必然结果，更是实践其诗学观念的具体体现。

---

[1] 李圣华：《初明诗歌研究》，中华书局2012年版，第7页。

[2] 张宇初：《宗濂稿序》，沈乃文《明别集丛刊》第一辑《耆山无为天师岘泉集》，黄山书社2013年版，第63页下。

[3] 张宇初：《云溪诗集序》，沈乃文《明别集丛刊》第一辑《耆山无为天师岘泉集》，黄山书社2013年版，第64页下。

[4] 张宇初：《宗濂稿序》，沈乃文《明别集丛刊》第一辑《耆山无为天师岘泉集》，黄山书社2013年版，第63页下。

[5] 吴澄：《吴文正集》卷十七《谭晋明诗序》，《钦定四库全书》，台湾商务印书馆影印1986年版。

[6] 吴澄：《吴文正集》卷二十三《陈景和诗序》，《钦定四库全书》，台湾商务印书馆影印1986年版。

元代道士梁柱及其作品考辨

申喜萍

（四川师范大学　文学院）

摘　要：《与存此山上人山行，吴兴赵公作〈诗意图〉》有时又被称为《送存书记》，该诗作者存在梁栋或者其弟梁柱的争议。考诸文献资料以及绘画资料，最终可以确认该诗作者为茅山道士梁柱梁中砥。在传播过程中，对该诗也出现了衍字。通过比对以及分析，可以确认该诗应以现存《道藏》中的诗句为准。

关键词：《与存此山上人山行，吴兴赵公作〈诗意图〉》；梁栋；梁柱

一声两声松子落，三片五片枫叶飞。夕阳下山新月上，道人相送一僧归。

这是首意境优美、给人带来无限遐想的经典之作，对于这首诗的品读、赏鉴也很多。但在品读、赏鉴的传播过程中，对该诗的作者以及字句反而出现了分歧。

一、作者考

该诗作者一说是梁栋，一说是梁栋之弟茅山道士梁柱。

梁栋说。《全宋诗》中即认为《送存书记》为梁栋所作："一声两声松子落，一片两片枫叶飞。夕阳在山新月上，道人相伴一僧归。"[1] 对梁栋的介绍为："梁栋（1243—1305），元世祖至元二十七年（一二九〇），以诗人建康狱，未几放还……一时江东人士从学者甚众。"（《全宋诗》第69册，第43630页。）以讹传讹，清代厉鹗辑撰《宋诗纪事》时也把梁中砥和梁栋混为一人："梁栋：栋字隆吉，其先湘州人，后迁居镇江。登咸淳

[1] 《全宋诗》第69册，北京大学出版社1998年版，第43634页。

四年进士。选宝应簿，调钱塘仁和尉。宋亡，弟柱字中砥，入茅山从老氏学，栋往依焉。乙巳，无疾卒。有《梁隆吉诗钞》。”❶《送存书记》见于其条目下，认为该诗为梁栋所作（《宋诗纪事》，第1835页）。

曾枣庄主编《中国文学家大辞典》也认为该诗是梁栋所写：“梁栋（1242—1305）字隆吉，祖籍相州，淳祐二年，生于鄂州（今属湖北），后徙居镇江（今属江苏）。咸淳四年进士第一，调宝应簿。八年，为仁和尉，辟入帅幕。十年，避地福建。宋亡，归武林闲居，后入茅山依弟柱居。能诗，常恃才傲物，元至元二十七年，以《大茅峰》诗为道士告官，入建康狱。未几，放还，卜居建康，一时江东人士多从其学。元大德九年卒，年六十四。遗著由元金华胡洒哀集为《梁先生诗集》。胡应麟谓其义不仕元，与谢翱等“率工文词，不但气节之美”（《诗薮》杂编卷五）。如《四禽言》《金陵废宫》《金陵三迁有感》《多景楼》等作，沉痛悲愤，格调高亢；《野水孤舟》《渊明携酒图》《送存书记》等篇，闲淡恬适之中隐含忧国之情。《全宋词》第五册录其词三首。《全宋诗》卷三六四〇录其诗一卷。事迹见《至正直记》卷二、《宋遗民录》卷一二、《宋季忠义录》卷一五。”❷

同样主张梁栋说的还有郭生旭编著《禅诗三百首·居士篇》：“梁栋（？—1302）字隆吉，鄂州（今武汉）人，迁居镇江。咸淳四年进士，任宝应簿、钱塘任和尉。宋亡，隐居茅山。有《梁隆吉诗钞》传世。”❸ 该书同样认为梁栋为该诗作者。认为“道人相伴一僧归”中的“道人是指诗人的弟弟梁柱，僧人是诗人自拟”（《禅诗三百首·居士篇》，第515页）。

高文、曾广开主编的《禅诗鉴赏辞典》在评论这首诗时和郭生旭观点、词句口吻极为相似：‘夕阳在山新月上，道人相伴一僧归。’道人，指诗人的弟弟梁柱，他当时在茅山修道。一僧，乃是诗人自称。”❹

王洪，方广闓主编《中国禅诗鉴赏辞典》也这样认为：“夕阳在山新月上，道人相伴一僧归。”道人，指诗人的弟弟梁柱，当时在茅山修道。一僧，乃诗人自称。❺ 姜剑云完全继承了王洪等观点，也认为该诗为梁栋

❶ 厉鹗辑撰：《宋诗纪事》卷75，上海古籍出版社1983年版，第1833—1834页。
❷ 曾枣庄主编：《中国文学家大辞典》，中华书局2004年版，第830页。
❸ 郭生旭编著：《禅诗三百首·居士篇》，时代文化出版社2004年版，第514页。
❹ 高文、曾广开主编：《禅诗鉴赏辞典》，河南人民出版社1995年版，第506页。
❺ 王洪，方广闓主编：《中国禅诗鉴赏辞典》，中国人民大学出版社1992年版，第997页。

所作，其作品中“道人相伴一僧归”的“道人即指其弟梁柱，僧乃是自称”。[1]

梁柱说。《元诗纪事》则改正了这一点：“梁大柱：大柱字中砥，其先湘州人，徙居镇江。入句曲山为道士。诗歌名字为《送存书记，一作与存此山上人山行吴兴赵公作诗意图》。”[2]

清顾嗣立、席世臣编《元诗选》时把该诗放到“梁道士大柱”条目下：“梁道士大柱　大柱字中砥，其先湘州人，徙居镇江。兄栋，字隆吉，登宋咸淳第，历钱塘仁和簿，宋亡不仕。大柱入句曲山为道士。”[3]

“梁大柱：字中砥，元人，祖籍湘州，后徙居镇江，入句曲山为道士。张伯淳画后题跋：观子昂所画梁中砥茅山送客诗景，如行灵鹫道中，商榷月中桂子一段清事，又如枫叶吴江得句时，此意超然尘外，固将物我两忘、道邪？佛邪？吾不得而知也。”[4]

对元诗全面梳理的《全元诗》也全面纠正了这个错误，把该诗作者认定为梁大柱：“梁柱，又名梁大柱，字中砥，号尘外。祖籍相州（河南安阳），金亡，其父南渡，侨居镇江（今属江苏）。梁栋之弟。宋亡，入茅山（句曲山）为道士。有《山中吟》，未见传本。”[5]

这首诗的作者应该是梁栋之弟梁柱或梁大柱，而非梁栋。

（1）在《茅山志》中也有题名为“梁大柱”的《与存此山上人山行，吴兴赵公作诗意图》：“一声两声松子落，三片五片枫叶飞。夕阳下山新月上，道人相送一僧归。”[6] 可见梁大柱就是梁中砥，赵孟頫亲自为其作画，他是一名茅山道士。

（2）张之翰在其作品《西岩集》中记载了赵孟頫的《题〈诗意图〉》：“此图，赵集贤写茅山梁中砥送僧道存意也。中砥，黄冠能诗者。存，虽余未识，观其诗，知其为人。方二教遍天下，其徒相诋毁，不啻若敌国。然今梁与存反常合道，略迹取心，以气味相得，不知黄之为黄，缁之为缁，能往来为方外友，宜名笔发挥如此。三茅余旧游，山中一树一石，皆

---

[1] 姜剑云：《禅诗百首　禅的智慧》，中华书局2008年版，第208页。
[2] 陈衍辑撰：《元诗纪事》，上海古籍出版社1987年版，第749页。
[3] 顾嗣立、席世臣编：《元诗选·癸集下》，中华书局2001年版，第1358页。
[4] 马大品等主编：《中国佛道诗歌总汇》，中国书店1993年版，第507页。
[5] 杨镰主编：《全元诗》第15册，中华书局2013年版，第311页。
[6] 《茅山志》卷30，《道藏》第5册，第692页。

当时杖履间物耳。想夕阳下，明月出，飘飘然行吟于松声枫影中，亦平生至乐也。……至元辛卯（1291）六月望日，题于大都所居之西斋。”❶ 张之翰文中明确指出梁中砥为茅山道士，和作者熟识，而不认识僧道存。

张之翰还有《梁尘外山中吟序》一文，记载其与梁中砥为旧友，梁中砥擅长诗歌创作，水平颇高：“近世缁黄之诗，缁固少，而黄又绝少，间有留心笔砚、寄兴篇什，能不沦于颂语、不流于教言、可以传播缙绅士夫之间，千万中才一二人。何作者之寥寥也？道士梁尘外中砥，余旧识，于茅山多作诗乐，与吾辈游。尝赠余古律数篇，使人读之不置，盖一二人之杰出者。近携《山中吟藁》来京师，观者无不称叹。复请序于余，且求正焉所贵乎？道人之诗尘俗固不可，专用道家语亦不可，然则何所依归乎？罗浮道士谁同流，草衣木食轻王侯。世间甲子管不得，壶内乾坤别有秋。数着残棊江月晓，一声长啸海山秋。饮余回首话归路，遥指白云天尽头。此非有唐吕洞宾之诗乎？诗之夺胎换骨，超凡入圣，无出于此，归而求之，有余师以尘内之吾观尘外之渠向上一路悟则即到俟他日再游华阳洞天，相访于积金峰之巅，煮石乳，酌丹泉，焚古龙涎，尽读囊中别后之篇，必有合于二仙，余试指似之当笑领焉。”

（3）孔齐《至正直记》一书中明确记载梁柱是道士：“宋末士人梁栋隆吉先生有诗名，以其弟中砥为黄冠，受业三茅山。”❷

（4）张绍文家住在茅峰东，对茅山道士很是熟悉和了解，他有《送梁中砥入道从三茅许松磎》一诗，诗中明确提及入茅山为道的是梁柱：“无意觅封侯，来从长史游。辞章唐韵度，人物晋风流。花影天坛午，松声月涧秋。登临尽诗境，分我半山不。”❸

（5）马臻有梁柱回归茅山时的送别诗《送梁中砥归句曲山》：“家住华阳第几峰，又将琴剑去匆匆。地浮云气连山白，露浴丹光入夜红。千里音尘随断雁，百年聚散类飞蓬。吴头楚尾关春恨，尽在莺声柳色中。”❹

（6）王圭《刘有之还京口简梁中砥知宫》一诗也指出梁中砥为道士：“为谢诗家尘外人，别来消息断无闻。如何占得三峰住，不寄山中一片

---

❶ 张之翰：《西岩集》卷 18，四库全书本 1204 册，第 507 页。也见于陈高华《元代画家史料汇编》，杭州出版社 2004 年版，第 84 页。

❷ 孔齐：《至正直记》卷 2，上海古籍出版社 1987 年版，第 64 页。

❸ 陆心源撰：《宋诗纪事补遗》，山西古籍出版社 1997 年版，第 1873 页。

❹ 《霞外诗集》卷 2，四库全书本第 1204 册，第 74 页。

云。”（《元诗选》三集，第 97 页）

（7）张炎《洞仙歌·寄茅峰梁中砥》也有给道士梁柱（梁中砥）的诗：“中峰壁立，挂飞来孤剑。苍雪纷纷堕晴藓。自当年诗酒，客里相逢，春尚好，鸥散烟波茂苑。只今谁最老，种玉人间，消得梅花共清浅。问我人山期，但恐山深，松风把、红尘吹断。望蓬莱、知隔几重云，料只隔中间，白云一片。”❶

（8）仇远《寄梁中砥》一诗中也提及梁柱为茅山道士：“句曲峰峦翠倚天，琳宫琼馆宴神仙。水程绕隔一百里，脚债未偿三十年。几拟看山携酒去，相期听雨对床眠。何当拨遣尘间事，一试松根喜客泉。”❷

（9）陈深有两首诗都和道士梁柱有关。一是《皋桥岩中道院与梁中砥商严翁会饮》：“夙有岩中约，今晨得得来。幽窗六人坐，清思一时开。雪下宜看竹，天寒未见梅。人生良会少，莫惜共持杯。”❸ 一是和赵孟頫为梁中砥作画密切相关的《题梁中砥诗书图》：“山昏归云敛，叶落夕飚骤。疏松漏微月，清光照严实。烟中二仙师，一笑欣邂逅。行行扑空翠，杖屦相先后。清景适与朝，得句若天授。收成诗逾绝，开卷消鄙陋。如饮口冷泉，可嚥不可嗽。我怀陶贞白，日夕梦三秀。何年卓茆庵，饵术衍遐寿。”（《宁极斋稿》，第 1189 册，第 718 页）

（10）赵孟頫《赠茅山梁道士》诗当是写给梁柱的：“名山标句曲，秀岭蔚层云。层云散浩彩，中有三茅君。度世三千秋，流芳浩无垠。丹光耀朱阳，琴心传玉文。司命播万物，发蒙导人群。学道得旷士，采真遗尘氛。赠我书一编，清谣吐奇芬。笔耕亦已勤，寸田要锄耘。灵台耸绛阙，黄云覆氤氲。内观神自照，众言一何纷。平生山林意，独往乃所钦。攀援桂树枝，采撷芝兰熏。静与木石居，游则侣麋麕。松柏无冬夏，烟霞自夕昕。轩冕或桎梏，绮语徒膻荤。大道返尔朴，至哉吾师云。冥冥紫霞想，湛言久不闻。聆我歌洞章，判然仙凡分。”❹

（11）戴表元《峁山梁中砥有送存上人诗，子昂在集贤为作画卷》：“送得山僧已出山，枯藤自领白云还。贵人要作三峁梦，寻到松声月影间。”（《全元诗》第 12 册，第 225 页）

---

❶ 张炎著，黄畲校笺：《山中白云词笺》，浙江古籍出版社 1994 年版，第 351 页。

❷ 仇远著，张慧禾校点：《仇远集》，浙江大学出版社 2012 年版，第 63 页。

❸ 陈深：《宁极斋稿》，四库全书本，第 1189 册，第 722 页。

❹ 《松雪斋集》，四库全书本第 1196 册，第 611 页。

（12）除了诗文资料外，还有绘画史上的资料。这则资料和上面陈深《题梁中砥诗书图》有关："吾家旧藏陈深手书《宁极斋稿》，计四十页，笔意不减子昂，今归荻溪王氏。内有《题梁中砥诗》，赵子昂画古体一篇附此，其序曰：中砥有《送存书记诗》云：一声两声松子落，一片两片枫叶飞。夕阳在山新月上，道人相伴一僧归。赵公子昂画而为图，中砥索诗，漫赋一首。山昏归云敛，叶落夕飙骤。疏松漏微月，清光照岩宝。烟中二仙师，一笑欣邂逅。行行扑空翠，杖履相先后。清景适与期，得句若天授。画成诗逾绝，开卷消鄙陋。如饮中泠泉，可咽不可嗽。我怀陶贞白，日夕梦三秀。何年卓茅庵，饵术衍遐寿。真迹。"❶

梁柱颇有诗名。张之翰称当时佛教诗人少，道士诗人"绝少"，其作品不流于"颂语"、不流于"教言"，可以在缙绅士夫之间传播的作品更是"千万中才一二人"。梁柱则颇受张之翰肯定，认为他的诗歌作品就是"一二人之杰出者"，并高度评价梁柱《山中吟》一诗为"诗之夺胎换骨、超凡入圣，无出于此"。❷ 梁中砥还喜欢收藏画作，曾收藏有文同创作的《墨竹图》：

> 茅山道士梁中砥购此幅于燕都画肆中，印则文湖州名也。须鄙语题泳。昔湖州为道师王执中作墨竹，且谓勿令他人画字，待子瞻来作诗其侧。今中砥得之，视执中固无愧，区区不才，敢望坡仙髣髴乎？固谢不已，乃赞之曰：异哉老可，何物蟠胸？发草圣之余蕴，写墨君而尤工。游戏三昧，造化同功，独逼真于萧郎，屡见赏于苏公。横枝忽当眼，一洗红紫空。色澹意足，形瘦气充。便欲扫空庭之落月，来静坐之清风。昔赠道师，有曰执中。余意君其后身，不然何二百年而偶相逢邪？（《墨竹赞》，《西岩集》卷 17，第 499 页）

茅山高道辈出，梁中砥生活在茅山，和善画的马臻等交好，又有诗才，对于绘画又具有一定的鉴赏力，其擅长绘画的可能性极大。

梁柱诗中提及的存此山，与马臻交往甚多，马臻写有《伤存此山，号

---

❶ 张丑：《清河书画舫》，上海古籍出版社 2011 年版，第 519 页。

❷ 《梁尘外山中吟序》，张之翰《西岩集》卷 14，四库全书本 1204 册，第 479 页。《山中吟》一诗为："罗浮道士谁同流，草衣木食轻王侯。世间甲子管不得，壶内乾坤别有秋。数着残棋江月晓，一声长啸海山秋。饮余回首话归路，遥指白云天尽头。"该诗也可参见《全元诗》第 15 册，第 311 页。

性常子》一诗："天台山上何年别，一住姑苏仅十春。缁衲典钱收古帖，好诗凭客寄闲人。悟来灵澈心多懒，老去维摩病渐频。真性常存元不昧，陇头石塔藓痕新。"❶ 从中可知存此山号性常子。马臻提及存此山擅长作诗，喜欢收藏"古帖"。《全元诗》第8册收录释道存《宋西秦张仲实游大涤洞天》一首："白道移斑杖，清溪泛小舟。题诗群玉府，饮酒列仙楼。桃熟应须见，丹成或可求。归来换凡骨，不欲取封侯。"❷ 从字里行间能够感受到，僧道存对道教教理教义知之颇深。

明代都穆记载了存此山曾收藏钟繇著名书法作品《荐进吴季直表》：

> 城西张氏藏钟元常《荐进吴季直表》，上有书锦堂米芾、贾似道等印，元人跋云是宋僧存此山物。薛绍彭四帖，元张伯雨藏，赵松雪、金苏壁跋，后伯雨归倪云林。二物今在石田翁家，李少卿近跋钟书，定为真迹，予不敢以为然也。❸

《清河书画舫》中的记录来自《寓意编》："城西张氏藏钟元常《荐季直表》，上有书锦堂米芾、贾似道等印，元人跋云，是宋僧存此山物。又薛绍彭四帖，元张伯雨藏，赵松雪金苏壁跋，后伯雨归倪云林。二物今在石田翁家，李少卿近跋钟书，定为真迹，余不敢以为然也。"❹

钟繇《荐季直表》纸本出现较晚，元代陆行直获得后才将其公布于世。陆行直曾巨资于存此山处购得该帖，后遗失，在其75岁时重新获得该书法真迹："右汉锺繇《荐季直表》真迹，高古纯朴，超妙入神，无晋唐插花美女之态。上有河东薛绍彭印章，真无上太古法书，为天下第一。予于至元甲午，以厚资购得于方外友存此山。后因飘泊，散失经廿六年，不知所存。忽于至正九年六月一日复得之，恍然如隔世事。以得失岁月考之，历五十六载。"（《中国书画全书》第3册，第477—478页）

梁柱、存此山等都是擅长诗歌创作，也喜欢把玩、收藏书画，二者可谓莫逆之交。即使在当时出现了流血牺牲的佛道论辩、道书大量被毁的情

---

❶ 《霞外诗集》卷2，第78—79页。马臻还有写给存此山的一首诗《存此山寄清游藁》："秋风杖锡别多年，细读新诗尽极玄。却忆姑苏云外寺，月明谁伴夜深禅。"（《霞外诗集》卷2，第67页）

❷ 杨镰主编：《全元诗》第8册，中华书局2013年版，第221页。见于孟宗宝《洞霄诗集》卷10，可进一步考索僧道存的交游等情况。

❸ 都穆：《寓意编》四库全书本，第814册，第638页。

❹ 《中国书画全书》第4册，上海书画出版社1993年版，第133页。

况下，性情相投、趣味相近的佛教徒和道士还是成为好友。现存《茅山志》中有当时僧人释觉恩写给梁柱的诗《寄梁中砥三首》，当得知梁柱仙逝后，还有《伤中砥》一诗凭吊：“文溪书到千峰阁，报道良常已上升。共我偶然成百岁，知君久已伐三彭。社中不见丹元子，世上空传白石生。犹忆去年长别处，一蓬春雪让王城。”（《茅山志》卷31，第694页）

这些是正面材料证明茅山道士是梁柱梁中砥，诗中的“道人”指的就是作者本人梁柱，而不是其兄梁栋。除此之外，还有反面材料可作例证。

梁栋曾经遭遇过文祸。“梁隆吉尝以《登大茅峰》诗系狱，盖宋末诗人一志士也。此种当与《天地间集》诸诗，同作知人论世之慨，不必尽以格律律之。”❶ 翁方刚把梁栋放到南宋遗民的评价标准中高度评价了这件事情，但对这首诗的评价并不高。

清代廖元度在《楚风补校注》中隐晦提及梁栋遭受诗祸一事，只是没有提及诗祸原因：“字隆吉，武昌人。居镇江。登进士，选钱塘、仁和尉。有盛名。宋亡，入茅山。遭诗祸。名益著，江东人士从者甚众。乙巳，无疾而卒。所著多无存稿，北宋遗民也。”❷

梁栋人品不佳。周密《癸辛杂识续集》中记载有梁栋因饮食小事儿致好友入狱一事，同时也言及梁栋诗祸原因：“梁栋，字隆吉，镇江人，登第，尝授尉，与莫子山甚稔。一日，偶有客访子山，留饮，作菜元鱼为馔，偶不及栋，栋憾之，遂告子山尝作诗有讥讪语，官捕子山入狱。久之，始得脱而归，未几病死。余尝挽之云：‘秦邸狱成杯酒里，乌台祸起一诗间。’纪其实也。后十年，栋之弟投茅山许宗师为黄冠，许待之厚。既而栋又欲挈妻孥而来，许不从，栋遂大骂之。许不能堪，遂告其曾作诗云：‘浮云暗不见青天。’指以为罪。于是捕至建康狱，未已病死。此恢恢之明报也。”❸

上文中的“许宗师”就是其弟梁柱的师父许道杞。许道杞对梁柱非常好，梁栋携带家眷来投靠梁柱。毕竟是道教圣地，这种携妻带子的行为不被许道杞所接受，梁栋就大骂许道杞。许道杞就以梁栋诗中的一句“浮云暗不见青天”来告官，致使梁栋死亡。和周密记载稍有出入的是蒋正子的记载：“梁栋隆吉题茅峰云：‘杖藜绝顶穷追寻，青山世界开岖嶔。碧云未

---

❶ 张寅彭选辑：《中国诗学专著选读》，广西师范大学出版社2006年版，第247页。

❷ 廖元度选编：《楚风补校注》（上册），湖北人民出版社1998年版，第890页。

❸ 吴熊和主编：《唐宋词汇评·两宋卷》第5册，浙江教育出版社2004年版，第4037页。

断天外眼，春风先吹人间心。大君升天宝剑化，小龙入海明珠沉。何人更守玄帝鼎，有客欲问秦皇金。颠崖谁念受辛苦，古洞未易寻幽深。神光不破黑暗恼，山鬼空作《离骚》吟。安得长松撑日月，华阳世界收层阴。长啸一声下山去，草木为我留清音。’隆吉以戊辰登科，任仁和尉，老依元符宫宗师许道杞。许甚礼之，且赒其家。梁好嘲骂，众道士恶之，遂牋此诗告官，以讥时逮捕金陵，备尝笞楚，卒得免，亦终不偶而殂。”❶ 梁栋性格放荡不羁，喜欢冷嘲热讽，得罪了对其照顾有加的茅山道士，从而把他所作的《登大茅峰》一诗告官，谓其有造反不满时局之心。

周密和蒋正子的记载其一在于引起诗祸的诗歌不同，周密认为是“浮云暗不见青天”这一仅存册残句，蒋正子认为是梁栋所写的《登大茅峰》全诗。其二这次诗祸周密认为是许道杞直接告官所致，蒋正子则记载是许道杞手下的道士所为。其三是评价不同。周密和蒋正子都记载这次诗祸直接导致了梁栋的快速死亡，但是周密认为这是对梁栋人品不佳的因果报应；而蒋正子更多的是客观记录，但对于梁栋在狱中所受的苦楚抱有同情之感。

孔齐记录了该事：“宋末士人梁栋隆吉先生有诗名，以其弟中砥为黄冠，受业三茅山，尝往还，或终岁焉。一日，登大茅峰题壁赋长句有云：‘大君上天宝剑化，小龙入海明珠沉’。‘安得长松撑日月，华阳世界收层阴。’隆吉先生每恃己才，藐忽众人。众人多憾之，且好多言。一黄冠者与隆吉有隙，诉此诗于句容县，以为谤讪朝廷，有思宋之心。县上于郡。郡达于行省。行省闻之都省，直毁屋壁，函致京师，逮梁公系于狱。不伏，但云：‘吾自赋诗耳，非谤讪也。’久而不释。及礼部官拟云：‘诗人吟咏情性，不可诬以谤讪。倘使是谤讪，亦非堂堂天朝所不能容者。’于是免罪放还江南。”（《至正直记》，第 64 页。）

许道杞是许谧后裔：“四十三代宗师凝和宣静真应法师姓许，讳道杞，字祖禹，句容人，上清仙侯之裔也。宋端平三年丙申十二月二十七日生。幼事蒋度师，性行方矢，不轻然诺。国初，兵革之余，岁旱饥疫，淮邦惟甚。时省治在维扬，省臣避堂，请师至祷雨，足而疾已，遂给驿敦送于朝。世祖以臂疾，召见大都香殿，令试以法，愈。复命祈雪止风，皆奇验。赐宝冠法服，降玺书，大护其教。佩印南还，三茅山悉统隶之。至元

❶ 蒋正子：《山房随笔》四库全书本，第 1040 册，第 334—335 页。

二十八年二月三日，微示疾握固，促召王君道孟，授之经法，谢别而逝，寿五十六。”（《茅山志》卷12，第609页。）

许道杞符箓道法颇为灵验，“祈雪止风皆奇验”；又为元世祖忽必烈治好了臂伤，从而获得官方认可，该事《元史》也有记载。著名道士张雨是许道杞的弟子周大静的弟子，是其徒孙。

许道杞“性行方矢，不轻然诺”，可见许道杞是一个性格端方、谨言慎行、不轻易承诺的高道。他既然对梁栋初始甚为礼遇，“且赒其家”，那么就不会无缘无故地和梁栋交恶。蒋正子认为是梁栋的性格导致了这次诗祸。这次诗祸并没有导致茅山派和梁栋的彻底交恶，在第四十五代宗师刘大彬主持编写《茅山志》时，依然把这首诗保留在《茅山志》中。

二、《与存此山上人山行》作品字句考

《茅山志》中梁大柱《与存此山上人山行，吴兴赵公作诗意图》一诗原貌是这样的：

> 一声两声松子落，三片五片枫叶飞。夕阳下山新月上，道人相送一僧归。❶

《句容文史资料》辑录的诗和《茅山志》中的字句完全一致，依据的当是《道藏》本：

> 一声两声松子落，三片五片枫叶飞。夕阳下山新月上，道人相送一僧归。❷

《全元诗》辑录了梁柱三首诗，其中两首是以《道藏》中的《茅山志》为底本辑校的，另外一首是从张之翰《西岩集》中辑录出的《山中吟》。其《与存此山上人山行，吴兴赵公作诗意图》一诗：

> 一声两声松子落，三片五片枫叶飞。夕阳下山新月上，道人相送一僧归。（《全元诗》第15册，第311页）

三者完全一致，诗词字句完全一样。

---

❶ 《道藏》第5册，第692页。

❷ 江苏省句容县委员会文史资料研究委员会《句容文史资料》第5辑，1987年版，第122页。

其后该诗字句出现不同。四库全书本的《宁极斋稿》是依据顾嗣立《元诗选》、张丑《清河书画舫》而定稿的："此本前有顾嗣立名字二印，盖即元百家诗选之所据。卷末有题识曰：陈清全先生诗稿藏于荻溪王宁远氏。泰昌改元八月十日张丑敬观。丑以赏鉴书画称而不以收藏图籍著。详其语意，殆从真迹录出欤！"（《宁极斋稿》，第713页）

顾嗣立、席世臣编《元诗选》中该诗为：

一声两声松子落，三（一作一）片五（一作两）片枫叶飞。夕阳下（一作在）山新月上，道人相伴一僧归。（《元诗选·癸集下》，第1358页）

张丑《清河书画舫》："吾家旧藏陈深手书《宁极斋稿》，计四十页，笔意不减子昂，今归荻溪王氏。内有《题梁中砥诗》，赵子昂画古体一篇附此，其序曰：中砥有《送存书记诗》云：一声两声松子落，一片两片枫叶飞。夕阳在山新月上，道人相伴一僧归。"❶

顾嗣立在辑录梁柱一诗时，把当时的衍字都记录了下来。张丑在辑录《宁极斋稿》的诗作时，把存在争议的衍字去掉，直接把"三片五片"改成"一片两片"，"下山"改成"在山"，"相送"改成"相伴"。四库全书本直接采纳了张丑的抄录，"《题梁中砥诗画图》：中砥有《送存书记诗》云：一声两声松子落，一片两片枫叶飞。夕阳在山新月上，道人相伴一僧归。赵公子昂画而为图，中砥索诗，漫赋一首。山昏归云敛，叶落夕飙骤。疏松漏微月，清光照岩宝。烟中二仙师，一笑欣邂逅。行行扑空翠，杖履相先后。清景适与期，得句若天授。画成诗逾绝，开卷消鄙陋。如饮中冷泉，可咽不可嗽。我怀陶贞白，日夕梦三秀。何年卓茅庵，饵术衍遐寿。"（《宁极斋稿》，第718页）

厉鹗辑撰《宋诗纪事》也是在张丑《清河书画舫》记录的基础上进行辑录的："一声两声松子落，一片两片枫叶飞。夕阳在山新月上，道人相伴一僧归。清河书画舫"（《宋诗纪事》卷4，第1835页）

其后陈衍辑撰《元诗纪事》，该诗和上面三者又有不同。《元诗纪事》辑录该诗据说也是依据了张丑的《清河书画舫》，但是和张丑的又有所不同："一声两声松子落，三片五片枫叶飞。夕阳在山新月上，道人相伴一

---

❶ 张丑：《清河书画舫》，上海古籍出版社2011年版，第519页。

僧归（元诗纪事》，第749页）。其后辑录：“《清河书画舫》：吾家旧藏陈深手书《宁极斋稿》，计四十页，笔意不减子昂，今归荻溪王氏。内有《题梁中砥诗，赵子昂画》古体一篇，附此。其序曰：中砥有《送存书记诗》云云。赵公子昂画而为图，中砥索诗，漫赋一首。”（《元诗纪事》，第749页）文中提及张丑的《清河书画舫》，但是没有涉及该诗，只是陈衍自己采用的是“三片五片”枫叶飞，这和《道藏》本中的前两句式一样，但是后两句上他采用的是“在山”和“相送”。这是《清河书画舫》的版本（真迹或摹本?）问题，还是辑录者的自我改动问题，囿于资料所限，难以考定。

枫叶是“一片两片”还是“三片五片”，这一句上存在不同，其他都是一样的。

这种改变影响巨大，现在基本都是以这种字句来传播、赏鉴、研究这首诗的。

徐珂选辑《历代白话诗选·宋》一书中不仅把该诗归到梁栋名下，其诗也是和厉鹗等记录的是一样的：

《送存书记》梁栋

一声两声松子落，一片两片枫叶飞。夕阳在山新月上，道人相伴一僧归。❶

李修生主编《全元文》：

陈深《题梁中砥诗画图序》：中砥有送存书记诗云：“一声两声松子落，一片两片枫叶飞。夕阳在山新月上，道人相伴一僧归。”赵公子昂画而为图，中砥索诗，漫赋一首。❷

顾廷龙《诗歌总集丛刊　宋诗卷·宋诗钞·宋诗钞补》：

《隆吉集补钞》：梁栋字隆吉，其先湘州人，后迁居镇江（今属江苏)。登咸淳四年进士。选宝应簿，调钱塘仁和尉。宋亡，弟柱字中砥，入茅山从老氏学。栋往依焉。乙巳无疾卒。有《梁隆吉诗钞》。

---

❶ 徐珂选辑：《历代白话诗选·宋》，商务印书馆1937年版，第63页。

❷ 李修生主编：《全元文》第21册，江苏古籍出版社2001年版，第379页。该段文字见陈深《宁极斋稿》，第718页。《全元文》是根据《宁极斋稿》辑录的，文字上保持了一致。但是《全元诗》就这个问题完全没有进行注释或说明情况，直接辑录，加之作为整套丛书影响巨大，因此，更有必要就这一问题厘定清楚。

一声两声松子落，一片两片枫叶飞。夕阳在山新月上，道人相伴一僧归。❶

屠青、刘群栋编著《题画禅语备览》：

一声两声松子落，一片两片枫叶飞。夕阳在山新月上，道人相伴一僧归。❷

该诗应以《道藏》本《茅山志》中的梁柱一诗为准，出现衍字的其他版本也都应以《道藏》本为准。

（1）梁柱拜师于茅山第四十三代宗师许道杞门下，是茅山宗的一名道士，其生平、事迹、作品等自是茅山宗的人知之甚深，记录也最为准确。《茅山志》就是由第四十五代宗师刘大彬主持编纂的，❸ 时间上离梁柱生活的时期最近，而且是熟悉其的教内辑录，梁柱在世时颇有诗名，诗作被同道中人传诵、记录的可能性非常大，因此，《道藏》现存《茅山志》一文中的诗当为该诗的底本，后面的诗作当以此稿本为准。

（2）重新细读、研究张之翰记载的该诗一事，其中两处值得注意：一是“此图，赵集贤写茅山梁中砥送僧道存意也”，表明这是一次存此山去茅山和梁柱相会、别离之时梁柱相送的事情，因此，这是道人梁柱“相送”僧人存此山的，用“送”字而非“伴”字更为合适。二是“想夕阳下，明月出，飘飘然行吟于松声枫影中，亦平生至乐也”，这正是日薄西山、新月初升之时，光线明亮而不刺眼，夕阳隐去形体却留下自己余晖，这不比与夕阳“在山”、与月亮同时出现在画面中更能表现悠远的意境吗？

通过对文献资料的细细比对及认真爬梳，可以认定《存此山上人山行，吴兴赵公作诗意图》一诗的作者是茅山道士梁柱，其诗句为：一声两声松子落，三片五片枫叶飞。夕阳下山新月上，道人相送一僧归。

---

❶ 顾廷龙：《诗歌总集丛刊宋诗卷·宋诗钞·宋诗钞补》，上海三联书店1984年版，第787页。

❷ 屠青、刘群栋编著：《题画禅语备览》，河南美术出版社2006年版，第179页。

❸ 现存：《道藏》的《茅山志》署名刘大彬，陈国符认为《茅山志》“实即天雨所修，刘大彬窃取其名而已”。卢仁龙认为《茅山志》“是刘大彬主持茅山道务时修成，张雨为实主其事者”。孙玉成则认为《茅山志》是“刘大彬同赵孟頫、虞集、张伯雨等众弟子大家共同合作的结晶”。（可参看卢仁龙《〈道藏〉本〈茅山志〉研究》，《社会科学战线》1992年第2期，孙王成《元版〈茅山志〉的作者究竟是谁》，《中国道教》2010年第1期）。不管署名是谁，都不影响《茅山志》是离梁柱生活时期最为接近的教内记录，本文不谈论这个问题。

元代道士马臻的诗歌风格及成因*

王亚伟

（内蒙古大学　文学与新闻传播学院）

摘　要：马臻是元代前期著名道教诗人，创作实绩突出，在江南诗坛颇有影响。其诗歌风格主要表现为清新圆美、沉郁悲慨、豪逸俊迈，且存在不同诗风混杂的情况。这与其个性特征、生活地域、人生经历、思想观念以及道教信仰等因素密切相关。深入讨论马臻诗歌的多元风格及成因，有助于我们理解四库馆臣对其诗歌总体风貌评价的得失，对于深入认识马臻其人其诗很有必要，对开拓元诗研究具有积极意义。

关键词：马臻；道教；元代；诗风

马臻，字志道，号虚中，钱塘人，元前期著名道教诗人，亦以善画闻名。有《霞外诗集》传世，存诗千余首，创作实绩突出。❶ 近年来，研究者对马臻的讨论渐趋深入❷，但关于其诗风的探讨仍显不足。四库馆臣说：“（马臻）集中铺张富贵者数篇，如《嗣师吴真人诗》之类，颇乖山林之格。然所作皆神骨秀骞，风力遒上，琅琅有金石之音。虽不能具金翅擘海，香象渡河之力，而亦不类酸寒细碎，虫吟草间。观其《述怀》一诗，殆宋末遗老寄托黄冠，而其豪逸俊迈之气，无所不可，政不以枯寂恬淡为高耳。”❸ 此评大致指出了马臻诗歌的艺术风貌，但也有不当和失检之处。回到其诗本身，有助于我们深刻理解馆臣评价之得失，进而充分把握马臻

* 本文系国家社科基金重大招标项目“历代道经集部集成、编纂与研究”（17ZDA248）、“元代各民族文学交融背景下元诗的发展与流变”（18ZDA340）阶段性成果。

❶ 杨镰主编《全元诗》收录作品逾千的元代诗人共计15位，马臻位列其中。

❷ 主要关注其生平、诗集、诗歌、画作、画论等方面，参见王树林《元代正一道马臻、陈义高、朱思本诗文集考论》，《南通大学学报（社会科学版）》2009年第5期；王树林《元初道士诗人马臻生平事迹考辨》，《江苏大学学报（社会科学版）》2013年第6期；吴光正、曹磊《元代南方道士马臻宗教实践与诗歌创作》，《江汉论坛》2019年第7期。

❸ 纪昀总纂：《四库全书总目提要》，河北人民出版社2000年版，第4285—4286页。

诗歌的艺术风格。

一、马臻诗歌的多元风格表现

马臻诗歌众体兼备，风格多元。根据其诗歌实际情况，结合前人评价，可以将其诗风概括为：清新圆美、沉郁悲慨和豪逸俊迈。下面分别论之：

1. 清新圆美

清新圆美，是马臻诗歌最突出的风格特征。仇远《霞外诗集序》云："虚中携诗卷相示，大抵以平夷恬澹为体，清新圆美为用。陶衷于空，合道于趣，浑然天成，不止于烟云花草鱼鸟而已。"❶ 此序作于大德六年(1302)，是仇远对马臻49岁前所作诗歌的评价，也是其诗的一贯风格。

在元人诗学批评语境中，"清新圆美"指韵致脱俗而又自然平和的诗风。元初诗论家方回说："诗人之诗，清而后能新也，新而后能清也。老杜谓'清新庾开府'，并言之，未尝别言之也。非清不新，非新不清，同出而异名，此非可以体用言也"，"意味之自然者为清新"。❷ "圆美"则与"圆熟"相通，是说诗歌圆熟生动，自然和谐。方回说："不以格高为贵而专尚风韵，则必以熟为贵。熟也者，非腐烂陈故之熟，取其左右逢源是也。"❸ 追求意味自然、左右逢源，正与仇远所谓"陶衷于空，合道于趣，浑然天成"一致。

马臻诗的清新圆美之风在其写景诗中表现得最鲜明。《四圣观写望》云："西林桥畔画船开，一片箫韶水上来。多少绿杨遮不住，天风吹过小蓬莱。"❹ 此诗写诗人在杭州孤山四圣观眺望西湖时的见闻感受。四圣观，即四圣延祥观。《（咸淳）临安志》载，"四圣延祥观在孤山，旧名四圣

❶ 仇远：《霞外诗集序》，毛晋编《元人十种诗》，中国书店1990年版，第793页。

❷ 方回：《桐江集》卷一《冯伯田诗集序》，《续修四库全书》，上海古籍出版社2002年版，第1322册，第361—362页。

❸ 方回选评，李庆甲集评点校：《瀛奎律髓》（中册），上海古籍出版社2011年版，第850页。

❹ 马臻：《四圣观写望》，毛晋编《元人十种诗》，第827页。

堂。”[1] 西林桥，在四圣延祥观西。[2] 小蓬莱，即小蓬莱阁，乃观内一景。诗中所写画船、湖水、绿杨、天风，其清新之意自不必说。至于圆美，诗人金针暗度，别有心思。诗的前两句依次写所见所闻，第三句一转，将“绿杨”置于审美主客体之间，最后再以“天风”说明绿杨“遮不住”之缘由，从而在更深层次沟通了审美主客体。也就是说，荡开一笔写“绿杨”，于前两句营造的意境看，属平添意趣，有转折而不显突兀，表达方式变化而深层意蕴连贯。尾句写诗人的整体感受，统摄一二句之见闻，而能升华审美感受。写景不滞碍，融情不着迹，故能圆美。而“小蓬莱”又能引发读者对蓬莱仙境的想象，生发余韵，走向另一重境界。

清新圆美之风在马臻不同体式的诗中均有体现。七律《闲意》云：“落花时节雨冥冥，门掩春风远市声。生怕闲人谈俗事，自开芳径寄幽情。团烟野竹侵霄立，巢树驯鸠傍客鸣。却笑西湖鸥与鹭，乱眠沙觜见船惊。”[3] 此诗作于诗人隐居西湖之后，围绕“闲”来写，是其隐居生活和心理状态的反映。黄石翁对马臻隐居状态的描述可为此诗注脚：“杜门择交，远迹声利。小轩幽寂，与湖山、鸥鹭精神往来。”[4] 诗人掩门远市，不是自我封闭，而是纵情自然，体察万物，反观自我。无论野竹、驯鸠，还是鸥鹭，都是自然而然。诗人笑乱眠鸥鹭见船惊，不是嘲笑、大笑，应是会心一笑。所谓“鸢飞于天，鱼跃于渊”[5]，万物各得其理，各遂其性。鸥鹭遇船而惊，是应有之反映。最后一个“惊”字，透过了惊飞、惊叫等现象层，直击鸥鹭内心一瞬，意味风韵隐然潜寓其中，富有情趣，而不失物理。全诗景、情、理浑然交融，风格清美自然。其他如五律、五绝，乃至六言诗，亦有不少清新圆美之作，此不赘言。

2. 沉郁悲慨

沉郁悲慨也是马臻诗歌代表性风格之一。沉郁和悲慨相关，具有悲伤、哀叹、怨愤的情感基调。方回阐释杜诗之沉郁，往往以“悲壮”“哀

[1] 潜说友：《（咸淳）临安志》，《文渊阁四库全书》，台湾商务印书馆1986年版，第490册，第163页。

[2] 同上书，第250页。

[3] 马臻：《闲意》，毛晋编《元人十种诗》，第862页。

[4] 黄石翁：《霞外诗集序》，毛晋编《元人十种诗》，第795页。

[5] 程俊英、蒋见元：《诗经注析》，中华书局1991年版，第770页。

怨”等术语替代，侧重其情感悲壮慷慨之分析。[1] 四库馆臣以“风力遒上”评价马臻诗歌，主要基于其诗情感充沛，沉郁悲慨的特征。

马臻诗歌的沉郁悲慨之风十分浓郁。《寒夜有感》云：“连宵风雨苦催寒，吟对青灯夜向阑。生事恰如蜗负壳，入头容易转身难。”[2] 前两句凄苦冷清，后两句蕴含哲理。诗人感悟到人生在世好比背负重壳的蜗牛，逃避很容易，改变却万分艰难。《山中寒食》云：“青阳转节候，杂芳丽原隰。山中寒食近，啼鸩亦已急。新冢有人祭，古墓无人泣。伤心名利骨，瑟瑟土花湿。石马悲无声，空对东风立。”[3] 春日鸟语花香，山野烂漫，正是踏青好时节，诗人却无心于此。新冢、古墓景况不一，引发了他对人生凄凉的慨叹。《冬夜客至》云：“故人终岁别，寒夜此留连。雪暗天窗月，风回地灶烟。雁群侵夜发，漏点隔城传。话旧成愁绝，相看复暮年。”[4] 寒夜与友人相聚本应温暖而愉悦，马臻却深陷怀旧、叹老，充满悲凄无奈。风格类似的诗颇多，如“贫久家僮生去意，社迟梁燕阻归期”[5]“吴越争雄俱一梦，年年杜若满汀开”[6]。无论是诉说世事维艰，还是感慨人情冷暖，抑或是抒发怀旧、叹老、嗟贫、沧桑之感，都是他对人生深刻细微的感受。正是这些人生体验的融入，赋予了马臻诗歌沉郁悲慨的情感基调。

当然，马臻诗的沉郁悲慨之风并非一成不变。随着年龄的增长，他对人生体验愈深刻，其诗的沉郁悲慨之风也就愈浓。《凉夜独吟》云：“竹风吹独夜，危坐破愁生。岁月此身老，路岐何日平。行云搀月过，戍鼓杂钟鸣。多少心中事，苦吟吟不成。”[7] 诗中颇有壮志未酬身先老的意味。他说：“人生不自适，岁月欺老丑。”[8] 越是年老，郁积在内心的悲绪就越多越深，也越容易被触发。《叹落花》云：“芳花丽白日，脉脉如凝愁。朝承清露滋，暮逐长河流。含和忆儿时，转眼成白头。欲见西王母，披心诉其

---

[1] 廖宏昌、訾高槐：《方回与纪昀评点杜甫沉郁顿挫诗风的不同视野》，《武汉大学学报（人文科学版）》2012 年第 2 期，第 77—83 页。

[2] 马臻：《寒夜有感》，毛晋编《元人十种诗》，第 835 页。

[3] 马臻：《山中寒食》，毛晋编《元人十种诗》，中国书店 1990 年版，第 822 页。

[4] 马臻：《冬夜客至》，毛晋编《元人十种诗》，第 826 页。

[5] 马臻：《春日闲居二首》（其一），毛晋编《元人十种诗》，第 828 页。

[6] 马臻：《越中言怀》，毛晋编《元人十种诗》，第 817 页。

[7] 马臻：《凉夜独吟》，毛晋编《元人十种诗》，第 856 页。

[8] 马臻：《张野泉偕虚谷方使君赵春洲数先辈见访即席赋诗各以酒字为韵》，毛晋编《元人十种诗》，第 818 页。

繇。鹤从九天来，声落江湖秋。浊骨如朽铁，安得从之游。”❶ 花开花落唤起了诗人的生命感受和修道体验。人生有限，而求仙之路漫漫，令人悲痛。目睹旧日诗卷，也会触动诗人内心。《题联句诗卷后》诗前小序云：“至元甲午（1294），龚圣予、鲜于伯机、盛元仁访予于王子由紫霞小隐，不值，联句而去。二十年间相继长往，惟予与原仁在焉。因感存殁，书于卷尾。”诗云：“呜呼古人不复起，我亦支离头白里。忆昔三士相经过，扬激风骚犹在耳。……南北东西二十年，沦落惟存盛兼马。衔哀不敢话耆旧，掩卷看天泪如写。君不见此道谁复同，一曲阳春和应寡。”❷ 作此诗时，龚开、鲜于枢已经去世，马臻和盛彪也垂垂老矣。睹物思友，诗中充满悲叹、无奈、落寞、孤独。这些感情交织在一起，复杂而又深刻，极富艺术感染力。

3. 豪逸俊迈

神骨秀骞，是四库馆臣对马臻诗风的评价。准确，但略显晦涩。秀，指秀雅美好的气韵，与清新圆美有相通之处。骞，意谓高飞，指豪逸俊迈的诗风。马臻现存部分诗歌呈现出了豪逸俊迈之风，具有奔放洒脱，超然绝俗的审美特征。

四库馆臣列举马臻《述怀》一诗来说明其诗豪逸俊迈的风格。在《霞外诗集》中，以《述怀》为题的诗有两首。其一云：“家无负郭田，何以怀归耕。岂不有他好，复恐劳其生。穷居四十年，富贵浮云轻。乳鸟喧高枝，壮心忽然惊。所忧闻道晚，德业将无成。言此向知已，欲语已忘情。”❸ 其二云：“清风窗户竹萧疏，几席无尘足自娱。囊罄未应惭北里，金销元不为西湖。人荒今古沤生水，万化枯荣户转枢。蛮触到头成底事，输他象罔得玄珠。”❹ 这里虽然也言及生活清贫，但诗人对此并不介怀。他视富贵如浮云，从修道中得到了精神愉悦。相对而言，第二首诗的豪逸俊迈之风更为鲜明。

马臻的豪逸俊迈之作多是其游目骋怀，体道观物，精神上暂时获得解脱的产物。《九日》云：“把酒且酬重九节，龙山会散几斜曛。嘲诗谩忆孙

---

❶ 马臻：《叹落花》，毛晋编《元人十种诗》，第831—832页。
❷ 马臻：《题联句诗卷后》，毛晋编《元人十种诗》，第881—882页。
❸ 马臻：《述怀》，毛晋编《元人十种诗》，第821页。
❹ 马臻：《述怀》，毛晋编《元人十种诗》，第897页。

廷尉，落帽今无孟府君。冉冉黄花从古有，寥寥清事更谁群。高秋大笑人间世，我亦天涯一片云。”❶ 此诗写重阳节，用“龙山落帽”❷ 典颂扬文人雅事，略有嘉会难逢之感，但尾联转而写对人世间的不屑，情怀豪迈，颇有超脱之意。类似作品如“平生长物诗千首，满意春风酒一樽。莫道无人慰幽独，夜深窗竹长儿孙”❸，“眼空夜色秋满城，城楼漏鼓闻四更。杓垂月转万山白，坐看天河西北倾”❹，表现从体物中获得的道趣，写得潇洒。在超然物外的状态下，马臻摒除了世俗世界的纷乱和污浊，内心澄静，自由无拘，对外物的感受充分开放、从心适意，因此这些作品表现出了豪逸俊迈的风貌。

二、马臻多元诗风的混杂特征

清新圆美、沉郁悲慨、豪逸俊迈是对马臻诗歌主要风格的概括，但并不是说其所有作品的风格指向都如此分明，其实他的不少诗作呈现出的是多元风格混杂的特征。

1. 清新圆美与沉郁悲慨交叉

马臻诗中的清新圆美之作偏向以自然风光为题材，而沉郁悲慨之作则多抒写历史、慨叹人生。这两种风格的交叉体现在具体作品上，往往于写景之外别生感慨。其《春日写望》云：“远山重叠限空明，淡拂生绡绝点尘。半舸夕阳喧酒客，一楼寒色倚诗人。早莺怀旧随时至，芳草无情着处新。却忆城中有贫者，杏花开尽不知春。”❺ 春日的杭州风景如画，澄澈脱俗，但诗人想到的却是城中贫者因贫穷而不能享受春景。他写往事多半充满哀伤，早莺因“怀旧”而随春至，实则是自己念旧。此诗首联风格清新自然，但总体上还是以沉郁悲慨为主。有些诗则不然，整体上表现出了清新圆美之风，其中掺杂着些许颇含悲情的诗句。如《新晴》云：“新晴初

---

❶ 马臻：《九日》，毛晋编《元人十种诗》，第 863 页。

❷ 《世说新语·识鉴》云：“（孟嘉）为征西桓温参军，九月九日温游龙山，参寮毕集。时佐吏并着戎服。风吹嘉帽堕落，温戒左右勿言，以观其举止。嘉初不觉，良久如厕，命取还之。令孙盛作文嘲之，成，箸嘉坐。嘉还而即答，四座嗟叹。”见余嘉锡笺疏，周祖谟、余淑宜、周士琦整理《世说新语笺疏》，中华书局 2007 年版，第 473—474 页。

❸ 马臻：《布袍》，佚名编《诗渊》（第 1 册），书目文献出版社 1984 年版，第 43 页。

❹ 马臻：《秋夜》，毛晋编《元人十种诗》，第 833 页。

❺ 马臻：《春日写望》，毛晋编《元人十种诗》，第 822 页。

试夹衣裳，梅豆垂青小未尝。春色荡摇鹍鸠恨，烟光遮护牡丹香。养生不去窗前草，得句多题竹外墙。心地太平风日好，可怜岐路自羊肠。”❶ 此诗大体上蕴含着悠游自在的生命境界，给人以自然清新之感。但是颔联上句和尾联下句却一反常态，写“鹍鸠恨”和“岐路自羊肠”，寓有慨叹。与《春日写望》通过对比抒发感慨相较，《新晴》在艺术上并不成功。尤其尾联以悲慨作结，显得突兀，并未将全诗推向更高的艺术境界，反而影响了整首诗的风格营造，呈现出两种风格交叉但不相融的状态。

2. 清新圆美与豪逸俊迈杂糅

清新圆美与豪逸俊迈有相通之处。清新圆美本有超凡脱俗之意，而豪逸俊迈亦具绝俗不群的特征。二者最明显的不同在于，豪逸俊迈之作相对洒脱、奔放。此两种艺术风格的杂糅在马臻诗作中有所体现。其《无事》一诗总体上属于豪迈之作，但中间有几句写得清新脱俗。诗云：“无事每日不出户，满院松竹森交加。昼眠厌听啄木鸟，早凉喜见牵牛花。一真自可了生死，万事不必论等差。谁能屑屑管迎送，客来且试山中茶。”❷ 马臻所居庭院松竹交错，有鸟有花，清新自然，富有生机。“厌听”和“喜见”融入了诗人的情感，但是这些并不是重点。重点在于表达了个人好恶之后，诗人有所开悟，即颈联所言。既然明白“一真自可了生死，万事不必论等差”的道理，那么所谓的喜厌之情也就随之消解了，整首诗的风格也由此转向豪放。又如《院落》云：“院落闭深静，逍遥情亘同。鸟鸣烟淡沲，花晚春冥蒙。遣理思虑外，养真山水中。唯当坐永日，领此竹窗风。”❸ 此诗也是写庭院所见所感，只是不像《无事》蕴含思想变化，抑或是以道教学说开解自我，而是直接进入物我浑融的境界，风格上清秀而飘逸。

3. 沉郁悲慨与豪逸俊迈混杂

沉郁悲慨与豪逸俊迈是两种完全不同的艺术风格，其情感内核差异很大。此两种风格的混杂在马臻诗中也可以找到一些例证。《遣兴二首（其二）》云：“老木苍苍合，幽禽琐琐喧。坐长楼转影，静极客忘言。云物何

❶ 马臻：《新晴》，毛晋编《元人十种诗》，第837页。
❷ 马臻：《无事》，毛晋编《元人十种诗》，第819页。
❸ 马臻：《院落》，毛晋编《元人十种诗》，第901页。

时定，亭台几处存。虚怀推至理，随意且芳樽。”❶ 此诗表达的是诗人体道观物的状态，很难称得上豪放，但说其超尘绝俗是不为过的。诗人客居天地之间，在极静的状态下感受到了大道。老木苍苍、幽禽喧鸣，一切都是自然而然，自有道理。《庄子·山木》云：“人能虚己以游世，其孰能害之！”❷ 摒弃名利贪念，循任自然，回归大道，身心便会得到解放。但是即便在此状态下，马臻仍有“云物何时定，亭台几处存”的感慨。又如《春霁书怀》云：“静知春事佳，老觉世味熟。遂展平生情，谁复辨蕉鹿。”❸ 虽然自觉了悟人生，但仍不免世事如梦似幻之感。其实，如果真正做到了敞开怀抱，便不会有“谁复辨蕉鹿”的想法。《遣兴二首（其二）》中表达的情感也是如此，世事无常如同云气聚散、亭台起废，令作者难以释然。尽管他反复以道教学说劝慰自我，但“随意且芳樽”也只是暂时解脱，由此可见这首颇具逸趣的作品中混杂着些许无奈和感慨。

4. 多种风格杂糅于一首诗中

马臻诗中还有多种风格杂糅于一诗的情况，但并不局限于上文论及的三种具有代表性的诗风。《送郭似山回张公洞》是其送别道友郭似山之作，诗中蕴含的情感比较丰富，风格也较为复杂。诗云：“春风吹沙春草长，杂花媚烟飞野香。幽华袅袅泫雨色，人间光景劳中肠。赤城老仙呼鹤起，迢迢直度太湖水。玉洞碧桃凝古芳，玄扃窈窕罗疏绮。吟诗赠别情相关，雾节风幢几日还。归来无语生幽寂，啼鸩一声春昼闲。”❹ 此诗前四句写景，清幽秀美。中四句先写郭似山返归，潇洒飘逸；后写其居所环境，颇有野逸之趣。后四句写诗人赠别后即生思念，盼友人早日再来，心中闷闷不乐，深含悲情。又如《西湖小隐》云：“湖外风轻酿薄寒，柳荫当户昼常关。鸥群不动水纹淡，花气欲流春意闲。投老尚余诗强项，遣愁翻被酒孱颜。笙歌日夜喧人耳，拟卜乱云生处山。”❺ 从诗中可以感受到多种心境，有幽寂苦闷，有淡泊安闲，亦有人生慨叹。像这些诗作，内蕴复杂，我们很难用一个词汇准确、有效地概括其艺术风格。之所以如此，必然与

---

❶ 马臻：《遣兴二首》（其二），毛晋编《元人十种诗》，第 815 页。
❷ 郭庆藩撰，王孝鱼点校：《庄子集释》（中），中华书局 1961 年版，第 675 页。
❸ 马臻：《春霁书怀》，毛晋编《元人十种诗》，第 815 页。
❹ 马臻：《送郭似山回张公洞》，毛晋编《元人十种诗》，第 819 页。
❺ 马臻：《西湖小隐》，毛晋编《元人十种诗》，第 837 页。

马臻本人有密切关系。下面，我们尝试对其诗风成因进行探讨，寻求一些合理解释。

三、马臻多元混杂诗风的成因

马臻诗歌多元混杂风格的形成具有多方面原因，其个性特征、生长地域、道教信仰、艺术修养、人生经历、思想观念等因素都发挥着不同程度的作用。

第一，马臻个性敏感、忧郁，故体物细腻，心态悲观。这在他的诗中多有反映，如“桑落酒醒添感慨，初阳台近忆登临”❶“所以送君行，感慨莫能已”❷“万里客情空感慨，一年春事又差池”❸。西晋文学家张载有诗云：“哀人易感伤，触物增悲心。”❹马臻就是一位“哀人”，不论一片落叶，还是一次送别，多会触动其心灵，令他伤怀。如此个性势必影响到其创作：一方面描写深刻细微，如上文所举《闲意》一诗对鸥鹭遇船而惊那一瞬的表现；另一方面多寓感叹，写了很多沉郁悲慨之作。

第二，受所在地域自然和人文环境的影响。据现存材料，马臻除大德五年的北游经历外，其余时间主要生活在以杭州为中心的江南。江南风光秀丽，对其诗作的取材和风格均有影响。仇远为其诗集作序云：“况汗漫万里，远览嵩岱之雄拔，江河济淮之奔放，近挹两峰三潭六桥之佳丽秀整，交广视阔，胸次宏豁，宜其笔力不凡如此。”❺所谓“远览”，即北游所见。而“近挹”，则指杭州西湖景胜。又说：“西湖日日是诗料，秋来日日是诗思，尚当与子吟啸于乾坤万象之表。”❻马臻隐居在风光旖旎西湖之滨，得江山之助，发而为诗，多有清新自然、秀丽雅洁之感。此外，元初杭州遗民之风浓郁，马臻与南宋遗老频繁交游也影响到了其诗风。戴表元《杨氏池堂燕集诗序》中对元初宋遗民的精神状态有所揭示：“（众人）醉醒庄谐，骈哗竞狎，各不知人世之有盛衰古今，而穷达壮老之历乎其身

❶ 马臻：《冬意》，毛晋编《元人十种诗》，第 890 页。
❷ 马臻：《送仲泽邢讲师回汴梁》，毛晋编《元人十种诗》，第 818 页。
❸ 马臻：《江陵即事》，毛晋编《元人十种诗》，第 849 页。
❹ 萧统编，李善注：《文选》，中华书局 1977 年版，第 330 页。
❺ 仇远：《霞外诗集序》，毛晋编《元人十种诗》，第 793 页。
❻ 仇远：《霞外诗集序》，毛晋编《元人十种诗》，第 793 页。

也。”❶ 燕集在杭州举行，参与者仇远、白珽、屠约、张楧等人都是江南文士，乃马臻密友。宋亡时马臻仅 23 岁，他虽不以宋遗民自居，但与仇、白等人交往密切，极易受到遗民情绪的感染，进而影响到诗风。其《闻杜宇》云：“飘泊身同泛梗萍，年年因尔更关情。半啼半哭深含恨，飞去飞来不住声。日落远怜行客过，风微闲见落花惊。故家乔木雕零尽，一夜月明芳草生。”❷ 仇远《凤凰山故宫》云：“渐无南渡旧衣冠，尚有西湖风雨寒。凤鸟不来山寂寂，鸱夷何在海漫漫。荒陵樵采官犹禁，故苑烟花客自看。惟恨余杭门外柳，长年不了送征鞍。”❸ 二诗均有对历史变迁、世事沧桑的慨叹，只是前者主要表达身世漂泊之叹，后者则蕴涵黍离之悲。内蕴虽有不同，然风格相类。

第三，道教学说及信仰对马臻豪逸俊迈诗风的形成有很大作用。马臻生长于诗书之家，其父壮年追随茅山宗道士陆月湖，穷究老庄，家中道教文化氛围浓厚。❹ 宋亡后，马臻入道，拜高道褚伯秀❺为师。其父其师精研老庄，马臻亦谙熟于心。其诗云：“瞢腾睡起吟诗懒，读得南华一卷终。”❻ 南华，指《南华真经》，即《庄子》。也有一些诗用到《庄子》中的典故，如“羡杀西风白胡蝶，蘧蘧栩栩学蒙庄”❼，“此心肯与南风竞，已向蒙庄悟木鸡”❽，典出《齐物论》和《达生》。又如“蛮触到头成底事，输他象罔得玄珠”❾，典出《则阳》和《天地》。其中，“象罔得玄珠”蕴含着对天道的追求，后来发展成人们很关注的重要命题。叶朗说：“庄子关于主体必须超脱利害得失的考虑，才能实现对‘道’的观照，从而获得‘至美至乐’的论述，在美学史上建立了关于审美心胸的理论。”❿ 正是在观物体

---

❶ 戴表元著，李军、辛梦霞校点：《戴表元集》，吉林文史出版社 2008 年版，第 136 页。

❷ 马臻：《闻杜宇》，毛晋编《元人十种诗》，中国书店 1990 年版，第 822 页。

❸ 仇远：《山村遗稿》卷二《凤凰山故宫》，《续修四库全书》，1322 册，第 635 页。

❹ 马臻：《挽月湖陆尊师》云：“先生（陆月湖）负盛才，早岁道弥昌。我翁（马臻之父）亦年壮，瓢笠行相将。烟霞结幽志，矻矻穷老庄。”见毛晋编《元人十种诗》，中国书店 1990 年版，第 827 页。

❺ 褚伯秀，字雪巘，钱塘人，宋末元初杭州天庆观道士，著有《道德真经义海纂微》《南华真经义海纂微》等。

❻ 马臻：《春晚偶成》，毛晋编《元人十种诗》，中国书店 1990 年版，第 888 页。

❼ 马臻：《喜蝶》，毛晋编《元人十种诗》，中国书店 1990 年版，第 878 页。

❽ 马臻：《偶成》，毛晋编《元人十种诗》，中国书店 1990 年版，第 883 页。

❾ 马臻：《述怀》，毛晋编《元人十种诗》，中国书店 1990 年版，第 897 页。

❿ 叶朗：《中国美学史大纲》，上海人民出版社 1985 年版，第 106 页。

道的过程中，马臻暂时超越了种种束缚，达到了精神解脱，相关诗作也多有豪逸俊迈之气。当然，神仙信仰对其诗的豪逸俊迈之风亦有影响。道教修行的终极目标是成仙，而神仙形象多飘逸潇洒，神仙居住的仙境也是清新自然的。马臻诗对神仙及仙境的表现并没有偏离道教传统，如《送邓荪壁回师坛》云："紫府仙人玉练容，偶随笙鹤下天风。一千余里梅花外，二十四岩江水东。赠别篇章今日赋，论文樽酒几时同。不知三迭琴心里，早晚谁先上道功。"❶ 此诗豪迈旷达，一反其赠别诗常有的悲伤，主要因为他以写神仙的方式写人，充满了仙道意味和情怀。

第四，马臻多元诗风的形成也受其思想观念的影响。其一，厚古薄今的观念。马臻好古尚古，最向往道家推崇的民风淳朴、和谐无争的上古社会。其诗云："时情不好古，雅道少知音。"❷ 厚古薄今必然导致古今对立，对现实不满。《后结交行》云："古交皆结心，其意能断金。今交皆结金，倏忽能变心。取舍既殊轨，反掌生陆沉。……古人今人皆足悲，百年忧乐须臾期。男儿节义死不变，谁肯心怀未济时。"❸ 他反对以利相交，追求以心相交，认为古人交心，今人交利。理想与现实的反差必然令他心生慨叹，喷薄纸上，多有沉郁悲慨之气。其二，作诗追求浑成合道。其《诗》云："六义关风教，吟须字字安。苦心雕琢易，出口浑成难。道合天心动，篇终鬼胆寒。极玄言不得，休作等闲看。"❹ 《读石田诗有感三首》云："雕搜还不到，姚贾是宗风。势立典刑上，句存规矩中。……此理言难会，冥心感化工。"❺ 他作诗未必反对苦心雕琢，但一定追求浑成合道。也就是说，好诗往往凝结着诗人的一番苦心，但苦吟未必产生好诗。苏轼说："诗以奇趣为宗，反常合道为趣。"❻ 诗要达到反常合道，并非易事。马臻说；"极力不易到，艰难中混成"❼，"有如赤水珠，妙在心自得"❽。在他看来，诗是道的体现。诗人体察天道，为创作积累经验，或经艰难而有所

---

❶ 马臻：《送邓荪壁回师坛》，毛晋编《元人十种诗》，中国书店 1990 年版，第 859 页。

❷ 马臻：《送蒋月屋归富春》，毛晋编《元人十种诗》，中国书店 1990 年版，第 859 页。

❸ 马臻：《后结交行》，毛晋编《元人十种诗》，中国书店 1990 年版，第 825 页。

❹ 马臻：《诗》，毛晋编《元人十种诗》，中国书店 1990 年版，第 829 页。

❺ 马臻：《读石田诗有感三首》，毛晋编《元人十种诗》，中国书店 1990 年版，第 913 页。

❻ 释惠洪：《冷斋夜话》，中华书局 1985 年版，第 24 页。

❼ 马臻：《读天台洪耕道诗集二首（其一）》，毛晋编《元人十种诗》，中国书店 1990 年版，第 891 页。

❽ 马臻：《奉酬泰轩蒋明府惠诗集》，毛晋编《元人十种诗》，中国书店 1990 年版，第 858 页。

悟，或冥心一悟合大道，表现在作品中就是内蕴道趣，浑然天成。

第五，人生经历对马臻沉郁悲慨诗风的影响很大。其一，宋元易代带给马臻很大痛苦。宋亡前他过着裘马轻肥的浪游生活，其《述怀五十韵》云："昔际承平久，生涯足可怜。过庭犹昨日，骑竹想当年。书剑辛勤历，轻肥少壮便。浪游春富贵，醉舞月婵娟。"蒙古军攻破临安，他的生存环境和生活状态发生了很大变化。其诗云："天兵威武奋，皇泽至仁宣。岂意波涛怙，还容骨肉全。万方苏雨露，四海戢戈鋋。倦鸟思乔木，穷鱼守故渊。甑尘贫似范，昼睡懒如边。"❶ 经此剧痛，他看待历史和人生常怀悲情，也更加怀念昔日的承平之乐。体现在诗中，就是感慨人生聚散不定，世事沧海桑田，叹老嗟贫，对当下的境遇表示不满。其二，一生志向未遂，故常有不平之鸣。出仕和隐居是马臻的两大志向。49 岁前，他心怀出仕之志，有诗云："男儿勋业无所成，忽忽身年四十五。"❷ 大德五年春，48 岁的马臻随天师张与材应召北上觐见，意图借此机会获得封赐。到了上都，他颂扬大元气象，表达"何当振翮附黄鹄，万里天风吹渺茫"❸ 的愿望。结果事与愿违，遂生"黄鹄垂两翼，徒怀四海心"❹ 的郁闷。次年返杭，决心隐居。隐居是他追求的生活方式，但是贫穷又令他倍感痛苦，其《雨窗怀感》云："我室空四壁，风声为飕飗。短褐久已弊，败纩幸不收。"❺ 于是他心中又生发出了新的隐居理想，即"耕隐"。实现"耕隐"，需要买山办田。马臻无力实现，只好画成《青山白云图》，赋诗云："每见青山即解颜，生平不道住山难。和云数亩无钱买，投老传来画里看。"❻ 也就是说，无论出仕，还是隐居，马臻都没有真正达成所愿。志向未遂的辛酸和遗憾，在马臻诗歌中多有体现，是其沉郁悲慨诗风的重要成因。

第六，艺术素养对其诗清新圆美之风亦有影响。马臻是画家，尤以山水见长。据申喜萍统计，马臻现存画作有 13 幅，绝大多数都是山水画。❼ 苏轼《书摩诘蓝田烟雨图》云："味摩诘之诗，诗中有画；观摩诘之画，画中有诗。"❽ 诗和画虽是两种不同的艺术形式，但其中蕴含的艺术精神相

❶ 马臻：《述怀五十韵》，毛晋编《元人十种诗》，中国书店 1990 年版，第 857 页。
❷ 马臻：《送陈子振归姑苏》，毛晋编《元人十种诗》，中国书店 1990 年版，第 826 页。
❸ 马臻：《开平寓舍》，毛晋编《元人十种诗》，中国书店 1990 年版，第 843 页。
❹ 马臻：《滦都旅夜（其二）》，毛晋编《元人十种诗》，中国书店 1990 年版，第 844 页。
❺ 马臻：《雨窗怀感》，毛晋编《元人十种诗》，中国书店 1990 年版，第 873 页。
❻ 马臻：《画青山白云图》，毛晋编《元人十种诗》，中国书店 1990 年版，第 878 页。
❼ 申喜萍：《元代道士画家马臻研究四则》，《宗教学研究》2018 年第 1 期。
❽ 苏轼撰，孔凡礼点校：《苏轼文集》（第 5 册），中华书局 1986 年版，第 2209 页。

通。马臻也说："诗画本一律，天工与清新。"❶ 意谓诗与画均崇尚自然、清新的韵致。对于马臻作品中的诗画关系，黄石翁略有感受。他为马臻诗集作序称："诗未尽兴，溢为丹青。点缀精妍，诗意故在。"❷ 这里只是说其画中有诗意，虽未言明其诗中有画意，但是诗画对马臻而言的确相通。其诗云："平生固多愚，懒堕足弃捐。赖有诗画事，与物相磨研。"❸ 诗画传达的是其体道感受，也是其体道的方式，因此他对诗画相资深有体会，如其题画诗云："晓晴江浦生秋水，林麓青黄差可喜。诗情画意欲相高，一抹沙堤三十里。"❹ 上文论及其《四圣观写望》，所写景物层次分明而意境浑融，宛如一幅绝妙的山水画，可见山水画创作对其诗的清新圆美之风具有一定影响。

至此，我们可以对四库馆臣指出的问题作一些解释。其一，马臻集中有一些"颇乖山林之格"的作品。此问题的提出基于对马臻遗民、隐士身份的认定。其实马臻未曾以宋遗民自居，起初也并非隐士。❺ 即便隐居之后，也并不是悠然地享受山林生活，内心仍有不甘和挣扎，故其诗表达求仕愿望、悲慨隐居之苦，实属正常现象。其二，马臻诗"皆神骨秀骞，风力遒上"，太过绝对，并不符合马臻的创作实际。其三，谓其诗"虽不能具金翅擘海，香象渡河之力，而亦不类酸寒细碎，虫吟草间"。笔力不够雄健有力、精辟透彻，但与那些格局狭小、穷愁哀苦之作亦不同。单从诗风层面理解，即是说他的诗作风格不彻底，呈现出不同风格的交叉。其根源在于马臻的个性、观念等因素导致他不能自如地处理人生问题：敏感细腻，故而对外界反应强烈；忧郁哀伤，因此看待世界常怀悲情；厚古薄今，所以很难适应现实社会，多有对抗心理。道教学说及信仰虽然能给他带来精神解脱，但也只是暂时的宽慰。由此形成的复杂的创作心理，影响到其诗歌创作，使其诗在任何一种风格上都难以达到极致，呈现出多元混杂的状态。

---

❶ 苏轼撰，孔凡礼点校：《苏轼诗集》（第5册），中华书局1982年版，第1525页。

❷ 黄石翁：《霞外诗集序》，毛晋编《元人十种诗》，中国书店1990年版，第795页。

❸ 马臻：《为松瀑黄尊师作溪山迭翠图》，毛晋编《元人十种诗》，中国书店1990年版，第863页。

❹ 马臻：《题画杂诗十九首》（其十三），毛晋编《元人十种诗》，中国书店1990年版，第898页。

❺ 王亚伟：《元代道教诗人马臻其人其诗刍论》，《中国文学研究》2019年第4期。

词起源于民间的力证

——宋代民间俗词与金元道教词比较研究❶

左洪涛

（中南民族大学　文学与新闻传播学院）

摘　要：全真教创始人王喆与其弟子等创作了相当可观的道教词，因为传道布教的需要，借鉴民间俗词中俚语和表达方式。从文本分析与宗教民俗文化背景进行解读，宋代民间俗词在民间流传极广，与道教词要达到传教布道的目的不谋而合，所以二者在语言、手法和体裁方面很相似。第一部分是重点，相同点比较，分语言俚俗质朴、多用叠词以加深印象、多用俳体词增强趣味。第二部分是相异点比较：作者创作目的不同、创作内容不同。这些对词起源于民间提供了一个力证。

关键词：民间俗词；道教词；异同分析；语言；手法；体裁

王喆创立全真教，全真教的教祖、精英人员大多来自知识阶层的中下层，所以说在金初三大教派（大道教、太一教、全真教）中这些传教之人的文化素养是相对最高的，留存下来的各种著作也是最多的。“从时代上来看，由于金元时期与两宋时间距离较近，所以金元词难免受到词之滥觞时代即宋代的影响”，❷ 道教词因为传道布教的需要，必定会借鉴俗词中大量的俚语和表达方式，宋代民间俗词虽然不受词坛正统的重视，但是在民间流传极广，与道教词希望达到传教布道的目的不谋而合，所以金元道教词与宋代民间在语言、手法和体裁方面是有相似性的。因此，笔者从如下两方面对宋代民间俗词及金元道教词进行比较。

---

❶ 本文是左洪涛主持的国家民委课题“民族交往交流交融与中华民族多元一体研究”的部分成果。

❷ 周秀荣：《论金词与宋词间的关系》，《湖北民族学院学报（哲学社会科学版）》2002 年第 4 期。

一、相同点

金元道教词与宋代民间俗词，它们均具有语言俚俗、表达生动活泼、手法灵活多样、艺术感染力强等特点。具体而言可以分为以下几个方面。

（一）语言俚俗质朴

宋代民间俗词在语言方面最大的特点就是浅近直白，而全真教词中有相当一大部分都是劝人入道的，除了有些道家专用的修炼术语之外，大部分都是明白如话的作品，二者都有着质朴直白和俚俗化的语言。

第一，它们都有着质朴直白的语言。如丘处机《沁园春·示众》："世事纷纷，似水东倾，甚时了期。叹利名千古，争驰虎豹，丘原一旦，总伴狐狸。枳棘丛中，桑榆影里，乱冢堆堆谁是谁。君知否，谩徒劳百载，空皱双眉。争如归去来兮。放四大、优游无所为。向碧岩古洞，完全性命，临风对月，笑傲希夷。一曲玄歌，千钟美酒，日月循环不老伊。童颜在，镇龟龄鹤寿，罢喝黄鸡。"❶ 上片直接写了争名夺利的下场就是尸骨乱埋，下片写还不如遁入道门，与玄歌美酒相伴，逍遥一生来得痛快，词中宣扬了名利是负累的思想，通过入道前受名利所累的痛苦与入道后悠游自由的幸福进行对比，十分明白地阐明了抛却名利，入道为佳的观念。而宋代民间俗词在描述情感或其他事物时，同样也是如同讲话般简单易懂，在此再举一例，如同打油诗一般的两首《汪秀才》：有个秀才姓汪。骑个驴儿过江。江又过不得，做尽万千趋锵。有个秀才姓汪。住在祁门下乡。行第排来四八，做尽万千趋锵。❷ 其完全用民间常用语句进行表述，写出汪秀才呆板迂腐的可笑形象。

第二，俚俗化的语言。宋代民间俗词和金元道教词都是属于民间文学的一部分，因此词人在创作时会有意识或无意识地在词中添加颇具民间俚俗特色的文化元素。王力先生认为，"'儿'字独成一个音节，在今天某些方言里还是这样，例如杭州和冀南"。❸ 由此可以看出"儿化"的连续使用正是显现出词中俚俗化的倾向。例如，二者都有将"儿"字连续使用的篇

❶ 唐圭璋编：《全金元词》，中华书局 1979 年版，第 455 页。
❷ 唐圭璋编：《全宋词》，中华书局 1977 年版，第 3670 页。
❸ 王力：《汉语史稿》，中华书局 1980 年版，第 229 页。

目，使得词句在语言风格上十分通俗。

宋代民间俗词的俚俗化例如，《阮郎归·端午》除最后两句外，其余每句末尾都重复“儿”字。再如另外一首描写端午节习俗的词《阮郎归·端午》：“门儿高挂艾人儿。鹅儿粉扑儿。结儿缀着小符儿。蛇儿百索儿。纱帕子，玉环儿。孩儿画扇儿。奴儿自是豆娘儿。今朝正及时。”除最后一句外，其余每句末尾必定“儿化”。再如《解佩令》一词是一首描写女性体态的艳词，也是基本上每句都“儿化”。

金元道教词中也有不少的“儿化”现象，如马钰词《满庭芳·赠零口通明散人害风魏姑》通篇都押“儿”字韵：身为女子，志似男儿。悟来跳出门儿。道上搜寻，恋其美女娇儿。性似孤云野鹤，世尘缘、不惹些儿。真脱洒，便堪称，比个大丈夫儿。认正本来清净，农农字疑误何须，谓认虎儿龙儿。也不整理离坎，姹女婴儿。无为大功成就，产一个、无相人儿。阳纯了，便得与，太上做儿。[1] 全词九个“儿”字的连续用韵，口语化倾向十分明显，虽然这些“儿”字当中有些是具有实际意义的词，但是词人这样刻意地使用“儿”字入韵，使得全词俚俗色彩浓厚。再如王喆词《俊蛾儿·劝吏人》：见个惺惺真脱洒，堪比大丈丈下疑脱夫字儿。莫睎灯下俊蛾儿。坏了命儿。早早回头搜密妙，管养姹女婴儿。道袍换了皂衫儿。与太上做儿。[2] 六个“儿化”韵，让全词充满俚俗风味。

总的来说，二者作为在民间颇具影响力的文学形式，在语言表达方面都比较直露，质朴俚俗是二者的共同特征。

（二）多用叠词以加深印象

宋代民间俗词和金元道教词的一大特色就是使用叠词或叠字，常常在一首词中出现若干重复性的词语，也有在一句中重复某个字，以达到强调某种感情或态度的作用。宋代民间俗词和金元道教词由于都喜爱用叠词或叠字，使得这些词读起来充满了韵律感和节奏感，朗朗上口。

宋代民间俗词如《一剪梅》，此词中几乎每句话都会重复“经量”二字以突显民怨之沸腾，读来也觉得很有节奏感，如同一首脍炙人口的歌曲一般。再如《行香子》一词中，不断重复“一斤”二字，显现出滑稽可笑

---

[1] 唐圭璋编：《全金元词》，中华书局 1979 年版，第 268 页。
[2] 唐圭璋编：《全金元词》，中华书局 1979 年版，第 162 页。

之感，酒贩的奸诈自然也就显露在字里行间。

金元道教词中叠字的使用频率很高，例如，马钰《渔家傲》一词中每句末尾都以“日”字结尾：七十光阴能几日。大都二万五千日。过了一日无一日。无一日。看看身似西山日。不做修行虚度日。悟来岂肯经终日。斡运洞天真月日。真月日。蟾宫里面擎红日。❶ 读来顿觉时光飞逝之感，一日又过了一日，过去的日子永远不会重来。当然词人是想表达韶光易逝，应该珍惜时间悟道才可以摆脱时间对生命的种种限制。又如马钰的《卜算子·师父重阳号》：师父重阳号。炼就重阳宝，紫诏重阳赴玉京，方显重阳好。我为重阳到。庵为重阳造。特为重阳守服居，符合重阳道。❷还有一首《卜算子·我遇重阳悟》：我遇重阳悟。曾得重阳趣。炼就重阳绝尽阴，阴就重阳著。性命重阳聚。三曜重阳铺。不到重阳不做仙，仙自重阳做。❸ 每句均重复“重阳”二字，一方面宣传道义，另一方面也是将师父王重阳的名号不断地重复，有一种宣传师名的作用。再如马钰《捣练子·赠李舍人》中一句“闲闲闲里炼冲和”，重复了三遍“闲”字；又如马钰的《西江月》“是是非非远远”，全词以 AABBCC 的结构为依托进行重叠，相类似还有以 AABBBAA 为结构进行重叠的如马钰的《玩丹砂》“澄澄湛湛湛澄澄”等。

无论是民间词人，还是道士，从他们在叠词的运用上，就可以看出他们在创作时都投入了自己的感情，而叠词的使用也正是作者表达情感的需要，“曲化的倾向十分明显”，❹ 因为字词时常重复，便于人们记忆和传播，读来就像吟唱歌词一般，深受市民阶级的喜爱，同时也十分便于流传。这也是宋代民间俗词和金元道教词在民众间流传甚广的原因之一。

（三）多用俳体词增强趣味

“所谓俳谐体更多的是强调某种或某些体裁的使用，是一种通俗文学的表现形式，是一种带有游戏意味的文学表现方式。”❺ 就宋代民间俗词与金元道教词的体裁方面的共同点来说，主要可以分为以下三个方面。

---

❶ 唐圭璋编：《全金元词》，中华书局 1979 年版，第 304 页。

❷❸ 唐圭璋编：《全金元词》，中华书局 1979 年版，第 410 页。

❹ 赵维江：《略论金元词的类曲倾向》，载《齐鲁学刊》2003 年第 3 期。

❺ 李扬：《宋代俳谐词创作审美文化阐论：兼及中国传统喜剧精神的思考》，载《东方丛刊》1998 年第 1 期。

1. 联章体

二者都喜欢使用联章体：普通联章、定格联章在这两类词中均有出现。二者在对联章体的利用方面十分相似。

宋代民间俗词中《调笑集句》就是普通联章的代表，从《巫山》到《琵琶》共计8首小词，所有同系列的小词基本都以怀人为基调，用各种不同的内容将其填充，从“洛神”到“明妃”，从“巫山”到“桃源”都表达着思念之情。金元道教词体裁中运用普通联章的数不胜数：例如，马钰词《望蓬莱》共3首小词，都是作于重阳节前后，所写的也都是与此有关的内容，九月九日重阳节就是串起此词的重要线索。

《九张机》是宋代民间俗词中定格联章体裁的代表作，从“一张机”到“九张机”，九个章节组成了一曲曲哀怨动人的相思之曲。

一张机。织梭光景去如飞。兰房夜永愁无寐。呕呕轧轧，织成春恨，留着待郎归。

两张机。月明人静漏声稀。千丝万缕相萦系。织成一段，回纹锦字。将去寄呈伊。

三张机。中心有朵耍花儿。娇红嫩绿春明媚。君须早折。一枝浓艳，莫待过芳菲。

四张机。鸳鸯织就欲双飞。可怜未老头先白，春波碧草，晓寒深处，相对浴红衣。

五张机。芳心密与巧心期。合欢树上枝连理。双头花下，两同心处，一对化生儿。

六张机。雕花铺锦半离披。兰房别有留春计。炉添小篆，日长一线，相对绣工迟。

七张机。春蚕吐尽一生丝。莫教容易裁罗绮。无端剪破，仙鸾彩凤，分作两般衣。

八张机。纤纤玉手住无时。蜀江濯尽春波媚。香遗囊麝，花房绣被。归去意迟迟。

九张机。一心长在百花枝。百花共作红堆被。都将春色，藏头里面，不怕睡多时。[1]

---

[1] 唐圭璋编：《全宋词》，中华书局1977年版，第3801页。

全词以织妇的口吻进行叙述，表达了自己对成双成对的爱情的美好向往，从这组九首联章词中可以看出织女的感情一层比一层深入，读来觉得十分感人。金元道教词中如马钰的《十报恩》主要写了自己立志发扬全真道义，努力研习道法的志向。王喆的《五更令》从“一更”到“五更”写了自己在悟道过程中不同的状态。

一更初，鼓声傻。槌槌要，敲著心猿意马。细细而、击动铮铮，使俱齐擒下。万象森罗空里挂。泼焰焰神辉，惺惺洒洒。明光射、入宝瓶宫，早儿娇女姹。

二更分，鼓声按。匀匀打，自然虎龙交换。清气神、各住丹房，也并无错乱。撞透重楼知片段。这玉液琼浆，往来浇灌。便须教、溉出黄芽，渐生来好看。

三更端，鼓声正。冬冬响，韵音转令鸣莹。其中便、聒现灵根，会通贤道圣。慢慢来回游捷径。传银箭这番，穿成雅令。用亲镝、镝上红心，现清清静静。

四更高，鼓声锐。忽然间，振动天花偏坠。前面却、有个真人，载星冠月帔。得此妙玄成吉利。望北斗杓星，西南正指。看看底、剔绽琼花，做祥祥瑞瑞。

五更终，鼓声闲，被那人，擂动做成颠倒。金盘内、托出神珠，放霞光万道。窈窈冥冥真个好。从此复通他，当初至宝。如今却、归去何方，住十州三岛。❶

上述这类词从调名中就可以看出是定格联章体，当然还有一些调名中没有明显标志的，例如，王喆的《行香子》、马钰的《挂金索》五首、《两只雁儿》五首等。联章体词在宋代民间俗词和金元道教词中都得到广泛的运用，词人将所写的全部内容蕴含到同一主题之下，显得全词十分具有整体感，读来也觉得朗朗上口。

2. “独木桥”体

“独木桥”体又称为“福唐独木桥”，也可称为“福唐”体或“同字韵”体，具体而言这种体式的词的特点为每句韵脚使用同一字或者一半以

❶ 唐圭璋编：《全金元词》，中华书局1979年版，第214页。

上的句子押同字韵。

宋代民间俗词中《阮郎归·端午》两首词都押“儿”字韵，王喆的《满庭芳·赠零口通明散人害风魏姑》《俊蛾儿·劝吏人》也同样都是押“儿”字韵，金元道教词中其他的“同字韵体”就更多了。例如，王喆的《爇心香》（坐杀王风）、《爇心香》（此个扶风）、《爇心香》（继重阳韵）都是以“风”字作为韵脚，马钰《渔家傲》（七十光阴能几日）均是以“日”字作为韵脚。

宋代民间俗词采用这一形式来进行文本创作，究其原因是每句或大部分词句押同字韵，更朗朗上口，也更容易获得百姓喜爱。而以王重阳为首的金元道教词人仿宋代民间词人这种创作形式，“所创作出来的词作更容易被下层百姓所接受，更利于吸纳下层百姓中想入教之士”。❶

3. “嵌字”（数字）体

这种“嵌字”体一般的主要特征是每句都会嵌入同一个字，而宋代民间俗词和金元道教词中均有这种现象，每句中总要加上数字、嵌入数字的现象。

例如，宋代民间俗词《柳梢青·贺生第三女》就嵌入数词“三”：家近闽南。三姑姊妹，秀揖仙岩。须女精神，中条夫人第三女，玉卮标格王母第三女，谪下尘凡。他时佳婿成双，红丝应牵第三郭元振第三女。倚樽前，团栾六子，三女三男易系辞。❷

类似的俗词还有《喜迁莺·贺生第三子》，同样也是每句中都带有“三”字，这种创作方法主要是内容的需要，因为新出生的孩子在家里排行老三，所以在词中便安插“三”字显得很吉利和讨喜。

金元道教词中也有相类似的词作。例如，王重阳的《蓦山溪·玉堂三老》，该词同样也是每句中都会嵌入“三”字：“玉堂三老。唯识王三操。复许辨三台，更能润、三田倚靠。自然三耀，攒聚气精神运三车，依三教，永没沈三道。须通三玉。方见三清好。真性照三峰，陡免了、三焦做造。休论三世，诸佛现前来，得三乘，游三昧，莹莹归三岛。”❸

“嵌字”体更像是一种游戏之作，将数字嵌套其中，为词作平添些许

---

❶ 陶然：《论北宋词与金词的传承关系》，载《浙江学刊》2001 年第 4 期。

❷ 唐圭璋编：《全宋词》，中华书局 1977 年版，第 3788 页。

❸ 唐圭璋编：《全宋词》，中华书局 1977 年版，第 3789 页。

趣味性，更容易为一般民众所接受。

俳谐体可以表达的生活内容是多种多样的，在宋代民间俗词贺词、民俗词、爱情词都用到了俳谐体，发展到金元时期，道人们也可以拿来抒写道教宗旨以及修炼心得，将之作为传道内容的合适载体。俳谐体主要是从体裁出发来进行创作，从上述内容可以看出，它更像是一种有意为之的游戏，让所写事物变得更容易被理解和接受。通过对二者俳谐体运用的比较以及梳理，可以看到正统雅词中看不到的、关于生活小事的另一面。

二、相异点

宋代民间俗词更多反映出强烈的市民享乐心态，城市气息十分浓厚。金元道教词则将世俗的忠孝仁义和出家修仙融合起来，传教布道。

（一）作者创作目的不同

宋代民间俗词的创作者多为无名氏文人，其中肯定有很大一部分是民间文人，也有因终年未在科举中脱颖而出的失意文人，也有徘徊于瓦市勾栏的歌妓舞女，“另一类作者是更为复杂的下层群众，有粗通文墨的市民、艺人、工匠、流浪人、和尚、道士及其他劳苦大众”❶。

所以，宋代民间俗词的作者背景是丰富多彩的，才使得宋代民间俗词的内容也是丰富多彩的并且贴近市民阶级的日常生活。

金元道教词的作者均为道士，当然在入教之前，他们当中不乏文学素养颇高的文人雅士。例如，全真教创始人王重阳自幼便熟读诗书，因为他出生在一个家业丰厚的庶族地主家中，本想通过武举来求取功名，但还是失败了。“圣朝天眷间收复陕西，英豪获用，真人于是捐文场应武举，易名德威，字世雄，其志足可以知。还被道黑充余，善根积着，天遣文武之进两无成焉。于是慨然入道，改今之名字矣。”❷ 甚至从“世雄”改名为“喆”，可见在现实生活中郁郁不得志的他只能在道中寻找精神慰藉。处于金人统治区的汉人郁郁不得志的情况有很多，“全真七子中大部分都出生于庶族阶层，但是他们都因为各种原因抛弃世俗，遁入道教”，❸ 创作出许

❶ 谢桃坊：《宋代民间词论略》，《贵州社会科学》1981 年第 3 期。

❷ （金）金源涛：《终南山神仙重阳真人全真教祖碑》，《甘水仙源录》卷之一。

❸ 高良荃：《略论金元之际全真道的社会影响》，《甘肃社会科学》2002 年第 3 期。

多宣扬道教思想的道教词。

例如，王喆所创作的《永遇乐》6首如下所录描述了自己入道之前的迷茫，找不到人生的方向，直到入道之后才看清这世事。

失笑王三，元当幼小，典了身体。直至如今，四十八上，方是寻归计。独担辛苦，为谁欢乐，决要捡抽文契。这工钱、不曾取过，从前并无绾系。锐然走出，没人拘管，欣许深要固蒂。水畔云边，风前月下，占得真嘉致。惺惺了了，玲珑清爽，复人烂银霞际。一团儿、红焰炎炎，就中妙细。

正好回头，堪当下手，搜寻密妙。此个圆成，无教沉溺，须是令分晓。火坑休认，凡笼莫入，两事锐然先跳。惺来后、赢取三光，时时顶戴长照。灵明一点，常随五彩，九转便通关要。透出昆仑，莹传清净，朗听金鸡叫。月华辉耀，星光盈满，此处玉花香袅。得玄玄、玄里真宗，这番了了。

水绿烟红，丝丝不断，斤斧通圣。王制先依。人非莫管，官法心头整。敕行真箓，录地名姓，生死自教分定。匹端材、金宝于身，一一不须受领。令公精莹，宝花开阐，单甲洁严修省。目下灵符，人来有则，刀剑惺中惺。星辰月日，一头顶戴，异象转迁仙迳。人游处、天然欢乐，遇遭永永。❶

通过将之与宋代民间无名氏文人的道情词作品《永遇乐》：功名闲事，利禄休问，莫系心上。幸有衣食，随缘过得，著甚乾劳攘。风前月下，三杯两盏，撞著即莫与放。且与个、山庄道友，退闲故人来往。新来做得，一个宽袖布衫，著来也畅。出户迎宾，入城干事，恰似王保长。我咱攸后，神歌鬼舞，任尔万般毁谤。死来后，一家一个，那底怎向。对比之后不难发现，同样都是描写入道前后对比的内容，同样都是表达入道前失意，入道后得到人生新方向的作品，但表述方式就不一样，语言风格也有很大不同：民间词人主要是从自己的行为举止和社交状态出发，无论是月下独酌，还是与山林中的道友相谈甚欢，都是一种外向式和具象式的表达方式，简而言之就是描写自己入道状态时写得比较具体，而王重阳在描写自己入道状态时主要是从内心出发，强调自己内心的变化和入道之后心灵

---

❶ 唐圭璋编：《全金元词》，中华书局1979年版，第169页。

的顿悟，写得比较抽象。

总的来说，宋代民间词的作者身份涉及社会中各种不同的角色，而金元道教词的作者则是入教后思想上十分统一的道士。

（二）创作内容不同

因为创作目的不同，所以二者的创作内容肯定是不同的。宋代民间俗词的创作目的是满足市民阶级的享乐和娱乐需求，因为在日益发达的商品经济的刺激下，人们有了更多的精神享乐需要，酒令词、狎妓词和竞技游戏词等词就是在这样的社会氛围下蓬勃发展起来的。“所谓花阵酒池，香山药海，别有幽坊小巷，燕馆歌楼，举之万数”，[1] 可见当时京城繁华热闹的景象。

正因为宋代民间俗词的创作目的是取悦大众，所以宋代民间俗词的主要内容为戏谑嘲讽某些负面的社会现象，还有描写男欢女爱的恋情艳曲，也有节日民俗风情，也有描写普通民众的世情百态，更有娱乐大众的游戏之作，还有一心向道的作品。

而金元道教词的创作目的是宣传教义，吸引更多的人入教，可以说词这一种形式作为全真教宣传道教的工具是十分有效的，全真教骨干在填词时使用的词句通俗易懂，更容易流传开来。而金元之际，战火烦冗，底层群众生存艰难，更加亟须精神上的解药去减轻现实生活中的痛苦。而浅俗的全真教词的出现无疑为下层百姓找到了一条精神救赎之路。正因为宣传是全真教词的主要目的，因此它的内容可以分为如下四个方面。

金元道教词的创作内容主要有：

（1）劝人入道。王喆就写了很多劝人入道的作品。例如，《苏幕遮·劝修行》：

> 莫行功，休打坐。如要修持，先把心猿锁。黑气收归无漏破。慢慢升腾，保养灵真么。　　姹娘嬉，婴子卧。搬上中田，总向明堂过。折得白莲花一朵。携去虚空，放出珍珠颗。[2]

词中告诉人们要想修行，必须收心，慢慢地让自己的心灵与道合二为一，最后自己的灵魂必定会得到升华。当然王喆传教布道的词不胜枚举，

---

[1] 宋·孟元老撰、邓之诚注：《东京梦华录注》，中华书局 1982 年版，第 131 页。

[2] 唐圭璋编：《全金元词》，中华书局 1979 年版，第 178 页。

除此之外，还有《苏幕遮·劝世》《苏幕遮·劝同流》《点绛唇》等。在王重阳的劝导下，马钰夫妇等人纷纷加入全真教，而他们后来也成为全真教的主力军。“他的传教范围非常广泛，遍于社会各阶层，很快便在文登、宁海、福山、莱州一带建立了五个群众性的教团‘会’或‘社’”。[1]

(2) 宣讲教义。在劝人入道的同时，全真教传教者也会创作各种宣扬本教教义和教规的作品，其中有许多都是涉及在修道时自己内心的习得，作者将自己的心灵感悟用词这种表现形式呈现出来。例如，全真教创始人王喆所作：“《喜迁莺·赠道友》：“问公为善。这大道无言，如何回转。猛舍浮华，搜寻玄妙，闲里做成修炼。认取起初真性，捉住根源方便。本来面。看怎生模样，须令呈现。亲见。堪相恋。请向绛绡宫里，开琼宴。会上明明，霞辉万道，射透玉丝瑶霰。一粒宝珠昌莹，滚出光同飞电。彻中央，大罗天归去，永除迁变。”[2] 全词讲述自己在修炼时的所想所感，写出来赠予道友，共同分享修道心得。

(3) 传授修炼方法。例如，马钰所作《西江月·赠清净散人》，看似赠和词，实际上就是传授修炼时的注意事项：一则降心灭意，二当绝虑忘机，三须戒说是和非，四莫尘情暂起，五便完全神气，六持无作无为，七教功行两无亏，八得超凡出世。[3] 马钰在这里提出了八项修炼时需注意的条例，从浅至深，由易到难，层层深入，戒说是非，忘却尘缘，犹如修道者的教科书。

(4) 托物喻道。例如，马钰在入全真教之后，写了不少托物喻道的词作。例如，他有一首词就是借葡萄的生长过程来暗指修道的过程：《踏云行·葡萄》：“根带蟠蛇，龙须围绕。枝枝叶叶青青好。三光照耀结云棚，就中几穗非常宝。初似琉璃，终成玛瑙。攒攒簇簇圆圆小。数珠相似恐人偷，马风禊了归蓬鸟。”[4] 此词写了葡萄的生长过程，首句写葡萄的生长环境，就像人修炼一样，进入修炼状态中就如“三光照耀”一般，刚开始葡萄是很小的，就像琉璃一般，就像人刚修炼时，所悟得的道理肯定不深，慢慢修炼以后必定会有所悟，悟得道中的“玛瑙”。

王喆也写了很多类似的词。例如，《昼夜乐》，以镜子只能照他人，却

---

[1] 任继愈：《中国道教史》，上海人民出版社 1990 年版，第 521 页。
[2] 唐圭璋编：《全金元词》，中华书局 1979 年版，第 201 页。
[3] 唐圭璋编：《全金元词》，中华书局 1979 年版，第 318 页。
[4] 唐圭璋编：《全金元词》，中华书局 1979 年版，第 308 页。

照不到自己来讲述道义：百炼青铜圆又小。平平正吐灵耀。向人前、相对相观，别辨容颜分晓。好丑媸妍并老少。尘凡一齐勘校。彼此假中来，怎生通内貌。别有辉辉亲密要。焕心镜、主玄妙。偏能会、显古腾今，又能鉴、从前虚矫。艳艳光辉宜自効。把当初、性珠返照。里面得全真，永明明了了。[1] 开篇写青铜镜能照到男女老少、美丑、年轻与衰老的面庞，但照不到镜子自身，真真假假不过是镜花水月，无须当真。

总的来说，宋代来源于民间的民间俗词与金元道教词的创作目的大不相同，所以内容不同也属情理之中。从创作手法来看，相似的很多，这也是词起源于民间的一个有力证据。

---

[1] 唐圭璋编：《全金元词》，中华书局1979年版，第170页。

道教咒语中的神灵形象及其文学意义

成娟阳

（中南大学　文学与新闻传播学院）

摘　要：道教咒语中的神灵形象以武神最为生动突出。在道教咒语中，重点渲染了武神的威武形象，突出其与人不同的神异特征，而与文神迥异其趣。在形容方法上，往往不求面面俱到，寥寥数笔而形神毕现，给人生动而深刻的印象。道教咒语中的武神形象源于远古神话，直接影响了宋代以后白话小说中对勇武形象的塑造。

关键词：道教咒语；武神；外貌；小说

在道教文献各种文体形态中，数量最多的莫过于咒语。因为在道教生活中，“咒”无处不在。道教凡做一切科仪，皆要使用咒语。咒语是请神降真、精诚布道的心声。如祈祷祭祀时，咒语为赞颂神灵及祈告如愿之词；呼风祈雨时，咒语为请神遣将、召雷运化之文；驱邪治病时，咒语为太上显灵，病邪俱消之事；内修外炼时，咒语为安神定气、合丹飞升之诀。总之，无论是道士的日常生活与修炼，还是施行道法，都离不开咒语。关于道教咒语的文学研究，前人多关注其中具有诗歌特征的部分内容，如詹石窗《道教文学史》❶ 中有“魏晋南北朝道教咒语诗”一节，主要研究《道藏》中的咒语诗。林拓《道教咒语的文学价值》❷ 一文介绍道教咒语的内在意蕴和外在形态，并以《道藏》所录部分咒语为例进行分析。总之，道教咒语由于其宗教性质，一般都认为其文学价值不高（部分文学价值较高的咒语诗除外），从文学角度对其进行研究的成果也寥若晨星。笔者并非继续对那些文学价值较高的咒语诗进行研究，而是试图在大量阅读道教咒语的基础上，探讨其中所勾勒的神灵形象，并进一步讨论这

---

❶ 詹石窗：《道教文学史》，上海：上海文艺出版社，1990 年。

❷ 林拓：《道教咒语的文学价值》，《中国道教》2006 年第 1 期。

些神灵形象与古代小说中人物形象的相关性。

一、道教咒语中以武神为主的神灵群体

道教的神仙体系非常复杂，据其来源分：有基于道家宇宙生成模式而幻想的先天之神，如三天尊神；有基于人间地理模式而产生四方、五方之神等，如青龙、白虎、朱雀、玄武四方之神；有源于古代原始宗教以及后世民间不断产生的新神，如雷神、伏羲、神农、关羽等。所以，很难科学准确地对道教的神仙进行分类。

道教作为土生土长的中国本土宗教，它最大程度地受到人间政治制度的影响，《太平御览》云：

> 三清九宫，并有僚属，例左胜于右。其高总称曰道君，次真人、真公、真卿，其中有御史、玉郎诸小号，官位甚多也。❶

此云道教诸神的等级，显然是借鉴现实政治生活中的等级制度。陶弘景《真诰》云："定禄官僚有左右理中监，准今长史司马职"❷；"又有中郎直事四人，如世之尚书也"❸，从这些说法可知，道教徒是按照现实官制来幻想道教神仙世界中神仙的等级的。由于现实政治生活中文官制度相对发达，所以，道教的神也可以粗略地分为文神与武神两类，且从数量来说，文神远多于武神，文神的地位也比武神要高得多，如道教的最高神三天尊以及"六御"等，都是文神。

另外，法术也是道教的一个重要内容。道教认为，现实生活中的灾难、疾病、死亡等，一是由于自身过失造成，如不信至道，不敬经文，导致邪鬼干犯；二是直接由妖孽及邪神鬼怪作祟所引起，如殃注、复连等。对此，就要通过道教法术中的咒语来驱邪除魔。道教咒语有的直接通过"骂鬼"的方式来威胁邪魔，有的则是通过咒语召请有强大力量的神灵来降妖除魔，正如《灵宝无量度人上经大法》所云："咒者，上天之密语也，群真万灵随咒呼召，随气下降"。❹ 可见咒语（符咒）有召请神仙的作用。道教法术咒语所召请的具有驱邪除魔神力的多是武神，其中比较著名的有

❶ （宋）李昉：《太平御览》，中华书局影印本，1960 年，第 2955 页。

❷ 《道藏》第 20 册，第 561 页。

❸ 《道藏》第 20 册，第 683 页。

❹ 《道藏》第 3 册，第 807 页。

"四圣真君"、六甲神将、温琼元帅以及雷神等，他们是道教中最常见的武神。

道教武神中地位最高、影响最大的是"四圣真君"，他们都是北极大帝手下大将，"永镇玉帝殿下，统摄三界妖邪"[1]。据《四圣延祥观碑铭》："四圣之奉，著于隋唐。"[2]道教经籍中关于"四圣"的记载，主要见于《道门通教必用集》《太上三洞神咒》《无上黄箓大斋立成仪》《上清灵宝大法》《太上九天延祥涤厄四圣妙经》《太上助国救民总真秘要》等。据《道门通教必用集》（卷7）："四圣"指的是天蓬元帅、天猷副元帅、真武将军、黑煞将军，但宋代以来的许多道教经籍又以翊圣保德真君代替黑煞将军，或将二者合而为一，如《道门通教必用集》中《黑煞将军神咒》与《太上三洞神咒》中的《翊圣真君神咒》的内容完全相同。道教咒语生动地刻画了四圣的形象与神威，如《道门通教必用集》收录了关于四圣的咒语（这些咒语亦见于《太上九天延祥涤厄四圣妙经》等道书）：

《天蓬元帅咒》：

天蓬天蓬，九玄杀童。五丁都司，高刁北公。七政八灵，太上皓凶。

长颅巨兽，手把帝钟。素枭三辰，严驾夔龙。威剑神王，斩邪灭踪。

紫气乘天，丹霞赫冲。吞魔食鬼，横身饮风。苍舌绿齿，四目老公。

天丁力士，威南御凶。天驺激励，威北衔锋。三十万兵，卫我九重。

辟尸千里，祛却不祥。敢有小鬼，欲来见状。镢天大斧，斩鬼五形。

炎帝烈血，北斗然骨。四明破骸，天猷灭类。神刀一下，万鬼自溃。

急急如律令。[3]

《天猷副元帅咒》：

---

[1] 《太上九天延祥涤厄四圣妙经》，《道藏》第1册，第811页。

[2] 陈垣：《道家金石略》，文物出版社1988年，第887页。

[3] 《道藏》第32册，第39页。

天猷神将，威制群魔。头戴天圆，足履地方。冠带九气，结为衣裳。

日为圆象，月为圆光。身披北斗，六甲九章。左踞河魁，右倚天罡。

能伏邪鬼，烁除不祥。神丁一谕，鬼秽消亡。急急如律令。

《真武将军咒》：

太阴化生，水位之精。虚危上应，龟蛇合形。周行六合，威慑万灵。

无幽不察，无愿不成。劫终劫始，剪伐群精。救护群品，家国安宁。

敢有小鬼，欲来见形。吾目一视，五岳摧倾。急急如律令。

《黑煞将军咒》：

北方黑帝，五气灵君。光华日月，威被乾坤。飞符摄篆，断绝鬼门。

左右吏兵，三五将军。雷公霹雳，电闪风奔。刀剑如雨，队仗如云。

手执帝钟，头戴昆仑。行绕天下，收捉鬼神。九州社令，血祀之兵。

不许拒逆，敢有张鳞。镇星缚手，北帝收魂。三台七星，持刀斩身。

邪精魍魉，耳不得闻。闻吾咒灭，碎如微尘。急急如律令。❶

《道门通教必用集》“实为宋元道教培养弟子之指导课本❷”。以上咒语均出自该书之《威仪篇》，为敕坛仪所用之咒语，可见“四圣”是宋代以后道教科仪中所常召请的神将。除这四大神咒以外，其他道书中也多有与“四圣”相关的咒语，现略举几例。

《天蓬启请咒》：

仰启皈命天蓬将，摧碎群魔大力神。

❶ 此咒亦见于《太上三洞神咒》，《道藏》第 2 册，第 53 页，二者内容完全相同。
❷ 胡孚琛主编：《中华道教大辞典》，中国社会科学出版社，1995 年，第 300 页。

严驾口龙降道场，赫奕威光动天地。
二十八宿明星主，三十六部大神王。
手持金剑斩妖精，掌持宝印除凶魅。
钺斧击破诸地狱，帝钟摇响震天宫。
驱雷掣电走纷纭，巨天甲卒持戈戟。
南斗火宫除毒害，北斗水神灭灾殃。
降伏九天大冤魔，扫荡十方诸疫疠。
忿怒日月失精光，呼吸山河皆鼎沸。
紫气乘天下徘徊，三十万兵俱侍卫。
急急如律令。[1]

《天猷真君神咒》：

身披金甲，手持戈矛；眼如掣电，爪似金钩。[2]
……

《元始天尊说北方真武妙经》之《仰启咒》：

威容赫奕太阴君，列宿虚危分秀气。
双睛掣电伏群魔，万骑如云威九地。
紫袍金带佩神锋，苍龟巨蛇捧圣足。
六丁玉女左右随，八杀将军前后卫。[3]

道教神将中，除“四圣”外，地位较高的还有雷神。雷神信仰起源于民间宗教，《史记·殷本纪》云：“武乙无道，暴雷震死。”这说明至少从西汉始，民间就有关于雷神诛惩无道的说法。《论衡·雷虚》云：

盛夏之时，雷电迅疾，击折树木，坏败室屋，时犯杀人。世俗以为击折树木，坏败室屋者，天取龙；其犯杀人也，谓之（有）阴过，饮食人以不洁净，天怒，击而杀之。隆隆之声，天怒之音，若人之呴吁矣。[4]

虽然《论衡》旨在指出雷神信仰乃“虚妄”之论，但这正好从侧面说

---

[1] 《太上三洞神咒》，《道藏》第 2 册，第 65 页。
[2] 《太上三洞神咒》，《道藏》第 2 册，第 53 页。
[3] 《道藏》第 1 册，第 812 页。
[4] 王充：《论衡》，上海人民出版社 1974 年版，第 96 页。

明雷神信仰已在东汉盛行，至于雷神的形象，《雷虚》篇亦有记载：

> 图画之工，图雷之状，累累如连鼓之形；又图一人，若力士之容，谓之雷公，使之左手引连鼓，右手推椎，若击之状。其意以为雷声隆隆者，连鼓相扣击之（意）［音］也，其魄然若敝裂者，椎所击之声也；其杀人也，引连鼓相椎，并击之矣。❶

“力士之客”确定了雷神作为武神的形象。唐宋文人笔记中多有关于雷神霹打不孝子和不法商人的故事，说明雷神不仅是人们对自然现象的一种神话式解释，同时又是对善良、正义的想往与寄托。

道教中的雷神信仰，大约兴起于唐，杜光庭删定《道门科范大全集》卷十二、卷十八等已将风伯雨师、雷公电母作为乞求雨雪的启请神灵。至宋，随神霄派的兴起，雷神信仰走向兴盛，宋代及以后的神霄、清微派道法均以雷法为主。《道藏》中，关于雷神与雷法的文献大约有数十种，如《无上九霄玉清大梵紫微玄都雷霆玉经》《雷法议玄篇》专论神霄派雷法，《清微神烈秘法》《清微元降大法》主要叙述清微雷法；《道法会元》中《雷霆纲目说》《雷霆玄论》《雷说》《先天雷晶隐书》等专论雷法理论，还有《清微灌斗五雷符法》《神捷五雷祈祷大法》《高上神霄玉枢斩勘五雷大法》记叙各派雷法；关于雷神的道教科仪主要有《玉皇宥罪赐福宝忏》《九天应元雷声化天尊玉枢宝忏》《雷霆玉枢宥罪法忏》等忏仪以及求雨、消蝗等祈禳仪，在这些科仪所召请的神灵中，常有雷神。《道藏》中还有《太上说青玄雷令法行因地妙经》述雷神温元帅之功德及神威；《太上元阳上帝无始天尊说火车王灵官真经》述雷神王灵官“赤心忠良，不顺妖邪”，被玉帝封为“先天御前雷霆猛吏三五火车纠罚铁面无私豁落雷公”❷。

至少从宋代开始，道教的雷神已非一个神，而是雷霆诸神的总称，“雷霆者，天地之枢机，天枢地机，阳雷阴霆，枢阴机阳，雷善霆恶。”❸《无上九霄玉清大梵紫微玄都雷霆玉经》还详述上天九霄府之宫室建制，官僚机构，及其下属诸雷神之姓名和职司等，该经记叙有五方雷神，又《修真十书》之《武夷集》载：

❶ 王充：《论衡》，上海人民出版社 1974 年版，第 100 页。

❷ 《道藏》第 34 册，第 737 页。

❸ 《无上九霄玉清大梵紫微玄都雷霆玉经》，《道藏》第 1 册，第 749 页。

于戏皇天所以建雷城，设雷狱，立雷官，分雷治，布雷化，示雷刑，役雷兵，施雷威，动雷器，是皆翰罚之柄，宰生杀之权。以之于阴界，可以封山破洞，斩妖馘毒；以之于阳界，可以除凶诛逆，伐奸戮虐。宜乎发道用也，彰天威也。[1]

尽管雷神不止一人，但在道教中，特别强调的都是其刑杀功用，所谓“斩妖馘毒”“伐奸戮虐”，所以，雷神大多以武神的形象出现。在宋代以后的道教经籍中，雷神中又产生了总司五雷的文神“九天应元雷声普化天尊”，这应当与宋代崇文抑武的政治制度相关。但道教法术中所召请的雷神仍然是武神。

二、道教咒语中神灵形象的外貌特征

从道教经籍的相关咒语中，可以见到许多威武生动的武神形象：

仰启青玄地雷令，长生正气丙丁神。
冥心皈向歘然至，赤发青面显威灵。
金甲火炮晃耀日，应祈随祷现真形。
翊灵将军号昭武，掌握风雷统领兵。
助法救民兴善利，代天行化大慈悲。
集福消灾驱疫疠，除邪辅正扫妖氛。
胜功妙果赞无穷，稽首皈依诚奉礼。[2]

——《太上说青玄雷令法行因地妙经》

九天猛吏神，威镇九天庭。出入三界外，忠臣助帝君。
勇身金甲现，怒容收火精。红袍如电闪，绿靴匝地行。
龙索雷火带，风云绕定身。[3]
……

——《太上元阳上帝无始天尊说火车王灵官真经》

此外，《太上三洞神咒》中有许多雷法咒，这些咒语中亦有关于雷神形象与神威的生动描述，如《召朱将军咒》：

---

[1] 《道藏》第 4 册，第 809 页。
[2] 《道藏》第 28 册，第 378 页。
[3] 《道藏》第 34 册，第 738 页。

唵吽吽玉帝敕，朱彦速降临，流铃急召施风云。

双目如环耀日月，黑面威猛摧昆仑。

闻令翻身离帝阙，准敕飞步下坛庭。

助吾大道兴正教，敕汝拷打不信人。

敢有邪巫为不道，金槌一下摄其魂。[1]

……

再如《召辛天君咒》：

雷霆猛吏辛汉臣，牙如剑树烟焰喷。

翻江倒海倾天地，拔山破石泉源通。

狞神恶鬼敢有犯，我目一视山兵崩。

火车霹雳常炎炎，腾云驾雾遍虚空。急急如律令。[2]

《辛天君召咒》：

雷霆猛吏，号召元君。朱发铁面，锋齿如银。驱雷役电，走雨奔云。

飞符三界，威震万灵。急来巽户，速现真形。急急如律令。[3]

道教武神除“四圣真君”、雷神外，还有“护法四神”以及一些少见于神仙谱系的地方保护神，举例如下。

《召温太保咒》：

温琼赫烈，专行肃煞。紫发金睛，皂袍铁甲。青面黄眉，护持道法。

神部所临，天昏地黑。吏兵三千，当赏以罚。掌生掌死，行检行察。

黑节黑旗，铁斧铁钺。[4]

……

《召焦曾二真君咒》：

---

[1] 《道藏》第2册，第72页。

[2] 《道藏》第2册，第80页。

[3] 《太上三洞神咒》，《道藏》第2册，第132页。

[4] 《太上三洞神咒》，《道藏》第2册，第125页。

手提山岳，打碎魔精。金睛铁面，黑甲玄身。玄裳黑服，黑甲将军。

吸云大朗朗，吐气黑沉沉。❶

……

《召风轮周将军咒》：

混沌浩荡，一气初分。北方有将，号曰风轮。身长千丈，铁面将军。

兴云吐雾，顷刻而生。队仗千万，涤荡凶神。或魔或鬼，或妖或精。

或远或近，或亲或邻。风轮一荡，鬼无逃形。吾奉帝命，敢不遵承。

火速荡动，要见分明。速至速至疾速至。❷

《召王灵官咒》：

神威豁落，金甲黄巾。手持铁鞭，红袍罩身。绿靴风带，双目虎睛。

腰缠龙索，受命三清。追摄邪祟，速缚来呈。不伏吾使，寸斩如尘。

急急如律令。❸

上述数量众多的道教咒语中，神灵形象已跃然纸上。虽然咒语的本旨并非形象刻画，但道教经籍中大量存在的咒语事实上又是一幅幅生动鲜明的神灵画像。道教神灵的形象，很大程度上就是以这些咒语为载体来流传的。总的来说，道教咒语中的武神形象，大致有以下特点。

首先，道教咒语着重神灵的神性描写，或夸张或变形，以突出其不同于常人的特征，如《召酆都将咒》：

溟泠大将，四臂三头。左辅披发，头带骷髅。颜如蓝靛，总领兵头。

---

❶ 《太上三洞神咒》，《道藏》第 2 册，第 124 页。

❷ 《太上三洞神咒》，《道藏》第 2 册，第 72 页。

❸ 《太上三洞神咒》，《道藏》第 2 册，第 120 页。

前后排列，似水如流。九狱主吏，各执戈矛。呼吸云雨，鬼哭神愁。❶

“四臂三头”“颜如蓝靛”显然是异于常人的神异特征。再如上文所引道教咒语中的武神有的是人和动物的结合体，如“长颅巨兽”“龟蛇合形”“眼如掣电，爪似金钩”；有的虽然具有人形，但面貌和人截然不同，如“赤发青面”“牙如剑树”“锋齿如银”“紫发金睛”“青面黄眉”等。道教自诞生之日起，就吸取了神话传说的内容，道教咒语中这些武神的形象特征，也是建立在远古神话传说的基础之上，运用夸张与想象，用简省的笔墨突出神灵与常人不同的特征，正如鲁迅《中国小说史略》所云：

殆神话演进，则为中枢者渐近于人性，凡所叙述，今谓之传说。传说之所道，或为神性之人，或为古英雄，其奇才奇能神勇为凡人所不及，而由于天授，或有天相者。❷

因为在自然科学不发达、人类认识水平低下的远古社会，人们在应对自然以及狩猎活动中，常常可能由于身体所限而处于危险的境地，因此，他们认为通过改变自身状况便可获得超人的力量，而这种改变只有通过幻想的方式才可体现出来，所以，古人通过幻想所创造的奇才奇能之人，往往具有与常人不同的外貌特征，如庖牺氏“蛇身人首”，神农“人身牛首”（《史记·补三皇本纪》）等。道教作为一种以远古神话与神仙方术为重要来源的宗教，它在创立自身的神仙系统时，也继承了这种思维模式，故道教咒语中的神灵形象描写，亦多突出其不同于常人的神异特征。

为了进一步说明道教咒语中武神形象的这一特征，不妨以之与道教中的文神略作对照。道教咒语所启请的神灵有文神也有武神，但对文神主要颂扬其功德，较少外貌描绘，《召和合二圣咒》是对文神进行外貌描写的极少的咒语之一，咒云：

仰启和合二圣者，语言和顺救众生。
玉佩玎珰霞叆叇，乌云现处见双身。
貌赛西施眉垂柳，体挂朱衣瑞气喷。❸

❶ 《太上三洞神咒》，《道藏》第 2 册，第 126 页。
❷ 鲁迅：《中国小说史略·神话与传说》，东方出版社 1996 年版，第 8 页。
❸ 《太上三洞神咒》，《道藏》第 2 册，第 79 页。

……

此咒写和合二圣“语言和顺”“玉佩玎珰”“貌赛西施”“体挂朱衣”均突出其人性的特征。这和道教经籍中其他文献对文神的描绘相一致，如《元始天尊说十一曜大消灾神咒经》假托元始天尊对青罗真人讲说十一曜大消灾神咒，经云：

尔时元始天尊在大罗天上，玉京山中……为说过去未来一切众生善恶报应灾福因缘。时于座中有一真人名曰青罗，即于座起瞻仰尊颜，稽首再拜，长跪而言：“弟子夙生庆幸，得遇人天……望天尊特开慈悯，以释愚蒙。”天尊隐几而言，曰：“奇哉，青罗能为众生问诸缘业……”❶

此处虽然缺少正面的外貌描绘，但从天尊集众说经，青罗“稽首再拜，长跪而言”，以及天尊“隐几而言”等可以看出，道教文神大多具有和人相似的特征。事实上，无论在咒语还是其他道教文献中，极少见到对文神外貌的正面描绘，之所以言其多具和人相似的特征，是基于对其神态、语言、动作等的叙述，而其“神性”则主要通过其鸾舆、云辇、华盖、侍从等体现出来，因此，这些文神往往缺乏个性，显得千神一面，与武神的个性鲜明且富于与人相异的神异特征迥异其趣。

其次，在人物形象的设色敷彩方面，道教咒语对武神多有关于肤色的描写，如雷神“赤发青面”，朱将军“黑面威猛”，辛天君“朱发铁面”，温太保“青面黄眉”“紫发金睛”，焦曾二真君“金睛铁面”“黑甲玄身”。这种对神灵肤色的描写，与道教之五色观念相关。道教的五色观念与先秦时期的五方神相联系，在殷墟卜辞中，就常有关于祭祀四方与中央的内容，说明先民在方位意识的基础上，幻想有各方神明来主宰万物之“春生夏长，秋收冬藏”以及四季变换等各种自然现象。至战国时期，四方与中央被合称为五方，并与五帝、五色、五音甚至五官相结合，逐步形成系统的五行学说，《礼记·月令》《吕氏春秋·十二纪》《淮南子·天文训》以及马王堆帛书《五星占》等文献都有相似记载，《管子·五行》云：

昔黄帝以其缓急作五声，以政五钟。令其五钟：一曰青钟大音，二曰赤钟重心，三曰黄钟洒光，四曰景钟昧其明，五曰黑钟隐其常。

❶ 《道藏》第1册，第868页。

五声既调，然后作五行以正天时，五官以正人位，人与天调，然后天地之美生。❶

这是将五色与五音、五行、五官相配合，并且认为那样才是“人与天调”，才能使“天地之美生”。而《周礼·天官》中对东方苍帝、南方赤帝、中央黄帝、西方白帝、北方黑帝这些神明的记载也体现了五方神与五色相配合的观念。道教在远古神灵祭祀与民间信仰的基础上产生，亦深受这种五方五色观念的影响。如《灵宝五符序》中便以五方、五帝、五色、五脏等一系列五五对应的事物叙述了世界构成的模式，从历史上的五帝构造出五老作为崇拜对象，制作“五方灵宝符命”，用以消灾避祸，度劫成仙。《洞真太上三九素语玉精真诀》之“帝君玉文镇神上法”即以壬癸、甲乙、戊己、庚辛、丙丁之日，刻符于青、赤、黄、白、黑之五色石上，分别埋于所住山岳之五方，叩齿念咒的修行之法。后世道教经籍中，关于五方神灵、瘟鬼、魔王等的记载，更是不胜枚举。这都说明道教从一开始便吸取了自殷周时期就存在的五方五色思想，并使其成为道法、道术的重要组成部分。

黑与白是道教思想中两种最基本的颜色，道教太极图就是由黑白二色组成，《白羽黑翮灵飞玉符》载元始天尊“垂降白鸾之车，黑翮之凤，口衔素章《飞行羽经》”❷，授予太真丈人等神君。道教又认为黑为北方之色，属水，主刑杀，所以，道教称地府为“黑府”，称关于人生罪恶寿夭的记录为“黑簿”，道教科仪文中，相关语辞多有出现，如“丹宫有飞升之字，黑府无朽败之名。”❸“名除黑簿，姓记丹书。”❹“徒愿青书录，终悲黑簿催。”❺可见，道教关于五色象征中，红往往代表吉祥、成仙，而黑则为地狱、罪夭、刑杀的象征。《天老神光经》述观北斗辅星以占休咎之术云：“光黄及赤而圆，有德有喜；白者有伏兵，于人有丧；青者有忧，黑者有贼及病兵矣”又云：“于阴暗处以手掩目，存神光，青者忧，白者兵，赤者德，黄者喜，黑者凶。”❻可见，黑色象征凶杀，具有令人生畏的威

❶《管子》，上海古籍出版社1989年版，第139页。
❷《道藏》第2册，第167页。
❸《上清天宝斋初夜仪》，《道藏》第3册，第601页。
❹《灵宝无量度人上经大法》，《道藏》第3册，第961页。
❺《太上三洞传授道德经紫虚箓拜表仪》，《道藏》第18册，第327页。
❻《道藏》第18册，第667页。

慑力。

《陶真人内丹赋》云："青赤白黑，各定四维。"❶ 青色也是道教中的重要颜色，它代表四极之一。在道教科仪中，券文、上章多用青书，符、券等亦多用青囊盛之。道教科仪中的青词用青藤纸朱书，《道门定制》云："盖青纸朱书，以代披肝沥血之谓也。"❷ 而《登真隐诀》云："若欲上治邪章，当用青纸，三官主邪君吏贵青色。"❸ 朱法满《要修科仪戒律钞》亦载："三官君吏，贵在青色。"❹ 总之，青色在道教科仪中也是常用的颜色，至于其象征意义，却并非一致。事实上，在道教科仪中，关于各种符、咒及文牍书写的材料和颜色，大多有明确的规定，但对于这些规定的象征意义，由于道派与道书的不同而存在差异，而且，大多数道教典籍都没有对各种颜色与材料选用的象征意义作相应的解释，如下文为灵宝派道法：

> 欲降致千真，役召百灵，以青缯七尺二寸，中绝，丹书降真符，黄篆召灵符，安于靖中。用黄锦作席，或缯亦得用，醮礼祭之。❺
>
> 用碧纸，方九寸，正面朱书券，背面黄纸墨书文，以绛囊盛之，青丝挂播上❻。

青缯、丹书、黄篆、黄锦、碧纸、墨书、绛囊、青丝……对于颜色的规定明确而具体，可见五色观念在道教中影响巨大，虽然在具体道法中，五色的象征意义偶尔存在差异，甚至难以作出明确的概括与论述，但一般而言，红（朱、丹、绛）、黄多用于降真招灵，而黑、白、青作为与红、黄相对之色，多用于避邪驱魔。同理，道教武神多面容青、黑，因为这与他们驱妖除魔的主要职责相一致。

三、道教咒语中神灵形象的文学意义

在形象描写的方法上，道教咒语中的神灵形象远没有达到"穷形尽相"的境界，其在表达上的特色亦不是《文心雕龙》之"言务纤密""理

❶ 《道藏》第 4 册，第 578 页。
❷ 《道藏》第 31 册，第 655 页。
❸ 《道藏》第 6 册，第 606 页。
❹ 《景印文渊阁四库全书》，台湾商务印书馆 1986 年版，第 595 册，第 298 页。
❺ 《灵宝无量度人上经大法》，《道藏》第 3 册，第 671 页。
❻ 林灵真：《灵宝领教济度金书》，《道藏》第 8 册，第 556 页。

贵侧附”，而是以寥寥数笔加以勾勒，却能使人物跃然纸上。这种效果的获得：首先是突出传神之处，如上文所引之咒语中，关于神仙形象的描绘，主要着重点在眼神与面貌，而舍弃其余，并非面面俱到、穷形尽相的描写；其次是用夸张的手法突出其不同于常人的神性，如“青面黄眉”“爪似金钩”等，这些不同于常人的地方往往是他们神力最重要的显现，亦最能给人留下清晰生动的印象；最后是以一当十的渲染，因为普通人心目中的神灵与神仙世界，都是既不同于现实，又与现实存在某种相似之处，道教咒语就是在这相同与不同之间选取最富表现力的内容加以渲染，以达到以一当十的效果，如风驰电掣、天昏地黑等这些比较少见的自然现象，往往容易让人产生鬼神震怒的联想。所以，道教的召神咒，多以此类描写来渲染神灵的威武肃煞。

这与咒语在道教中的作用密不可分。一方面，道教视咒语为沟通神人的媒介，所以，颂扬神功能使神灵高兴，从而为人间驱妖除魔；另一方面，存想是道法科仪中一个非常重要的环节，在道法科仪中，道士要存想神灵降临坛场，发挥神功，斩妖除魔，这些生动形象的咒语无疑是存想的重要辅助手段。道教咒语的本旨乃为道教科仪之祈禳功能服务，念咒是道教科仪中一个不可缺少的重要环节。虽然通过这些咒语，读者可以看到一个个生动鲜明的神灵形象，甚至从某种意义上，道教神灵形象（特别是武神形象）从很大程度上是通过咒语而让广大信众获得认知的，但是，道教咒语的产生，并非以写形为目的，形象性只是道教咒语从客观上给读者所留下的印象，它作为道教咒语文学性的重要内容，其获得亦不是建立在作者对形象性的有意追求之基础上，而是为道教科仪祈禳功能的实现服务。

道教咒语作为道法科仪中的念诵文辞，篇幅一般较短，所包含的内容较多，除形象描写外，还要表达启请、皈依、赞颂之情，故咒语中的神灵形象，多以简笔突出其最具特色之处，以期给人鲜明生动的印象，而非面面俱到地描画。如《天蓬元帅咒》中，写天蓬元帅的外表是“长颅”“四目”“苍舌绿齿”，主要突出其不同于人的地方，又用“手把帝钟”“严驾夔龙”指出其武器与坐骑，同样给人以神异威武的印象，再通过“饮风”“食鬼”的动作描写，“紫气乘天，丹霞赫冲”环境渲染，寥寥数语，虽是简笔，却写得有声有色，热闹非凡，不但神灵形象已跃然纸上，还挟裹着一股肃煞之气，让人产生畏惧之心。

道教咒语中的神灵形象描写能给人较强的主观印象与暗示作用，从这一点来说，它更接近于司空图“离形得似”的境界，但司空图“离形得似”是关于诗歌境界审美理想的总概括，其最高原则为“俱似大道，妙契同尘”，可见其所追求的“似”，已非某一具体的对象，而走向了更高一层的虚无或者“道”的境界，这自然与道教咒语之形象描写不一致。那么，当把道教咒语的形象描写手法纳入文学的语境来考察时，笔者认为，道教咒语中的形象描写，与后世传统小说中的人物描写关系更为密切。下文将就道教咒语与后世传统小说中形象描写的相似性作简要论述，先试举几例：

往脸上一看，面如黑锅底，抹子眉下环眼努出眶外，大鼻头，翻鼻孔，火盆口唇不包齿，七颠八倒，四个大虎牙，支出唇外。❶

黑踢塔一张阔脸，狠粗疏两道浓眉。尖着雷公嘴，好挂油瓶；弯着鹦鹉鼻，紧连脑髓。❷

往脸上一看，面如刃铁，扫帚眉，大环眼。❸

以上片断均节选自明清侠义题材小说，这些人物非鬼非神，都是世间的人，但这些外貌描写，无不带有奇异的特征，这些特征非世间常人所有，在追本溯源时，却发现其与道教咒语所描绘的神灵形象异曲同工。

道教神灵虽然凶神恶煞，令人生畏，但他们是驱邪除魔的正义化身，是人们的保护者，所以，他们那种勇猛凶恶甚至有些怪异的外貌特征，是其神力的外在表现，而并非丑恶，这亦和后世小说中对人物奇异丑陋外貌的肯定态度相一致，如《飞龙全传》写到画师给郑恩画像时云：

那画师对面坐下，提起狼毫，蘸上香墨，看了郑恩模样，举手就描。但见他：

起手先将两眼描，熊鬃眉黛润添毫。
形容不用多颜色，墨黑浓浓任意调。
扎鼻下横盆口阔，高颧相配地盘朝。
横生怪肉惊人怕，千载英雄有几遭？

那画师把郑恩的形容细细描完，递与众人观看。众人一齐赞道：“果然画得好，真的有一无双。”匡胤也便立起身来，接来观看，亦赞

---

❶ 佚名：《大八义》，吉林文史出版社 2001 年版，第 64 页。
❷ 郭勋：《英烈传》，中州古籍出版社 1996 年版，第 255 页。
❸ 佚名：《大八义》，吉林文史出版社 2001 年版，第 82 页。

道："委实传神，堪称妙手。"遂与郑恩看道："贤弟，你看这幅画像，与你毫发无差，不枉了此番举动，诚为可喜。"郑恩接过手来，把画左一看，右一看，看了一回，便大嚷道："这驴球入的，不中人抬举，怎么把我的形容竟画了一个鬼怪？你们众人还要这等赞他。快与乐子把他赶了出去，休要在此。"匡胤笑道："贤弟休怒，这是你生成面目如此，与他何干？"因叫众人讨了一面镜子，递与郑恩道："贤弟，你且照看，便知分晓。"郑恩接过手来一照，看看那画上的形容，瞧瞧那镜中的相貌，不觉大喜，复又大笑道："怎么乐子的貌儿生得这般模样？真是可爱，乐子今日见了，恁的欢喜。"众人道："神爷的虎彪形，果然有些爱看。"❶

郑恩是赵匡胤的结义之弟，救驾有功。但书中不仅反复描写其"生得形容丑陋，力大无穷。最异的那双尊目，生来左小右大，善识妖邪"。❷"相貌狰狞古怪，行如虎豹奔驰，周身上下黑如泥。浓眉分长短，神眼定雌雄。"❸ 而且通过画师画相及众人赞誉突出其相貌的奇异特征以及旁人对他奇特丑陋相貌的肯定与喜爱。

从上述例子可以看出，后世小说中关于勇武之人的外貌描写，大多和道教咒语中的武神形象相似，他们的外表丑陋、奇特、令人生畏，这种非同常人的奇异特征，是他们诛灭奸邪与不祥的力量象征，是非常人所能敌的勇武神力之外在体现，所以，人们对这种丑陋凶恶之外表不但不会产生厌恶之感，反而津津乐道。

与道教武神形象中的青、黑面容相似，后世传统小说中的勇武形象，亦多面色黑青，如：

面如黑枣，眼若金铃。穿一领皂罗袍，立在旁却是光黑漆的庭柱；杖一条生铁棍，靠在后浑如久不扫的烟囱，真个是：黑夜叉来人间布令，铁哥哥到世上追魂。❹

面似锅底，熊眉阔目。❺

---

❶ 吴璿：《飞龙全传》第 27 回，华夏出版社 1995 年版，第 165 页。
❷ 吴璿：《飞龙全传》第 7 回，华夏出版社 1995 年版，第 45 页。
❸ 吴璿：《飞龙全传》第 8 回，华夏出版社 1995 年版，第 51 页。
❹ 赵景深、杜浩铭校注：《英烈传》，上海古籍出版社 1981 年版，第 30 页。
❺ 佚名：《续小五义》，华夏出版社 1995 年版，第 26 页。

为首一员大将，身高八尺，头上青布缠头，身穿上下全是青的，手中擎着一条浑铁棍。面如锅底，黑中透亮，两道粗眉，一双阔目圆睁，皂白得分。❶

为首一条好汉，坐在马上，手举四齿虎头钩，面如锅底，身穿黑甲，好似一座冲天炉一般。❷

以上片断均摘自清代侠义题材小说，在这类小说中，相类描写不胜枚举。其所写人物均为勇武豪侠之士，那种夸张式的描写，特别是对青、黑面容的描绘，与道教咒语异曲同工。而后世小说中对勇武形象的描写受道教咒语中武神形象的影响亦有迹可循。因为，不仅其所描绘出来的形象，甚至他们非常人所能比的神力，都和道教咒语中的神灵如出一辙，而且，后世作者在描写这些勇武形象时，亦常常有意识地将他们笔下这些形象与道教中的鬼神相关联，如前文所述的郑恩，作者明确说他是“黑虎财神星临凡”，❸《英烈传》中写丁德兴似“黑夜叉来人间布令，铁哥哥到世上追魂”，其中的“黑夜叉”“铁哥哥”都是民间道教所信仰的神。再如：

天子一看北侠，一身紫缎衣襟，碧目虬髯，面如黑枣，与神判钟馗一般无二。❹

只见两竿皂旗开处，一将出马，生得形容古怪，相貌狰狞，面如锅底，眼似金铃，头戴乌油盔，高挑雉尾；身穿乌油铠，碎砌龙鳞。手执铁鞭，跨下乌骓马，不亚似烟熏罗汉、铁打的玄坛。❺

钟馗是民间道教中的镇鬼克邪之神，形象丑陋凶恶。玄坛是道教尊为正一玄坛元帅的财神赵公明。其绘像身跨黑虎，故又名“黑虎玄坛”。《说岳全传》第 14 回亦云：“你看他拍着乌骓马，舞动双铁锏，狠似玄坛再世。”❻ 由此可见，传统小说中刻画人物时，常把其形象与道教神灵相联系，而道教神灵形象从很大程度上又是通过咒语的刻画而得以体现，所以，道教咒语中的神灵形象刻画与后世传统小说中的人物形象紧密相关，

---

❶ 贪梦道人：《康熙侠义传》（7），学苑音像出版社 2004 年版，第 81 页。
❷ 唐芸洲：《七剑十三侠》（1），学苑音像出版社 2004 年版，第 151 页。
❸ 吴璿：《飞龙全传》，华夏出版社 1995 年版，第 45 页。
❹ 佚名：《续小五义》，华夏出版社 1995 年版，第 90 页。
❺ 佚名：《大明奇侠传》，华夏出版社 1995 年版，第 144 页。
❻ 钱彩：《说岳全传》，上海古籍出版社 1999 年版，第 115 页。

道教咒语中的神灵形象对后世传统小说中的人物刻画起了“导夫先路”的作用。

在描写方法上，道教咒语中对神灵形象多是以粗线条进行简笔勾勒，使之形神俱备。在以最简省的笔墨进行传神写形的选择中，眼睛是最具价值的地方，“顾恺之每画人成，多不点睛，谓曰：‘传神写照正在阿堵间。’”❶ 所以，道教咒语描绘神灵形象时，亦多有突出眼睛的奇异特征之处。如《召朱将军咒》中，雷神朱彦“双目如环耀日月”、《元始天尊说北方真武妙经》之《仰启咒》中云真武将军“双睛掣电伏群魔”、《召御史大咒》云酆都大将“剑横斗口，目视乾坤”、《召魁神副帅咒》中“两目闪电，口张火盆”等❷。古人认为，眼睛反映人的个性与品德，如《虎钤经》之《辨将》《相人》篇中，都强调眼睛在选将用人方面的参考作用，如：“目睛荧朗，五岳相照，燕颔虎颐者，心机疾速、勇而有断人也。”❸ 正因为如此，在绘画与文学描写中，都应当重视眼睛的传神功能，“点睛”甚至成为文学批评中的一个重要术语，后世小说中，通过描写眼睛来传情达意之处俯拾即是。

当然，道教咒语数量巨大，对武神形象进行生动描述的咒语在众多道教咒语中，所占的比例并不大。事实上，绝大部分道教咒语，特别是一些杂术中的咒语，其文学成就非常有限，自然谈不上生动形象的人物描写。本文所述，只是萃取了其中有特色的部分，从这些咒语可以看出后世传统小说中人物描写的渊源所在。后世的批评家与研究者往往注意到小说人物描写的特征，却很少追本溯源。孙楷第云：“若乃通俗小说，远出唐代之俗讲，近出宋人之说话。”❹ 认为小说的远源乃僧俗演说，近源为宋人之说话，这个论断无疑是正确的。但是，通过本文的对比分析可知，道教咒语中的武神形象，与后世传统小说中的勇武形象具有很强的相似性。而且，后世小说中描写这些人物时有意将其与道教之神相比照，这都说明道教咒语中的神灵形象对后世小说中的人物刻画产生了重要影响。所以，在描述通俗小说的形成与发展时，不可忽略道教的影响。

---

❶ 郎瑛：《七修类稿》，上海书店出版社，第 222 页。

❷ 《太上三洞神咒》，《道藏》第 2 册，第 124 页。

❸ 《虎钤经》（卷 2），《四库全书》本。

❹ 孙楷第：《中国通俗小说书目》，作家出版社 1957 年版。

道教宫观山志的文学研究价值

——以杭州为中心的考察[1]

胡海义　刘　雨

（湖南师范大学　文学院）

摘　要：从唐宋到清末民初，道教宫观山志不仅数量众多，而且具有重要的文学研究价值。本文以杭州为中心予以考察，发现道教宫观山志《艺文志》不仅广泛收集道教文学作品，而且考证故实，精心编排，与类似于《文苑传》的道教人物传记两相参照，为道教文学史研究提供了经典作品、文体谱系、创作活动与传播影响等极为重要的基础材料和书写启示，具有较高的道教文学史研究价值；道教宫观山志不仅认识到文学与地理之间相应相生的互动、辩证关系，而且强调了文学提升地理环境的主体性和主动性，具有较高的人地关系研究价值；道教宫观山志大力展现文学景观，具有文学选本与总集化倾向，是一种景观文学的典型代表，具有较高的文学景观研究价值。此外，道教宫观山志还具有较高的文学作品辑佚与补正价值。

关键词：道教宫观山志；文学史；文学地理；人地关系；文学景观；辑佚补正

道教依托于山岳宫观，葛洪《抱朴子·内篇·金丹》云："为道者必入山林……古之道士合作神药，必入名山，不止于凡山中也。"道教将庞大的洞天福地体系对应于现实中之山岳，在名山营造宫观，将其视为神仙主治与居住的人间仙境，作为教徒修炼、传道、举行宗教仪式以及生活的主要场所，期望在此得道成仙。而且，道教徒将编纂道书视为修道证仙、弘扬道法的重要方式，宫观山志就是其中的重要内容。道教宫观山志既属

---

[1] 本文为国家社科基金重大招标项目"历代道经集部集成、编纂与研究"（17ZDA248）、湖南省社科基金重点项目"历代道经山志文学集成、编纂与研究"（19ZDB39）的阶段性成果。

于道教的典籍，又是方志的支流。它是以道教名山与宫观为主要对象，记载其地理环境、发展源流、道教人物、文化胜迹、神异故事与艺文作品等主要内容，体例与一般地方志大体相似。从唐宋到清末民初，道教宫观山志的编纂经久不衰，数量众多。《道藏》收有宫观山志35种，《藏外道书》收录明代以后的宫观山志37种，《中国道观山志丛刊》与《中国道观志丛刊续编》收历代宫观山志98种。除去重复，现存道教宫观山志近百种。

道教宫观山志不仅具有深厚的道教内涵与很高的宗教学研究意义，还有丰富的文学内涵与重要的文学研究价值。其编纂者多为教内高道与教外鸿儒，学养深厚、诗文俱佳，如《茅山志》的主要编纂者、元代著名道士张雨工于诗文，被誉为“文学道士”“词章之宗匠”[1]。《洞霄图志》的主要编纂者邓牧，“精于古文，生前尝自编诗文六十余篇为《伯牙琴》，滔滔清辨而不失修洁，非晚宋诸人所及”（《四库全书总目》卷一六五）。他们的文学兴趣与素养给所修纂的道教宫观山志注入了强烈的文学性。如《续修龙虎山志》所云：“佳山佳水，何妨过客留题？一咏一觞，会使地灵增胜。爰芟芜秽，式载宏裁，作《诗赋志》。”[2] 为了弘扬本教、表彰山林，编纂者将大量的诗文辞赋等文学作品编入其中，这就赋予道教宫观山志两重文学属性：一是其中大量收录了历代文士与道徒的作品，具有较高的文学价值；二是这些道教宫观山志的修纂本身就具有较高的文学研究价值。但学界对道教宫观山志的研究还很不够，[3] 对其文学性的认识与文学研究价值的发掘有待深入。

鉴于道教宫观山志具有鲜明的地域性，也为了避免研究的泛化，本文以杭州为中心来考察它的文学研究价值。杭州乃人文渊薮与东南形胜，儒释道三教都很繁荣，在南宋时期更是全国的道教中心，杭州洞霄宫被称为“天下道观之首”。[4] 在以杭州与毗邻的绍兴为中心的浙江地区具有源远流长的修志传统，清代著名学者洪亮吉《澄城县志序》云：“一方之志，始于《越绝》。”东汉会稽（今绍兴）人袁康编撰的《越绝书》记述春秋战

---

❶（清）顾嗣立：《元诗选（初集）》，中华书局1987年版，第2409页。

❷（元）元明善等：《续修龙虎山志》，张智等辑《中国道观志丛刊续编》第13册，广陵书社2004年版，第335页。

❸ 刘永海：《论元代道教典籍的编纂——以仙传和宫观山志为例》，《西南民族大学学报（人文社科版）》2006年第4期；刘永海、郝秋香：《道教宫观山志略说》，《淮阴师范学院学报（哲学社会科学版）》，2008年第2期。

❹（宋）陆游：《洞霄宫碑》，《洞霄图志》卷六，中华书局1985年版，第76页。

国时期越地的山川、风土、物产、人物与历史沿革等内容，与后世方志的体例、内容很近，被视为“方志鼻祖”。该书就含有一定的道教道家思想。秉承这种修志传统，杭州的道教宫观山志编纂尤其发达，现存至少有21种：（1）宋末元初邓牧编纂《大涤洞天记》；（2）宋末元初邓牧心、孟宗宝编纂《洞霄图志》；（3）明代戴日强编纂《洞霄志》；（4）梅志暹、俞大彰编纂《重阳庵集》；（5）姜南等编纂《通玄观志》；（6）清代朱文藻编纂《洞霄图志续》；（7）丁丙等辑《城北天后宫志》；（8）丁丙等辑《紫阳庵集》；（9）顾鸣廷等编纂《康熙吴山城隍庙志》；（10）朱文藻等编纂《乾隆吴山城隍庙志》；（11）唐恒九编纂《广福庙志》；（12）仰蘅编纂《武林元妙观志》；（13）朱文藻编纂《金鼓洞志》；（14）金志章等编纂《吴山伍公庙志》；（15）郑烺编纂《崔府君祠录》；（16）仲学辂编纂《金龙四大王祠墓录》；（17）邹在寅编纂《照胆台志略》；（18）卓炳森等编纂《玉皇山庙志》；（19）汪文炳编纂《吴山汪王庙志略》；（20）戴振声等编纂《吴山汪王庙志略续编》；（21）来裕恂编纂《杭州玉皇山志》。

这些道教宫观山志中，既有教内高道如梅志暹、俞大彰编纂的《重阳庵集》，仰蘅编纂的《武林元妙观志》，也有教外鸿儒如朱文藻编纂的《金鼓洞志》、丁丙编辑的《城北天后宫志》，还有儒士与道士合作编纂的宫观山志，如邓牧与孟宗宝合作编纂的《洞霄宫图志》等。杭州的道教宫观山志不仅数量多，而且质量高，具有非常典型的标本意义与研究价值。本文以小见大，从以下几个方面来考察它的文学研究价值。

一、道教文学史研究价值

梁启超说：“最古之史，实为方志。”[1] 修志是立足于当代，追根溯源且讫于当代，当代史事成为记载的重要内容，故有“隔代修史，当代修志”之说。方志还具有很强的连续性，随着时代的变迁而不断续修，能补前人所修之未及。如杭州的道教宫观山志中，前有邓牧心、孟宗宝编纂的《洞霄宫图志》，后有朱文藻编纂的《洞霄图志续》；前有汪文炳编纂的《吴山汪王庙志略》，后有戴振声等编纂《吴山汪王庙志略续编》等。章学

[1] 梁启超：《中国近三百年学术史》，东方出版社1996年版，第324页。

诚认为方志具有“补史之缺、参史之错、详史之略、续史之无”的价值。[1]作为方志的支流，道教宫观山志具有深厚的宗教与文学内涵，对道教史、道教文学史研究具有重要意义。詹石窗《道教文学史》认为，道教文学史应该关注作品产生的重要因素之一就是“活动的场所——宫观和名山”。[2]杨建波《道教文学史论稿》也强调了道教名山志对于道教文学史书写的重要价值。[3]吴光正在《民族本位、宗教本位、文体本位与历史本位——〈中国道教文学史〉导论》中认为，编撰《中国道教文学史》应该关注信仰、仪式与道教文学的文体生成，道教修炼与道教文学的思维特征，教派互动与道教文学的发展变迁等因素，[4]而这些在宫观山志中都有丰富蕴涵。

道教宫观山志对于道教文学史研究的意义主要体现在《艺文志》与人物本传。著名文学史家钱基博先生说：“中国无文学史之目。而‘文史’之名，始著于唐吴兢《西斋书目》，宋欧阳修《唐书·艺文志》因之。”[5]自《汉书》始，一些纪传体史书设置“艺文志”或“经籍志”，将历代或当代图书典籍汇编成目录，对梳理历代图书文献、考订学术源流、研究一代文学具有重要价值。欧阳修的《新唐书·艺文志》的收录更加丰富，类目更加细致，在集部总集类下又列有文史类。王鸣盛引金榜语云：“《艺文志》者，学问之眉目，著述之门户也。”[6]道教宫观山志也多列有《艺文志》，杭州的道教宫观山志尤其如此，如《吴山伍公庙志》卷三“艺文上”专收碑记，卷四“艺文中”收有论、序、青词、祝文、乐章等，卷五“艺文下”则集中收录赋、诗、词。另如《吴山城隍庙志》卷七“艺文”、《照胆台志略》之“艺文”、《杭州玉皇山志》卷八“文艺”、《武林玄妙观志》卷三“诗文”、《吴山汪王庙志略续编》之“题辞”等集中著录收录大量的文学作品。还有一些“杂志”“杂记”卷目，如《杭州玉皇山志》卷八、《武林玄妙观志》卷四、《吴山伍公庙志》卷六等也收有一些文学作品。这些作品包括道教色彩非常浓厚的青词、游仙诗、步虚词等。作者既

[1]（清）章学诚：《章学诚遗书·补遗》“列传断自元明云云”条，文物出版社1985年版，第619页。

[2]詹石窗：《道教文学史·导论》，上海文艺出版社1992年版，第4—11页。

[3]杨建波：《道教文学史论稿》，武汉出版社2001年版，第7—9页。

[4]吴光正：《民族本位、宗教本位、文体本位与历史本位——〈中国道教文学史〉导论》，《贵州社会科学》2014年第5期。

[5]钱基博：《中国文学史》，中华书局1993年版，第3页。

[6]（清）王鸣盛：《十七史商榷》卷二十二，凤凰出版社2008年版，第125页。

有教内高道，也有世俗文士。

来裕恂《杭州玉皇山志》卷八“文艺”序云：“由梁讫唐，由宋讫今，此数千百年中，往哲留题，名贤称颂，心声手迹，代有其人。惜乎千载遥遥，散佚殆尽耳。今惟就唐宋元明清以来，文辞之散见于载籍与兹山有关系者，广为搜辑，以备探奇揽胜者之参考……”[1] 千百年来，关于道教圣地玉皇山的文学创作代有其人，但作品多有散轶，来裕恂广为搜集唐代至清代的相关作品，卷八（上）收疏、记、赋、表等无韵之文，卷八（下）收诗、词、匾联等韵体文学。其中诗又分五古、七古、五律、七律、五绝、七绝、五排、七排等。这已经形成一种以时代为经、以文体与经典作品为纬的体系架构，表现出比较鲜明的文史与文体意识。除了《艺文志》，钱先生认为传统正史中的《文苑传》对现代意义的文学史研究与书写范式也富有启示意义，如《清史稿·文苑传》序云：“兹为《文苑传》，但取诗文有名能自成家者，汇为一编，以著有清一代文学之盛。”[2]《文苑传》记载文学家的籍贯、履历、文学作品与成就等，结合《艺文志》，对于研究文学史发展演变具有重要意义。道教宫观山志虽然没有设置专门的《文苑传》，但记载教内高道与相关教外人士的“本传”“事迹”等类目涉及传主的文学活动，如《吴山城隍庙志》卷三“事迹”，卷五“住持、高道”，卷六“侨寓”，《吴山伍公庙志》卷二“本传、事实”等。

钱基博先生从传统的学术体系中寻找资源并予以传承创新，在《艺文志》的文献谱系与《文苑传》《儒林传》的系统性、历史化写作方法的基础上，在《中国文学史》中采取了“以文体为纲，以作家为目”的书写方式，实现了从《艺文志》《文苑传》到“文学史”的转变，从传统向现代的转型。[3] 正史的《艺文志》对于一般文学史如此，道教宫观山志的《艺文志》对于道教文学史亦是如此。这些道教宫观山志《艺文志》不仅广泛收集道教文学作品，而且考证故实，精心编排，与类似于《文苑传》的道教人物传记两相参照，为道教文学史研究提供了经典作品、文体谱系、创作活动与传播影响等极为重要的基础材料和书写启示。但目前的道教文学

---

[1] 来裕恂：《杭州玉皇山志》，王国平主编《西湖文献集成》第 21 册，杭州出版社 2004 年版，第 735 页。

[2] 赵尔巽：《清史稿》卷四八四《文苑传序》，中华书局 1977 年版，第 13314—13315 页。

[3] 王炜：《从“文苑传”到“文学史”——钱基博与近现代“文学”学科的生成》，《江汉论坛》2011 年第 3 期。

史研究尚未关注，我们应该努力弥补。

二、文学地理中的“人地”关系研究价值

相对于以往的文学研究偏重于时间维度的线性书写，文学地理研究的空间维度被视为能带来视角、方法和理论革新的重要因素而备受关注，蒋寅先生认为：“近十年来，文学的地域性研究逐渐成为学界关注的热点问题，将文学视为发生在一定空间场域中的现象，成为一个考察文学问题的新视角。”❶ 杨义先生认为：“过去的文学研究基本上侧重时间维度，对空间维度重视不够……强化文学研究的空间维度，我提倡‘文学地理学’。”❷ 在这种研究思路的引导下，21 世纪以来诞生了胡阿祥《魏晋本土文学地理研究》(2001)、梅新林《中国古代文学地理形态与演变》(2006)、刘跃进《秦汉文学地理与文人分布》(2012)、杨义《文学地理学会通》(2013)、张伟然《中古文学的地理意象》(2014)、曾大兴《文学地理学概论》(2017) 等代表性成果。但学界尚未认识到历代道教宫观山志的文学地理研究价值，尤其是对其中的“人地”关系缺乏深入研究。

对于文学地理中的“人地关系”，我们不仅要重视地理环境对文学的影响，还应关注文学对地理环境的反向作用，“所有的这些影响都可能体现为某些共性，隐含某些规律，但是近年来的文学地理学研究，大都注重前者而对后者有所忽略，因此，这种研究仍然不免是单向的，或者说是片面的”，❸ 如此造成文学地理研究容易流于平面化、单调化。中国传统文化崇尚天人合一，道家道教尤其推崇顺天应天与自然无为，《道德经》说：“以辅万物之自然而不敢为。”《阴符经》也说：“观天之道，执天之行，尽矣。”又说：“自然之道不可违。”❹ 认为人们应该顺应事物的自然发展，不能刻意用人力去强行改变。儒家强调“文以明道”，文学被当作载道、言志和抒情的工具，对人地关系的认识也囿于刘勰《文心雕龙·物色》关于文学作为被动的受体而得“江山之助”的阐发，忽视了文学在人地关系

❶ 蒋寅：《一种更真实的人地关系与文学生态——中国古代流寓文学刍论》，《中国文化研究》2012 年秋之卷。

❷ 杨义：《重绘中国文学地图的方法论问题》，《社会科学战线》2007 年第 1 期。

❸ 曾大兴：《理论品质的提升与理论体系的建立——文学地理学的几个基本问题》，《学术月刊》2012 年第 10 期。

❹ 佚名：《阴符经集释》，中国书店 2013 年版，第 330 页、第 413 页。

中具有主体性和自觉能动性。[1] 而道教宫观山志有关人地关系的理念及收录的作品，能给我们提供深刻启示和研究典范。

道教宫观山志立足于名山宫观，对文学与地理环境之间的关系达到新的认识高度。明代王子谟在《重阳庵集跋》中说："尝谓地灵人杰云者，人因地灵而杰，地因人杰而灵。若吾浙吴山之重阳庵，其可谓人杰地灵者矣。夫岂无所据哉？羽士俞大彰，字用昭，号宾梅者。予避形役，适以贤访，煮茗挥麈之余，出历代传教之谱册、八景之歌章，从可知矣……阅夫名公之珠玉、岂虚语哉！地固灵而人亦杰矣。斯名馨播，岂不愈久而愈显也耶……芳声同垂千古而不朽焉者。吾故为宾梅之贤而乐道，尤为宾梅之继述者而颙望也。噫！宾梅固膺重阳之灵而杰益兴，重阳抑亦因宾梅之兴而名益显矣夫。"[2] 王子谟，浙江淳安（今隶属杭州市）人，其家乡邻近吴山重阳庵。他是弘治十八年（1505）进士，工于诗文，历官给事中、湖广参议等职，但崇尚道教，与道士多有交游，并自号"梅岗道人"。他在跋语中深入分析了人杰与地灵，即人地关系问题。此处"人杰"之人不仅指大德高道与支持重阳庵的乡贤名达，而且包括创作"八景之歌章"与"珠玉"来颂扬重阳庵的文士，尤其是出身诗礼名家、"能诗文"、编纂《重阳庵集》的本庵道人俞大彰。"人因地灵而杰，地因人杰而灵"与"芳声同垂千古而不朽"的论述，不仅指出文学与地理之间相应相生的互动、辩证关系，而且强调了"重阳抑亦因宾梅之兴而名益显"，即文学提升地理环境的主体性和主动性。另如鹤林道院道士赵来洲《金鼓洞志跋》也说："既感居士之暝写晨书，为林泉增色，尤嘉巢云之善承先志，地以人灵焉。"[3] 来裕恂《杭州玉皇山志序》云："庶几名山胜迹，得藉文字记载而愈彰；洞天福地，不以年代久远而就湮。"[4] 此处的"文字"主要是指文学作品，即该志卷八"文艺"序所云："古之人选胜探幽，斐然有作。不独

[1] 胡海义：《论古代西湖小说》，《文学评论》2017 年第 3 期；李晓钰、罗昕如：《"今天""今日"类时间词语的方言地理分布与南北文化差异》，《湖南科技大学学报（社会科学版）》2017 年第 1 期。

[2] （明）王子谟：《重阳庵集跋》，《中国道观志丛刊》第 17 册，广陵书社 2000 年版，第 131 页。

[3] （清）朱文藻：《金鼓洞志》，《西湖文献集成》第 21 册，杭州出版社 2004 年版，第 452 页。

[4] 来裕恂：《杭州玉皇山志·序》，《西湖文献集成》第 21 册，杭州出版社 2004 年版，第 573 页。

宏章巨制，足为名胜增光；即断简残编，片言绝句，亦足使百世下骚人墨客，兴感于无穷。名山生色，胜地流芳，陈迹重新，艺林推重，此虽好事者为之，抑亦能文者张之者。”这些文学作品一方面因道教名山与宫观而生，另一方面反过来让“名山生色，胜地流芳”，“足为名胜增光”，对道教圣地产生了深远的影响。

对于杭州道教宫观山志的人地关系理念，号称“坡仙”的苏轼在此有典型的实证案例。邓牧、孟宗宝《洞霄图志》卷四“来贤岩”记载，在洞霄宫东南青檀山前有一块巨大的岩石，可供休憩。苏轼曾与友人盘桓于此，赋诗云：“上帝高居愍世顽，故留琼馆在凡间。青山九锁不易到，作者七人相对闲。庭下流泉翠蛟舞，洞中飞鼠白鸦翻。长松怪石宜霜鬓，不用金丹苦驻颜。”[1] 此诗对洞霄宫影响巨大，后人取诗中词语将此处命名为“来贤岩”，并造亭于上，又取诗中词语命名为“宜霜”。此诗的影响不仅于此，《洞霄图志》卷二“翠蛟亭”载：“宋高宗临幸步月至此，爱之，赐钱造水阁。在宫门外三十余步，自门内三池流注入涧，撤池上一二板，汹涌若雷，变化飞舞，山林荫映作绀碧色，故扁翠蛟，取坡仙诗‘亭下流泉翠蛟舞’之句。仍奉坡像祠事于后，亭前有坡，罗列坐石，游者必登憩焉。”[2] 苏轼的诗句让一块无名岩石荣获雅号，催生两座以诗中词语命名的凉亭，尤其是翠蛟亭得到了宋高宗的喜爱，促其赐钱增建水阁，扩大了宫观的建筑规模。此地因此声名远扬，“游者必登憩焉”。而且，苏诗引发了当时及后世的吟咏此地与唱和的热潮，如胡榘《洞霄纪游》、龚大明《和鹤林吴泳题良泓轩》、赵观复《大涤洞天留题》、释道济《游洞霄》、刘应子《游九锁》、巩丰《翠蛟亭》、李洧孙《翠蛟亭》、赵汝昌《翠蛟亭》、吕同老《来贤岩》、史槐《来贤岩》等，这些诗歌的创作缘起都与苏诗、洞霄宫有关，且都引用苏诗为典。对于其中的人地关系，南宋赵汝谠《和巩栗斋丰翠蛟亭》云：“苏公雄气压，诗骨得山髓。”一方面，苏诗的精神与气骨得“山髓”之助，受“地灵”熏陶。另一方面，苏诗又反过来促进了大涤山与洞霄宫地理环境的改善，创造了新的名胜景观与文学典故，激发了文学创作与唱和热潮，提升了宫观的文化品位与知名度，丰富了杭州的道教文化。“地灵”也因“人杰”的精心点染。这就是当代文化地理学

---

[1][2] （宋末元初）邓牧、孟宗宝：《洞霄图志》，中华书局 1985 年版，第 28 页、第 19 页、第 60 页。

家迈克·克朗所说的“文学作品不能简单地视为是对某些地区和地点的描述，许多时候是文学作品帮助创造了这些地方”，[1] 由此可见杭州道教宫观山志的人地关系研究价值。

三、文学景观研究价值

英国学者 R. J·约翰斯顿将景观解释为“是指一个地区的外貌、产生外貌的物质组合以及这个地区本身”，他又指出 20 世纪初期以后，“景观被定义为‘由包括自然的和文化的显著联系形式而构成的一个地区’。……实际上，所有的景观都变为文化景观。”[2] 曾大兴认为，文学景观是指与文学密切相关的景观，其兼具自然属性与人文属性，比普通的自然景观多一层文学的色彩，多一份文学的内涵。[3] 文学景观研究具有重要价值，“文学景观是文学地理学的核心研究对象，并日益成为新的研究中心和重心，代表了文学地理学研究的未来发展方向”。[4] 道家道教非常重视人与环境、人与自然的关系。道教在风景秀丽的名山营造宫观，在号称人间仙境的洞天福地修炼和举行宗教仪式，吸引世人前来请乞。道教以名山宫观为中心向四周辐射拓展，从而分衍宗派，如道教史上著名的龙虎宗、茅山宗、楼观派、阁皂宗等即是如此，它们的祖庭都位于风景名胜区。唐代高道司马承祯《天地宫府图序》云：“精象玄著，列宫阙于清景。幽质潜凝，开洞府于名山。”那么立足于名山、宫观修纂的道教宫观山志，如《茅山志》《龙虎山志》《华岳志》《崂山志》《白云观志》《武林玄妙观志》等，得江山之助，具有与生俱来的地域景观要素，蕴藏了非常丰富的文学景观资源。而且，道教宫观山志属于方志，方志本是纪地之书，历来被列入史部地理类。迈克·克朗在《文化地理学》中指出：“地理学与文学同是关于地区和空间的写作，都具有非常重要的意义。”[5] 这种“地区和空间的写作”的重要内容就是人类自身的周边环境与景观书写。因此，采

---

[1] （英）迈克·克朗：《文化地理学》，杨淑华，等译，南京大学出版社 2003 年版，第 55 页、第 40 页。

[2] （英）R. J·约翰斯顿：《人文地理学词典》，柴彦威，等译，商务印书馆 2004 年版，第 367—368 页。

[3] 曾大兴：《文学地理学研究》，商务印书馆 2012 年版，第 118—132 页。

[4] 陶礼天：《略论文学地理学的过去、现在和未来》，《文化研究》2012 年，总第 12 辑。

[5] （英）迈克·克朗：《文化地理学》，杨淑华，等译，南京大学出版社 2003 年版，第 55 页。

撷天地精华与山川灵气的道教宫观山志具有很高的文学景观研究价值，正如杭州道士赵来洲《金鼓洞志跋》云：“自古名山藏胜积，洞天连福地。探奇好古之士，往往游目有不克到，藉志以传之，故山志尤长于地志。”因此，我们应该关注道教宫观山志的文学景观研究价值。

杭州以秀丽风景与众多名胜而蜚声海内，道教宫观山志为此带有十分强烈的自豪感，这尤其体现在序跋对名山宫观美景的标举赞扬，如丁午《紫阳庵集序》云：“钱塘山水甲天下。而居阛阓之中，得岩壑之趣者，厥惟吴山。由吴山东南行，为瑞石山。其地蹊径幽奥，林木森秀。左江右湖，烟水一碧，天然名胜为群山冠。”❶ 李洧孙《洞霄图志跋》称“大涤之境，为东南最……迨宋中叶而后，琳庭琼馆始峥嵘，甲于一方”，夸耀之情溢于言表。有些序跋本身就是一篇描绘道教景观的美文，如潘世恩《金鼓洞志序》绘景云：“棲（栖）霞岭畔，岩壑幽深，乌石山中，林峦向背，杜光庭洞天幅地，几费冥搜。郭文举筇杖芒鞋，频来延憩。千秋白石，犹积余粮。一坞青芝，尚含夙露。若乃表里翠霭，左右碧岑。白云晴飞，紫霞夕敛。松风起于屋上，竹影交于座间。林空而药鸟争鸣，雨过而丹材竞发。”❷ 多用骈句，但非套语，描绘出栖霞岭清净幽深又透出几分明丽的迷人景象，富有道教内涵，正如《咸淳临安志》卷二十四“大涤山洞天”条所云：“此山清幽，大可以洗涤尘心，故名。”

这些道教宫观山志序跋中的景观赞颂绝非虚言，正文中的文学景观得到更加丰富的展现。有些宫观山志可谓一部景观文学汇编，如《金鼓洞志》卷首“恭录御制”收录乾隆皇帝关于金鼓洞、栖霞岭、紫云洞、黄龙洞的诗歌 16 首，赞 1 篇；卷一“仙迹”收有《仙书石迹诗》等诗歌 7 首，赞 1 篇；卷二“山水（上）”集中收录描绘山水的诗歌 79 首，记 4 篇，赋 2 篇，铭 1 篇；卷三“山水（下）”收录诗歌 68 首，赋 2 篇，词 1 首；卷四“院宇”与“道院题咏”收录诗歌 42 首，词 2 首；卷五“邻庵”与“岭北诸庵题咏”则收录描绘其他宫观美景的诗歌 56 首，记 1 篇；卷六“教祖”除了碑记，还收有邱真人的《清天歌》和《武宫梨花词》等作品；卷七“法嗣”也附有戴真人的诗歌 2 首，凌润猷缅怀高真人的词 2

---

❶ （清）丁午：《紫阳庵集序》，《西湖文献集成》第 24 册，杭州出版社 2004 年版，第 1004 页。

❷ （清）潘世恩：《金鼓洞志序》，朱文藻编纂《金鼓洞志》，《西湖文献集成》第 21 册，杭州出版社 2004 年版，第 283 页。

首；即使是卷八“外纪”也围绕牛皋墓等名胜古迹及相关人物的唱和诗歌25首。这些作品占据了全志的绝大部分内容，其他则是引用前人典籍的说明文字与法嗣条目，非常简短。可见，《金鼓洞志》名为宫观山志，却趋向于文学选本或总集，可谓一部以金鼓洞鹤林道院为中心的文学景观专辑。另如《洞霄图志》分为宫观、山水、洞府、古迹、人物、碑记六门，各为一卷，“记山川之奇秀、岩洞之深杳、宫宇之沿革……”❶其中除了“人物”门，其他内容几乎都是文学景观集萃。编纂者之一的道士孟宗宝还编有《洞霄诗集》，吴岫家藏手抄本将其附在《洞霄图志》之后，编为一书。至于宫观山志中专设的“艺文志”更是如此，如《吴山伍公庙志》卷三“艺文”序云：“有关涉祠宇古迹主持者，俱已分见各门，惟因登眺而及于瞻礼庙貌，游历丹房者，入之此卷，以期纪载之赅备云。志艺文。”特别强调此卷专收登高览景尤其是游赏宫观的佳作。所以，杭州道教宫观山志倾力搜集与之相关的绘景作品，如白居易、罗隐、钱惟演、林逋、苏轼、辛弃疾、陆游、萨都剌、杨维桢、高启、袁宏道、张岱、袁枚、厉鹗等历代名家佳作，异彩纷呈。如林逋《宿洞霄宫》云：“秋山不可尽，秋思亦无垠。碧涧流红叶，青林点白云。凉阴一鸟下，落晶乱蝉分。此夜芭蕉雨，何人枕上闻。”在颜色相衬、动静相生、俯仰相对中，铺开一幅美妙的洞宵宫秋景图，兼具生机活泼与清幽闲适，融隐士情怀与道教意味于一体。

值得注意的是杭州道教宫观山志为了突出景观之美，还配备了诸多精美插图及其说明，图文并茂，相得益彰。如《洞霄图志》以“图志”为名，突出图的重要作用。卷首列有《大涤山形胜图》《天柱山源派图》与《宫观图》等，将秀美山川与宫观名胜彰显无遗，一目了然。《金鼓洞志》卷一收有《栖霞岭北诸胜图说》，卷二“山水（上）”前有图，卷三“山水（下）”收有《鹤林道院图说》，卷四“院宇”前有图。《吴山城隍庙志》还专列“图说”门。这固然与道教的符箓文化有关，但也与宫观山志彰扬风光名胜的强烈意愿，还有杭州刊刻业的繁荣有关。宋代叶梦得（1077—1148）说：“今天下印书，以杭州为上。”❷大量寓居杭州的徽州刻工善于刻印精美插图，为宫观山志的景观呈现提供了强有力的技术

❶（元）沈多福：《洞霄图志序》，《洞霄图志》卷首，中华书局1985年版，第1页。
❷（宋）叶梦得：《石林燕语》卷八，中华书局1984年版，第116页。

支撑。

总之，这些极力展现文学景观的道教宫观山志具有文学选本与总集化倾向，甚至可以说是一种景观文学的典型代表，其文学景观价值值得进一步发掘。

四、文学作品辑佚与补正价值

谭其骧先生说："方志中的'艺文'一类，辑录了许多前人的诗文，这些文字一般没有经过修志者的改动，反映了各个时代各个方面的情况，是最可贵的第一手材料。"❶ 来新夏先生也说："地方志中选举、艺文各志及附录诗文辑录、人物传等，均可备作品存佚与作者生平之征考。"❷ 但是，以《正统道藏》为代表的历代道经曾被认为是"语言难懂，时代混乱，相当复杂"，❸ 一些道教宫观山志的体例芜杂混乱，导致许多文学作品被湮没不彰。实际上，道教宫观山志也有它的诸多优势，如依托于本山本宫修纂，拥有丰富的原始材料，加上主事者多为本山高道或本地乡贤，熟知历史掌故，如《杭州玉皇山志》卷八"文艺"序云："今惟就唐宋元明清以来，文辞之散见于载籍与兹山有关系者，广为搜辑，以备探奇揽胜者之参考……"因此，历来被忽视的道教宫观山志其实具有较高的文学作品辑佚与补正价值。

道教宫观山志存有著名文学家的别集和今人编校的全集所遗漏的作品，具有重要价值。如《紫阳庵集》收有一组《和韵》诗，作者有揭傒斯、瞿佑等人。揭傒斯，字曼硕，号贞文，龙兴富州（今属江西丰城）人，"元诗四大家"之一，著有《揭文安公集》等。该组《和韵》收其诗云："女娲掷玉生奇峰，鬼斧夜凿山玲珑。断鳌翠骨偃自起，平地涌出千芙蓉。山中仙人玉为屋，屋后屋前皆种竹。月明应有凤归来，百丈飞泉挂星宿。"❹ 笔者发现该诗为李梦生标校《揭傒斯全集》（上海古籍出版社1985年版、2012年增订版）失收。瞿佑，字宗吉，号存斋，钱塘（今属

---

❶ 谭其骧：《地方史志不可偏废　旧志资料不可轻信》，《中国地方史志论丛》，中华书局1984年版，第19页。

❷ 来新夏：《地方志与文学研究》，《中国地方志》2007年第2期。

❸ 葛兆光：《关于道教研究的历史和方法》，《中国典籍与文化》2003年第1期。

❹ （元）揭傒斯、（明）瞿佑等：《和韵》，丁丙辑《武林掌故丛编·紫阳庵集》，光绪丁氏嘉惠堂刊本。

浙江杭州）人，明初著名文学家，幼有诗名，为杨维桢所赏识，著有《存斋诗集》《香台集》《咏物诗》《存斋遗稿》《乐府遗音》《归田诗话》《剪灯新话》《乐全集》等20余种。该组《和韵》收其诗云："春山耸翠如眉峰，含云敛雾双玲珑。越王台高拥螺髻，西施湖面开芙蓉。野鹤仙人来结屋，凤管鸾箫吹嶰竹。玉女揉花变作云，地胜应无山鬼宿。"[1] 我们发现此诗为乔光辉编辑和校注的《瞿佑全集校注》（浙江古籍出版社2010年版）所遗漏。

近些年来，对《全宋诗》的辑佚与补正取得了诸多成果，将为这部颇具价值的诗歌总集的续编与再版作出重要贡献。杭州作为南宋的行都，这里的道教宫观山志中也藏有不少遗珠。[2] 以邓牧、孟宗宝编纂的《洞霄图志》为例，其卷五"王纯素先生"条记载了南宋宁宗时期王思明的生平及所作七律《谢别放翁》，诗云："还丹一粒如粟大，点铁成金金不坏。服之冲举骑苍龙，直上九霄观世界。君藏此药天下知，鬼神正眼那得窥。归磨苍石实君施，文章与此元无异。"[3] 此诗与大诗人陆游有关，颇具价值，但《全宋诗》失收。据《洞霄图志》卷五记载，王思明是杭州人，号竹庵，为高道王冲素的弟子，"性嗜书，编录满案，余闲寄兴风雅"，与龚冲妙、章清隐、潘怡云等名士高道结"山中吟社"，"当世重之"，被御赐"纯素大师"的称号。陆游与他交往密切，曾为之撰《洞霄宫碑》。王思明的《谢别放翁》与另外的《山居二首》《雨后过松风庵》《观棋》《闻蝉》等5首被收入孟宗宝编纂的《洞霄诗集》卷七，该诗集在吴岫家藏手抄本中附在《洞霄图志》之末，后被收入《藏外道书》第34册。这6首诗都不见于《全宋诗》，赖《洞霄图志》与《洞霄诗集》的保存，我们才得以了解这位名重当时的道教诗人的作品与生平。此外，《洞霄图志》卷五所收宋孝宗赵昚《御制古涧松诗》和南宋道士朱真静《题大涤山驯虎岩壁间诗》，也为《全宋诗》和《全宋诗订补》失收。南宋道士陆维之《酹江月》（远山一带）则为《全宋词》所遗。宋代徽宗、高宗、宁宗、理宗、度宗的数篇"制"和"敕"均可补《全宋文》，沈多福《洞霄图志序》和

---

[1] （元）揭傒斯、（明）瞿佑等：《和韵》，丁丙辑《武林掌故丛编·紫阳庵集》，光绪丁氏嘉惠堂刊本。

[2] 张振谦：《道教文化与宋代诗歌》附录二，人民文学出版社2015年版。

[3] （宋末元初）邓牧、孟宗宝：《洞霄图志》，中华书局1985年版，第28页，第19页，第60页。

李洧孙《洞霄图志后记》也不见于《全元文》，辑佚较多，价值很大。

道教宫观山志记载的文学作品及其作者信息还有补正价值。如《全宋诗》卷八四一收有《雪中浴冷泉示诸友》与《自紫极观过天柱》，置于陈良名下。这两首诗又重见于卷三七五七，作者却署为陈良孙，孰是孰非？该两首诗其实最早出自《洞霄图志》卷五，为陈良孙所作，前者还见于厉鹗《宋诗纪事》卷九十和《嘉庆余杭县志》卷三十六中的相关文献记载，都署为陈良孙。《全宋诗》参照孟宗宝《洞霄诗集》卷六所记“寝虚先生陈良係”而误[1]，“係”当为“孫”。此外，仰蘅编纂的《武林元妙观志》、来裕恂编纂的《杭州玉皇山志》等收录了一些道士的文学作品，对明清诗文的辑补颇具价值，期待进一步整理研究。

上述内容以杭州为中心来考察道教宫观山志的文学研究价值。杭州道教宫观山志的情况并非个案，其他的道教宫观山志也同样具有这些价值。[2]在《道藏》和《藏外道书》所收的宫观山志中，《华岳志》卷五与卷六为“艺文”，《龙虎山志》卷十至卷十六为“艺文”，《武夷志》卷二十至卷二十四为“艺文”，等等。这些《艺文志》及其他各卷所收文学作品对道教文学史与文学景观研究具有重要价值。元明善、张国祥《续修龙虎山志》之《诗赋》篇云：“一咏一觞，会使地灵增胜。”《人物》篇又云：“山川锁不歇之灵，世递世而征瑞；人物标出世之迹，代承代以胜芳。”对我们研究文学地理中的人地关系也有启示。至于道教宫观山志对于文学作品的辑佚，如清代李榕荫等编纂的《华岳志》卷五“艺文”所收宋太宗《诏华山处士陈抟》《复召陈抟》和《赠华山陈希夷》3首未见于《全宋诗》，如明代汪子卿等修纂的《泰山志》收有明太祖御制《岱山高文》全文，可以补文渊阁《四库全书》所收《明太祖全集》中该文的阙失之处，刘大彬等修纂的《茅山志》卷十五所收元代著名诗人揭傒斯《京师赠刘宗师二首》，与现存揭傒斯诗文集各版本多有异文，具有一定的校勘价值。总之，道教宫观山志具有很高的文学研究价值，值得我们深入发掘。

---

[1] 陈伟庆：《〈全宋诗〉重出考辨十二首》，《中国韵文学刊》2013年第4期。

[2] 蒋振华：《“道藏”集部文献编纂、整理的文学思考》，《湖南师范大学社会科学学报》2019年，第1期。

道教《藏外道书》之诗、文、艺论诠评

蒋振华

（湖南师范大学　文学院）

摘　要：《藏外道书》主要收录了明代正统十年后的道教典籍和文献，其中包括近二十部道教文人总集、别集。将这些总集、别集中的诗论、文论、艺论进行汇集、梳理和诠释评论，我们发现其中的诗源论、气胜论、清雅论、豪迈论、沉雄论、奇谲论、雄拔论、曲境论、性情论、文境论、文品论、直笔论、画家六法等不但形成了从文学起源到创作到风格到品质等系统的道教文学思想架构，而且是我国古代文学思想理论的重要组成部分，是我们研究古代文学和文论的重要资料来源。

关键词：《藏外道书》；道教诗论；文论；艺论

我国古代道教文献和典籍自道教产生以来浩如烟海，对它们的编纂和整理自晋宋以至于元明可谓成果丰硕，其中著录较完备的是于明英宗正统十年（1445）修成的《正统道藏》，正统十年以后至明神宗万历年间的道教文献以及《正统道藏》以外未曾被收入的文献于明神宗万历三十五年（1607），由正一道第五十代天师张国祥等历经数载编纂成《续道藏》，至此，正、续《道藏》基本上收录了自道教产生以后问世的所有道教典籍、文献，包括道教原典《老子》《庄子》等。万历以后的道教文献，如果下延至清朝灭亡，则又是一笔浩如烟海的文化遗产，而且在历史长河的滚动中，也时时浮出一些万历之前正、续《道藏》未曾收入的典籍。有鉴于此，中华人民共和国成立后，许多博闻强识的道教学者开始收集、汇编、整理这两种情况的道教文献，于 1994 年由巴蜀书社出版了卷帙浩繁的《藏外道书》，共计 991 种，包括正、续《道藏》未收入的道书，以及万历以后出现的各种道书，其中收入了许多高道文人的著述、文集、总集、别集、道经、方志、注译等文献。《藏外道书》所收道教文人的别集、总集有刘一明《会心集》《会心内集》《会心外集》，张三丰《玄谭全集》，以及诸如《邵子诗注》《紫阳庵集》《重阳庵集》《养真集》《白云集》《洞霄诗集》《贞居集》《霞外集》《霞外诗集》《清虚诗集》《道家诗纪》《诗谈》《青城诗文集》等均包含着丰富的诗、文、艺方面的思想观念和文艺见解，对此进行系统梳理、诠评，无疑将充实和丰富我国古代文艺思想宝库，为研究古代文论提供生动真实的第一手资料。

一、《藏外道书》诗论内涵及其价值评判

《藏外道书》收录了道教人士的诗集 11 部，其阐述的诗歌理论涉及诗歌来源、成因、诗境、诗风、诗格等诗学问题，与我国古代文学理论中的诗学思想形成遥相呼应的两峰并立现象，具有十分重要的诗学理论价值和文献资料价值。

（一）刘一明的诗论

清朝乾嘉年间，全真教的分支龙门派在西北陕甘宁比较活跃，其领袖人物则是著名道教学者刘一明，自号悟元子，有诗集《会心内集》《会心外集》传世，收录于《藏外道书》中。在集中，刘一明提出了诗者是抒心写意者的诗源论。其在《会心内集叙》中有云：“（吾）生平因物书怀，就事写意，无非会之于心，发之于言，故将吟咏拙句，编为内外两集，分为四卷，名曰《会心集》。愿结知音道侣，早会性命之道于一心。”[1] 在这里，作者将其诗集《会心集》所作诗歌归之于“因物书怀，就事写意”的结晶，包含多个方面的诗论内涵。第一，提出诗因何而生的诗源论（诗的发生论），诗生于物与事；第二，提出了诗作为主观成果的一面与客观存在之间的关系；第三，诗是抒（书）写心意的，即诗是抒发诗人内在之情感的。第四，正因为诗是写心的，所以它也需要寻找知音去品鉴，去共鸣，从而又谈到诗歌欣赏或批评的问题，其原则是“知音道侣”才是诗歌的够资格的欣赏者。

刘一明的诗歌“会心说”，关合了创作者和欣赏者两种身份的人在文学活动中的有机统一，从创作者来说，创作是一种书写心意的活动；从欣赏者来说，欣赏是一种以心换心、心心相应的行为，二者的高度统一、高度默契是一种完美的高境界的精神飞腾，下面从上述两个角度来解析刘一

---

[1] 胡道静等主编：《藏外道书》（第 8 册），巴蜀书社 1992 年版，第 629 页。

明的诗歌实践。如《江上遇师》云：

一十三年未解愁，仙留镇上问根由。而今识得生身处，非色非空养白牛。❶

该诗为诗人书写心意而作，谓自己内心深处隐藏了一种十三年之久的愁苦：生命究竟为何而生存？一个偶然的机会，突遇名师指点便豁然开朗，生命的意义不在于功名利禄、色空万物，而在于对自身生命体的珍重。如何珍重？学仙致仙便是其妙法。从观赏者角度而言，必须通晓和知悉作者的创作意图，方能理解他为何愁闷忧苦了十三年，而一旦遇到名师指点便茅塞顿开，大彻大悟了。又《书怀五首》（明年三十八）其一云：

三十余年事事左，不晓谁作此因果。昨宵惊醒梦里人，始知个中还有我。❷

该诗抒发诗人三十多年来积郁在心中的蒙混无知，懵懂糊涂，对于自我的存在意义一片空白，而随着对于仙道与佛理的逐渐接触、理解，日积月累之后，一夜醒来，便彻底悟出“我”的存在是一种必然的因果逻辑。因此，诗歌抒发了作者对于宇宙人生的体认与参悟，感情真挚，而理性或诗性哲理的表述又是非常清晰。从欣赏者角度来看，也必须经历如同诗人一样的人生历程，方能解得个中味。又其二云：

昔曾言下悟真诠，举世疑难尽卸肩。六欲三官都扫净，虚空一气返先天。❸

该诗抒发的是诗人淡薄功名欲望，退却七情六欲的虚怀空谷，指出只有悟得真道才能达致太虚清净之境作成天界神仙。从欣赏者心理来说，不要把神仙看作一种虚妄，而是一种对于“道”的彻悟与把握，这样就能理解此诗的内在心情诉求究竟所指为何。

刘一明本是一位博闻强识，从小通读儒经，很想建功立业的儒者，无奈十七八岁之时，大病降临，几乎要了他的性命，从此弃儒学道养生，平生之志，栋梁之材无以为用，故心中积郁深沉，耿耿于怀。他在《悟道破疑集序》中云：“余世间一大不肖人也，幼时习儒，年未二十，大病者三，

---

❶❷ 胡道静等主编：《藏外道书》（第8册），巴蜀书社1992年版，第630页。
❸ 胡道静等主编：《藏外道书》（第8册），巴蜀书社1992年版，第631页。

几乎殒命。因病有悟，遂而慕道。”❶ 在《穷理说》一文中，他有如下记述：“悟元自十三四岁，即知世间有此一大事因缘，可恨自己福缘浅薄，未得早遇高人，十七岁身得重病，百药不效。次年赴甘省南安养病，愈医愈重，幸喜真人赐方，沉疴尽除。十九岁外游访道，自发誓愿，若不究明大事，决不干休。三教经书，无不细玩。”❷ 由此可知，刘一明由于身体的原因自感空有满腹经纶，即使才华横溢也不能派上用场，职是之故，才有“非是求全备，斧斤削不来”之感慨。

刘一明有一组十六首《自在窝吟》，均为书写心意之作，如第六首云：

我居自在窝，不问古经科。道义随心有，执柯岂视柯。❸

该诗除了书写理解和把握文书经典之奥妙在于心领神会，不要执着于文字这个读书之法外，更重要的是表达了一种只可意会不可言传、重在建构意境而不要执着于文字的文学创作论。这一文学思想源于庄子“得意忘言”的言意关系学说。庄子说：“筌者所以在鱼，得鱼而忘筌。蹄者所以在兔，得兔而忘蹄。言者所以在意，得意而忘言。吾安得夫忘言之人而与之言哉?”❹ 这个“得意忘言”的办法，是庄子在中国文学思想史上第一个提出来的解决文学表达中言不尽意而又要运用语言文字之矛盾的基本办法，对魏晋玄学以及文学中的兴象理论、象征原理、隐秀理论等文学概念的形成产生了深远的影响。

下面再看刘一明《自在窝吟》的第十三首：

我居自在窝，随心口咏哦。无字亦无调，音声出大罗。❺

这里鲜明地表现了诗人对于诗歌创作的几个理解：第一，诗是抒情写意的，其所抒之情意乃为心灵之自然随意的流露；第二，最上乘的诗歌是无字无调的，正像老子说的“大音希声”“大辩不言”“大象无形”，又像庄子说的“天地有大美而不言”“天籁”之音；第三，人类的表情的诗歌与音乐原出于大罗世界即自然。

如果真正了解了文学的最高境界是一种“大象无形”的状态，她不需

❶ 胡道静等主编：《藏外道书》（第 8 册），巴蜀书社 1992 年版，第 582 页。
❷ 胡道静等主编：《藏外道书》（第 8 册），巴蜀书社 1992 年版，第 560 页。
❸ 胡道静等主编：《藏外道书》（第 8 册），巴蜀书社 1992 年版，第 674 页。
❹ 郭庆藩：庄子集释（下），中华书局 1961 年版，第 944 页。
❺ 胡道静等主编：《藏外道书》（第 8 册），巴蜀书社 1992 年版，第 675 页。

要任何语言文字的表达，那么，从写心表意的内涵来看，应该也是一种无心无意的状态，所谓无声胜有声，愈淡而愈浓正是对这种状态的概括。刘一明深谙此中之理，是故在其《川口王母宫留题》中便将这样的文字观点进行了表述：

看破尘缘击碎琴，文章语句不关心。高山一曲知音少，静对河图仔细吟。❶

该诗是作者游川口王母宫时应人索诗之请而作的，“文章语句不关心”，这是正话反说之法，其实诗人是最关心现实红尘的，只因为“高山一曲知音少”故而不写诗吟句；但另外，从道家道教书写心意、表情达意的传统来看，不用语言、不用诗文来表达的思想情感才是最高尚的，最上乘的诗歌就是没有诗歌，最浓厚的情感就是没有情感，这才是“文章语句不关心”的真正内核。此见道家道教对于“不言之教”的提倡。

像庄子发现语言文字在表情达意上的局限性一样，刘一明也指出人类的言行事功和心之所想是难以通过语言传之以纸的，故其《赠贾翰元》云：

不许翰音登碧天，还原纸上最难传。乾坤未破为何物，混沌初分并没缘。死里求生诚妙诀，无中出有现真铅。如能咬破铁丸子，一颗牟尼圆又圆。❷

“翰音”，虽说在此所指为友人贾翰元，但诗人的用意在于传递友人内心的情感愿望尤其是他生平的理想宏图，指出这种高远的“翰音”是无法用语言表达在纸张丝帛上的，这里也许为友人壮志未酬、理想难达的遭际鸣不平，故而退一步奉劝好友以淡薄功名、养生保命为重，故接下来的诗句都是教给友人炼丹炼性之法。

虽然语言有不能达意的局限性，但也决不能因噎废食，除了以“得意忘言”之法补救之，还可以通过用最少量的语言来表达最丰富的含义的方法去挽回，这也就是中国古代文学理论上人们反复致意的言外之意、象外之象、韵外之味、弦外之音、景外之景，不着一字尽得风流，含不尽之意于言外等表达之语，与此相适应，刘一明在他的诗歌作品里，也表述过同

❶ 胡道静等主编：《藏外道书》（第8册），巴蜀书社1992年版，第677页。
❷ 胡道静等主编：《藏外道书》（第34册），巴蜀书社1992年版，第680页。

样的文学观念，其《读痴道人苏老先生烟霞问答》云：

> 烟霞问答论修真，节节条条俱有因。命理功夫堪入妙，性宗口诀亦通神。分明指出杳冥物，确实阐扬恍惚珍。言浅意深藏大道，承先启后再来人。❶

“言浅意深藏大道”要求的是用最少量的语言表达或者包含深刻的道理，有三层意味，一是指对于深刻的事理（大道），最好让其隐藏在特定的语境中，让人们去想象它、感悟它、领会它，尤其是仙道丹真之秘诀；二是指道教内部的传授传统，一般是讲究秘而不宣的，师徒之间不用语言或少用语言传达真谛，因为个中天机不可泄露，只能靠弟子去心领神会，这其实还是老庄道家“不言之教”的学术思维路径在道教作为一种宗教之内部的传承与体现；三是对于道教思想、学术文化、宗教方式等方面在风格特性上的要求，“言浅意深”正好反映了中国道教文化博大精深、含蕴深刻的民族性，具有中华民族自身的质性，这也再一次验证了鲁迅先生所说“中国文化之根底全在道教”的不易之论的精准无误。

(二)《洞箫诗集》之诗论及其文学特征

《洞箫诗集》共十四卷，宋代道士孟宗宝编纂，收入《藏外道书》第八册。该集主要编录自唐至宋的相关道教文士、诗人的诗歌作品，既体现了选编者对于入选作品的文学标准，也给世人呈现了其作者的诗歌艺术追求或文学性特征，下面就此两个方面做一些梳理和评论。

与孟宗宝同乡的元代人邓牧为孟宗宝《洞箫诗集》作有提要（作于元大德六年即1302年），其中说到：“书中所载篇什，至元时元贞大德之间而有闻……往往意在笔外，气足言胜。千崖万壑，三江五湖，雄伟浩瀚，骇目动心，其气已慑，安得模写尽乎？唯诗亦然。天下名山，以罕得佳句，最陋之地，或以诗传是已。杭东南山水之胜，莫如天目；天目之胜，未如大涤洞天，自唐宋迄今，题咏不少，醇疵相半。余独谓之不然，读大涤洞天诗（即孟宗宝编纂的《洞箫诗集》——引者注）当如阅泰山东海图障，姑取其用意之难，勿以责备焉可也。”❷ 在这段提要中，作者认为孟宗宝所编（包括孟氏所创作）之诗歌，遵守“气胜”的作诗标准来认定。而

❶ 胡道静等主编：《藏外道书》（第34册），巴蜀书社1992年版，第681页。

❷ 胡道静等主编：《藏外道书》（第34册），巴蜀书社1992年版，第2页。

所谓“气胜”，主要指诗人写作时的情感强度、气势强度和底蕴深度，故邓牧将此数者比喻为泰山、东海，泰山以喻气宇之高昂深厚，东海以喻气势之壮观汹涌澎湃而有宏阔之貌，挺拔而有高临之势，这样的诗歌方是符合标准者。

宋人陈尧佐有《洞霄宫》云：“一帆高挂出红尘，万仞长歌入紫云。莫道游仙别无侣，玉清冠盖许同群。”❶ 该诗所写之洞霄宫，正是位于杭州东面天目山上洞霄峰顶的道教宫观，以此“洞霄”命名的诗集《洞霄诗集》，其编纂者正是隐居于此的宋代道人孟宗宝，而本诗作者陈尧佐所写之宫观即此。诗写一游者乃道教中之仙人，他腾云驾雾，高飞在万里长空，立在彩云之巅，佩带避邪长寿之剑，在万仞紫云端放歌高唱，声至九重天之至高天——玉清天境，把一切云底下的凡人俗物藐视如一芥草末，那种睥睨万物、傲视凡俗之气魄，实有惊天动地、惊世骇俗之威风。此诗如用前所述标准来衡量，“气胜”二字，非它莫属。

我们知道，苏轼是以豁达旷远而驻扎在中国知识分子的心田，这种旷达无疑也凝聚着他器宇轩昂的风度和气质，其中也包含了他学仙信仙的道教追求，因此，对于道教胜景来说，他也神往之至，也着意去帮助道教界宣传他们的仙界美景，其中就包括他所游历过的杭州东南天目山上的洞霄宫，故有诗曰：

> 上帝高居愍世顽，故留琼馆在凡间。青山九锁不易到，作者七人相对闲。庭下流泉翠蛟舞，洞中飞鼠白鸦翻。长松怪石疑霜鬓，不用金丹苦驻颜。❷

可以说，仙风道骨是苏轼旷达气质的重要含蕴之一，这也是一种“气胜”在诗歌中的表现。该诗就是抒写作为一个仙道信仰者的养生养性之情，只不过他所主张的修仙是提倡人体与自然物象、天地元气的融合，即他所说的“长松怪石疑霜鬓”，即人的身体表征、生理迹象与长松怪石等自然元气的结合。

北宋著名文人、隐士林逋在知识分子中家喻户晓，人称“梅妻鹤子”，以其钱塘（杭州）人氏的独特优越性，遍游了以杭州为中心的周边形胜，洞霄宫以如此之胜迹，吸引着他的敏锐目光，而又以其隐士之风度自然对

---

❶ 胡道静等主编：《藏外道书》（第 34 册），巴蜀书社 1992 年版，第 5 页。
❷ 胡道静等主编：《藏外道书》（第 34 册），巴蜀书社 1992 年版，第 6 页。

仙人仙境心驰神往，故亦有《宿洞霄宫》诗：

大涤山相向，华阳路暗通。风霜唐碣朽，草木汉祠空。剑石苔花碧，丹池水气红。幽人天柱侧，茅屋洒松风。❶

秋山不可画，秋思亦无垠。碧涧流红叶，青林点白云。凉阴一鸟下，落日乱蝉分。此夜芭蕉雨，何人枕上闻。❷

两首诗所写为一幽人（隐士）访道洞霄宫的情况。前一首写幽人慕名而去，是因为怀揣着像华阳陶弘景隐居山林一样的心情，后一首专写宫观景色，五彩缤纷，绚烂多姿，但后四句笔锋一转，由欢乐之景转写苦雨芭蕉、乱蝉飞鸟，而落日一景，平添几分凉意，这里衬托出一种幽雅的秋思意境，所思为何？自然是千古隐士与仙人如陶隐士之流。因此，这两首诗的"气胜"在于以柔和之宫观环境透露出诗人深刻细腻的隐居情绪，不像前几位诗人的阳刚之气，林逋这两首诗则是以阴柔之气取胜，职是之故，"气胜"之"气"者，盖阴阳两气俱包括其中。

南宋诗坛上闪烁着一批虽沉沦江湖但熠熠生辉的诗歌明星，这就是以戴复古为代表的"江湖诗派"。戴氏力倡写诗要先定"格"，这个"格"，就是指的诗人之灵性、气质、气格。在洞霄题材的诗歌群落中，戴复古亦以天台郡望的优势而对天目山之胜景"近水楼台"，故其关于洞霄宫的诗歌也表现出对诗格的追求，如他的《游九锁》云：

高枕清流卧白云，灵龟骨相鹤精神。凡为九锁山中客，多是群仙会里人。三沐三熏来访道，一觞一咏共谈真。祥光亭畔苍松下，更借清风洗俗尘。❸

高尚清白、谈仙论道、风神清爽、贞洁傲骨，既是访道者的人格魅力，也是该诗的品格追求，气胜者，气格胜也，故这等诗作被选入《洞霄诗集》中。戴复古同题其二云：

天柱峰头一振衣，云开岩路雨晴时。登临欲访神仙事，纪述都无汉晋碑。拍手数声龙井跃，篝灯一鉴洞天奇。林间安得栖身处，欲炼

❶ 胡道静等主编：《藏外道书》（第34册），巴蜀书社1992年版，第7页。
❷ 胡道静等主编：《藏外道书》（第34册），巴蜀书社1992年版，第6页。
❸ 胡道静等主编：《藏外道书》（第34册），巴蜀书社1992年版，第17页。

金丹饵玉芝。❶

同样的气格高雅，神清质爽，如新浴后振衣，雨过后放晴，令人心旷神怡，洞天中开。

周密（1232—1298）是南宋著名婉约派词人，其词典雅清丽。其诗却一扫词作的婉转之态，气格雄浑，气势豪放，尤其是他流寓浙江湖州期间所作《洞霄宫诗》，更是慷慨任气，故被收入《洞霄诗集》者，以其“气胜”之故也：

太虚灏气浮空濛，烟霞九锁蓬莱宫。崩腾云木竞奇险，涧芳野叶垂青红。何年断鳌立天柱，古洞阴森白鸦舞。玉书宝剑不可寻，老翠封崖滴元乳。光芒灵气干斗牛，遗丹箬底谁能求。黄精紫杞遍岩谷，仙禽夜捣声幽幽。懒蛟千年睡未足，痴涎吼雷喷飞瀑。阴风黑穴吹海腥，石虎当开横地轴。是非万古一笑慨，神仙不死今安在？❷

道家道教的修仙学道，一方面，在于以磅礴阔大的心胸气概藐视万物，睥睨宇宙，拢天地于寸心，挫万象于心田，能容纳一切可容纳之物，收视八极，揽住四荒。以此检测周密此诗，其气吞太虚，直干云霄的博大胸襟正是求仙访道者的基本素养。另一方面，一切又不牵连于心，不挂碍于物，如千年懒睡之蛟，不闻不问身外巨细之变，一意于修仙炼性之中，这才是真豪气。质言之，一气贯于诗之全篇，这种仙道高尚豁达之气正是该诗所以为其诗者。

戴表元（1244—1310），宋末元初著名文人，被誉为“东南文章大家”，其诗自然清淡，以淡雅之气取胜，在他所作数首关于洞霄风景的题材中，亦透露出自然纯朴的山林气息，故受到选编者的青睐，现以《蜕龙洞》为例证之：

苍山下孱颜，中有神龙楼。神龙眇何许，一水涵清溪。深藏岩壑古，回破风烟低。当其未蜕时，幽隐漫尘泥。既蜕头角成，霄汉参云霓。回顾昔所蟠，陈迹亦已迷。况我后来人，危磴重攀跻。四顾但绝壁，丛条风凄凄。❸

---

❶ 胡道静等主编：《藏外道书》（第 34 册），巴蜀书社 1992 年版，第 17 页。
❷ 胡道静等主编：《藏外道书》（第 34 册），巴蜀书社 1992 年版，第 23 页。
❸ 胡道静等主编：《藏外道书》（第 34 册），巴蜀书社 1992 年版，第 47 页。

散文化句式，平淡自然的诗风，通俗明白的用词造句，将描写、叙事、议论、抒情融为一体，正是那种朴素的文章家气质使然，所谓“大家”者，平淡中见奇妙，自然中显非凡，平凡乃伟大之谓也。

吴全节（1269—1346），元代著名道教宗派——玄教的第二代掌门人，甚得朝廷及道学界器重，其诗多以韵长词清称著，显示一种幽雅之气格于山水景物的描摹之中而为诗坛所传颂，如其数首纪游洞霄宫的诗作，清淳雅韵，如潺潺流水：

> 翠蛟亭上像坡仙，松籁溪风撼洞天。手掬丹泉观流水，步穿园圃卜归田。心清隐士饥餐柏，物外高人空爱莲。九锁此游端不负，剩茶清兴入唫边。❶

诗人在洞天福地静享清香雅韵，泉水叮咚，松涛阵阵，餐柏爱莲，神仙隐士风采，气韵爽净，游兴快意，此类诗意境地，自然引人入胜，故孟氏选之入诗。

（三）张雨及《贞居集》之诗风

元代末季，茅山道（又称茅山宗）仍然发展有加，这得力于一个极有名望而且文学修养卓越的道教高人张雨（1277—1348）。张雨，又名天雨，字伯雨，道名嗣真，别号贞居，又号句曲（茅山）外史。吴郡（今江苏苏州）人，年二十离家，遍游名山，于茅山拜周大静为师，受上清经箓，后居杭州开元宫，皇庆二年入京师居万寿宫。游于京师期间，因此前积累起来的诗名传播广泛，故京师士大夫文人纷纷与之交游，据刘基《句曲外史张伯雨墓志铭》云：“一时贤士大夫，若浦城杨仲弘（载）、四明袁伯长（桷）、蜀郡虞伯生（集），争与为友，愿留之京师。”❷ 姚绶《句曲外史小传》亦云：“一时浦城杨仲弘、清江范德机（椁）、金华黄晋卿（溍）、吴兴赵仲穆（雍）交甚善。”❸ 张雨所作全部诗歌数百首，均收录于《贞居集》。而同时代或稍后许多著名诗人、诗评家均对其诗风及成就评价极高，足见其在当时的影响。如明初徐达左评曰：“贞居以儒者抽簪入道，自钱塘老句曲，负逸才英气，以诗著名，格调清丽，句语新奇，可谓诗家之杰

❶ 胡道静等主编：《藏外道书》（第34册），巴蜀书社1992年版，第52页。
❷ 胡道静等主编：《藏外道书》（第34册），巴蜀书社1992年版，第59页。
❸ 胡道静等主编：《藏外道书》（第34册），巴蜀书社1992年版，第58页。

出者也。当时，以诗文鸣世者，若赵松雪（孟頫）、虞道园（集）、范德机、杨仲弘诸君子，以英伟之姿，凌跨一代，谐鸣于馆阁之上，而流风余韵，播诸丘壑之间。贞居以豪迈之气，超然自得，独鸣于丘壑之间，而清声雅调，闻诸馆阁之上。诸君子亦尝与其唱酬往返，虽出处不同，而同为词章之宗匠，譬如轩轾，讵知其孰先而孰后耶?”❶ 这里对张雨的诗歌所进行的评论是非常高调的，一是指出其诗有清雅之风，二是指出其诗具豪迈之气，以故名播远近，闻诸士林。姚绶亦指出：“诗宗杜，惟肖古选，类大历间诸子；文学韩，而冷语类汉。”❷ 这是说张雨诗有杜诗之沉郁气，而类大历诗人者，则云其诗多怪谲之调。张雨去世后的六百年，清代罗椝在谈及张雨与元代贤士名人之交往及其诗歌特点时说：“当元仁宗英宗之时，海内人文称为极盛，赵文敏、虞文靖、黄文献以文学书翰，煊赫东南，外史以一羽流颉颃其间，诸公亦不以其习于外教而乐与之游。诗词之清丽、字画之苍劲，一时道流无能及之者也。”❸ 综上所述，并检索张雨诗集《贞居集》，发现其所持诗论主张写气抒怀，而诗风与艺术旨趣之追求乃为清雅、豪迈、沉雄、奇谲，下面分条评析之。

诗乃使气。张雨在他的诗歌中，反复表达作诗的原因和目的，一并归之为人的情感需要抒发，而“情”的各种构成元素，其实就是人体“气”的表现，所以前述评论家对他诗歌所评的语词，都是将“情”作为一种清雅、沉雄等“气”的含义来认识的。张雨有《抒情五言》，就是将“情”与“气”作一种理解：

> 宿植知好古，托生神元朝。彀中非所游，一命偶见逃。句容愚乃容，愚溪贤者遭。顾乏赁舂力，人役亦已劳。望如野田鹤，未举先防高。徒贻达士嗤，我景无持操。❹

诗中所抒乃生命对于现实的感慨，有似于陶渊明所说的在激烈的现实竞争中自己那种不善于经营的本分即对于残酷现实的无可奈何之感。而从诗人对于诗歌表达上的创作主体的情感气质看，这是一种积蓄于内心的愤懑之气与要求解脱的自由之思所产生的碰撞与冲突，主要表现为对现实的

❶ 胡道静等主编：《藏外道书》（第 34 册），巴蜀书社 1992 年版，第 57 页。
❷ 胡道静等主编：《藏外道书》（第 34 册），巴蜀书社 1992 年版，第 58 页。
❸ 胡道静等主编：《藏外道书》（第 34 册），巴蜀书社 1992 年版，第 62 页。
❹ 胡道静等主编：《藏外道书》（第 34 册），巴蜀书社 1992 年版，第 67 页。

憎恨与逃避的矛盾和对“望如野田鹤”（自由）的渴望与“未举先防高”即残酷现实的制约之冲突的展示。因此，矛盾与冲突，痛苦与追求之间产生情思的深沉、顿挫。又如其《次韵张仲举见怀》：

当酒悲慨深，闻歌志意满。广陵家无恙，得食诸生馆。如何山公启，早不置黄散。翻覆如蠹蟫，借书作妍暖。一官鱼上竹，万事蟹登断。所以鸿乙徒，寘遂忘返。❶

面对人生的苦涩则抒发悲凄之感，而当人生一旦有了某种志得意满，则放歌使气，把生命中的欢娱痛快一吐为爽。这其中，生理之气抒发得如何，又是如何而发，都可以与诗歌捆绑在一起，或者说，诗歌之产生，直与生命的各种喜怒哀乐之气紧密联系在一起，因此该诗开宗明义地把诗歌的发生说理论直言不讳。

诗歌所书写之气，除了作为创作主体的情感志气、个性气质之外，当然也包括自然界之天地元气。按照中国哲学发生论的观点，尤其是宗教哲学之生成论理论，认为人类的身体血气是大自然之元气所赋予，所谓人杰地灵，钟灵毓秀，皆此之谓。受此传统哲学观念之影响，张雨在诗中也将自然元气看作促发人体血气、气质的外在元素，因此亦着力书写自然之气、天地之精，其《凝云石》云：

何年洞庭波，伐此青山骨。其姿绝清温，其气殊翠兀。下将压灵鳌，上欲攀棲鹘。何观道之凝，云气从此发。❷

天地万物乃气之所凝聚，山石亦如此，山中一切物象，一草一木，一山一水，大至洞庭湖，小至水中石，均由气之所结。反过来，正由于物之体内蕴藏着“气”，一旦有某种促发、触动的外界媒体，则会散发出来，形成云气之象，云蒸霞蔚，或壮观，或优柔，或清爽，或沉浊，表现出千姿百态、万种风情。所以，“气论”不但是指诗歌所书写的人之气，也包括天地之气、自然宇宙之气。

除了诗乃气之抒写的诗论范畴外，张雨论诗在风格上倡导雄迈、清雅之调，雄者悲壮，清者淡雅，其《文馆分韵得照字》云：

阳涧清蒲积，阴丛朱华耀。兹辰属夏五，抚景发悲啸。清飚进凉

❶ 胡道静等主编：《藏外道书》（第 34 册），巴蜀书社 1992 年版，第 67 页。
❷ 胡道静等主编：《藏外道书》（第 34 册），巴蜀书社 1992 年版，第 74 页。

馆，溽云颓高照。楚狂非沉酣，乐与探道妙。河东挟雄文，山谷专雅调。而我结喉舌，转炼若牛噍。中嫌野格卑，外惧罚觥酌。彦会宁复得，归欤从荷条。❶

诗歌品位的高低，有许多决定因素，张雨所追求的主要有两种，一是“雄”二是“雅”，反对甚至鄙夷粗野卑劣之品。所谓雄者，如柳河东之文，雄迈豪爽，有时又流露出慷慨悲壮之气；所谓雅者，如黄山谷之谓点铁成金，无一字无来处，从老杜来，从经史子集等经典中来，古雅高格，与粗俗低劣甚至卑薄完全是泾渭之别。

其实文学创作是一件劳心费神、消身损体的精神活动或脑力劳动，对此，魏晋南北朝的文学理论家们早已认识到，所以才有《文心雕龙·养气》的出笼。张雨从自身数百首诗歌创作的经历中也提到这个精神苦旅的艰难不易，其《施少霞诗卷》云：

我观好汉诗，人好诗亦好。子从仙都来，相见恨不早。曲局文字间，秃鬓如霜草。所以思廉翁，持身以为宝。❷

除了认为人好则诗好这种文如其人、诗如其人、人品决定诗品的诗歌原则外，作者还从好友赠给的诗作中读出了作诗者岁月的沧桑、年岁的衰老，如霜雪般洁白的双鬓便是这艰苦创作的印记，所以触景生情，想起好友诗人杨廉夫，劝告他保重身体。

诗求清雅。这是指张雨诗善于营造清幽之境，出入于经典，熔铸雅正之风格。如《晚兴二首》其一云：

清夏昼晷舒，偃仰托林麓。枕册辄酣寝。把卷仍废读。学筌忘有渐，静轨寻稍熟。彼狂逐日者，未得先偿辱。❸

清爽、清凉、清净，既是一种自然环境，也是一种心态心境，更是一种诗风指向。而“筌忘”之语出自《庄子》，更是经典之范。

从“清”的一面来看，也包括朴素、恬淡的诗歌意趣在其中，所谓清淡、清纯（朴）是也。如《学耕深隐》云：

竹素为良田，笔札为耒耜。深根勿鲁莽，进学乃能事。手钼不贷

---

❶ 胡道静等主编：《藏外道书》（第 34 册），巴蜀书社 1992 年版，第 66 页。
❷ 胡道静等主编：《藏外道书》（第 34 册），巴蜀书社 1992 年版，第 78 页。
❸ 胡道静等主编：《藏外道书》（第 34 册），巴蜀书社 1992 年版，第 65 页。

圃，辛苦以求志。谁哉有余力，为我治荒秽。[1]

诗歌造语朴实，陶渊明笔下的恬淡意境如重见生命，而出入《庄子》、陶诗的语用与语意，如“深耕勿鲁莽”，见《庄子·则阳》：“长梧封人问子牢曰：‘君为政焉勿鲁莽，治民焉勿灭裂。昔予为禾，耕而鲁莽之，则其实亦鲁莽而报予；芸而灭裂之，其实亦灭裂而报予。予来年变齐，深其耕而熟耰之，其禾繁以滋，予终年厌飧。’”[2] 如“为我治荒秽”，语出陶渊明《归园田居》其三“晨兴理荒秽，带月荷锄归”。[3]

清而幽静，淡而雅致，成为中国山水田园诗人的优良诗风传统，淡雅几乎是由道家哲学思维生发出来的对于诗歌道法自然的巨大启迪，历来被许多道教诗人所弘扬，再来看一首张雨的《云山图》：

青山澹无姿，姿媚在幽云。正如老秃鬓，蕴藉于斯文。离尘独偃蹇，被物皆氤氲。孰究变化迹，动静俱可欣。[4]

淡而无姿的青山，却蕴藏着丰厚的地气地脉，所谓“淡而愈浓，癯而愈腴”的诗歌意趣，正是高明的诗人之所为。因为“淡”，所以明丽，如《奉和揭学士听松轩》：

何年种松子，此地听松声。涛响风还作，山空夜自明。一瓢嫌物累，九奏感时清。得似苍髯叟，长依白玉生。[5]

夜色下，明月里，松涛声，清亮静谧，朗彻明丽，一切都看得分明，一切都听得真切，这都要归功于“淡”之景，“淡”之心，“淡”之诗。质言之，道教源于道家的诗学追求与诗歌实践，在“清雅”中完美统一。

诗显豪迈。这是指诗人张雨一方面将自己的豪情俊气饱含作品之中，另一方面也是指平生宏伟之志火热般地追求其实现之途，同时还寓含着诗人豪爽真诚的性格属性。如《玉钩桥》：

折流十丈强，赴此作甘冷。如曳白练裙，美人延修颈。日曝老蛟涎，云排断虹影。不比玉钩斜，此地极深静。[6]

---

[1] 胡道静等主编：《藏外道书》（第 34 册），巴蜀书社 1992 年版，第 70 页。
[2] 郭庆藩：庄子集释（下），中华书局 1961 年版，第 897 页。
[3] 逯钦立：先秦汉魏晋南北朝诗（中），中华书局 1983 年版，第 992 页。
[4] 胡道静等主编：《藏外道书》（第 34 册），巴蜀书社 1992 年版，第 72 页。
[5] 胡道静等主编：《藏外道书》（第 34 册），巴蜀书社 1992 年版，第 96 页。
[6] 胡道静等主编：《藏外道书》（第 34 册），巴蜀书社 1992 年版，第 74 页。

此写玉钩桥及桥下流水，桥似气贯天宇或东西或南北贯通的雄迈彩虹，而河水突然于此转折，泻倒在十丈深潭形成飞动的瀑布，犹如白练一束，又如美人的裙儿飘动，这种情景正是一种雄伟、气派、飘逸、灵动的诗歌境界，其中所含蕴的也是诗人的万丈豪情，无法抑制的心灵律动，以及浮想联翩的生命追求境界。

张雨诗求豪迈，也是指传统诗歌中关于环境、物象、场面等的具体可感的气势、实景，如他的数首关于“湖”的诗歌，其《太湖》云：

> 浩瀁鱼龙戏，僻侧凫雁宿。并吞三万顷，宁不为小曲。唯应鸱夷子，曾泊西山麓。❶

浩瀚汹涌的太湖，气势流转，吞并三万顷，广纳天地，足显宇宙灵秀的壮阔恢宏，该诗所写景象之雄豪，足可与孟浩然所写之洞庭湖相媲美，其诗云：“八月湖水平，涵虚混太清。气蒸云梦泽，波撼岳阳城”，亦是一种气贯天地，吞吐宇宙，摇撼山河的力量之怒吼。又如张雨的《东小湖》：

> 净坊临绝顶，陛纳两池水。云生佛足下，月堕天目里。不蹑五湖根，尘渴何由已？❷

东小湖是太湖的附属区域，相对来说比较狭窄，但诗歌亦将之写得涵日吞月，云生水起，亦有一种阔大恢邈之慨。

豪迈有时也是一种直率真诚的个性流露，如张雨《题杨补之墨梅二首》其一云：

> 争笑华光白尚玄，吮香指墨婉天然。谁知玉匣双钩法，解作冰花铁线圈。❸

墨梅，一种自我人格——傲犟清洁的象征，又包含着厚实高尚的道德个性。其二云：

> 寒香飞下桐江水，草棘荒台不似春。挂起篛篷惊半面，清风堂下断无人。❹

一种天下唯我独清的自评，更显个性的豪迈独立，这正是明代徐达左

---

❶ 胡道静等主编：《藏外道书》（第 34 册），巴蜀书社 1992 年版，第 79 页。

❷❸❹ 胡道静等主编：《藏外道书》（第 34 册），巴蜀书社 1992 年版，第 126 页。

所激赏的“以豪迈之气，超然自得”，❶“清风堂下断无人”正是这种自得的写照，其顶天立地堪称绝妙。

追求沉雄。所谓沉雄，是指诗歌所表现的内在思想含量程度，达到一种深刻沉淀的境界，表达作者对于问题的深沉思考或忧虑意识，但又不沉湎于失望而表现出对于前途的自信。这种特质之典型代表是曹操的诗歌。人们评曹操诗为“气韵沉雄”，所谓气韵，就是诗人思想个性在作品中的沉淀和积蓄。以此衡量张雨的诗歌，他有些作品就是追求沉雄或表现沉雄的，比如《独酌》：

> 静极忽不惬，掩书曝前轩。荣木樊四维，时禽托孤园。群物方趋功，吾衰恒晏然。本乏超世才，偶脱区中缘。妙理寄浊醪，嘉名受灵仙。从吾所好耳，富贵须何年。❷

本诗所写，斟酒遣闷，看到群物趋利逐欲，思量自己一身才艺，满腹经纶，却不能发挥出来济世拯物，于是满腔的积郁借酒以排遣，诗人对时局的忧虑，对世俗追名逐利的愤懑，字里行间暴露无遗。故诗歌所深沉之忧者：忧物、忧人、忧己、忧时，情感深邃，内蕴厚实。但另一方面，诗人亦有一种希望在燃烧，那就是超世绝俗，向神仙世界求取自己之所愿者，又何须以富贵而汲汲之？又如张雨的《伤之情多》：

> 天既劳我晚，不如早息我。奚止七不堪，于世无一可。空山酒半瓢，秃鬓花三朵。平生仲长统，谁能曲如锁。❸

该诗的深沉忧思所在，就是自己那种像仲长统一样的满腹才华没有被时代和社会所重用，而自己那种自负、率直、不阿曲逢迎、孤傲正直的品德个性，又是世俗社会所嫉妒者，这就注定了自己悲剧痛苦的命运。尤其是一仍嵇康而来的不与统治者为伍的“七不堪”传统，耿介刚直的为人，更使自己不容于世从而陷入深沉剧烈的苦痛之中，如此则加深了诗歌的忧患之情，所表现出来的无疑是深度的苦闷和痛楚。

时见奇谲。张雨的诗，风格追求多种多样，诗论话语也丰富多彩。观其诗作，又时见奇谲怪异之作。如《独游天信庵》：

---

❶ 郭庆藩：庄子集释（下），中华书局1961年版，第57页。

❷ 胡道静等主编：《藏外道书》（第34册），巴蜀书社1992年版，第64页。

❸ 胡道静等主编：《藏外道书》（第34册），巴蜀书社1992年版，第66页。

独行寒涧底，萧条湿霜露。惊麏突人来，跃入青萝去。落木深已腐，乱石割芒屦。我见康庄衢，隘于林下路。❶

诗歌所写游天信庵的路上所见所闻，奇异惊骇，独行，已让人看到孤独可怕；寒涧，早已预设惊颤的环境；萧条者，令人凄楚；湿霜露，使心情沉重忧郁；怪兽惊麏突然奔人而来，令人魂飞魄散，毛骨悚然，惊魂未定之际，又突然不见踪影，好生神秘而怪异；乱石，让行者无所适从手足无措，奇险之至……如此多震撼心灵而又诡异怪谲的环境气氛，给诗歌平添几许荒诞色彩，故前人评张雨的诗类似大历十才子的风格且又善写“冷语”，此不诬矣。

（四）《霞外集》《霞外诗集》论诗片语

《霞外集》《霞外诗集》是元代著名道士马臻的两部诗歌集。

马臻，字志道，别号虚中。少慕陶贞白之为人，著道士服隐于西湖之滨。大德中，嗣天师张与材至燕京行内醮，名流并集，虚中在焉。未几，将归，手画桑干龙门二图传于世。尝从褚雪影游，肆力吟咏，所著曰《霞外集》。淮阴龚圣子谓其古今体制具在，而达雅如其人。同里仇仁近亦曰：远览嵩岱之雄拔，江河济淮之奔放，近挹两峰三潭六桥之佳丽，胸次宏豁，笔力不凡。时局甫定，兵革偃息，遗民故老如周草窗、汪木云之徒往往托于黄冠以晦迹，虚中殆其流亚欤？庐山黄石翁摘其秀句，谓如达人不患贫，贞女不事媚，静知春事佳，老觉世味熟。某丘有树犹堪宿，何处无鱼可疗饥……自云：苦心雕琢易，出口浑成难，道合天心易，篇终鬼胆寒。非淡于诗者，不能道也。❷

从上引文献记录来看，马臻关于诗论的表述有以下几个方面的内容。

一是对于诗歌风格的讨论，主张风格多样，灵活多变，不可囿于某一形式，雄拔、奔放、宏豁、达雅，均可作为诗歌的风格追求。如“雄拔”，《五云山写望》云：

少乏超绝姿，瘦鹤存野格。乾坤心自放，颇觉尘土窄。安得千金

❶ 胡道静等主编：《藏外道书》（第 34 册），巴蜀书社 1992 年版，第 64 页。

❷ 胡道静等主编：《藏外道书》（第 34 册），巴蜀书社 1992 年版，第 192 页。

橐，使我穷地脉。征途多荆榛，此志宁复得。今晨跻山颠，纳纳瞰广陌。正东临大江，仿佛海外国。孤帆扬长风，静入秋气白。层峦引列嶂，下有云雾隔。不知谁家楼，突兀立远色。禹穴指顾外，历历禾黍黑。簸荡千古愁，人世一过客。高歌据苔石，遥见日车仄。目极穷冥搜，一雁长空没。❶

登高远眺大海，仰望长空，既居高临下笼大海于胸怀，又仰天长啸收天地于眸眼，壮哉！雄哉！而游者“山至绝顶我为峰”的气势，又分明有一种力拔山兮、拔地而起的高耸，独立于万仞之巅，气壮山河，非同凡响。诗歌塑造的高大突出的自我形象其由来也有自，李白的“巨鳌莫负三山去，我在蓬莱顶上歌”，杜甫的“会当凌绝顶，一览众山小”都给诗人马臻作为一个道教文学家以传统之滋润。

又如奔放，自一种轻松奔腾喜悦的心情中发出，美景、乐事、良辰、爽心等外部因素均可促成创作主体在作诗时形成此格。最能体现此一风格的作品是马臻的《韵城四十二首》其一：

林间把酒山鸡舞，竹外支筇野鹤随。醉卧落花春不管，醒来唯有白云知。❷

诗歌欢快奔放的格调，缘自诗人把酒临风喜洋洋矣的心情，野鹤般随意无拘的心绪，如白云般舒卷的神韵，又以酒醉轻狂之态出之，更显奔腾欢快的节奏。其八曰：

溪蟹初肥浊酒香，村南村北稻登场。白头羡杀田翁乐，醉向茅檐卧夕阳。❸

因为丰收的喜悦，酒醉、心醉、诗亦醉，欢快奔放的诗风，乍一读之即感受浓浓。

二是关于诗歌语言的看法。从马臻传世诗歌可以看出其对于诗歌语言的重视情况。他主张抒写情景、叙说事物、记写情节等不同体式的诗歌应该有不同的语言状态。如写景抒情之作，一方面所写之景要为眼中之景，所抒之情要为五内之情，另一方面语言必须真切，情景交融。如其《碧山

❶ 胡道静等主编：《藏外道书》（第 34 册），巴蜀书社 1992 年版，第 192 页。
❷ 胡道静等主编：《藏外道书》（第 34 册），巴蜀书社 1992 年版，第 221 页。
❸ 胡道静等主编：《藏外道书》（第 34 册），巴蜀书社 1992 年版，第 227 页。

书堂》云：

> 巉崖润聚洪濛色，屹立长空湖海窄。翠积松杉重不开，昔日鲁栖鳌客钓。钓鳌客去凌苍苍，今人此地营书堂。桃花流水杳然意，为君千载扬芬芳。❶

孤山一座独立大海中，耸入云霄的巉崖俯视辽阔的大海，山中书堂犹如与世隔绝的仙境仙界，而书堂主人更是啸傲穹宇，笼天地宇宙于方寸之中。全诗写景句句为实，字字乃真，而景中之情，境中之意，历历可见，此见该诗语言求真求实的倾向。

三是关于诗歌之所由作，诗人认为诗之所由作，情之所由发，皆因景物之美所至。摇荡性情者，自然之美色，山水之胜景，这与南朝文学理论中反复艳称的四时美景触动诗心诗情的观点完全一致，且看马臻所说：

> 千树万树桃花发，三声五声鶗鴂鸣。溪山春色媚人眼，但见物物生诗情。❷

“物物生诗情”，外物之美好形貌触动诗人的内心情感，故援笔作诗，一蹴而就。

四是关于文学创作在鉴赏方面知音难觅，有千古少知音之叹，马臻说：

> 晴云冉冉拂空翠，群木阴阴生夏寒。弭楫携琴访溪叟，世尘胶扰知音难。❸

（五）周履靖论散曲

周履靖（1549—1640），明末著名道教学者，被人们忽视的道教诗人，有明代“大历十才子”之称。由于当时学界未尝关注，故他有鲜为人知之叹。字逸之，初号梅墟，改号螺冠子，晚号梅颠，浙江嘉兴人。性慷慨，善吟咏，与文嘉、王世贞、茅坤、屠隆、陈继儒、王穉登诸人游，工书法，大小篆、隶、楷、行、草无不妙。善山水，精人物，著有《夷门广牍》《梅颠稿选》《画评令海》等。又精医药、养生、气功等术业。诗、

❶ 胡道静等主编：《藏外道书》（第34册），巴蜀书社1992年版，第227页。
❷❸ 胡道静等主编：《藏外道书》（第34册），巴蜀书社1992年版，第230页。

词、曲、乐独善胜名，海内噪闻，名流莫不愿与之交，又撰传奇《锦笺记》传于世。由于周氏所写散曲甚多，故而有深刻的写作思想，这些思想集中体现在《鹤月瑶笙叙》中，其文曰：

> 曲者，阕也。古者有阕而无曲。阕者，乐之一止也。曲者，其声抑扬婉顿，非若诗之可以道致也。然而汉魏之间，有紫芝曲、白水曲、绿水曲、江南曲，隋齐之间有大提曲、乌棲曲，唐有渭城曲，皆隶乐府。其言简古易尽，非若今之转喉按节衮谱而循声也。今之曲实北狄戎马之音，而金元之遗致也。按昔有董生者，实首其事而杂剧传奇往往流籍人间，要以柔绰之风写绮靡之语，加深切之思，发艳丽之词，使人动魄惊心，摧情飞意。顾关陕伊洛，其声壮以厉，有剑拔弩张之势；吴楚闽粤，其声啴以缓，有偎香倚玉之怀。夫亦风气使然也。故自玄丘飞燕，实始北音，涂山候人，乃肇南调，南北之分，其来久矣。
>
> ……
>
> 余颇留意音乐，若不能歌，喉中累累如贯珠走核，辄顿嘎不能出一声，盖二生业也。每遇吴儿越媛，当筵侑殇，虽哝唧中未尝不为倾听。然其凄楚烦冤，不觉扑簌泪下，甚有为掷罍而起者搜神哉！其为声矣，及聆道人所为曲，则又心愉神怡，浩浩焉，倘倘焉，饥为之饫，寒为之燠，愁为之舒啸，真有令人癖烟霞，痼泉石，弃遗此天地不知江山外更有黄屋者。盖其为曲也，以溪云林霭为变态，以野水山桥为景色，以樵斧渔笙为事业，以药物炉鼎、采取交媾为要妙，无长安路上嗟名叹利之惜，虽其词之工拙，意之重复，无暇计焉。自喜对景即席，辄剖片纸如掌板大，挥洒自若，以授歌者。[1]

周履靖此篇关于散曲的“曲论”，有如下几个方面的内涵。

第一，关于曲的性质和时代特色。曲是一个音乐的片段，是可以入乐歌唱的，其音乐特性是“抑扬婉顿”，与诗不同。魏晋以降，不同时代有不同之曲，和时代特色紧密相连。

第二，当今（指晚明）之曲实由金元诸宫调发展演变而来，始作俑者乃董生（董解元）的《西厢记诸宫调》，即人们惯称的“董西厢”。

---

❶ 胡道静等主编：《藏外道书》（第34册），巴蜀书社1992年版，第241—243页。

第三，曲又有地方特色之差异，南北曲是不同的。北曲“声壮以厉”，南曲“声蝉以缓”。

第四，今之曲的时代特色被浮夸华丽之文人弄得“无一可人语”。

第五，周氏认为“曲”像其他文学样式如诗文一样，本是写“人生妙境”的，他从“高大上”的原则出发把曲提升到与正统文学（诗文）同等的位置，儒家倡导文章与诗歌或者“文以载道”，或者“诗以言志”，则曲亦写人道和人志，与“经国之大业，不朽之盛事”毫无二致。

第六，曲既写“人生妙境”，则周氏的人生妙境为何？那就是淡泊名利，忘情山水以追求散淡、静泊、清雅之境为鹄的。职是之故，当今之曲，应该是爽心悦目，“心愉神怡”者也。溪云林霭，野水山桥，樵斧渔笠，药物炉鼎，为曲的全部内容。

第七，今之曲在艺术上应该是“挥洒自若”者，即那种随意自由、无拘无束、无法度约束，然虽在法度之外却又中规中矩的自然无为之作，这就是老庄的艺术自由之境。

二、《藏外道书》文论、艺论及其文艺指向

《藏外道书》除了收录前述各代道教诗人的诗集外，还收录了许多道教文人（主要是《正统道藏》以外）的文章、绘画及其他艺术作品，主要有《道园学古录》《七真因果传》《返魂翠英》《修真宝传》《道教画像》《绘画丛刊》等。在这些文章与艺术作品里，有许多文论与艺论的话语，反映了道教文艺家们对于相关文艺创作的思想看法和理论态度，具有丰富的文艺指向性，也是我们重要的研究对象。

（一）文论

一些有关的文论话语，主要体现在虞集的《道园学古录》及其他道教人物的叙事传记之中，下面略作梳理和点评。

虞集（1272—1348），元代著名理学家、道学家，理学上推崇程子、朱子之学，道学上尊崇真大道教。在文章主张方面，强调作文以宗宋为圭臬，力主承续欧阳修为代表的宋文传统，主张“明道”“师经”。这种文章理论的创作实绩便是《道园学古录》中的各体篇目，在体式上包括序、记、说、题跋、奏疏、表笺、谥议、书答、碑、墓志铭、行状、传、祭文、诔、册文、策问、制诰，等等，共38卷。这些文体在题材上主要有以

下几个方面。

一是表现对社会人情物理的体会，如《海樵说》《克礼堂记》。前者阐述“有者未必皆得，无者未必不可得”❶ 的道理，后者表明人类对贪欲的支配很难屏除。❷

二是对于人的独立政治怀抱与高尚道德风范的赞扬，如《友松记》赞扬宋云举“屹手独立不为势利之所移”的松树般独立坚强之人格。

三是大量的墓志、碑文，将人物性格、形象描写得生动传神，有“传记”体之功效。

关于虞集文章的成就和隐含的文章理念，为《道园学古录》作序的欧阳玄有很好的叙评：

> 斯文与造化功用相弥纶，国家气象相表里。故文人生于世有数，文章用于世有时，斯言若夸，理实然也。皇元混一之初，金宋旧儒，布列馆阁，然其文气高者倔强，下者萎靡。时见旧习承平日久，四方俊彦萃于京师，笙镛相宣，风雅迭倡，治世之音日益以盛矣。于时雍虞公方回翔胄监容台间，吾辈有识之士见其著作法度谨严，辞指精核，即以他日斯文之任归之至治。公仕显融，文亦优裕，一时宗庙朝廷之典册，公卿大夫之碑板，咸出公手，粹然自成一家之言。山林之人，缝掖之士，得其赠言，如获拱璧。公之临文，随事酬酢，造次天成，初无一毫尚人之心，亦无拘拘然步趋古人之意，机用自熟，境趣自生，左右逢源，各识其职，故自其外观之，如深山穷林葱蒨蓊郁，莫测根底，巨野大泽，汪洋澹泊，不为波涛。试剖其中，则日月之精，凝结岁久，皆成金珠龙虎之气，变化时至，则为风云，孰能穷其妙也哉？❸

欧阳玄评虞集文的这段文字，概括了虞集散文创作的主导倾向和散文理论之含蕴，具体分析，有如下几个方面的指向。

第一，文章盛世决定于国家的治世，“汉唐气象”就是典型的例子。序中所说“文人生于世有数，文章用于世有时”就是这个意思。君主英明，则国家强盛，时世昌隆，英才俊杰则意气奋发，生逢盛世，趾高气

❶ 胡道静等主编：《藏外道书》（第 35 册），巴蜀书社 1992 年版，第 342 页。
❷ 胡道静等主编：《藏外道书》（第 35 册），巴蜀书社 1992 年版，第 86 页。
❸ 胡道静等主编：《藏外道书》（第 35 册），巴蜀书社 1992 年版，第 1—2 页。

扬，作为文章，气势充沛，才情昂扬，下笔琳琅，云蒸霞蔚。

第二，作为文章，不以泥古、拟古、复古为机械地模仿，而应自我创新，有独特之立意，前所未有之开辟，是一种自然而成，天然自成的水到渠成，这个叫作“机用自熟”，“境趣自生”。以虞集之文为例来说，他的文章一方面受宋代文章之影响，自有学宋文的倾向，主要是学欧阳修的文章，但虞集不是食宋不化，食欧不化，而是能另辟蹊径，独开一面，即“机用自熟”“境趣自生”，所以清代黄宗羲评价虞集的文章在明代文章之上。

第三，作为文章，自应有其风格追求，文如其人，人品风格如何，则其为文也如何。虞集之文，自有其格。这种风格，有内外两方面的特色，作为外者，汪洋澹泊，作为内者，龙虎之气，金珠之含，是表里一致的内外兼修，这又与道教信仰中的内外丹道理论不谋而合，恐怕与虞集的道家道教修养分不开。

《藏外道书》收录了许多道教传记作品，从文学体裁的划分来看，传记文体是属于叙事类散文体式的，因此，我们将其置于散文的类别。像《七真因果传》《修真宝传》这些清代道教文人创作的传记散文，一方面继承了先秦两汉史传文学的优秀传统，另一方面又反映了道教散文自身的特色，对此，我们通过解读这些作品的作者在其序中的相关诠释就可得知。如《七真因果传》之自序，就对“传”的理论内涵和定义特点作了说明，其序曰：

> 《七真》一书，旧时有之，惜其文不足以达其辞，趣不足以辅其理，使观者恐卧而听者返走。约年，置之案头，不获一览，人皆视为真文。余每欲振之，终不能就。昨岁，自秦返蜀，落于丞相祠堂，默思熟想，穷究七真之事，得其精微，终以草稿编集成书，名曰《七真因果》，以通俗语言鼓吹前传，以人情世态接引愚顽，以罪福醒悟人心，以道妙开化后世。其于劝善惩过，不为无助。道会王公见而悦之，嘱余斟酌其事。余揣王公之意，欲付梓人刊刻藏版也。余即汇成上下两卷。道会终日览之，手不释卷，尝谓余曰：“此诚修真第一书也。”余答以修真之书甚多，奚取此为第一。公曰：“修真之书虽多，其中妄诞不少，有借法力而为卫道者，有托仙佛以作引诱者，遂使愚夫愚妇闻之，妄冀成仙成佛，不顾身家性命，本欲以名言觉世而反将清谈误人，此等修行之书虽多，将安用哉？而取此书为第一者，盖此

书无妄诞之言，不引诱人心，步步脚踏实地，句句言归正理，乃世上必有之事，非人间不经之文，取为修真第一书，不亦宜乎?”余以为天下妙理无穷，诸子百家皆为砭世金针，岂独此书为良，命名《因果》，尽善也，尽美也。嗟乎！道会王公能识此书，为千古知音，世之读此书者能如公乎？公为千古知音，识此书于七真，即七真之知音也。欲刊刻传于后世，亦可谓后世修真者之知音也。以公一人而作前后知音，诚道器也，亦至人也。[1]

《七真因果传》之作者为光绪时道教文人黄永亮，他在这篇序文里谈到关于传记文章的几个创作问题，是他对于文章理论的一些粗浅看法，其大意有以下几点。

第一，传记散文像诸子百家文章一样在内容上是表达宇宙天地人事之道理的，文章旨趣在于辅道。这种文章观其实就是传统散文“文以载道”的文统观之继承和延续；在形式上是通过语言形式来表达旨意，这也是传统儒家言意关系思想的继承，如孔子曰：“辞达意而已”，孟子则提出知言知人。

第二，传记散文有其使命和责任，即“以人情世态接引愚顽，以罪福醒悟人心，以道妙开化后世”，“劝善惩过”。这也是对以《史记》为代表的先秦两汉史传文学的“不隐恶”历史使命之继承。传记之文，人物传记之写作目的，就是让人们从历史人物身上发现善善恶恶以便扬善惩恶，为道教人物树碑立传，其使命也在此。

第三，传记散文或曰人物传记，必须是对历史上的实有其人、实有其事的真实记录和描写，这一文章原则在《史记》《汉书》为代表的史传文学那里，就是“秉笔直书”的写作传统，班固赞《史记》“其文直，其事核”就是这个文章理论的意思。与此一致或者说继承于此，黄永亮在总结自己编撰《七真因果传》的写作经验时，得出了“无妄诞之言，不引诱人心，步步脚踏实地，句句言归正理，乃世上必有之事，非人间不经之文”的理论体会，根据这样的传记文章理论所创作出来的作品，必然是尽善尽美之作。

第四，对于如此真人、真事、正理的传记文章，用什么语言风格和语言要求去体现这些人、事、理，作者提出了“以通俗语言鼓吹”的原则。

---

[1] 胡道静等主编：《藏外道书》（第35册），巴蜀书社1992年版，第433页。

这显然是对《史记》语言上部分追求俚语、俗语的史传散文语言特点的继承，体现了对于通俗语言的重视，其目的在于将传记文学大众化。联系到《七真因果传》的宗教旨趣，更反映了作者对于传播和普及道教的世俗化宗教诉求。

（二）道教画论

道教在我国古代诸种宗教中是最富艺术素养的宗教，从各种文化载体中发现，道教音乐、道教绘画、道教雕塑、道教舞蹈、道教戏曲（表演），都极其繁多而发达，这些艺术门类构成我国古代艺术宝库中熠熠发光的瑰宝，我们今天继承和弘扬祖国的优秀文化传统，无疑包括这些道教艺术精华。晚清时期，一些道教艺术家精选了许多自秦汉以来有关绘画艺术的理论精品，一方面具有资料保存的价值，另一方面是为了指导道教绘画之实践。如《藏外道书》收录的《画论丛刊》，就是从我国古代无数的绘画理论著作和文章中精选52种编成论画集，这里只摘引了部分画论文字略作研究，以窥道教文艺家对于绘画艺术的解读之面貌。

梁元帝撰有《山水松石格》，是关于山水画的一篇论文，文中有云：

> 夫天地之名，造化为虹，设奇巧之体势，写山水之纵横，或格高而思逸，信笔妙而墨精。由是设粉壁，运神情，素屏连隅，山脉泓洵，首尾相映，项腹出迎，丈尺分寸，约有常程。树石云水，俱无正形。树有大小，丛贯孤平。扶疏曲直，耸拔凌亭，乍起乍伏，于柔条便同文字……❶

梁元帝是很有成就的山水画家，《历代名画记》云他“博涉技艺，天生善画画”。❷ 这段关于山水画之论，一是论及画山水是一种神情毕至但又信笔挥毫的自由艺术，树石云水，俱无正形，正是那种有法无法，有理无理，有待无而生，无为有而设的最高境界。二是论及画的品第格调，崇尚高逸之品，高远俊逸，乃常人无所企及者。这里所谈画论的理论渊源，乃在于老庄道家的有无哲学。

黄公望撰有《写山水诀》，提出了关于画山水树木草石等各种物象的相关要求和原则，如画树，“树要四面俱有余，与枝盖取其阔润”，又如画

❶ 胡道静等主编：《藏外道书》（第35册），巴蜀书社1992年版，第653页。

❷ 张彦远：《历代名画记》，人民美术出版社1963年版，第144页。

石，“画石之法，先从淡墨起，可改可救。渐用浓墨者为上”，再如画水，“水出高源自上而下，切不可断脉，要取活流之源”。[1]

著名画家董其昌著有《画旨》，谈到“画家六法”，一曰气韵生动。气韵是学不到，是生而知之，自然天授。但也不绝对，也有可学得之处，读万卷书，行万里路，胸中脱去尘浊，则山水丘壑之形态入于心中，外界物象随手可得，这就是山水传神之笔。二曰生机，三曰天真平淡，四曰奇丽，五曰格调，六曰诗意。[2]

《画论丛刊》所选画论资料甚丰，许多山水画论关于山水绘画中的山水景象往往与人们亲眼所见之实景实象毫无二致，而神仙道教所信仰的仙界仙境，正是在画一般的自然宇宙天地之中，因此，山水成了画家、仙道信仰旨趣趋同的触动点，故山水画及其理论博得了道教人物的青睐。

---

❶ 胡道静等主编：《藏外道书》（第35册），巴蜀书社1992年版，第654页。

❷ 胡道静等主编：《藏外道书》（第35册），巴蜀书社1992年版，第670—678页。

宋前仙传文学研究现状与展望

陈卫才

（湖南师范大学　文学院）

摘　要： 宋前神仙传记在文献整理方面仍有13种待整理。既往宋前仙传多以世俗小说视角相观照，忽视了其作为道教叙事的宗教特质。此外，仙传文学依然缺乏纵向且全面系统的考量，深入研究不够，如对诗文的影响依然留下有待细致深入地梳理与重新评估的空间。

关键词： 宋前；仙传文学；研究现状；拓展

神仙是我们解读道教的一把钥匙，在道教研究中处于基础性的中枢地位。故陈国符先生在20世纪80年代致信上海古籍出版社："请出版《道藏典籍选刊》，此中最重要者为《历世真仙体道通鉴》……如此丛刊不论研究《道藏》何部分者，皆需要之。"[1] 道教是"在度世济人、长生成仙进而追求体道合真的总目标下的神学化、方术化为多层次的宗教体系"[2]。弄清神仙，或可帮助我们由此登堂入室窥探道教和道教文学堂奥。

"仙传，记录神仙故事的书。"（《汉语大词典》）[3]"宋前"是指北宋以前。宋前仙传文学时间度比较大，其文献上可追溯至战国汲冢书《穆天子传》，下至唐五代类书《无上秘要》，神仙传记约43种，240余卷。目前，该时段的仙传研究，多为以小说等世俗文学的视角来做比较分析，或做聚焦于几种热门的传记做零星的单点散块研究，或做抛砖引玉式的浅层探讨，而基于道教传记文学的全面系统研究尚未见到。笔者以为，基于道教徒"神仙实有"的传记文学理念，以纵向的研究思路为主，对宋前仙传做较细致、全面系统的梳理，并对其创作作综合归纳和理论提升，进行体系化研究，并展开文学批评，确是摆在学人面前的课题。

---

❶ 陈国符：《陈国符道藏研究论文集》，上海古籍出版社2004年版，第364页。

❷ 胡孚琛：《道教与丹道》，中央编译出版社2008年版，第3页。

❸ 罗竹风：《汉语大词典》，汉语大词典出版社1986年版，第1卷，第1149页。

一、基本研究现状

20 世纪 90 年代以后，学界对于神仙传记的研究日趋成熟，研究著述大量出现。综观神仙传记的研究情况，大致可分为如下五个方面：一是仙传文献整理与考订等基础研究；二是针对某一时期神仙传记的研究；三是针对某一主题或某一作品的深入研究；四是从宗教学、美学及文化学的角度，对神仙传记进行整体考察；五是对道教典籍特别是仙传文学与文学史创作风格变化现象进行细致深入的可喜探讨，回归仙传文学创作即仙传作品的文学本位研究。

（一）文献整理与考订等基础研究仍有待全面完成

在道教基础研究即文献整理与考证领域，与宋前仙传文学紧密相关的成果有：中华书局齐治平校注的《拾遗记》以及《道教典籍选刊》出版系列，李永晟的《云笈七籤》点校、王叔岷的《列仙传校笺》、胡守为的《神仙传校释》、赵益的《真诰》、罗争鸣的《杜光庭记传十种辑校》和《历世真仙体道通鉴》（在研，待出）、周作明的《无上秘要》；齐鲁书社《道教学译丛》中的日本学者麦谷邦夫、吉川忠夫整理的《周氏冥通记研究》等；台湾文史哲出版社王国良的《洞冥记研究》和《汉武洞冥记研究》；社会科学文献出版社吴受琚编著的《司马承祯集》；岳麓书社张耘点校的《穆天子传》等。然而就宋前仙传整理而言，留下的空白仍然较大，仍有《广黄帝本行记》《洞仙传》（辑佚）、《紫阳真人周君内传》《洞玄灵宝真灵位业图》《元始上真众仙记》《桓真人升仙记》《侍帝晨东华上佐司命杨君传记》《华阳陶隐居内传》《历代帝王崇道记》《大坛王屋山胜迹记》《仙苑编珠》《三洞珠囊》12 种文献尚待整理点校。

（二）针对某一时期神仙传记的研究

专著类研究成果：台湾李丰楙的博士论文《魏晋南北朝文士与道教之关系》（1978 年，未刊）、《谪降与误入——六朝隋唐道教文学论集》，专题论述类汉魏六朝仙传与道教发展的关系，游仙小说、道教神女降真传说、西王母五女传说的形成与演变问题等。另外，在论述西王母传说时，对《汉武帝内传》的创撰过程及其思想渊源作了详细梳理；赵益《六朝南方神仙道教与文学》，单列一章专门论述《列仙传》《神仙传》等六朝神仙传记的叙事特点和“新神仙思想”；李剑国《唐前志怪小说史》，从文献学角度，深入考察《列仙传》《汉武帝内传》和《神仙传》的成书时代、版本源流与作者。李剑国先生这部著作考证严谨翔实，见解精当，只是他完全以小说研究的学术路数，忽视仙传里面具有极浓宗教情怀的这一客观情况，几乎没用道教传记文学的视角来开展研究，这不能不说是一种美中不足。

硕士论文成果：近年来年轻的道教文学研究学人出现了可喜的变化，不少人将其学位论文明确冠以仙传故事或传记为题。李敬《中古神仙传记研究》（广西师范大学2009级硕士论文），综合运用史学、文化学和叙事学等方法，对中古神仙传记的发生发展情况、中古神仙传记的文化内涵以及中古神仙传记的叙事特色进行研究，分析较为全面，具有一定参考价值；陈俊荣的《汉魏六朝道教仙传故事类型研究》（重庆大学2011级硕士论文），从文学本位出发，根据情节结构和思想特点的不同，从汉魏六朝道教神仙传记小说提炼出三种主要故事类型——修仙型、济世型、游仙型，并对这三种类型进行故事结构、叙事艺术及其文化价值方面的探讨；刘三婷《先唐仙传研究》（湖南师范大学2013级硕士论文），从思想渊源、文体渊源、创撰情况、演化过程及其价值等方面，较为系统全面地对先唐仙传做了一番梳理和考论，论文重点阐释了先唐仙传科学、思想、文学、美学等方面的价值，条理、逻辑都比较清楚；2012年安徽大学有一系列研究《道藏》中不同时期道教小说的硕士论文：汪小艳《〈道藏〉中的唐代小说研究》，研究方法大体是从社会背景、主题类型、艺术特色、叙事特点几个方面加以论述，对研究神仙传记的发展演变有一定的参考价值。

期刊论文类成果：谢聪辉《东晋上清经派仙传叙述内涵与特质析论》，论文以西方文类观检视道教东晋上清仙传的问题价值，对仙传的名称特点、外在体制及内部语言风格与意象选择进行分析，明确其文学审美价值和宗教叙事结构，从而体现东晋上清仙传叙述内涵与特质；钱敏的《元代以前的神仙传记与史传重出道士之比较研究》（《福建论坛》社科教育版，2009年第2期）则从叙事视角、人物传写、思想倾向这几个方面出发，对比元代之前神仙传记与史传对重出道士的书写，并从中探讨出神仙传记与史传在叙事上的差别；钱敏《宋前杂传体仙传小说与史传重出人物之比较研究》（《求索》，2009年第3期），沿袭前文的研究路数。

以上研究虽然有其可取之处，依然存在一些不足：或多以现代小说的视角来观照文本，或缺少一种宗教仙传文学史的眼光；研究工作呈现一种零散碎片化的研究状态。因之，推动仙传文学研究进一步全面系统化，以求整体的认知，是摆在仙传文学研究工作面前的一项重要任务。

（三）针对某一作品或某一主题的研究

《列仙传》的主要研究：孙昌武论文《作为文学创作的仙传——从〈列仙传〉到〈神仙传〉》（《济南大学学报》，2005年第1期），首先对《列仙传》的叙事特点和思想特点进行分析、归纳和总结，随后将《神仙传》同《列仙传》作对比研究，一次引出《神仙传小说化倾向》；谭敏的《〈列仙传〉叙事模式探析——与史传之比较》，对比《列仙传》和正统史传的叙事模式，对比《列仙传》和正统史传的叙事模式，对《列仙传》以“史传之体传神仙之事”的叙事模式进行了分析；陈洪《〈列仙传〉的道教意蕴与文学史意义》（《文学评论》，2010年第3期）分析了《列仙传》与东汉道教的思想渊源，揭示了《列仙传》的文学史意义：提出《列仙传》为神仙志怪之首的观点，并肯定了它对汉魏六朝文学语境的开拓作用。

《神仙传》研究成果：向群的历史学博士论文《葛洪〈神仙传〉研究——以文本流变为中心的考察》，立足于文本的文献流布递变视角，力求弄清《神仙传》本原与葛洪创作意图。刘湘兰的《论葛洪〈神仙传〉的叙事艺术及启悟文学意义》，主要对《神仙传》的叙事特色进行探讨，分析道教生死观念与《神仙传》人物结局的关系、“局限性叙事视角”之于《神仙传》叙事艺术的意义，及其对《神仙传》启悟文学性质的赋予等；何剑平的《葛洪〈神仙传〉创作理论考源——以〈左慈传〉为考察中心》（《四川大学学报》哲社版，2007年第1期），探讨了神仙方术传统、佛教神通观与《神仙传》中描写的方士之术的关系，并重点讨论了佛教神通观作为理论来源以及对丰富道教仙术的表现类型作出的贡献。

刘永霞的博士论文《陶弘景研究》（四川大学）侧重对陶弘景生平事迹与宗教思想及创作进行全面检讨，对其文学创作，特别是仙传文学（见于《华阳陶隐居集》）还完全可以更进一步挖掘与探讨。

《墉城集仙录》的研究成果：吴碧贞的《唐代女仙传记之研究——〈墉城集仙录〉为主的考察》，从宗教内涵、女性观念、叙事特色等方面，对载于《墉城集仙录》以及其他仙传中的唐代女仙形象进行分析，并将其与唐传奇及唐诗中的女性形象进行对比，凸显唐代道教女仙传记所蕴含的宗教特质和女性观念；杨莉的博士论文《道教女仙传记〈墉城集仙录〉研究》，对《墉城集仙录》进行比较翔实全面地研究，主要从宗教学、历史学、文体学以及性别观念等方面分别展开论述，并阐释其价值意义；罗争鸣的博士论文《唐五代道教小说研究》对唐五代时期的道教小说作了系统的梳理和统计，并对杜光庭所著的《墉城集仙录》《神仙感遇传》《仙传拾遗》《录异记》及《道教灵验记》5 部作品进行专题研究，从文献、宗教、文学、史学等角度对其深入论述，其中包括对杜光庭生平几个问题的考证，而对《墉城集仙录》的文献考订尤为详细。樊昕《论道教神仙传记的文史价值——以杜光庭〈墉城集仙录〉为中心》，以《墉城集仙录》为典型，对神仙传记的文学价值及史学价值进行探讨。

《拾遗记》有 5 篇硕士论文（均系 2000 年后），大体都是沿袭传统文学的研究路数从文献角度考察版本源流。其中，萧琦从小说批评史的角度考察其叙事特色，审美宗教民俗等方面论述。《周氏冥通记》的研究，何建朝《〈周氏冥通记〉研究》从梦来解读主人公周子良精神历程，以为特殊的梦记体仙传小说来推测论析它的创作的特殊动力——宗教心理与生命体验。二传研究其失在于传统的小说眼观来看待神仙传记，没有认识到仙传乃是一种迥异于小说、独具中国特色的宗教文学传记。如今理当为仙传正名，宜以仙传文体（文种）为视角，着重从这些仙传的宗教叙事角度加以突破。

赵益教授《〈真诰〉的源流与文本》（《文献》，2000 年第 3 期），从传统目录学入手，对《真诰》的版本、源流进行了精密的考证和分析。

杜光庭是唐五代道教研究仙传文学的集大成者，他积极自觉地创作各种类型的仙传文学。罗争鸣先生是杜光庭道教及道教文学研究的开拓者，取得令学界交口赞誉的成绩，而对其文学研究似仍然有待加强。一方面罗争鸣在其博士论文里及后出的专著《杜光庭道教小说研究》诚然作了不少论述，但是如前所述，受限于当时研究的视角或者工作重心，即侧重于以文本文献为着力点的考察角度，文学研究尚未及细致深入挖掘。正如他在对文学艺术水平较高的《道教灵验记》从语言艺术和情节曲折多姿两个维度进行文学成绩专题探讨后坦言：“……有相当高的艺术水平，这里所作的分析，尚是初步和尝试性的，但作引玉之砖。”[1] 这是罗先生较真实客观

---

[1] 罗争鸣：《杜光庭道教小说研究》，巴蜀书社 2005 年版，第 300 页。

的总结，自非故作谦词。另一方面，杜氏仍有5部仙传没有纳入深入探讨的研究视野，因而其研究自有相当大的开拓空间（含个案研究与全部贯穿起来作整体研究两个方面）。实际上，杜光庭作为一个道行高深的大道教徒，对历代神仙传记都有精深的研究，并用他的优美文笔做了专传、总传、类传等各种神仙传记，仙传文学自此发出耀眼的光芒，令士人瞩目。而目前对他的仙传文学研究，与他所取得的创作成就相比，是显得远远不相匹配的。

道教仙传文学研究已然引起学界的兴致与重视，但是囿于基础研究工作的偏弱情形，特别是还有相当多的仙传文本出于原始的文献未开发状态，也制约着我们不能全面系统地宏观统领把控仙传文学。宋前仙传文学43部作品中，目前仍有《道学传》《紫阳真人周君内传》《华阳陶隐居内传》《洞玄灵宝真灵位业图》《真系传》《孝道吴许二真君传》以及《历代帝王崇道记》《洞玄灵宝三师记》《毛仙翁传》《天坛王屋山胜迹记》10余种仙传文学几乎没有作任何研究；此外，《桓真人升仙记》仅有1篇没有深入展开的英语论文。笔者以为这是由于这10余种仙传体量不大又不是很有名，加上解读它们需要较专深的道教学知识，故而鲜有人涉足。而另一方面，细致深入且系统地解读这些仙传文本，依然大有开拓的余地。总之，就宋前仙传文学研究而言，全面系统且细致深入整理、探讨上述仙传，是期待突破的一个重要任务。

（四）从文化学、宗教学以及美学的角度，对神仙传记进行整体考察

日本小南一郎的《中国的神话传说与古小说》，[1] 综合运用神话学、宗教学、民俗学的知识，同时又结合了现代西方文化人类学和结构主义、比较学派的观点和方法，但主要从民俗学的角度对中国的神话传说与古小说进行研究分析，书中对于《神仙传》《汉武帝内传》等神话传记故事情节的来源、情节结构都作了相当细致的分析。译者孙昌武也撰文讨论了从《列仙传》到《神仙传》神仙观念和神仙思想演化的情形。小南一郎先生为我们研究其他仙传文学提供了极具参考价值的学习范式。

方艳的博士论文《穆天子传的文化阐释》，对这部仙传名作从文化学

---

[1] ［日］小南一郎著；孙昌武译，中华书局1993年版。

角度作了深层次剖析。四川大学道教与宗教文化所教授苟波“道教神仙传记的文化学研究”课题下的系列论文：《道教神仙传记与神仙观念的多元化及演变》（《四川大学学报》，2015 年 5 期）、《道教神仙传记中的政治隐喻和社会内涵》（《宗教学研究》，2014 年第 9 期）、《道教神仙传记的神话思维探讨》（《宗教学研究》，2012 年第 4 期）、《从“伦理缺失”到“伦理固话”道教神仙传记的文学研究与宗教学研究》、（《宗教学研究》，2015 年第 3 期）、《从神仙传记看早期道教对神仙世界超越性问题的认识》（《宗教学研究》，2013 年第 9 期）及《从神仙传记看早期道教修仙伦理的演变》（《四川大学学报》，2013 年 9 期），从多个角度分析探讨了神仙传记的文化内涵，分析比较细致。黄勇的《道教笔记小说》，从宗教本位出发，基于美学的视角，将道教笔记小说分为修道体、济世体、游仙体、谪仙体、辅教体五类，并分别阐释了几类笔记小说的思想原型、主题类别、宗教意蕴和美学特征。一方面这为我们作神仙传记的价值阐释提供了不少参考意义的线索；另一方面，黄著未能厘清仙传与小说概念，颇为遗憾。

（五）对道教典籍特别是仙传文学与文学史创作风格变化现象深入细致地探讨，回归仙传文学创作的文学本位研究

21 世纪以来，本土道家道教研究逐渐升温，道教文学研究也渐渐成为一大学术热点。罗宗强先生已然在文学史著作中专节讨论“道家、道教对文学的影响”，[1] 但就道家、道教在实际生活中的影响与地位，对唐代文人物质与精神特别是文学双重的影响而言，这一方面的实际创获并不是很多，这与道家道教在当时社会的实际地位及产生的影响实在不相匹配。令人振奋的是，葛晓音先生对唐代文化极具“了解之同情”，她以宏通的文学史观，结合顾况、韦应物、李益、刘长卿、卢纶、于鹄、李端、钱起、司空曙、秦系、李华等作家的大量诗歌创作，并参照宋前大量神仙传记故事，分别从神仙世界的落实及其与凡俗生活情景的互融、想象方式的变异与提示的关系和中唐前期文人神仙想象的社会心理基础等三个方面，对中唐尚奇诗风，即韩愈、孟郊、李贺的奇险怪异派诗风的成因作出了另一种十分合理的精妙解释，令人耳目一新。[2] 这给我们研究宋前仙传文学开拓

---

[1] 袁行霈，罗宗强：《中国文学史》，高等教育出版社 2014 年版，第二卷，第 173—174 页。

[2] 葛晓音：《神仙想象的变异——中唐前期古诗的一种奇思》，《北京大学学报》（哲学社会科学版），2018 年第 2 期。

了一片全新的研究领域，打开了一扇崭新的研究法门：仙传文学给诸如赋、小说、传奇、变文等世俗文学多层次的交互式影响、融通，给文学创作带来新变。或者说，以道教和道教文学给整个社会生活——特别是士人生活带来的新变，为细致深入讨论文学史上的文风之变，提供了新的途径。

二、研究展望

据笔者目前掌握的情况，学界已有三部题目宏大的专著讨论仙传文学，另外吴光正领衔主编有多卷本道教文学史。[1] 詹石窗《道教文学史》探讨了道教文学从汉至宋的发展情况，诚然对于各个时代的神仙传记都有论述，但只是粗线条的勾勒或昭示，给后人留下了作深入细致、全面系统且专精的研究园地。杨建波的《道教文学史论稿》对于道教文学的研究范围则由汉代一直延伸至明代，但对于神仙传记的论述普遍较为简要。他将汉魏六朝时期的神仙传记归入唐前志怪小说，对于研究汉魏六朝神仙传记与唐传奇的源流关系有一定启发。张松辉的《汉魏六朝道教与文学》第四章专列一节“志怪小说”，论述道教促进了汉魏六朝志怪小说的大繁荣。三位先生对道教仙传文学研究的开创之功，不可抹杀，尽管这些论述大都是宏观的综合分析，但后来者还是能受到绝妙的启发，从而为作更深入细致的探索提供了广阔的空间。

目前，仙传文学研究最大的缺失恐怕是缺乏全面系统与纵向的理论考量。仙传文学从范畴上来说属于道教的神圣叙事，它们体现了道教的神仙思想、神灵谱系、修行理论、修行技术和济世理念，并且这些宗教性质的东西随时代变迁和道教教派发展而不断调整和重塑、丰富，它们从文体上来说应归于传记。宋前仙传是仙传文学的先锋，虽然宋前仙传文学已经引起学术界的不少关注，但目前尚无专门、全面系统的道教仙传文学研究。笔者不揣谫陋，拟斗胆尝试从细阅读仙传文本为基点来作仙传文学研究：计划先作完宋代以前的，然后再作元明清仙传。笔者初步研判，宋前仙传文学研究大体历经了萌芽期，勃发期，成熟期，至杜光庭而集大成，并呈现由传主单一的独传、发展而成的总传、以至于类书性质的类传等几种形态。此外，以文学批评的视角来看，宋前仙传无疑是一座富含丰富文学创

[1] 吴光正主编：《中国宗教文学史》，其中包含以朝代析分的多册道教文学史，尚未面世。

作元素宝藏的富矿，同样尚待开发整理。宋前仙传文学中蕴含创作主体绚丽多姿、神奇美丽的奇思妙想，引领后人无尽的创作灵感。其中的如汉武故事中的许多神仙故事、神仙形象，描绘的仙境等，本身就为后世文人提供了取之不竭的创作素材或创作母题。对之全面发掘、清理、提炼，自是一项很有价值的创新工作。我们清理宋前全部道教仙传，以纵向的研究思路，以发展的眼光，努力寻觅宋前仙传文学独特的宗教传记文学特征，探寻其自身创作发展的脉络以及演变的内在规律，构建宋前仙传文学史；同时，展开仙传文学批评。这些具有独特的文学理论与文学史价值。面对高悬的学术蓝图，笔者学力不济，唯有勤勉为之，敬祈方家不吝指正。

下　篇

道教文学文化研究

《神弦歌》何以成为“宗庙登哥”？

——基于孙吴道教中心地位形成的考察

徐昌盛

（湖南师范大学　文学院）

摘　要：《神弦歌》属于清商曲辞的俗乐，孙皓以之代替雅乐用于宗庙祭祀的庄重场合，并非孙吴没有成熟的雅乐，而是孙吴统治者继承神鬼传统而崇尚道教的结果。在几代吴主的支持下，孙吴不仅涌现了葛玄、介象等著名道教人物，而且提供了《太平经》《周易参同契》《道德经》等早期道教基本文献的编纂、传授及发展的场域，毫无疑问地成为三国道教的中心。

关键词：神弦歌；宗庙；孙吴；道教；中心

一、问题的提出

“宗庙登哥”是用于祭祀祖先时升堂演奏的雅乐。《神弦歌》本是民间祭祀江左一些地域的神仙鬼怪的俗乐，收录于《乐府诗集·清商曲辞》。但《神弦歌》在孙吴具有重要的地位，体现在代替雅乐用于宗庙祭祀。《宋书·乐志》载何承天说“世咸传吴朝无雅乐。案孙皓迎父丧明陵，唯云倡伎昼夜不息，则无金石登哥可知矣”，又说“或云今之《神弦》，孙氏以为宗庙登哥也”。[1] 何承天（370—447）是东晋刘宋时期人，不仅揭示了孙吴以俗乐代替雅乐用于奉灵的事实，而且提供了孙吴以《神弦歌》作为宗庙祭祀乐曲的说法。

孙皓将《神弦歌》用来进行宗庙祭祀，并非何承天所谓的“吴朝无雅乐”，实际上孙吴早已建立了雅乐制度。孙权曾赐给辽东的公孙渊“轩悬之乐”，死后出殡时，署名陆机的《孙权诔》说“《肆夏》在庙，《云翘》

---

[1] （梁）沈约撰：《宋书》卷一九《乐志》，中华书局2000年版，第589页。

承机”，《肆夏》《云翘》是庄重谨严的宗庙乐舞，可知孙吴早有雅乐制度，应该属于汉代的旧制，来源于击溃张勋时获得的袁术的乐工和乐器。[1] 到了景帝时，孙吴建立了本国的雅乐制度，永安年间（258—264）韦昭根据曹魏缪袭的《魏铙歌十二曲》创制《吴铙歌十二曲》，《晋书·乐志》载：

> 是时吴亦使韦昭制十二曲名，以述功德受命。改《朱鹭》为《炎精缺》，言汉室衰，孙坚奋迅猛志，念在匡救，王迹始乎此也。改《思悲翁》为《汉之季》，言坚悼汉之微，痛董卓之乱，兴兵奋击，功盖海内也。改《艾如张》为《摅武师》，言权卒父之业而征伐也。改《上之回》为《乌林》，言魏武既破荆州，顺流东下，欲来争锋，权命将周瑜逆击之于乌林而破走也。改《雍离》为《秋风》，言权悦以使人，人忘其死也。改《战城南》为《克皖城》，言魏武志图并兼，而权亲征，破之于皖也。改《巫山高》为《关背德》，言蜀将关羽背弃吴德，权引师浮江而擒之也。改《上陵曲》为通荆州，言权与蜀交好齐盟，中有关羽自失之愆，终复初好也。改《将进酒》为《章洪德》，言权章其大德，而远方来附也。改《有所思》为《顺历数》，言权顺箓图之符，而建大号也。改《芳树》为《承天命》，言其时主圣德践位，道化至盛也。改《上邪曲》为《玄化》，言其时主修文武，则天而行，仁泽流洽，天下喜乐也。其余亦用旧名不改。[2]

《吴铙歌十二曲》赞颂孙吴建国立业的功德，已属于成熟的宗朝登歌，韦昭奏上时称“当付乐官善哥者习哥”，[3] 也印证了孙吴早有雅乐机构的存在。

《神弦歌》与神鬼传统基础上发展的道教信仰有着密切的联系。现存《神弦歌》共十一曲十八首，《乐府诗集》载：“《古今乐录》曰：‘《神弦歌》十一曲：一曰《宿阿》，二曰《道君》，三曰《圣郎》，四曰《娇女》，五曰《白石郎》，六曰《青溪小姑》，七曰《湖就姑》，八曰《姑恩》，九曰《采菱童》，十曰《明下童》，十一曰《同生》。”[4] 何承天说“或云今之

---

[1] 拙文：《孙吴乐府考论》对此有详细的讨论，参见《乐府学》（第十二辑），社会科学文献出版社 2015 年版。

[2] （唐）房玄龄等撰：《晋书》卷二三《乐志》，中华书局 2000 年版，第 702 页。

[3] （梁）沈约撰：《宋书》卷一九《乐志》，中华书局 2000 年版，第 589 页

[4] （宋）郭茂倩编：《乐府诗集》卷四七，中华书局 2017 年版，第 990 页。

《神弦》，孙氏以为宗庙登哥也”，王运熙指出“《神弦歌》在孙吴时代，已经出现，而且其信仰已由民间及于贵族上层阶级了”。❶ 孙皓用《神弦歌》奉迎父亲神灵发生在吴末宝鼎二年（267），至迟在这个时候，《神弦歌》已经脱离了民间的早期培育阶段，发展成体系完整、结构稳定的宫廷乐曲了。但现存《神弦歌》到底哪些产生于孙吴时代，已殊难考索，考虑到晋武帝曾经下令禁止淫祠，《神弦歌》本是祭祀民间神仙鬼怪，自是在禁断之内，那么入晋之后很难有较大的发展，因此主体部分应该完成于孙吴统治时期。《神弦歌》歌唱的地方神祇中，如《青溪小姑曲》中的青溪小姑是孙权在钟山封侯立庙的蒋子文之妹，属于城东的青溪水神，《白石郎曲》中的白石郎是建业附近白石山的神，《湖就姑曲》中的湖姑是句容县赤山湖的神女，总之，青溪小姑、白石郎和湖就姑都明确属于建业附近的神祇。其他如《宿阿曲》说“苏林开天门，赵尊闭地户。神灵亦道同，真官今来下”，已经明确提及道教神仙，《道君曲》中的“道君”是道士对神仙的一种尊称，虽尚不能断定是否出自孙吴，但也揭示了《神弦歌》与道教的密切联系。

《神弦歌》“宗庙登哥”地位的取得，属于道教在汉末孙吴江南地区发展的结果，孙权、孙休、孙皓等几任孙吴君主对道教的崇尚，促进了著名道教人物的涌现和道教经典的编纂、传授与发展，从而确立了孙吴在三国时期的道教中心地位。

二、孙吴时期道教人物的涌现

黄巾起义失败后，曹操将五斗米道北迁魏地，封张鲁为侯，表面上高官厚禄优待，实际上“聚而禁之”，道教虽然在达官贵人间尚有流传，但因缺乏组织体系和脱离教众而丧失了影响力。然而江南吴地的道教传播却颇为活跃，留下了众多道士活动的记载，一些著名的道士如葛玄、介象等得到吴主的礼遇。如吕蒙是孙吴名将，重病之时，孙权亲自探望，并且“命道士于星辰下为之请命”。❷ 吴国道士石春擅长断谷，“每行气为人治病，辄不食，以须病者之愈，或百日，或一月乃食”，景帝孙休召来以观

❶ 王运熙：《神弦歌考》，《乐府诗述论》，上海古籍出版社 2012 年版，第 151 页。

❷ （晋）陈寿撰：《三国志》卷五四《吴书·吕蒙传》，中华书局 1982 年版，第 1280 页。

究竟，“春但求三二升水，如此一年余，春颜色更鲜悦，气力如故”[1]。《太平经复文序》载：“孙权立，盖信奉道术，师葛仙公，介先生亦游其庭。”[2]孙权以葛玄为师、以介象为友，说明官方已经认可了道教。又《历代崇道记》载：“吴主孙权于天台山造桐柏观，命葛玄居之。于富春造崇福观，以奉亲也。建业造兴国观，茅山造景阳观，都造观三十九所，度道士八百人。”[3] 孙权为葛玄造观三十九所，可谓道观的积极建设者。可以作为参证的是，三国时的名僧支谦、安世高、康僧会来到江南，也受到了孙吴统治者的重视，孙权甚至延请支谦做太子的老师，并建造了第一座寺庙——建初寺，他们开展了大量的译经工作，使建康成为全国的佛教中心。[4] 总之，孙权等统治者的尊崇和支持，提高了道教的地位，使建康成为名副其实的道教中心。

孙吴统治时期，江南地区活跃的道士，不仅有避难南下的于吉、左慈，而且有本土成长的葛玄、介象，尤其是后者，深得吴主的优待。

孙策占据江南建立孙吴政权后，曾经杀死传道的“于吉”，当然这个“于吉”是弟子冒名的。[5]《江表传》说“策尝于郡城门楼上，集会诸将宾客……诸将宾客三分之二下楼迎拜之，掌宾者禁呵不能止。策即令收之”，理由是“使诸将不复相顾君臣之礼”，[6] 又《搜神记》载“策欲渡江袭许，与吉俱行。时大旱，所在熇厉。策催诸将士使速引船，或身自早出督切，见将吏多在吉许，策因此激怒，言：‘我为不如于吉邪，而先趋务之？’便使收吉”。[7] 孙策初到江南，立足未稳，看到“于吉”能够凝聚和摇动人心，忧惧统治受到威胁而杀之。另有左慈，也是著名的道士，“少有神道”，[8] 能隔空取物，为曹操于千里外立取松江鲈鱼和蜀中生姜，尤擅补导

---

[1] 王明：《抱朴子内篇校释》卷一五，中华书局 1985 年版，第 269 页。

[2] 王明：《太平经合校》，中华书局 2014 年版，第 187 页。

[3] 杜光庭：《历代崇道记》，《杜光庭记传十种辑校》，中华书局 2013 年版，第 360 页。

[4] 学者指出：“从文物角度看，吴地出土很多墓葬佛教图像，魏地几近全无，显示佛教在吴地民间十分兴盛，也有佛教徒参与民间信仰的仪式。从译经数看，曹魏不过十余部，蜀汉情况不明，孙吴近三十部。由是可见孙吴佛教的流布程度和层面要比魏地为盛为广，奠下东晋南朝佛教盛世之基础。”（屈大成《孙吴佛教流传考》，《东南文化》2010 年第 3 期。）

[5] 《江表传》与虞喜《志林》所载不同，年龄差距不合常理，但任继愈等指出假冒有名的方士比较常见，如号称李弘的就有好几个，参见任继愈等《中国佛教史》（第一卷）（中国社会科学出版社 1985 年版），第 130 页。

[6][7] （晋）陈寿撰：《三国志》卷四六《吴书·孙策传》，中华书局 1982 年版，第 1110 页。

[8] （宋）范晔撰：《后汉书》卷八二下《左慈传》，中华书局 1997 年版，第 2747 页。

之术。左慈因避中原战乱来到江东，入山寻仙，遇三茅真君授以神芝，从此毗邻丹阳的茅山成为江东道教名山。左慈也擅长炼丹，有《九丹金液仙经》，曾在浙东地区从事过炼丹（详下），是江南道教资源的最初建设者。孙权即位后，江南统治趋于稳定，于是发扬富春孙氏固有的崇尚巫觋传统，开始宠信道士，葛玄、介象即是师友。

葛玄是丹阳人，属于江南土著，是左慈的学生。《搜神记》载：

> 葛玄，字孝先，从左元放受《九丹金液仙经》，未及合作，常服饵术。尤长于治病，鬼魅皆见形，或遣或杀。能绝谷，连年不饥；能积薪烈火而坐其上，薪尽而衣冠不灼。饮酒一斛，便入深泉涧中卧，酒解乃出，身不濡湿。玄备览《五经》，又好谈论。好事少年数十人，从玄游学。尝船行，见器中藏书札符数十枚，因问："此符之验，能为何事？可得见否？"玄曰："符亦何所为乎？"……❶

葛玄师从左慈，应该是左慈到江东茅山之后的事情。葛玄擅长治病、驱鬼和符箓，掌握了道教的道术。葛玄的学生多达数十人，成为江南道教的发扬者。葛洪的老师郑隐正是葛玄的学生之一。孙权也是葛玄的学生，两者关系密切，《抱朴子》载："葛仙公每饮酒醉，常入门前陂中，竟日乃出。会从吴主到列州，还大风，仙公舡没，吴主谓其已死。须臾从水上来，衣履不湿，而有酒色，云昨为伍子胥召，设酒不能便归，以淹留也。"❷

介象是会稽人，很受孙权的欢迎，葛洪《神仙传》曰：

> 仙人介象，字元则，会稽人，有诸方术。吴主闻之，征象到武昌，甚敬贵之，称为介君，为起宅，以御帐给之，赐遗前后累千金，从象学蔽形之术。试还后宫，及出殿门，莫有见者。又使象作变化，种瓜菜百果，皆立生可食。吴主共论鲙鱼何者最美，象曰："鲻鱼为上。"吴主曰："论近道鱼耳，此出海中，安可得邪？"象曰："可得耳。"乃令人于殿庭中作方坎，汲水满之，并求钩。象起饵之，垂纶于坎中。须臾，果得鲻鱼。吴主惊喜，问象曰："可食不？"象曰："故为陛下取以作生鲙，安敢取不可食之物！"乃使厨下切之。吴主曰："闻蜀使来，得蜀姜作斋甚好，恨尔时无此。"象曰："蜀姜岂不

❶ （宋）李昉等撰：《太平御览》卷七一，中华书局 1960 年版，第 441 页。
❷ （宋）李昉等撰：《太平御览》卷八四五，中华书局 1960 年版，第 3775 页。

易得，愿差所使者，并付直。”吴主指左右一人，以钱五十付之。象书一符，以著青竹杖中，使行人闭目骑杖，杖止，便买姜讫，复闭目。此人承其言骑杖，须臾止，已至成都，不知是何处，问人，人言是蜀市中，乃买姜。于时吴使张温先在蜀，既于市中相识，甚惊，便作书寄其家。此人买姜毕，捉书负姜，骑杖闭目，须臾已还到吴，厨下切鲙适了。❶

根据“蔽形之术”“象作变化”“象书一符”等，可知介象亦懂道术，而且与太平道、五斗米道一样使用符箓咒语，属于“符箓派”的代表。

除“于吉”、左慈、葛玄、介象等著名的道士外，深受孙吴统治者欢迎的道士还有姚光、吴猛、介琰等人。如姚光，有火术，“吴主身临试之，积荻数千束，使光坐其上，又以数千束荻裹之，因猛风而燔之。荻了尽，谓光当以化为烬，而光端坐灰中，振衣而起，把一卷书。吴主取其书视之，不能解也”。❷ 吴主所不能识的这一卷书，当是“符箓”。又如吴猛，仕吴为官，“尝将弟子回豫章，江水大急，人不得渡。猛乃以手中白羽画江水，横流遂成陆路，徐行而过，不用舟楫。过讫，水复依旧。尝守寻阳，参军周家有狂风暴起，猛即书符掷著屋上，便有一飞鸟接符云，须臾风静”❸。则姚光、吴猛都是擅长符箓的道士。据上可知，孙吴的道教继承了早期道教组织太平道、五斗米道的“符箓派”特点。

三、《太平经》与江南神鬼方术

道教是在中国传统的巫祝方术、天神、地祇、人鬼崇拜和神仙学说的基础上生成的。❹ 江南地区开发较晚，具有浓郁的巫鬼信仰传统，❺ 成为早

---

❶ （晋）陈寿撰：《三国志》卷六三《吴书·吴范刘惇赵达传》，中华书局 1982 年版，第 1427—1428 页。

❷ （晋）陈寿撰：《三国志》卷六三《吴书·吴范刘惇赵达传》，中华书局 1982 年版，第 1421 页。

❸ 陶潜著，李剑国辑校：《新辑搜神后记》，中华书局 2007 年版，第 472 页。

❹ 李养正：《从〈太平经〉看早期道教的信仰与特点》，《道协会刊》1982 年第 2 期。

❺ 江南地区素有信仰巫鬼的传统，颇有文献可征。如《吕氏春秋·异宝》说“荆人畏鬼而越人信禨”，《史记·封禅书》说“越人俗信鬼，而其祠皆见鬼，数有效。昔东瓯王敬鬼，寿至百六十岁。后世谩怠，故衰秏”，《汉书·地理志》说江南楚地“信巫鬼，重淫祀”，王逸《楚辞章句》说“昔楚国南郢之邑，沅、湘之间，其俗信鬼而好祠，其祠必作歌乐鼓舞以娱诸神”，汉末三国的邯郸淳《曹娥碑》说“孝女曹娥者，上虞曹盱之女也。……盱能抚节案歌，婆娑乐神，以汉安二年五月时迎伍君，逆涛而上，为水所淹，不得其尸”等。

期道教传播的沃土。富春孙氏本有巫觋的信仰，孙吴政权据有江南地区，继承并发扬了神仙鬼怪的信仰传统。❶《搜神记》载："吴先主病，遣人于门观不祥。巫启见一鬼，著绢巾，似是大臣交相。其夜，先主梦见鲁肃来入，衣巾如之。"❷ 吴大帝孙权生病，遣人观察不祥之物，巫称见到人鬼，并在孙权的梦中得到应验，虽是虚妄不经之谈，但也反映了孙权重视巫鬼的客观事实。《抱朴子》载："吴景帝有疾，求觋视者，得一人。景帝欲试之，乃杀鹅而埋于苑中，架小屋，施床几，以妇人屐履服物著其上，乃使觋视之。告曰：'若能说此冢中鬼妇人形状者，当加赏而即信矣。'竟日尽夕无言，帝推问之急，乃曰：'实不见有鬼，但见一头白鹅立墓上，所以不即白之，疑是鬼神变化作此相，当候其真形而定。无复移易，不知何故，不敢不以实上闻。'景帝乃厚赐之。然则鹅死亦有鬼也。"❸ 吴景帝孙休染病，求觋看病，说明巫觋治病是当时的通行方法。孙休欲测试他的水平，于是以鹅代妇，得到破解，说明当时认为人和动物死后都有鬼，且能变化。吴后主孙皓也笃信巫术，奉迎父亲孙和神灵于清庙，每天询问神灵的起居情况，"巫觋言见（孙）和被服，颜色如平日，皓悲喜涕泪"。❹ 无论是巫觋治病，还是迷信神鬼，都是早期道教的基本内容。早期的太平道与五斗米道都崇尚符祝。太平道的核心是"符水咒说以疗病"，❺ 方法是"师持九节杖为符祝，教病人叩头思过，因以符水饮水，得病或日浅而愈者，则云此人信道，其或不愈，则云此人不信道"。❻《太平经》认为人死后进入幽冥世界活动，恶人要罚作河梁山海之鬼，鬼能为祸于人。❼ 张道陵初创五斗米道的教义教规中，有诵习《五千文》，符水治病，用章表与

---

❶ 有关孙吴的尚巫传统和对待道教的情况，已经有学者进行了卓有成效的研究，剖析了富春孙氏的发迹谶言，介绍了孙权、孙休、孙皓统治时期的方士与道术，基本描绘了孙吴的道教面貌，参见王永平《孙吴统治者之尚巫及其对待道教、佛教之政策》（《江苏科技大学学报》2008 年第 3 期）。

❷ 干宝著，李剑国辑校：《新辑搜神记》，中华书局 2007 年版，第 157—158 页。

❸ （晋）陈寿撰：《三国志》卷六三《吴书·赵达传》，中华书局 1982 年版，第 1427 页。

❹ （晋）陈寿撰：《三国志》卷五九《吴书·孙和传》裴注引《吴书》，中华书局 1982 年版，第 1371 页。

❺ （宋）范晔撰：《后汉书》卷七一《皇甫嵩传》，中华书局 1997 年版，第 2299 页。

❻ （晋）陈寿撰：《三国志》卷八《魏书·张鲁传》裴注引《典略》，中华书局 1982 年版，第 264 页。

❼ 李养正：《从〈太平经〉看早期道教的信仰与特点》，《道协会刊》，1982 年。

鬼神为誓约等,[1] 张道陵的五斗米道与神鬼也有密切的关系。据上可知,孙吴具有与早期道教相似的神鬼信仰传统。

《太平经》是早期道教的主要经典,“《太平经》的出现与传播,即标志着道教的形成”。[2]《太平经》的编纂和流传与江南地区也有密切的关系。《后汉书·襄楷传》载“顺帝时,琅琊宫崇诣阙,上其师干吉于曲阳泉水上所得神书百七十卷,皆缥白素朱介青首朱目,号《太平清领书》”,[3] 因此一般认为于吉是《太平经》的主要作者,其弟子宫崇是最重要的编纂者。[4] 但东晋葛洪《神仙传》说“于吉,北海人也。患癞疮数年,百药不愈,见市中有卖药公,姓帛名和,因往告之,乃授以素书二卷,谓曰:‘此书不但愈疾,当得长生。吉受之,乃《太平经》也。行之疾愈,乃于上虞钓台乡高峰之上,演此经成一百七十卷,至今有太平山干溪在焉”,[5] 唐人《太平经复文序》亦说“干君初得恶疾,殆将不救,诣帛和求医。吾传汝《太平本文》,可因易为一百七十卷,编成三百六十章,普传于天下,授有德之君,致太平,不但疾愈,兼而度世。干吉授教,究极精义,敷演成教。当东汉末,中国丧乱,赍经南游吴、越,居越东一百三十里,山名太平,溪曰干溪”,[6] 据知《太平经》的成书有一个过程,帛和是最早的作者,于吉师从帛和学习《太平经》,并进一步演绎成一百七十卷,江南地区的会稽上虞是于吉编纂《太平经》的场所。《江表传》载:“有道士于吉先寓居东方,往来吴会,立精舍,烧香读道书,制作符水以治病,吴会人多事之。”[7] 可知于吉是《太平经》的最早传播者,推动《太平经》流传到江南地区。于吉是琅琊(今山东临沂北)人,在东海(今山东郯城西)曲阳创立太平道,故称“先寓居东方”。“往来吴会”,大约在建安年(196—220)初,避乱江东吴郡城(今江苏苏州),后来又到了会稽(今浙江绍兴)演绎《太平经》。“读道书”当是读《太平经》。于吉在会稽的说

---

[1] 李养正:《道教概说》,中华书局 1989 年版,第 25 页。

[2] 李养正:《道教概说》,中华书局 1989 年版,第 20 页。

[3] (宋)范晔撰:《后汉书》卷三下《襄楷传》,中华书局 1997 年版,第 1084 页。

[4] 王明指出,《太平经》“是一部集体编纂的道书”,宫崇是最重要的编纂者,因为宫崇称《太平经》为“于吉神书”,说明于吉是最早撰写最早传经的一人(参见王明《论太平经的成书时代和作者》,《太平经合校》,第 846 页)。

[5] 王松年:《仙苑编珠》卷中,明正统道藏本。

[6] 王明:《太平经合校》,中华书局 1960 年版,第 187 页。

[7] 《三国志》卷四六《吴书·孙策传》裴注引《江表传》,第 1110 页。

法，历史上有出土文献可证，梁代初年，今浙江上虞境内的昆仑山渚平沙中，“有三古漆笥，内有黄素，写于君所出《太平经》三部，村人惊异，于经所起静供养”，❶《太平经》的载体是黄素，与于吉所献的缥白素载体类似。除《太平经》流传外，汉末太平道也在江南地区造成了很大的影响。史载张角太平道派弟子八人出使四方传道，成绩显著，史载“十余年间，众徒数十万，连结郡国，自青、徐、幽、冀、荆、杨、兖、豫八州之人，莫不毕应”，❷ 全盛时期，太平道有徒众十万，遍及八州，分置三十六方管辖，气势壮大、组织严密。又载“中平元年，大方马元义等先收荆、杨数万人，期会发于邺”，❸ 可见荆扬地区的信道人数甚众，准备充当起义的先行军。到了孙吴时期，民间活跃的道教属于太平道支派的有于君道、帛家道等，另有属于五斗米道支派的有李家道、杜子恭道团等。

《太平经》的基本内容有阴阳五行、图谶、祥瑞、灾异、神鬼、方术等，悉能在孙吴得到呼应。比如术数，本指方术与气数、数理的总称。吴范是会稽上虞人，属于江南人士，他“以治历数，知风气，闻于郡中”，孙权起事后，吴范“委身服事，每有灾祥，辄推数言状，其术多效”，❹ 因此做了孙权的太史令。事实上，江南以方术知名者，颇多与于吉一样的中原南下避难人士，如赵达本是河南人，认为“东南有王者气，可以避难，故脱身渡江”，赵达避难渡江时，“治九宫一算之术，究其微旨，是以能应机立成，对问若神，至计飞蝗，身隐伏，无不中效”。❺ 又如刘惇本是平原人，“遭乱辟地，客游庐陵，事孙辅，以明天官达占数显于南土”，建安中孙权在豫章，时有星变，孙惇答丹杨有乱，卒有验证，史载“诸术皆善，尤明太乙，皆能推演其事，穷尽要妙”。❻ 又如图谶符瑞，韦昭制作的宗庙颂歌《吴鼓吹曲十二曲》，其中有“图谶摹文字，黄龙觌鳞。符祥日月记”❼ 句，可以窥见孙吴政权对图谶符瑞的重视；孙权改元黄龙称大皇帝，即因“夏口、武昌并言黄龙、凤皇见”，❽ 孙亮因“大鸟五见于春申”❾ 而

❶ （宋）李昉等撰：《太平御览》卷六六六，中华书局 1960 年版，第 2973 页。
❷❸ （宋）范晔撰：《后汉书》卷七一《皇甫嵩传》，中华书局 1997 年版，第 2299 页。
❹ （晋）陈寿撰：《三国志》卷六三《吴书·吴范传》，中华书局 1997 年版，第 1421 页。
❺ （晋）陈寿撰：《三国志》卷六三《吴书·赵达传》，中华书局 1982 年版，第 1424 页。
❻ （晋）陈寿撰：《三国志》卷六三《吴书·刘惇传》，中华书局 1982 年版，第 1424 页。
❼ 逯钦立：《先秦汉魏晋南北朝诗》，中华书局 1983 年版，第 547 页。
❽ （晋）陈寿撰：《三国志》卷四七《吴书·吴主传》，中华书局 1982 年版，第 1134 页。
❾ （梁）沈约撰：《宋书》卷三二《五行志》，中华书局 2000 年版，第 1027 页。

改号“五凤”。孙休本传载“居数岁，梦乘龙上天，顾不见尾，觉而异之”，❶ 孙休以藩国意外继位，应验了“乘龙上天”的吉谶，但孙休死后，乌程侯孙皓代替太子嗣位，又应验了“顾不见尾”的凶谶。再如灾异。孙亮改元五凤后，“交阯稗草化为稻”，❷ 稗草变成稻粱，一般以为属幸事，《晋书·五行志》却认为是灾异，属于“草妖”，后来孙亮被废，大将军孙綝以孙休取而代之，即是征验。又诸葛恪在朝会之日出门时“犬衔引其衣”，❸ 意不欲主人出门，后来诸葛恪果然被孙峻所害，史书称为“犬祸”。孙吴统治者对方术的信任远远甚于魏蜀，根据学者的统计，《三国志》诸帝纪传所述祥瑞灾异凡一百三十六事。其中曹魏五十九事（曹丕九，叡二十八，芳九，髦八，奂五），蜀汉二事（刘备、禅各一），东吴七十五事（孙权三十九，亮、休、皓各十二）。❹ 因此，道教在孙吴能够取得相当大的发展，与阴阳灾异、图谶符瑞、神仙方术的传统信仰有着密切的关系。❺

四、《周易参同契》与江南炼丹术

外丹的起源与江南的关系密切。著名道士左慈应该是最早从事炼丹术的道士。东晋许迈给王羲之的书信说“自山阴南至临安，多有金堂玉室，仙人芝草，左元放之徒，汉末诸得道者皆在焉”，❻《搜神记》说葛玄“从左元放受九丹液仙经，与客对食”，❼ 葛洪《抱朴子》也说“昔左元放于天柱山中精思，而神人授之金丹仙经”，❽ 那么晋人已普遍地认为左慈在江南期间已经有炼丹的举动。葛洪《神仙传》载：“魏伯阳者，吴人也。本高门之子，而性好道术，不肯仕宦，闲居养性，时人莫知之……伯阳作《参同契》《五行相类》，凡三卷，其说似解《周易》，其实假借爻象以论

---

❶ （晋）陈寿撰：《三国志》卷四八《吴书·三嗣主传》，中华书局 1982 年版，第 1155 页。

❷ （晋）陈寿撰：《三国志》卷四八《吴书·三嗣主传》裴注引《江表传》，中华书局 1982 年版，第 1152 页。

❸ （晋）陈寿撰：《三国志》卷六四《吴书·诸葛恪传》，中华书局 1982 年版，第 1438 页。

❹ 李庆西：《祥瑞与灾异》，《读书》2018 年第 10 期。

❺ 可资参证的是，孙吴固有的神鬼信仰也促进了佛教的发展。三国时期的名僧支谦、康僧会等皆在孙吴开展译经，《大唐内典录》卷二共记载 161 部 215 卷，其中孙吴 148 部 190 卷，曹魏仅 13 部 25 卷。《开元释教录》卷一、二共记载 201 部 435 卷，吴国独占 189 部 417 卷，曹魏仅为 12 部 18 卷，可见孙吴在佛教发展史上的重要地位。

❻ （唐）房玄龄等撰：《晋书》卷八《许迈传》，中华书局 2000 年版，第 2107 页。

❼ （唐）欧阳询撰：《艺文类聚》卷七八，上海古籍出版社 1982 年版，第 1328 页。

❽ 王明：《抱朴子内篇校释》卷四，中华书局 1985 年版，第 71 页。

作丹之意，而儒者不知神仙之事，反作阴阳注之，殊失其大旨也。”[1] 葛洪《神仙传》说《周易参同契》为汉代魏伯阳所出，魏伯阳是会稽上虞人，据前可知于吉曾在上虞整理和传授《太平经》，又左慈曾在山阴南到临安之间的炼丹，可见会稽与道教的关系密切。江南地区，尤其浙东沿海，海岸条件较好，出海比较方便，随着两汉江南的开发，也滋生了类似战国秦汉燕齐滨海地带的方术传统。前述徐市入海求仙，居于亶洲，子孙来往会稽贸易，不过是战国秦汉旧说的翻版而已，而孙权遣将军卫温、诸葛直率领甲士入海求仙药的举动，也是效仿秦皇汉武的旧式。魏伯阳借《周易》爻象论述炼丹修仙的方法，撰成的《周易参同契》是第一部系统论述丹法的著作，被称为“万古丹经王”。值得注意的是，会稽虞氏的易学在汉代已很著名，虞翻与《周易参同契》关系密切。学者指出有三个理由可以确证：一是虞翻注解过《周易参同契》，因为陆德明《经典释文》说“易字下曰：‘虞翻注《参同契》云，字从日下月’”。二是《道藏》托名阴长生注本在注“委时去害”一段时说：“虞翻以为委边着鬼是魏字。”亦可为东汉大儒虞翻曾注《周易参同契》之例证。三是《神仙传》提及魏伯阳有虞姓弟子。[2] 如此魏伯阳借助《周易》讨论炼丹与会稽本地的学术传统有关。

汉末孙吴时期《周易参同契》的流传脉络，后蜀彭晓《周易参同契分章通真义》“序”说魏伯阳“不知师授谁氏，得《古文龙虎经》，尽获妙旨，乃约《周易》，撰《参同契》三篇。又云未尽纤微，复作《补塞遗脱》一篇，继演丹经之玄奥。所述多以寓言借事，隐显异文。密示青州徐从事，徐乃隐名而注之。至后汉孝、桓帝时，公复传授与同郡淳于叔通，遂行于世”[3]。彭晓认为魏伯阳撰《周易参同契》，先示徐从事，并由徐从事作注，又传授与淳于叔通，但陶弘景《真诰》说“《易参同契》云：‘桓帝时上虞淳于叔通，受术于青州徐从事’”，[4] 则认为淳于叔通直接受业于徐从事，很可能是淳于叔通先从魏伯阳学，再从徐从事学。徐从事在汉末影响极大，弟子众多，前述葛玄受太极真人徐来勒《道德经》，托名东汉阴长生《周易参同契注序》说“盖闻《参同契》者，昔是古《龙虎上经》，本徐真人。徐真人，青州从事，北海人也。后因越上虞人魏伯阳，

[1] 葛洪著，胡守为校释：《神仙传校释》卷二，中华书局2010年版，第63—64页。
[2] 章伟文：《周易参同契·前言》，中华书局2014年版，第3页。
[3] （东汉）魏伯阳：《周易参同契集释》，中央编译出版社2015年版，第141页。
[4] 陶弘景：《真诰》卷一二，中华书局2011年版，第216页。

造《五相类》以解前篇，遂改为《参同契》”，[1] 知徐真人与徐从事为一人，则葛玄的炼丹术也应该有徐从事的影响。总之，《周易参同契》主要是江南相传的学问，因此可以认为炼丹术为中心内容的金丹道发源于汉末的江南地区。

葛洪《抱朴子内篇·金丹》说：

昔左元放于天柱山中精思，而神人授之金丹仙经。会汉末乱，不遑合作，而避地来渡江东，志欲投名山以修斯道。余从祖仙公又从元放受之。凡受《太清丹经》三卷及《九鼎丹经》一卷《金丹经》一卷。余师郑君（隐）者，则余从祖仙公之弟子也，又于从祖受之，而家贫无用买药。余亲事之，洒扫积久，乃于马迹山中立坛盟受之，并诸口诀诀之不书者。江东先无此书，书出于左元放，元放以授余从祖，从祖以授郑君，郑君以授余，故他道士了无知者也。[2]

《晋书·葛洪传》亦载葛洪从祖葛玄，吴时学道得仙，号曰葛仙公，以其炼丹秘术授弟子郑隐，[3]《晋书》晚出，所据材料应来自《抱朴子》，则早期金丹派的传授系统是：左慈——葛玄——郑隐——葛洪。始祖是避地江东的左慈，中坚是葛玄、葛洪祖孙，日本学者福井康顺称之“葛氏道”。“葛氏道”属于南方兴起的道教，是以崇尚金丹为主的独特派系，溯其源流，最主要的形成阶段是孙吴时期。

五、《道德经》与孙吴早期老学的独特发展

老子被张角、张陵奉为开教之祖，所著《道德经》是道教的基本典籍。早期的道教老学，以《老子河上公章句》和《老子想尔注》为代表。《老子河上公章句》在孙吴流传较早。薛综《二京解》已经引用《老子河上公章句》。《文选·东京赋》“却走马以粪车”句薛综注：

老子曰：“天下无道，戎马生于郊。天下有道，却走马以粪。”河上公曰：“粪者，粪田也。兵甲不用，却走马以务农田。然今言粪车者，言马不用而车不败，故曰粪车也。”[4]

---

[1] （东汉）魏伯阳：《周易参同契集释》，中央编译出版社 2015 年版，第 1 页。

[2] 王明：《抱朴子内篇校释》卷四，中华书局 1985 年版，第 71 页。

[3] （唐）房玄龄等撰：《晋书》卷七二《葛洪传》，中华书局 2000 年版，第 1911 页。

[4] （梁）萧统编：《文选》卷三，中华书局 1977 年版，第 66 页。

这是判定《老子河上公章句》作年的重要材料。王卡说："薛综卒于吴赤乌三年（243）春，如果《文选》卷三的薛注引文可靠，就更证明《河上公章句》的问世在三国以前。"❶ 与薛综同时的葛玄对《老子河上公章句》也有精深的研究。葛玄《老子道德经序诀》说："河上公者，莫知其姓名也。汉孝文皇帝时结草为庵于河之滨，常读《老子道德经》。文帝好老子之言，诏命诸王公大臣州牧二千石朝直众官，皆令诵之。……河上公即授素书《老子道德经章句》二卷，谓帝曰：'熟研此，则所疑自解。'"❷ 蒙文通《严君平道德指归论佚文序》：

> 《宋史·艺文志》有谷神子诸家《道德经疏》，自注云"集河上公、葛仙公、郑思远、唐睿宗《玄疏》"。前于强思齐书，知谷神子裴铏为强氏以前人。此集疏取及玄宗，又知裴氏为开元天宝以后人也。隋唐《志》不言葛氏注《老》，独宋《志》以《节解》为葛玄作。隋唐《志》则系之尹喜、河上。宋《志》独知为葛作者，倘正由裴氏书知之耶！裴独有郑思远书，隋唐《志》亦无之。而裴氏除注《指归》外，别无他书，宜《指归》者，即裴所谓郑思远书也。世不知有葛郑书，自裴书行而仅知之，则裴注《指归》，即郑氏书，理或然欤！谷神为仙公弟子，而葛洪之师，正值永嘉之先，而当晋武之后。故晋灼能征引之，于事亦合。❸

《隋书·经籍志》载"《老子序决》一卷，葛仙公撰"。❹《宋史·艺文志》载"葛玄《老子道德经节解》二卷"。❺《老子节解》，《经典释文》《隋书经籍志》有载，俱以为作者不详，《宋史》晚出，却明确为葛玄，记载未必可靠，但葛玄确实给《老子》作过注解。司马贞《史记索隐》载："葛玄曰'李氏女所生，因母姓也'。又云'生而指李树，因以为姓'。"❻ 很显然，这是葛玄为老子出生所作的注文。葛玄的老学属于道教老学。葛玄说"余先师有言：精进研之，则声参太极……"❼ 又"道士郑思远曰：

❶ 王卡：《老子道德经河上公章句》，中华书局 1993 年版，第 2 页。

❷ 王卡：《老子道德经河上公章句》，中华书局 1993 年版，第 314 页。

❸ 严遵：《老子指归》，中华书局 1994 年版，第 163 页。

❹ 《隋书·经籍志》"医方类"有葛仙公《狐刚子万金决》二卷。

❺ （元）脱脱等撰：《宋史》卷二五《艺文志》，中华书局 1985 年版，第 5179 页。

❻ （汉）司马迁撰：《史记》卷六三《老子韩非列传》，中华书局 2014 年版，第 2604 页。

❼ 王卡：《老子道德经河上公章句》，中华书局 1993 年版，第 313—314 页。

余家师葛仙公，受太极真人徐来勒《道德经》上下卷，仙公曩者所好，如亲见真人，教以口诀云”，❶ 则葛玄的老学来自徐真人，传于郑思远，可见江南道教老学传授的师承有序。孙吴时期的老学，尚有虞翻的《老子注》，《隋书·经籍志》载：“虞翻注《老子》二卷，亡。”惜乎虞翻《老子注》久佚，考虑到虞翻与《周易参同契》关系密切，则《老子注》应该与道教有所关联。

以葛玄、虞翻、郑隐为代表的道教老学实际上构成了汉末至正始年间《老子》学发展的重要环节。《隋书·经籍志》著录的有关三国期间的老学著作，确凿的只有虞翻、何晏、王弼、钟会、羊祜等五家注，另外何晏、王弼有《老子杂论》一卷。葛玄（164—244）与虞翻（164—233）生于同年，郑隐不详，但葛玄是道士，常常云游名山，又筑室炼丹，弟子郑隐当也如此，与易学世家的虞翻的影响力不可同日而语，兹以虞翻《老子注》为例考察孙吴老学的独特成就。虞翻卒时正当魏明帝青龙元年，时何晏未壮、王弼尚幼，因此虞翻《老子注》开启了正始玄学《老子》研究的先声。姚振宗《三国艺文志》辑有钟繇《老子训》，钟繇（151—230）与虞翻同时略长，“家贫好学，为《周易》《老子》训”，❷ 则钟繇《老子训》应该是年少家贫读书时的作品，又《老子训》应成于汉时，文献仅一见，影响应不大。姚振宗《三国艺文志》亦载董遇《老子训》、张揖《老子注》，但均不见于《隋书·经籍志》记载，应该是成就不高遂早早亡佚；又董遇卒于明帝时期，张揖于明帝太和年间为博士，虞翻卒于太和七年（233），虞翻卒时年已七十，年龄应是最长，则《老子注》成书应是最早。王弼“年十余，好老氏，通辩能言”，王弼生于226年，即以十岁注书计，时虞翻已逝，王弼《老子注》晚于虞翻注显而易见。何晏《老子注》比王弼更晚，《世说新语·文学》载：“何平叔注《老子》，始成，诣王辅嗣。见王《注》清奇，乃神伏曰：‘若斯人，可与论天人之际矣。’因以所注为《道德二论》。”❸ 何晏注水平不及王弼，本人已有论定，《隋志》已不著录，知此书不甚为人所重，目前残存佚文一则，余嘉锡指出“观其持论，理甚肤浅，不及王《注》远矣”。❹《隋书·经籍志》载：“《老子道德经》

❶ 王卡：《老子道德经河上公章句》，中华书局1993年版，第314页。
❷ 余嘉锡：《世说新语笺疏》，中华书局2007年版，第85页。
❸ 余嘉锡：《世说新语笺疏》，中华书局2007年版，第234页。
❹ 余嘉锡：《世说新语笺疏》，中华书局2007年版，第235页。

二卷，钟会注。”[1] 钟会乃钟繇的幼子，继承的是家学，钟会仅长王弼一岁，成书不当早于早慧的王弼，成就自是更不能及。《隋书·经籍志》又载：“梁有《老子道德经》二卷，晋太傅羊祜解释。”[2] 羊祜（221—278）的《老子》注解，与何晏、钟会、王弼等一样旨在“皆明虚极无为理家理国之道”，[3] 属于正始玄学兴起后的产物。总之，自东汉后期的马融、郑玄后，到正始年间的何晏、王弼前，其间出现了若干《老子》注，《隋志》仅载虞翻一家，其他皆已湮灭，则知虞翻《老子注》的价值为最大；而自曹丕代汉，三国局面形成后，又以虞翻《老子注》的面世时间为最早。可惜虞注久佚，具体情况已不得而知，但在老学发展史上的地位应该引起足够的注意。

曹魏正始之前老学的衰微，很大程度上受到道教的牵连。曹操是攻破张角的黄巾太平道起家，后来史书再无太平道的记载，很可能已经瓦解，又击败了张鲁的五斗米道，将其迁往中原授以高官进行羁縻，实际上严格限制道教的发展。曹丕说“刘德治淮南王狱，得《枕中鸿宝苑秘书》，及子向，咸共奇之，信黄白之术可成，谓神仙之道可致。卒亦无验，乃以罹罪也”，[4] 进一步揭露了历史上神仙方术的虚妄，证明道教的不可据信。曹植《辨道论》说“本所以集之于魏国者，诚恐斯人之徒，接奸宄以欺众，行妖慝以惑民，故聚而禁之也”，[5] 可见曹操羁縻五斗米道的初衷。曹丕亦禁止祠祀老子，黄初三年下令说老子亭“恐小人谓此为神，妄往祷祝，违犯常禁，宜宣告吏民，咸使知闻”。[6] 道教以老子为教主，既然道教受到严格的限制，那么老学的命运可想而知。

在汉末太平道和五斗米道遭到重创或羁縻后，早期道教的发展陷入低谷，却在江南的孙吴政权大放异彩。汉末中原战乱，江南未受扰动，成为道士的避难场所，富春孙氏本有崇尚神仙鬼怪的传统，掌握江南政权后与道士一拍即合，使江南成为道教发展的福音。孙权、孙休、孙皓等奉道士为座上宾，在官方的支持和提倡下，道教人物辈出，尤以葛玄、介象为代

[1] （唐）魏徵等撰：《隋书》卷三四《经籍志》，中华书局2019年版，第1136页。
[2] （唐）魏徵等撰：《隋书》卷三四《经籍志》，中华书局2019年版，第1136页。
[3] 杜光庭：《道德真经广圣义》卷五，明正统道藏本。
[4] 魏宏灿：《曹丕集校注》，安徽大学出版社2009年版，第340页。
[5] 赵幼文：《曹植集校注》，中华书局2016年版，第278页。
[6] 魏宏灿：《曹丕集校注》，中华书局2016年版，第369页。

表；而《太平经》《周易参同契》《道德经》等早期道教经典，或在编纂，或在研究，或在传授，进一步地促使江南地区从汉末道教发展的洼地一跃成为三国时期的道教中心。孙吴统治者将民间俗乐《神弦歌》用于宗庙祭祀的庄重场合，反映了孙吴统治者对神鬼传统发展而来的道教的重视。

“三教调和”与唐代湖湘诗人[1]

李　琳

（湘潭大学　文学与新闻传播学院）

摘　要：唐代思想开放，儒释道三教兼容并蓄，成为时代精神生活的一大特点。以李群玉、齐己、胡曾为代表的唐代湖湘诗人出入三教之间，与三教人士交游唱和，他们不仅兼怀儒家入世情怀与佛、道出世思想，而且他们也加入唐代“三教调和”的大合唱中，其诗作富于佛、道哲理意趣。由于湖湘诗人身处山水风貌殊异的湖湘大地，承传了独特的湖湘文化传统，其诗歌创作在“三教调和”之外，又别具一种风味。

关键词：三教调和；唐代；湖湘诗人

唐代在思想上的开放与兼容并蓄政策，使儒、释、道三教[2]均得到长足发展。唐代虽然崇道、尊佛，但统治阶级吸取南北朝佞佛导致灭国的教训，极力提倡儒家经世之术。唐代三教学者在朝廷上公开辩论，加强了三教信奉者彼此之间的交流学习，是唐代“三教调和”形成的基础。三教融合的文化特征深刻地影响了唐代诗人的创作，儒的沉郁、道的飘逸与佛的空灵得到了有力呈现，唐诗主题、题材得到极大拓展，唐诗的审美意象得到极大丰富。诗人们在领悟三教理想人格和人生境界的过程中，通过对现实“景”与“物”的摄取来表达他们的思想情感。几乎所有的诗人都接触、濡染过儒、释、道三教。李白说：“青莲居士谪仙人，酒肆藏名三十春。湖州司马何须问？金粟如来是后身。”（《答湖州迦叶司马问白何人

❶　本文系作者主持国家社科基金项目“南岳信仰传播与湖湘多民族文化交融研究”（课题批准号：19BZJ054）湖南省社科基金重点项目“宗教与唐代湖湘文学研究”（课题批准号：2015ZDA160）的阶段性成果。

❷　儒家就总体而言和严格意义上的宗教还是有一定区别的，还不能简单地认为是宗教，本文中的“三教”实指“三家学说”。柳存仁先生在《中国思想里天上和人间理想的构思》一文中云：“唐代以来的所谓‘三教’，这个‘教’指的是‘教化’的意思，不一定要把儒家看作是宗教。”（柳存仁《道教史探源》，北京大学出版社2000年版，第137页）本文即参考了这一意见。

也》）“谪仙”与“如来”合为一体。王维《终南山》咏道家的修炼之所，将道家的虚静飘逸与释家的空灵寂静融合在一起。白居易诗歌更是堪称会通儒家进取、道家虚静和佛家空寂于一炉的典范。

湖湘之地佛、道之学渊源甚深，东汉道教祖师张道陵、魏晋上清派祖师魏华存魏夫人都曾驻足于此。唐代道士司马承祯、高僧怀让禅师、希迁和尚、马祖道一等都曾到湖湘之地修行。此外，唐代的湖湘为朝廷发配、贬谪官员之地，张说、柳宗元、刘禹锡等遭遇仕途坎坷的文士，在面对湖湘秀丽山水时，极易转向思考道家的“清静”“无为”之道与佛家的“息心”“幻化”之理，他们在湖湘的文学创作往往表现出一种“三教调和”的趣向，这又在一定程度上深深影响了湖湘本土诗人的创作。由于湖湘之地在唐代还属蛮荒之地，湖湘本土诗人中知名者并不多，但李群玉、胡曾、齐已三位诗人却足以成为湖湘一方水土的代表，他们的思想和创作显现出一定的湖湘地域特征，同时又体现出鲜明的儒、释、道三教融合的时代印记。

一、湖湘诗人与三教人士的交游唱和

唐代文人士大夫与道士僧人的交游是一种很普遍的现象，佛家的“虚空”“超然”与道家的“清静自在”“养身长寿”，都对诗人们有着巨大的吸引力。曾在三家辩论中作为儒家代表的白居易有诗云：“早年以身代，直赴逍遥篇。近岁将心地，回向南宗禅。”[1] 由于朝廷对名僧名道的特殊礼遇，士人与僧、道之间还形成了一种政治利益链的关系：僧、道借士人而扬名，士人借僧、道以重身价，相互依附、援引，这种现象对唐代三教思想的调和无疑起到了重要的促进作用。由于唐时湖湘仍处蛮荒之地，远离政治中心，湖湘佛、道虽然兴盛，但能达到政治中心的高僧大道毕竟为数极少，湖湘本土诗人仕途也多不得志，所以湖湘本土诗人与佛道中人的交往，多是由于志趣相投，是一种精神上的相契，佛、道中人往往是他们在思想苦闷之时进行情感倾诉与宣泄的知己。

唐代澧州籍诗人李群玉曾被朝廷授弘文馆校书郎，他与僧人、道士均有交往，似乎并不特别偏重哪一家。李群玉诗集230首诗中，大多是抒发个人情感和与人交往的诗作。其中与道士酬答及与道观相关的有20多首，

---

[1] （清）彭定求等：《全唐诗》卷四二九，上海古籍出版社1986年版，第52页。

与僧人酬答或和寺庙有关的诗也有20多首。❶ 李群玉与道士秦炼师、尹炼师等有很深的交往。仅与秦炼师的酬赠诗就有3首，其中的《送秦炼师》云："紫府静沈沈，松轩思别吟。水流宁有意，云泛本无心。锦洞桃花远，青山竹叶深。不因时卖药，何路更相寻。"❷ 这首诗中，仙境般静谧美好的景色，衬托出尘世的烦嚣和荣华利禄的不足恃，末句"不因时卖药，何路更相寻"出自韩康卖药典故。《后汉书·韩康传》载，高士韩康为避名卖药，后逃隐山中，朝廷多次召征，始终未应。诗人赞美秦炼师是韩康一样不求见知于世的志向高洁之士，整首诗透射出道家文化的清静自在，淡泊名利。另一首《奉和张舍人送秦炼师归岑公山》❸ 中，诗人用了一系列道教语汇如"仙翁""芳草""玉书""闲云""野鹤""兰浦"等来描绘秦炼师的仙风道骨，又用"兰浦苍苍春欲暮，落花流水怨离琴"表达自己离别时的依依不舍。从给秦炼师3首诗的内容看，秦炼师似乎是一位弃官归隐的道士，李群玉羡慕他不为尘世所扰的生活方式与精神境界，表现了诗人对道教教义的认同与向往。另一位道士尹炼师在道法上比秦炼师钻研更深，李群玉《别尹炼师》中对尹炼师在玉笥山虔诚学道，在白云穴烧丹，在衡疑山采药进行了细致的描画，说明此时的李群玉已认同道家炼丹服丹可成仙的说法，甚至他也渴望能和尹炼师一样，早日修炼成仙，"愿骑紫盖鹤，早向黄金阙"，因为对诗人来说，尘世的名利喧嚣已让他一次次失意惆怅，他渴望有一处心灵的栖息之地。"城市不可留，尘埃秽仙骨"，诗人的厌世情绪于此可见一斑。

李群玉与佛门中人的交往也很频繁，除了相互吟诗酬答之外，他还经常在佛门寺庙中住宿停留，他的佛教诗描写了众多佛寺的异相异调之美，如《湘西寺霁夜》："雨过琉璃宫，佳兴浩清绝。松风冷晴滩，竹路踏碎月。月波荡如水，气爽星朗灭。皓夜千树寒，峥嵘万岩雪。后山鹤唳断，前池荷香发。境寂凉夜深，神思空飞越。"诗人描写了一幅湘西寺庙雪后夜景图，松风、碎月、皓树，鹤唳，虽然可听可见可闻，但"神思空飞越"，一个"空"字，正是佛家所宣扬的虚空与超然。空即无，唯有其"空"，得道者方能够无欲、无执、不生、不死、大休、大息，从而达成永

❶ 此处所统计李群玉诗，所依据为羊春秋辑注《李群玉诗集》，岳麓书社1987年版。

❷ 羊春秋辑注：《李群玉诗集》，岳麓书社1987年版，第39页。

❸ 本文所引用诗句，除特别标注之外，均出自彭定求等编《全唐诗》，上海古籍出版社1986年版。

恒之涅槃。这首诗通过对寺庙空寂环境的描写，隐含了诗人已看透凡间一切只不过是虚空。李群玉认为，只有用一种佛教超然的眼光看待尘世间所有，才能摆脱物累，精神得以彻底解放。正因为有了对道教、佛教义理的理解，晚年的李群玉更为厌恶喧哗，追求心神栖息之地，更好结交世外之人："所交信方外，空门二三子。"《湘中别成威阇黎》《登宜春醉宿景星寺寄郑判官兼简空上人》等诗则表现了对高僧的由衷赞美："至哉彼上人，冰霜凛规则"，"神高得诗思"。长时间与方外之士交往，耳濡目染，使李群玉有了皈依佛门的心愿："他日云壑间，来寻幽居士。"（《饭僧》）"愿寻五百仙人去，一世清凉住雪山。"（《文殊院避暑》）"愿与灵鹫人，吟经此终老。"（《法华微上人盛话金山境胜，旧游在目，吟成此篇》）同时也使其诗歌创作既呈现出佛家的空灵虚幻境界，又具道家的淡泊飘逸韵味。

唐代文人与道士、僧人的交往，客观上加速了道士、僧人的身份认同，也使僧、道二者之间往来增多，这也正是儒、释、道三教合流趋势的反映。潭州诗僧齐己被后世推为唐代第一诗僧，[1]他与道士不乏交往，且多诗歌唱和。李尊师是齐己所钦佩的一位精通音乐的道士，齐己称之"仙子弄瑶琴""此声含太古，谁听到无心"，对音乐的爱好是二人共同的志趣，后来齐己坐船经过玉梁山时还写诗怀念李尊师："谁心共无事，局上度流年。"（《舟中江上望玉梁山怀李尊师》）谢尊师也是齐己经常交往的一位道士，谢尊师赴京，齐己特意写诗相送，听说齐己在荆门生病，谢尊师还特意从南岳长途跋涉来相慰问，说明二人交情很深。而齐己交往更多的还是身边的道士："知住南岩久，冥心坐绿苔"（《山寺喜道者至》），他知道这位道士就住在不远的南岩，空间位置如此接近，再加上心灵相通，使他们容易成为知己。其实道家的神仙乐园与佛家的极乐世界本就有着相通之处，所以齐己在向佛的同时，也好神仙："愿除嗜欲待身轻，携手同寻列仙事。"他渴望能与道士们一起成仙归去成为同类："仙山足鸾凤，归去自同群。"齐己还对道士赠送丹药表示感谢："久餐应换骨，一服已通神"，在另一首诗中，他同样大赞丹药的神奇功效："常蒙远分惠，亦觉骨毛轻。"从这些诗作可以看出，齐己对道士炼丹以求长生不老的修炼方式并不反感，反而羡慕道士们的养生之道与潇洒随性，这表明唐代僧人对中

---

[1] （清）永瑢等：《四库全书总目·集部四十总集类二·唐僧宏秀集》，中华书局1965年版，第2113页。

国传统的道教是如何的积极消化和吸收的。齐己与道士们的交往，使他的诗歌潜移默化地具有了道家的飘逸洒脱：“夜钓洞庭月，朝醉巴陵市。却归君山下，鱼龙窟边睡。生涯在何处，白浪千万里。曾笑楚臣迷，苍黄汨罗水。”（《渔父》）道士生涯才有的“钓”与“醉”却在僧诗中出现了。

齐己不只与道士交往甚多，与文人士大夫交往更是频繁。终齐己一生，游历足迹遍及大江南北，交游广泛，与士子酬答的诗作比比皆是，其中尤以与郑谷交往较为有名。郑谷，僖宗时进士，官都官郎中，人称郑都官。齐己居庐山后几年，逢郑谷避乱隐居家乡袁州，齐己曾投身门下，携诗相访，历代诗话对郑谷为齐己改《早梅》诗，齐己拜郑谷为一字师的事迹多有记载。齐己诗集中赠郑谷诗数量甚多，诗中谓郑谷“身离道士衣裳少，笔答禅师句偈多”，“自封修药院，别扫著僧床”，说明郑谷在志趣上是佛、道兼修的儒士。二人结为知己，在郑谷退居仰山无意官场时，齐己用“秦争汉夺空劳力，却是巢由得稳眠”之句进行劝慰，把郑谷比作巢父、许由这样的隐士。后郑谷卒，齐己写下《乱中闻郑谷、吴延保下世》，表达兵火涂炭时闻友人亡故的无尽哀痛。齐己与进士沈彬也有多首唱酬之作，如《宿沈彬进士书院》《逢进士沈彬》《寓居岳麓，谢进士沈彬来访》等。关于沈彬，《全唐诗》卷七百四十三有载：“沈彬，字子文，高安人。唐末应进士，不第。浪迹湖湘，尝与僧虚中、齐己为诗友。”《江南野史》卷六沈彬条下也有与齐己交游的记载：“沈彬者……属唐末乱离，随计不捷，南游湖湘，隐居云阳山十年许，与浮图辈虚中、齐己以诗名互相吹嘘，为流辈所慕。”[1] 楚王马殷开天策府时，齐己诗名已很大，湘幕文学集团中的徐仲雅等与之相互唱和，当时文人以与齐己交游为幸。齐己与文人的交往，多是出于爱好写诗的共同志趣，这也扩大了其诗歌的表现领域、题材及思想，使佛门出世之人的创作中多了一些具有儒家忧患意识的内容。

相对李群玉、齐己的广泛交游三教人士，邵阳籍诗人胡曾留下的此类诗作甚少，其现存诗作仅以咏史诗为主，另所作《安定集》10卷今佚。晚年胡曾退居湖南邵阳老家秋田村，终老故乡。胡曾现存咏史诗作中有少量涉及寺庙道观的作品，如《自岭下泛鹢到清远峡作》：“旦游萧帝新松寺，

---

[1] （宋）龙衮：《江南野史》卷六沈彬条，文渊阁《四库全书》本，上海古籍出版社2003年版，第871页。

夜宿嫦娥桂影潭。不为箧中书未献，便来兹地结茅庵。”诗人游历新松寺和桂影潭之后感叹，如果不是因为自己抱负还未实现的话，真愿意来这里搭构一间茅庵以终老，这是诗人游览寺庙之后的真情流露。他的另一首《赠渔者》则表达了对渔人“自为钓竿能遣闷，不因萱草解销忧”生活的向往。其实唐人心目中的渔者，很多代表隐士或者仙人。早已厌倦“经纶世务”生活的胡曾，对渔者油然生出艳羡之情：“羡君独得逃名趣，身外无机任白头。”其咏史诗所歌咏的隐逸之风显然烙有时代的印记。

二、湖湘诗人的儒家入世情怀与佛、道出世思想

早在初唐，三教思想就开始了广泛的交融互通。到了中晚唐，文人士大夫们更是各从三教中吸取精华，形成了追求人格完善而又自然放达、积极入世而又进退随缘的人生旨趣。传统的“达则兼济天下，穷则独善其身”在这里获得了新的解读，被赋予了新的内涵，其表现形式也更为丰富多彩。

湖湘地区自古以来就有浓厚的隐逸文化氛围。上古时代，隐士善卷[1]遁隐枉人山（今常德德山），立善德以名山，为后人景仰，隋朗州刺史樊子盖为彰善卷之德，改枉山为善德山。德山成了湖湘隐逸文化的渊薮，也是湖湘隐逸文化的象征。屈原流放沅湘之间，写下的《渔父》《远游》等作品，则开启了湖湘隐逸文学的风气。隐逸成为湖湘人特有的一种情怀，也是湖湘文学的灵魂与血脉。柳宗元被贬永州后写有《渔翁》：“渔翁夜傍西岩宿，晓汲清湘燃楚竹。烟销日出不见人，欸乃一声山水绿。回看天际下中流，岩上无心云相逐。”这是柳宗元心目中的理想人格和人生境界，也是湖湘山水间自古就有的一种生活现象、生活状态。这首诗中道家的清静无为与禅宗的空灵寂静使隐逸主题更为灵动、深婉。柳宗元《始得西山宴游记》中有“悠悠乎与灏气俱”“洋洋乎与造物者游”“心凝形释，与万化冥合”[2]等句，体现的精神境界皆源出于道家，行文用语也与《老子》《庄子》关系至为密切。说明柳宗元在精神受到巨大打击与折磨之后，自觉地选择了以庄子之道观照世相，观省自身。

---

[1] 关于善卷让王的故事，传说很多，说法也各有分歧，文献记载见（晋）郭象注，（唐）成玄英疏《庄子注疏·庄子杂篇·卷九下《让王》，中华书局 2011 年版，第 131 页。

[2] （清）董诰等：《全唐文》卷五八一，中华书局 1983 年版，第 1123 页。

柳宗元这些具有隐逸思想的山水文学直接影响了后来的湖湘本土诗人。李群玉《沅江渔者》显然具有柳宗元《渔翁》的风貌：“倚棹汀洲沙日晚，江鲜野菜桃花饭。长歌一曲烟霭深，归去沧江绿波远。”身在末世的李群玉虽然凭借满腹才气，一片经纶天下之心，“投诗换得校书郎”，但家境清贫的他终究和其他许多士子一样，志抱高远而沉沦下僚。李群玉罢职去京之后多在漫游沅湘山水中度过，老庄的“自然无为”思想使其烦忧的心灵得到一时的慰藉。在这首诗中，人与自然已浑然一体，人像自然一样具有了素朴的本性，表现了诗人脱离宦海回归自然的喜悦之情。他的另一首《山驿梅花》则写尽了幽崖中梅花的空寂落寞：“生在幽崖独无主，溪萝涧鸟为俦侣。行人陌上不留情，愁香空谢深山雨。”幽僻的山驿，无人留意的梅花在山雨中纷纷凋落，这是诗人现实处境的真实写照。李群玉常用佛、道义理来观照人生，以寻求解脱，“幽”“独”“空”“闲”“适”“静”这些字眼在李群玉诗歌中经常出现。

诗僧齐己深受湖湘道家隐逸文化熏陶，其诗歌中表现出鲜明的僧、道结合特色：“湘潭春水满，岸远草青青。有客钓烟月，无人论醉醒。门前蛟蜃气，蓑上蕙兰馨。曾受蒙庄子，逍遥一卷经。”（《湘江渔父》）齐己流连忘返于湖湘的壮丽山水中，他不由得庆幸自己对庄子思想的接触和领受。老庄思想强调人与自然的和谐相处，从自然中寻找灵魂的家园，这些都对唐代文人产生了极大的影响，也对唐代山水田园诗的兴盛，起了重要作用。

齐己毕竟自幼在佛门生长，其大多数诗篇还是阐述佛教虚空超然的思想，如“花院相重点破苔，谁心肯此话心灰。好风时傍疏篁起，幽鸟晚从何处来。笔砚兴狂师沈谢，香灯魂断忆宗雷。浮生已问空王了，箭急光阴一任催。”（《静院》）幽僻寂静的寺院，微风拂面，山鸟晚从，但在诗人看来，如此自然美景，横溢诗才皆为幻梦。只有看淡所有这些虚空物象，才能达到超然的境界：“了然知是梦，既觉更何求。死入孤峰去，灰飞一烬休。云无空碧在，天静月华流。免有诸徒弟，时来吊石头。”他认为，人死去就是灰飞烬灭，不留半点尘埃，又何必在名利中孜孜以求呢！

虽深受佛、道影响，但齐己诗歌仍然流露出儒家经世致用思想。其《与崔校书静话言怀》中就说自己“事佛为儒趣尽高”，儒家仁政爱民思想使他关注民生疾苦，《夜次湘阴》《岳阳道中作》等诗作就记叙了战争给人民带来的深重灾难：“时难多战地，野阔绝春耕。”当时诗人北游南归探访骨肉行至岳阳、湘阴途中，正值邓进思起兵攻岳阳不久，沿路人烟稀少，村郭萧条，满目疮痍，诗人有感而发，为普通百姓的苦难愁白鬓须：“争教此时白，不上鬓须根。”这几首诗已有杜甫咏安史之乱诗歌的沉郁顿挫之风。其另一首《耕叟》更是直接揭露当时社会赋税过重、人民辛勤耕作却食不果腹的社会现实：“田园高且瘦，赋税重复急。官仓鼠雀群，共待新租入。”齐己这种对现实生活的强烈关注，与普通出家人的不问世事迥然有别。

胡曾是懿宗咸通年间的诗人，《唐才子传》说他钟情山水，淡泊名利，追求隐逸，“天分高爽，意度不凡，视人间富贵亦悠悠。”[1] 胡曾的咏史诗内容广泛，其中一部分表现了他的隐逸情怀：“寂寂箕山春复秋，更无人到此溪头。弃瓢岩畔中宵月，千古空闻属许由。”（《箕山》）箕山为隐士许由隐居之地，当年尧欲禅帝位与许由，许由觉得这是一种污辱，洗耳不听而去，留下千古佳话。另一首《青门》咏秦末东陵侯召平在秦亡后隐居不仕在青门种瓜的故事：“汉皇提剑灭咸秦，亡国诸侯尽是臣。唯有东陵守高节，青门甘作种瓜人。”这些诗都表现了胡曾对隐逸守节人格精神的追求与认同。

胡曾也有大量的咏史诗表现出儒家的仁政民本思想。胡曾曾居军幕，遍览古今兴废陈迹，遂有许多忠君恋阙、忧虑民生疾苦的兴衰之感：“汉高辛苦事干戈，帝业兴隆俊杰多。犹恨四方无壮士，还乡悲唱大风歌。”（《沛宫》）汉高祖夺取江山之后，还在广纳贤才以巩固江山。胡曾多么渴望能有汉高祖这样的明君赏识自己，可现实生活总是如此不如意，他只有在诗中一吐为快：“江上南风起白蘋，长沙城郭异咸秦。故乡犹自嫌卑湿，何况当时赋鹏人。”（《长沙》）地处偏僻的长沙又怎么能与繁华的京都相比，即使长沙是自己故乡，也会嫌弃它过于卑湿贫穷，可想而知当时才华盖世的贾谊被贬长沙是怎样的心境了。这首诗表现了仕途困厄的胡曾对贾谊的惺惺相惜，也隐含了诗人渴望得到明君赏识而有一番作为的拳拳之心。

三、湖湘诗人诗作的禅、道意趣

唐代“三教调和”的文化氛围中，形成了士大夫谈道、参禅的风气，开元名相张说的诗就阐发了禅机道心说：“息心观有欲，弃知返无名。五

---

[1] 傅璇琮：《唐才子傅校笺·胡曾传》，中华书局 2002 年版，第 232 页。

十知天命，吾其达此生。”“息心”是禅宗要旨，“无名”是道家观念，通过“息心”达到“无名”，这是张说对禅、道的混融。张说《送梁六自洞庭山作》写道：“巴陵一望洞庭秋，日见孤峰水上浮。闻道神仙不可接，心随湖水共悠悠。”唐人诗中的禅、道意趣，具有相当的普遍性，并非个例。这是唐人对魏晋玄言诗的承接，也是在儒、释、道融合的时代文化背景下的新开拓，当时的湖湘诗人也不例外。

湖湘诗人李群玉喜以禅趣、道趣入诗。唐代“借助诗歌的形式来参禅悟道逐渐成为知识分子习禅的风尚”。[1] 如李群玉的《山中秋夕》：“抱琴出南楼，气爽浮云灭。松风吹天箫，竹路踏碎月。后山鹤唳定，前浦荷香发。境寂良夜深，了与人间别。”自然山水中清幽静谧的景色，蕴含着“寂”“灭”“净”“静”的佛理禅意，也是诗人思想中的禅宗和道心的流露。诗人由“空寂”的自然境界，体验到了佛道清净澹远、闲淡自然的趣味。佛禅认为，客观物象并非实有，乃是心灵的幻象，而“欲”是一切痛苦的根源，只有少欲无为，才能达到“超然”的境地。诗人借物象以咀嚼禅理，自觉不自觉地在诗中道出参禅心得。自然物象进入诗中，也就有了一种似有若无的禅味。李群玉本来命运多舛，再加上唯一爱女又遭夭折，诗人面对烦苦的世界万念俱灰，但他将这些人世的苦难上升到宗教的哲理高度时，让自己的思想情感得到了升华和净化。在李群玉歌唱得道成仙的《琴曲歌辞·升仙操》中，他通过神仙幻想寄托自己渴望解脱，追求自由美好生活的愿望：“嬴女去秦宫，琼笙飞碧空。凤台闭烟雾，鸾吹飘天风。……浊世不久驻，清都路何穷。一去霄汉上，世人那得逢。”这些上天入地、超越时空的诗歌，是唐代道教对文学产生重要影响的产物。它“拓展了诗歌的表现领域，发展了一种高度玄想的构思方式，它们惯用比喻、象征、隐语、双关等艺术手段，并创造出一套仙语、仙言、神仙事典，新奇瑰丽，玄妙隐秘”。[2] 这些艺术上的创新，吸引历代作者从中汲取借鉴，推陈出新，李群玉就是在这种推陈出新中将神奇瑰丽的意象与超越时空的想象力相结合，构成了其诗歌中色调绚丽的理想世界。

相比李群玉禅道题材诗中的道趣禅趣，齐己的佛禅诗，则把作者对人生的感悟，渗透在对自然景物的深情描画中。如“百虫声里坐，夜色共冥

---

[1] 晁成林：《唐代福建地区的诗僧与僧诗》，《中国韵文学刊》，2016 年第 1 期。

[2] 孙昌武：《道教的仙歌及其文学价值》，《文学遗产》，2012 年第 6 期。

冥。远忆诸峰顶，曾栖此性灵。月华澄有象，诗思在无形。彻曙都忘寝，虚窗日照经。”（《夜坐》）这首诗对景和象的选取是顺应作者的情感律动的，夜色冥冥，山中万籁俱寂，只有虫鸣伴着诗人在月光下彻夜吟诗读经。一种别具清幽闲适的意境之美，使自然之理与禅意冥合无垠。妙理余味，引人入胜。作为一位从小寄身寺庙的诗僧，齐己对自然的感悟往往具有一种禅的眼光和意识，他善于从大自然的山川草木、飞禽走兽等客体中去展示自己的趣向：“朝开暮亦衰，雨打复风吹。古屋无人处，残阳满地时。静依青藓片，闲缀绿莎枝。繁艳根枝在，明年向此期。”（《落花》）落花本是现实中很常见的景物，诗人在构思过程中借鉴了禅的认识和表达方法。诗歌表面写落花，其实是揭示了现实生活中人与事的迁化规律，抒情主体与自然景物之间由此达成了一种新的哲理关系。齐己也有道教题材诗，他善于利用神仙题材来表达自己对世事和人生的感受和认识，抒发别样的体验和感悟：“个事仙家事，何人合用心。几时终一局，万木老千岑。”（《和郑谷郎中看棋》）可以说，佛、道思想激发了齐己的艺术才能和创造的想象力，他用自己所追求的空灵、澄澈来表现山水的自然美，同时用自然山水的简淡、静谧表现生活的真谛，从而使诗歌具有了一种特殊的魅力。

胡曾的咏史诗语言平易、浅近，却是透过事象直取真质：“乌江不是无船渡，耻向东吴再起兵。”（《乌江》）“何事将军封万户，却令红粉去和戎？”（《汉宫》）在中国传统美学史上，道家倡导“道法自然”“素朴而天下莫能与之争美”。而佛教为了让世俗大众能够普遍接受，语言也趋向于通俗易懂，禅宗更是主张以心传心，不假文字，语言也由宗教语言向日常语言转化。胡曾咏史诗有意识地把高雅文学加以通俗化，用浅显平易的语言深入浅出地表达自己的见解和对历史兴亡的慨叹：“息亡身入楚王家，回首春风一面花。感旧不言长掩泪，只应翻恨有容华。”（《息城》）在胡曾看来，息国亡国不是息夫人的过错，相反他对息夫人表现了深切的同情。此外，胡曾咏史诗还有意识地把文学故事当作历史加以歌咏。巫山神女故事本辞赋家子虚乌有的杜撰，胡曾也将之当作历史来歌咏：“楚国城池飒已空，阳台云雨过无踪。何人共有襄王梦，寂寂巫山十二重。”（《阳台》）胡曾咏史诗的浅白流易，和佛教、道教俗讲很有相通之处。唐代佛教、道教俗讲为了吸引广大不识字或文化较低的民众，神圣、典雅的语言符号减少，俗世的愿望、人物增多，呈现出俗世化的特点。胡曾咏史诗尚通俗浅白，虽然受到后来一些文学史家、文艺评论家讥评，但却在民间广为传播。胡曾咏史诗常被后来讲史小说引用，对后来的话本、小说产生了重要的影响。

综上所述，唐代“三教调和”使“道教因此而提高了理论素质，儒学因此而获得了较为开阔的文化视野，佛教因此找到了中国化的形式”。[1]“三教调和”对唐代湖湘文学在思想内容、题材以及艺术风格等方面均有深远影响。儒家仁政民本的价值观培养了他们深重的忧患意识，而佛、道文化传统及氛围，又促使他们在遭遇挫折时自然而然地转向自然山水与佛、道境地。在他们的人生和创作中，仁爱之情、自然之理、随缘之意总是交融汇集，成为一种独有的情怀。湖湘诗人在地理位置、山水风貌特异的湖湘大地，以独特的行为方式和生存智慧，展现了“三教调和”这一时代精神。

[1] 牟钟鉴、张践：《中国宗教通史》，中国社会科学出版社 2007 年版，第 245 页。

李冶、鱼玄机道士生活与诗歌创作比较

乔孝冬

（金陵科技学院　人文学院）

摘　要： 李冶、鱼玄机是中唐时期的著名女冠诗人，女冠生活为她们创作提供了素材，道教文化对她们的性格、生活、创作产生了深远影响，其创作题材、思想内容、艺术风格是唐道教文化的具体例证，她们在命运、思想、取材、艺术风格等方面有许多相似之处，不同的是鱼玄机的诗更具叛逆性。唐时女冠诗歌的创作，反映了唐时道教发展形态的一个侧面。

关键词： 李冶；鱼玄机；道教；诗歌创作

唐代是我国诗歌发展的黄金时代，也是道教发展的鼎盛时期。唐代道教对文人的生活创作产生了前所未闻的巨大影响。唐代的道士、女冠群体庞大，能诗者众多，保留了不少诗作。有人从《全唐诗》收录的2200余名作者，48900余首诗作中统计出道士诗人36位，存诗574首（卷852至862）。而女冠诗人约7位，存诗164首（卷797至805），又据卷863至865所收的女仙、神鬼诗中推测出其中一些也属于女冠诗，约42首，加上外编补遗收录的女冠诗4首，总计女冠诗约210首。[1] 唐代女冠诗人之多，创作数量之丰，艺术成就之高，在中国诗歌史上，是值得注意的现象。唐代女冠诗人是唐文学创作的特殊群体，以其特殊的身份和地位在唐文坛造成了相当高的影响，而在这些女冠诗人中，最为杰出的当数李冶和鱼玄机。她们的命运、思想、取材、艺术风格等方面有许多相似之处，具体表现在以下几方面。

一、入道原因及结局

李冶（？—784），字季兰，乌程（今浙江吴兴）人，是中唐诗坛上享

[1] 黄世中：《唐诗与道教》，漓江出版社1996年版，第54—55页。

有盛名的女冠诗人。关于李冶遁入道门的原因，说法不一。《太平广记》引后周王仁裕《玉堂闲话》记载说：李季兰以女子有才名，初五、六岁时，其父抱之于庭。她作诗咏蔷薇，其末句云："经时未架却，心绪乱纵横。"父恚曰："此女将来必有文章，然必为失行妇人矣。"❶ 其父断言此女狡黠非常，恐为失行妇人，竟如其言。李冶十一岁便被送入观，出家为女道士。李冶"专心翰墨，善弹琴，尤工格律，当时才子颇夸纤丽，殊少荒艳之态"❷。她性格散漫、好作雅谑，是天宝至大历年间的风流放诞的女冠诗人。晚年曾被征入宫，"留宫中月余，优赐甚厚"。后因作诗给在长安作乱的藩将朱泚，被处死。赵元一《奉天录》记载此事：时有风情女子李冶上朱泚诗……皇帝再克京师，召兰而责之曰："汝何不学严巨川有诗云：'手持礼器空泪垂，心忆明君不敢言？'"遂令扑杀之。就这样，李冶无辜地死在争乱中。

鱼玄机（844？—871？），字幼微，一字蕙兰，长安人，原系补阙李亿之妾，喜读书，有才思。《唐才子传》曰："咸通中及笄，为李亿补阙侍宠。夫人妒不能容，亿遣隶咸宜观为道士。"皇甫牧《三小水牍》曰："破瓜之岁，志慕清虚，咸通初，遂从冠帔于咸宜。"❸ 鱼玄机结局也并不比李冶好，后因笞杀女僮绿翘，于咸通戊子（865）秋被京兆尹温璋处死，大约只活了23岁。鱼玄机和李冶一样，皆因生活所迫而入道，这也是唐女冠出身的典型情形。当时道教在唐发展到极盛，道士众多，出现了专门的女冠观，公主、宫人入道，也成为风气。当时道教在社会上影响较大，许多女性入道，并非出于信仰而是因为陷入了某种困境，男人入道多因仕途不顺，女人多因男人负心。鱼玄机、李冶皆被逼循入道门，人生惨辱，历经时事，命运蹇劣。而结局又都是"横被刑戮，白刃血猷齐之领"，令后世文人嗟叹不已。

二、创作思想及题材

（1）老庄思想的非圣无法、自然无为、超尘远世、自由遥逍的人生理想，对诗人人格产生了深远影响，在行为上表现为不受礼教拘束、自由意

❶ （宋）李昉：《太平广记》（卷273），中华书局1961年版，第2150页。
❷ 傅璇琮：《唐才子传校笺》，中华书局1990年版，第325页。
❸ 孙昌武：《道教与唐代社会》，人民文学出版社2001年版，第380页。

志、清心寡欲、与世无争的道家思想，也为失意者提供了精神的慰藉。如鱼玄机“饮水食蘗志无功，晋水壶关在梦中。”（《情书寄李子安》）就表达了《庄子·人间世》“至人无已，神人无功，圣人无名”思想，《庄子·齐物论》中的“庄周梦蝶”，在鱼玄机诗中亦有：“梦为蝴蝶也寻花。”《庄子·逍遥游》在鱼玄机诗《秋思》：“有衣终作云霄客，绿水青山时一过。”《庄子·秋水》：“夫鹓雏发于南海，而飞于北海，非梧桐不止，非练实不食，非醴泉不饮。”在鱼玄机《冬夜寄温飞卿》：“幽栖莫定梧桐处，暮雀秋秋空绕林。”而李冶《湖上卧病与陆鸿渐至》中的“强劝陶酒家，还吟谢客诗”都表明自己与终生不仕的书生一样都是淡泊清静之人，李冶在《禅意寄崔侍郎》中以“莫漫恋浮名，应织薄宦情”劝导崔侍郎，不必在意功名，表现得相当的洒脱与淡泊。

（2）道教中的仙境、神仙，想象自由、富有浪漫色彩的爱情故事、神仙传说为女冠诗人提供了丰富的题材，李冶、鱼玄机爱情诗作想象丰富，色彩浪漫。道教中“牛郎织女”“巫山神遇”“鱼雁传书”“凤凰台吹箫”等传说在李冶、鱼玄机诗中均有体现。如凤凰台萧史弄玉的道教故事，鱼玄机“秦楼几夜惬心期”；李冶“却忆初闻凤楼曲，教人寂寞复相思”均同出此典；鱼玄机“阮郎唯有梦中留，不料仙郎有别离”“阮郎何处弄船归”；李冶“归来重相访，莫学阮郎迷”同用的是“天台遇神仙二女之典”；又如《高唐赋》“旦为朝云，暮为行雨”之典，在鱼玄机诗中是“怅望佳人何处在，行云行北又归南”，李冶则是“朝云暮雨镇相随，去雁来人有往期”；道教中“鱼雁传书”的故事，在李冶诗中有“尺素如残雪，结为双鲤鱼，欲知心里事，看取腹中书”（《结素鱼贻友人》），鱼玄机则在《早秋》中“雁飞鱼在水，书信若为传”；关于女仙的传说，鱼玄机诗有“人世悲欢忽一世，如何得作董双成”，李冶诗则有“别后相思人似月，云间水上到层城”等。

三、艺术风格

1. 女冠的共同生活经历使她们的创作呈现出率直真切的艺术风格

如对封建宗法制度下男女婚姻制度造成的夫妻关系的虚伪与不公，鱼玄机和李冶都有一定的认识。鱼玄机在《送别》这首诗里抒发了不平之气：

水柔逐器知难定，云出无心难再归。
惆怅春风楚江暮，鸳鸯一只失群飞。

鱼玄机曾把赤诚的爱情无私地奉献给了她的丈夫李亿，而李亿负义忘情，冷酷无情使她陷入不可解脱的愁苦之中。这首诗巧用比喻，将男子秉性比作云，飘浮不定；将女子比作水，水性柔弱，随器成形，很难有自己的形状；写出了女子对男子的无可奈何的依赖性和在这种依赖性下的寂寞、痛苦之情。李冶则从老成历练的生活经验中，看透了封建社会所谓坚如壁垒的夫妻关系，有一首著名的六言诗：

李冶《八至》
至近至远东西，至深至浅清溪。
至高至明日月，至亲至疏夫妻。

古诗有“六言诗难工”之说，而李冶的六言绝句，每句都出现两个“至”字，容纳了大路、清溪、日月、夫妻等自然现象和人伦关系。这些形象在统一的论题下由浅入深地揭示封建宗法制度在男女婚姻上造成的情爱的虚伪与不公：男人可以三妻四妾，不必专情；女人则要从一而终，必守贞节。封建宗法制度下的夫妻关系看似最亲密，实质上是最疏淡的。钟惺在《名媛诗归》评论说：“字字至理，第四句尤是至情。”诗人对世态人情的内心反响，既有鲜明的形象性又有深刻的哲理性，雅而不奥，俗而不浅，反映了诗人朴素的辩证思想。身为女冠，飘如浮萍，到底不见可以托身的人，鱼玄机和李冶一样渴望得到爱情的归宿。

鱼玄机《迎李迎仁员外》：

今日喜时闻喜鹊，昨宵灯下拜灯花。
焚香出户迎潘岳，不羡牵牛织女家。

李冶《湖上卧病喜陆鸿惭至》：

昔去繁霜月，今来苦雾时。
相逢仍卧病，欲语泪先垂，
强劝陶家酒，还吟谢客诗。
偶然成一醉，此外更何之。

这两首诗的共同特点都是写心中所思之人，不意降临的欢喜之情。鱼玄机在《迎李迎仁员外》里连用了三个“喜”字，格调欢快，出语自然，感情奔涌，一气流过。对心上人的偶然一临，表现了难以言喻的大喜。而正是这种大喜的背后让人看出了其身世的大悲，对爱情的企望是多么低廉。尽管如此，仍遭无情抛弃。《名媛诗归》为其鸣不平：“如此而遭弃斥，吾不知其沿有心胸否，红颜薄命，为之深慨。”李冶诗题《湖上卧病喜陆鸿惭至》，诗题喜，诗人却以苦情贯穿始终，霜月雾气，写人凄凉愁苦，“仍”“病”二字表现十分寂寞孤独的心情。“欲语泪先垂”言浅意深，表现了难以诉说的深悲之态。全诗诗题上看似喜，实质以苦贯之，写出“世外之人”所受尘世的烦恼，痛心疾首的苦衷。全诗洒脱坦白，无脂粉气。

2. 鱼玄机比李冶在艺术表达上更为直接，思想上更具反叛性。在封建社会，妇女遭到遗弃是司空见惯的事，李冶、鱼玄机对此现象都表现了不平之气

李冶《春闺怨》
百尺井栏上，数株桃已红。
念君辽海北，抛妾宋家东。
鱼玄机《赠邻女》
羞日遮罗袖，愁春懒起妆。
易得无价宝，难得有心郎。
枕上潜垂泪，花间暗断肠。
自能窥宋玉，何必恨王昌。

在《春闺怨》里李冶塑造了一个薄命自怜、怀伤念远的春闺少妇形象。鱼玄机对邻女遭人遗弃、痛苦不堪深表同情，以诗相慰。两首诗同用了宋玉《登徒子好色赋》之典。宋玉是多才美貌的男子。典故说：“天下佳人，莫若楚国；楚国之丽者，莫若臣里；臣里之美者，莫若臣东家之子……然此女登墙窥臣三年，至今未许也。”李冶用宋玉之典代少妇自况，意思说“我这个被人称誉的东邻美女，毕竟被他抛弃了”。山盟海誓，只令人感伤罢了。而鱼玄机在披肝沥胆地喊出“易求无价宝，难得有心郎”的爱情宣言后，大发叛逆之音：为何不去自由自在追求有情有义的男子呢？又何必沉溺于对薄情寡义之人的怨恨之中呢？这种惊世骇俗之语，在

礼教重重的封建社会里引起了卫道士的纷纷责难。清代黄周星在《唐诗快》中评曰："鱼老师可谓教猱升木，诱人犯法矣。罪过！罪过！"胡震亨《唐音癸鉴》中说鱼玄机"最淫荡"。陈振孙在《直斋书录解题》说鱼玄机"败风俗之尤者"。《北梦琐言》中斥之为"自是纵怀，乃倡妇也"。女诗人行为的大胆，情感的率真在当时乃至整个封建社会可谓是巾帼诗坛的惊天巨响。李冶的《恩命追入留别广陵故人》和鱼玄机的《游崇真观南楼睹新及第处》是两首著名的咏叹怀诗。如李冶《恩命追入留别广陵故人》：

无才多病分龙钟，不料虚名达九重，
仰愧弹冠上华发，多惭拂镜理衰容。
驰心北阙随芳草，极目南山望旧峰。
桂树不能留野客，沙鸥出浦漫相逢。

诗中写到自己"龙钟"老态，满面"衰容"，满头"华发"。这不只是抒写了老年迟暮之感，也表明她不能适应华丽富贵却又森严禁锢的宫廷生活。诗人的志趣仅在于与沙鸥为伴，做个山中野客。该诗写得恭而不卑、淡泊自然，平淡处见淳厚。如鱼玄机《游崇真观南楼睹新及第处》：

云峰落目放春晴，历历银钩指下生，
自恨罗衣掩诗句，举头空羡榜中名。

诗人本可荣显于世，既美貌又多才，自视就如国色天香的牡丹，被人抛弃路旁，任人践踏摧残，如果有机会移至宫中，细心培植定会身价百倍。鱼玄机在《卖残牡丹》里对自己的价值已经作了深刻反思，对注定从属他人，让人蹂躏的命运郁愤难平。认为自己有才能，应该与男子同登金榜，一展雄才。但只因为是"罗衣"，一切愿望只能付之东流。辛文房《唐才子传》曰："观其意志激切，使为一男子，必有用之才。"鱼玄机在这首咏怀诗中显示了抗争与呐喊，其渴求参政的思想不仅是对三纲五常、三从四德、封建礼教的叛逆，更是民主思想的萌芽，其进步意义是不同寻常的。

李冶笔力矫亢，真情奔放，词气清洒，陆昶《历朝名媛诗归》赞叹道："落落名士之风，不似出女人手，此其所以为女冠欤？"其才情之丰富，秉性之洒脱，被刘长卿誉为"女中诗豪"。高仲武编《中兴间气集》称她"形气既雄，诗意亦荡，自鲍昭以下，罕有其伦"。从李冶今存18首诗来看，大都写得精巧别致，流丽灵隽，既讲究艺术概括，又能恣情纵笔，挥洒淋漓，表现了相当的力度和厚度。稍后于李冶的鱼玄机存诗 52 首，诗作“婉倩悲凄，有风人之调”，但一任性情，无虚无伪，不避讥诮，故诗多有至性人语。钟惺赞曰：“玄机盖才媛中之诗圣也。”李冶、鱼玄机之所以取得这么大的艺术成就，与她们努力从前人艺术积累中吸取营养是分不开的，女冠生活也为她们的创作提供了施展平台。

论道教北岳崇拜与崔府君信仰

郑　学

（河南大学　文学院）

摘　要： 地府判官崔府君信仰起源于唐代北岳山神的一个分化形象，“府君”之称源自泰山府君。经过世代累积，其形象逐渐附会为“聪明正直为神”的古代贤官。唐代山川神普遍冥界化，与地狱神合流，崔府君兼有山岳神和地狱神双重属性。该信仰因南宋皇室提倡而盛，在元代受打击衰落。但崔府君在敦煌残卷已写入“太宗游冥”故事，后又载于《西游记》，故此在文艺作品和民间信仰中仍保持相当地位。

关键词： 北岳；崔府君；判官；泰山治鬼

问题的提出

崔府君，或称崔判官，是中国最广为人知的民间俗神之一，也曾是道教重要的崇拜对象。该信仰在唐代见诸文献，到宋代已纳入祀典；然而元明以后，又迅速衰落，不但退出国家祭祀的范围，其神职功能也逐渐模糊和退化；降至清代和近现代，已经基本衰退为地方性信仰。这个其兴也勃、其衰也忽的有趣过程背后，既关涉原始神仙思想向道教转化的历史潮流，也牵扯到复杂的政治、军事背景。

崔府君的艺术形象常见于小说、戏曲等通俗文学作品。如《西游记》第九至十一回，即“唐太宗游冥”故事中，就以较多文字塑造了“崔判官”形象，随着小说广泛传播，其形象也深入人心。此外，在民俗生活中，奉祀崔府君的宗教活动，还催生出六月六、十月十等宗教节日。总之，该信仰对中国文化影响甚为深远。

崔府君信仰引起中日两国学界关注，王国维、严敦易等前辈学人都有相关论述。近年来邓小南《关于“泥马渡康王”》、黄正建《关于唐宋时期崔府君信仰的若干问题》等文章，以及张冬冬《崔府君故事流变论考》、郜俊斌《宋以降崔府君信仰的塑造、传播及与本土化》两篇硕士学位论文，又各从不同角度考辨相关史实和文献。但崔府君信仰的兴衰过程及其背景，特别是其与五岳信仰的关系，仍有必要进一步阐明。

归根结底，崔府君起源于北岳之神的一个变形，是五岳神分化和道教化的产物，然而其与北岳的联系在信仰传播过程中逐渐断裂、被人遗忘。兹就论之，呈正方家。

一、崔府君的神名与世代累积的出身故事

令研究者困惑的是，崔府君的姓名和籍贯，在文献记载中异说纷纭。仅其本名就有六说，即：有姓而佚名、崔瑗、崔子玉、崔珏、崔浩、崔元靖。[1] 这种混乱情形，恰恰为廓清崔府君信仰的起源提供了线索。

（一）崔府君信仰传播早期的“佚名”现象

何以崔府君的神名，呈现此不确定状态？从表面上看，崔府君信仰的起源是“聪明正直为神”，即名宦、乡贤因其功绩受到怀念，并被神化，实则不然。崔府君本非实有其人的历史人物，而是唐宋时期北岳山神分化，在民间产生的一个变形。作为民间信仰，其在早期传播阶段，信仰对象的形象比较模糊，依附于不同历史人物。

一个明显的证据，是崔府君在宋代纳入国家祭祀，而宋代官书多主“有姓佚名”之说。现存宋代文献，涉及北宋时期崔府君祭祀的，主要有以下三种，都认为崔府君之名不可考：《全宋文》卷九五八，《崔府君封护国显应公诏》曰“案求世系，史逸其传”；[2]《宋会要辑稿》曰“莫知其名字”；[3] 李焘《续资治通鉴长编》亦云“失其名”。[4] 直到南宋，楼钥奉敕撰写的《中兴显应观记》，仍申述《崔府君封护国显应公诏》的前说，专门辨析崔府君并非历史人物崔瑗或崔浩：“使果为子玉（崔瑗）与伯渊（崔浩），安得谓‘史逸其传’？”[5] 同一时期费衮的《梁溪漫志》也特意指

---

[1] 郜俊斌：《宋以降崔府君信仰的塑造、传播及与本土化》，广西师范大学2012年硕士学位论文。郜文未录“崔元靖”说。

[2] 《全宋文》卷九五八，上海辞书出版社2006年版，第44册、第343页。引文又见宋代高承的《事物纪原》。

[3] （清）徐松辑：《护国显应公庙》，《宋会要辑稿》，中华书局1957年版，第863页。

[4] 李焘：《续资治通鉴长编》卷一一七，中华书局1995年版，第2745页。

[5] 楼钥：《攻媿集》卷五十四，文渊阁本四库全书。

出："或以其神为崔子玉，非也。"[1]

这说明，北宋时期以及南宋之初，国家虽然逐渐承认崔府君信仰的合法性，但仍不希望它混入正常的名宦祭祀。换言之，亦如《中兴显应观记》所云，仍欲"见其本于为今"，避免淆乱。

但同时，在咸平五年政府通过"赐额"赋予其合法地位之前，崔府君信仰本是一种来自民间的淫祀，要将它"祀典化"，就必须改造它，使之符合传统的政教话语。宋代对庙宇赐额、承认其合法地位的原则是顺应民意，即承认民间有较大基础的信仰，并加以改造，使之儒学化、祀典化。很多民间信仰都在这个过程中受到改造，神祇的出身故事也受到改写，五通神等信仰都有类似现象。崔府君的合法化，既是政府"因民所向而封之"，[2] 所以在官书文献中，崔府君也被纳入"聪明正直为神"的一般范式。例如，宋仁宗《崔府君封护国显应公诏》开篇引首所谓"昔汉令遗爱，房祀洛郊；蒋侯能神，庙食吴壤"，[3] 即是通过类比，将崔府君归入古代贤宦。

（二）崔府君出身故事发展的三个阶段

崔府君的"贤宦化"，是一个长期过程。一方面，金元以后，崔府君信仰的地位有所下降，其出身故事的叙事中，官方色彩逐渐淡薄；另一方面，崔府君的事迹逐渐复杂起来。越是后出的文献，包含的细节就越丰富。考察崔府君的出身履历，可以发现一个自唐至明逐渐添枝加叶的历程。显然，这有世代累积生成的痕迹。按时代先后排比史料，可以发现一条明显的轨迹。

第一个阶段，关于崔府君的最早记载，虽然也说崔府君是前代贤宦，"生著令猷，没司幽府"，[4] 却不载任何具体事迹，反而承认崔府君的姓名、事迹均不清晰，特别是没有文献的记载，即"史逸其传"。《宋会要辑稿》也只说"相传唐滏阳令，殁为神，主幽冥事"。[5] 文前特加"相传"二字，即是明确表示当时只存在口头传说，并无文献佐证。盖因崔府君刚刚由北岳神分化出来，其传说尚未定型。

---

[1] 费衮：《伏波崔府君庙》，《梁溪漫志》卷十，《丛书集成新编》第117册，第75页。

[2] 李焘：《续资治通鉴长编》卷一一七，中华书局1995年版，第2745页。

[3][4] 《全宋文》卷九五八，上海辞书出版社2006年版，第44册，第343页。

[5] （清）徐松辑：《护国显应公庙》，《宋会要辑稿》，中华书局1957年版，第863页。

第二个阶段，随着信仰的传播，信徒逐渐构建其出身事迹。金元之际，作家元好问已经能叙述崔府君的为官善政——主要是降服吃人的老虎。❶ 揭奚斯所作《重修崔府君庙记》，叙述了崔府君修炼功成、升天成神的过程。❷ 元杂剧中还有一个以崔府君为主要人物的剧本，即《崔府君断冤家债主》，其中增加了崔府君中状元的情节。这一情节，显然出自元杂剧中程式化的套语：

> 小官崔子玉是也。自与兄弟张善友别后，到于京都阙下，一举状元及第。（《崔府君断冤家债主》）❸
>
> 小官柳永。自与谢天香分别之后，到于帝都阙下，一举状元及第。（《钱大尹智宠谢天香》）❹

两剧语言几乎完全一致，只是替换了人名，但“状元及第”的情节从此产生，崔府君进一步士人化、贤宦化。到了明朝，书商炮制的通俗文本中，又增添了崔府君的祖宗世系——其家“世为巨农”，❺ 乃是殷实的乡间绅士。至于崔府君本人为官爱民的事迹，自是愈加踵事增华。

第三个阶段，明清时期一些文献试图统合历代关于崔府君的文献记载，构造出兼备众说的完整形象。代表作品有明洪武间，御史纪杰撰写的《崔府君墓碑》，明代民间神谱《三教源流搜神大全》和《列仙全传》，以及清末郑烺集大成的《崔府君祠录》一书。

因此，与其说崔府君也属于贤宦受到神化的类型，毋宁说该信仰原本来源不详，在民间传播过程中，信徒为了获得自洽的解释，遂将之比附于常见的“清官死而为神”范式之上。如果将崔府君和历史上其他“名宦/清官死后受到祭祀”的例子稍作比较，就会发现其吊诡之处。

按照正常逻辑，既然人们敬爱、怀念某位清官，以至于将他神化，那么信众一定至少会记得这位清官的姓名，很难想象“我怀念你、崇拜你，但我忘了你叫什么”的事情存在。例如，宋代名臣包拯是清官受到神化的典型，举凡此类人物，其清廉惠民的德政事迹，往往存在大量传说，包公

---

❶ 元好问：《崔府君庙记》，《遗山集》卷二十三，文渊阁四库全书本。

❷ 《山西通志》卷五《祠庙》，民国二十二年影明成化十一年刻本。

❸ 臧懋循：《元曲选》，中华书局 1958 年版，第 1130 页。

❹ 臧懋循：《元曲选》，中华书局 1958 年版，第 141 页。

❺ 《绘图三教源流搜神大全》卷二，上海古籍书社 2012 年版。

形象上就附着有大量公案故事，然而崇拜对象的姓名，却一定是清楚的，正如包公即包拯、关帝即关羽，不会有所争议。偏偏崔府君的名号，却众说纷纭、难定谁是。

还有一条证据，亦可补证以上判断，即崔府君的神迹不具备特异性，均可在其他崇拜对象的事迹中找到。例如，元好问所记崔府君檄虎，可以在大量贤宦的事迹中找到类似的情节，自韩愈写作《祭鳄鱼文》之后，地方官以至诚感化猛兽已成为一种常见的母型范式。而崔府君的“是生人，判冥事”，[1] 亦是民间故事中包公的著名事迹。这一切都说明，前面提到的各种崔府君出身故事，都是该信仰兴起之后，某些信众在崇拜活动中，移植或套用其他信仰的既有模式，而逐渐塑造出来的。

另外，崔府君形象比附的历史人物崔瑗、崔浩、崔珏，皆为崔姓名人。其中崔浩本以崇信道教知名，所以顺理成章地受到攀扯。崔瑗一说，在南宋大行其道；崔珏一说，金元以来逐渐流行。这两种说法，背后都牵扯到崔府君信仰的社会基础，后文另有说明。崔元靖之名不详何来，颇疑改自唐人崔元综，亦详后文。

二、五岳信仰的淫祀化与道教化

崔府君本来源于以泰山为代表的五岳崇拜，是北岳之神形象分化的产物。但在漫长的传播过程中，该信仰与北岳的联系逐渐断裂。辨识其山岳神起源的关键，在于“府君”之称。

查“府君”一词，或为子孙对已逝先祖的敬称，或为汉代对太守的称呼，间有称呼刺史者，然非常例。按诸历代关于崔府君的各种说法，皆云崔府君生于隋唐。唐代无太守之官，且各种文献提及崔府君的仕宦履历，有县令、刺史、侍郎诸说，无论其为何种，按照惯例都不应称作“府君”。因此所谓“府君”，与各种出身故事均无关涉。

众所周知，泰山之神号称“泰山府君”。唐代加封五岳王号以前，“府君”逐渐由泰山神之名转化为五岳通称，又扩展为山神的普遍称呼。因华山地缘接近长安，所以唐代西岳地位特别尊崇，“西岳府君”之称屡见于书，例如，王度《古镜记》和《太平广记》中的《河东县尉妻》《三卫》二篇，都有这个神名。而先天二年《北岳府君碑》的存在，则证明北岳之

[1] 张鷟：《朝野佥载》，中华书局1979年版，第148页。

神亦有“府君”之名。[1] 此外《水经注》还记载有“九山府君”[2] 等山神。

值得特别注意的是，泰山府君神职功能有二：一为山岳神，属于地祇之列；二为治鬼之神，乃是冥府的主神。而这两种功能，在崔府君身上都得到了复现。换言之，崔府君本系岳神的一个分化变形。但是，崔府君作为冥府判官的地狱神功能，在信仰故事中比较明显；其山岳神功能却常被忽视。

（一）崔府君与北岳的联系

虽然各种出身故事普遍遗漏了该神与五岳的关系，但是在宋金时期祭祀活动的史料中，仍然可以发现当时信众将崔府君视为五岳神。如《续资治通鉴长编》反映，北宋祭祀崔府君，是按照泰山神的标准来祭祀的，即“奉之如岳祠”。[3] 又如《崔府君封护国显应公诏》将崔府君比拟为“蒋侯能神，庙食吴壤”，[4] “蒋侯”即钟山之神，因南朝封钟山蒋神为“中都侯”，[5] 故名。

更显豁的证据，是各种崔府君出身故事中，该神形象常与北岳相联系。如元代揭奚斯所作《重修崔府君庙记》后有一条饶有意味的案语，谓崔府君系“父母祷于北岳而生”，[6] 此即指明其与北岳的联系。考虑到“生于北岳”是元明以后崔府君出身故事的常见情节，不能不怀疑，虽然崔府君与北岳的联系在该信仰的发展、传播过程中逐渐断落，但相关的历史记忆仍以一种扭曲变形的方式，保存在民间传说中。

此外，还有两条相互关联的材料，很有说服力：

其一：金章宗明昌二年，巡狩祀五岳。礼臣奏：南岳属宋不伏致祭。帝曰：北方有历代加封神灵显著者，可权岳祀矣。礼臣以府君奏，乃封为亚岳之神，摄行南岳事。重辉殿宇，赐銮仪，置官守焉。[7]

其二：元世祖至元十五年，遣官祭五岳。中书省奏：今南北一

---

[1] 王昶：《金石萃编》，《石刻史料新编》第一辑第二册，新文丰出版公司 1979 年版，1244—1246 页。

[2] 陈桥驿校证：《水经注校证》卷 15《伊水》，第 372 页。

[3] 李焘：《续资治通鉴长编》卷一一七，中华书局 1995 年版，2745 页。

[4] 《全宋文》卷九五八，上海辞书出版社 2006 年版，第 44 册、第 343 页。

[5] 干宝：《搜神记》卷 5，中华书局 1979 年版，第 57 页。

[6] 《山西通志》卷五《祠庙》，民国二十二年影明成化十一年刻本。

[7] 郑烺：《崔府君祠录》附《历代封典》，清刻本。

统，南岳祀宜远衡山。崔府君更封新号，封齐圣广佑王，与五岳岁时同致祭。❶

以上两则材料虽然时代比较晚出，但仍大致可信。因为崔府君却是在金元之间经常被称为“亚岳”，且多地崔府君庙亦称“亚岳庙”。元好问曾质疑崔府君何以称为“亚岳”，❷ 其实即导源于此。此外，明正德九年的《重修府君庙记》既提到崔府君之父祷于北岳生子，又提到“南岳崔府君”的称谓，也可印证该事件的真实性。要之，崔府君能够代摄南岳之祀，前提条件是它亦属山岳之神，性质相近。

胡祗遹《齐圣广祐王庙碑》对上述崔府君代摄南岳之事，记载得更为清楚：“至元十五年，中书省奏：先是南岳阻于长江，不致礼，以崔府君摄享。金残宋灭，南北五岳通祀府君，封号难袭故尝。”❸ 据此，则金代南岳、北岳都祭祀崔府君。南岳是代摄香火，而北岳就在金朝统治区内，所以只能说明金代祭祀的北岳之神，本来就是崔府君。考虑到崔府君信仰起源于磁州，而胡祗遹正是出生在磁州武安的元代著名学者，对他来说，这段记载是与他同时的乡邦掌故，所以胡祗遹的说法可信度极高。

欲证明崔府君的北岳神属性，关键还是《道藏》中的直接证据。《太清金阙玉华仙书八极神章三皇内秘文》载曰：“北岳司命者，乃唐臣崔府君也。”❹ 这是宋代文献将崔府君与北岳直接联系起来的最好一例。

此外还有一些旁证可为补充。金元以前文献提到崔府君，多将之与岳神并列。如《崔府君断冤家债主》：

(外末上，云：) 吾是炳灵公。这位是司命君，这位是速报司。俺三位神灵，保佑的是孝子，折罚的是忤逆之人。❺

炳灵公是泰山神的一个最重要的分化形象，速报司也是泰山神的辅佐，司命君则是崔府君。又如《水浒传》中，神行太保戴宗出家，也是到东岳岱宗庙侍奉崔府君。

崔府君形象从北岳神中产生，并不是偶然现象，而是信徒心理需求的

---

❶ 郑烺：《崔府君祠录》附《历代封典》，清刻本。
❷ 元好问：《崔府君庙记》，《遗山集》卷二十三，文渊阁四库全书本。
❸ 胡祗遹：《紫山大全集》卷十七，文渊阁四库全书本。
❹ 张继禹：《中华道藏》，华夏出版社 2004 年版，第 460 页。
❺ 臧懋循：《元曲选》，中华书局 1958 年版，第 1135 页。

反映：五岳地位崇高，只有天子有权奉祀，普通臣民无权“私祷”；但是长久以来，民间又有崇拜五岳的习惯。唐代五岳神的分化，正满足了普通信徒的祭祀需求。

证以文献，白居易拟写的一则判文有云：“岳则配天，自修常事；神虽福善，安可苟求？宜率道以去邪，岂从众而失正？甲志惟守义，言乃合经。以为视以三公，实天子之所飨；降其百福，宁匹夫之可禳？”[1] 这段判文表明，直到中唐时期，官方和知识界仍然认为祭祀五岳是天子的特权。但在另一方面，民间又有祈福于山的强大需要，北岳石刻碑文反映的祷祀行为，有求子、求雨、祈福等多种。特别是求子和求雨，都是北岳神的重要职能。在这种环境下，北岳信仰不能不有所下行和分化。

下行和分化的表现，首先是岳神谱系扩张。这个过程在民间早有基础，但是唐代中期加封五岳神配偶和从神的做法，等于从官方层面认可了神谱的扩张，所以此后各种五岳神的分化形象，大量出现。五岳信仰在这方面的表现大致相同，而以东岳、西岳和北岳最为明显。[2] 炳灵公是泰山神最著名的民间分化形象，五代官方开始承认这一信仰，此后代有封赠。炳灵公被认为是泰山神第三子，又称“三郎”或“泰山府君三郎”，无独有偶，《洞玄灵宝真灵位业图》等神谱和民间信仰中还有“华山三郎”及“北岳三郎”两个神名。《宋会要辑稿》记载，河北无极县宋代曾有北岳神第五子神祠。[3] 总之，普通信众既然敬畏于五岳大神的威严，因而转就这些分化出来的小神、从神祈祷，是合理的趋势。

五岳神的分化，受此内在动力驱策，在唐宋之间已成为相当有力的潮流。其后续影响，甚至远及元明。在元明时期，又开始了下一轮分化过程：之前由五岳神分化而产生崔府君形象，此时崔府君形象进一步分化，产生“崔府君夫人”等新的神灵。例如，元贞元年《加封崔府君诏》云：“灵懿夫人可加封顺祐灵懿夫人。”[4] 这次册封是在元至元十五年册封崔府君的基础上再次进行册封，崔府君封号增加“灵惠”二字，崔府君夫人封号中增加“顺祐”二字。又如，元杂剧中开始出现崔府君的从神。剧本《冤家债主》中有一个名为“李能”的人物：

---

[1] 朱金城笺校：《白居易集笺校》卷六六《判》，上海古籍出版社 1988 年版，第 3569—3570 页。

[2] 牛敬飞：《五岳祭祀演变考论》，清华大学 2012 年博士学位论文。

[3] （清）徐松辑：《宋会要辑稿》礼二十，中华书局 1957 年版，第 772 页。

[4] 《加封崔府君诏》，胡聘之《山右石刻丛编》卷一八，光绪二十七年刻本。

> 小人姓李名能，□州人氏。生前时曾跟磁州崔相公，相公死之后为神，人称崔府君，取小人做到鬼急脚。[1]

后来“李能”成为多地崔府君庙常见的从神，比如今天山西长治的崔府君庙，称崔府君为“大相公”，李能为“二相公”。当地相传崔府君降服伤人猛虎，李能即“尝承牒追西山虎者”。[2] 显然，这是五岳山神分化出山神夫人、子嗣和从神的又一次重演。

顺带提及，之所以崔府君由一位山岳神，逐渐被附会为前代贤宦，或许是因为唐代将五岳及名山大川的祭祀，以及前代圣贤的祭祀，统一下放到地方政府。例如，唐代《改元天宝赦文》有“五岳四渎、名山大川诸灵迹及自古帝王、忠臣义士，并令所繇州县致祭”的命令；[3]《天宝十年南郊赦》也有“其五岳四渎及诸镇山宜令专使分往致祭，其名山大川及诸灵迹并自古帝王及得道升仙、忠臣义士、孝妇烈女有祠庙者，各令郡县长官逐便致祭”的政令。[4] 这样，地祇与人神的祭祀，都归为地方官员负责。既然两者由同一部门主持、在同一时间举行，在山岳神分化的过程中，自然也就有了相互混淆的可能。

北岳信仰下行和分化的表现，还在于岳神行祠的普遍建设。北岳恒山，原指河北中部曲阳城外的大茂山。崔府君早期信仰中心位于磁州，磁州距离曲阳不远，同属太行山区。案唐宋时代，曲阳周边的河北中南部地区，普遍流行北岳信仰。为了免除远赴曲阳朝山之劳，多地信徒“诣常山岳庙请神”，[5] 建立北岳行祠。行祠为民间私设，奉祀的往往是北岳神的某个分化形象，如“北岳三郎”“崔府君”等。

北宋时期，原本淫祀化的北岳行祠，逐渐受到政府承认，崔府君也顺势成为官方认可的岳神类信仰。此即《续资治通鉴长编》所记述的历史：“咸平三年尝命磁州葺其庙，而京师北郊及郡县建庙宇，奉之如岳祠。”[6] 而在此之前，崔府君这类山川之神的分化形象，在唐代至北宋前期大量产生，其祠庙往往散在民间，类同于淫祀。这种现象并非北岳个案，例如，

---

[1] 臧懋循：《元曲选》，中华书局 1958 年版，第 1135 页。

[2] 光绪：《长治县志》卷七《金石》，第 90 页。

[3] （宋）宋敏求编：《唐大诏令集》卷 4，中华书局 2008 年版，第 22 页。

[4] （宋）宋敏求编：《唐大诏令集》卷 68，中华书局 2008 年版，第 381—382 页

[5] 元氏县《北岳庙碑》，《全宋文》卷 2525，第 117 册，第 199—200 页。

[6] 李焘：《续资治通鉴长编》卷 117，景祐二年秋七月，第 2745 页。

宋代名臣胡宿的奏议《论太湖登在祀典》，就是为了解决太湖之神在民间，分化出一个“平水大王”形象的问题。[1]

（二）崔府君故事的仙话化

提及崔府君，最广为人知的，是他作为地狱神，即冥府判官的一面。实际上，现存唐代文献有“崔判官”之名，而“崔府君”之称则始见于北宋。涉及崔判官故事文本，虽然与前述“名宦化”的崔府君出身故事有所联系，但总体上是两个相对独立的系统：崔判官前者多涉及“游冥”“还魂”“冥判”等母题，而后者则主要强调崔府君之德政。要之，崔判官形象代表的是古老的“泰山治鬼”观念道教化和冥界传说的仙话化。

关于“泰山治鬼”，前人论之已夥，不劳重叙。需要强调的，是“府君”与“判官”两个称呼，都与冥府治鬼有关。案“泰山府君”之名首见于文献，是晋代干宝《搜神记》的“胡母班”一条，其略谓“泰山府君”乃是掌管地下阴魂的大神。[2] 古人事死如生，认为地上既有太守等官吏治民，地下也当有地祇治鬼，地祇与人间职官享有类似的官称。在出土的汉代镇墓瓶、买地券上，常见“地下二千石”的神名，为治鬼之神。“二千石”本是汉代高级官吏禄秩的一阶，被称为“府君”的太守正属于此阶。东汉以来，人们逐渐建立起一种太守与五岳的对等关系：太守是分镇地方的官员；而五岳也同样有分镇地方的功能，即所谓“国必依山川”。[3] 这种对等关系，表现为东汉由太守一级的官员来五岳一级的神灵。换言之，“泰山府君”和“地下二千石”应是同类的概念，汉代认为五岳之神与人间的太守具有类似性，故以“府君”称呼治鬼于地下的岳神。

而“判官”一词，同样来自地狱神系统。本文讨论的崔府君（崔判官）并非一般的岳神分化形象，在崇拜实践中，它一般被视为东岳之神的僚属、从神。例如，大中祥符九年忻州定襄县建立东岳庙，其神位结构为：“正殿三间塑天齐仁圣帝，兼真君三郎、崔府君，东西堂各三间塑北极五道将军兼诸部从鬼神。”[4] 元代山西蒲县《重修东岳庙碑铭》记录该地

---

[1] 胡宿：《文恭集》卷七《论太湖登在祀典》，《丛书集成新编》第60册，第555页。

[2] 干宝：《搜神记》卷5，中华书局1979年版，第57页。

[3] 徐元诰：《国语集解》，中华书局2002年版，第26—27页

[4] 胡聘之：《山右石刻丛编》卷12《东岳庙碑》，《石刻史料新编》第1辑第20册，新文丰出版公司1979年版，第15199页。

东岳庙结构："仁圣帝后宫以祠圣妃，东西庑七十有四楹以祠诸神，门有卫神高禖，若崔府君，若十王，咸有殿以安神栖。"[1] 又证以宋元话本基础上形成的《水浒传》，该书交代"神行太保戴宗"的结局为梦见东岳天齐庙崔府君相召，因而在泰山出家。

这种主从关系，是以地狱神的神职为基础，即崔府君辅佐东岳神治鬼。所谓"判官"，在唐代冥界故事中经常出现，其身份乃冥君、阎罗王的副手。唐代官制中，本有"判官"一职，系节度使的高级僚佐。因为唐代镇守地方的大员从太守转换为节度使，原来的泰山府君也就被看作地下世界的节度使，而其首要助手崔府君，也就相当于节度使的助手、辅佐节度使治民的官员，即"判官"。以上判断可以通过一个事实证明：唐代使府制度中，主要的佐贰之官除"判官"外，还有"参军"。而崔判官，在唐代亦称为"崔参军"。

从"泰山府君"到"崔判官"，再到"崔参军"，意味着"泰山治鬼"原始信仰逐步道教化。

首先，是人仙开始取代地祇。《西游记》第十一回家喻户晓的"太宗游冥"故事，在唐代已经出现。张鷟《朝野佥载》是其最早的文本，其中所谓"生人判冥事"[2] 者，就是"崔府君"最早的原型。

《朝野佥载》记事简略且含糊，王国维解释为"唐人记先皇事，特微其词耳"。伦敦大英博物馆藏，编号"斯 2603"的残卷《唐太宗入冥记》，则远为清晰。这个故事撰成于武周之世，且在开元二十二年之后得到过修改。[3] 后来崔府君故事的几个关键要点，在其中都有涉及：（1）崔府君（判官）名崔子玉；（2）崔曾任辅阳（滏阳）县尉；（3）崔升任"蒲州刺史兼河北廿四州采访史"，又"官至御史大夫"。显然，北宋记载中，崔府君出身故事的核心情节，即"惠存磁邑，恩结蒲人"[4] 两处履历，在《唐太宗入冥记》中已经基本完备。随建制沿革，滏阳在唐代属于磁州或相州管辖，"滏阳"和"磁邑"所指应为一地。虽然有"辅阳（滏阳）县尉"与"滏阳令"，"生人判冥事"与"殁为神，主幽冥事"的差别，[5] 但已可

[1] 《山西通志》卷五《祠庙》，民国二十二年影明成化十一年刻本。
[2] 张鷟：《朝野佥载》，中华书局 1979 年版，第 148 页。
[3] 朱雷：《敦煌吐鲁番文书研究》，浙江大学出版社 2016 年版，第 327 页。
[4] 《全宋文》卷九五八，上海辞书出版社 2006 年版，第 44 册，第 343 页。
[5] 《护国显应公庙》，《宋会要辑稿》，中华书局 1957 年版，第 863 页。

判断，唐代到北宋时期崔府君的形象基本一致。反过来，亦可表述为崔府君形象的出现，不晚于唐中期。

总结《朝野佥载》和《唐太宗入冥记》的共同点，不难发现崔判官形象带来的新意——过去森然可畏的地府神明，转变为可以交流、充满人情的“生人”。这也可能是崔府君形象从五岳神分化出来的根本原因。

其次，引入了道教以符咒之法降妖的观念。在唐代《广异记》之“长孙无忌”条[1]的故事中，“崔参军”的形象已经高度道教化。这则故事里，崔参军依然与五岳神的原型存在联系，例如，他被称为“相州崔参军”，相州与磁州、滏阳实为一地，因建制沿革而有异称；又如崔参军符咒召请的神人为“五岳神”。但是，崔参军已经彻底蜕化成一位道教术士。他能够前知、擅长书符的能力，均为道教所宣扬。而且，这是一个降服狐妖的故事，整个故事主题都是道教化的。

以上材料证明，唐代崔府君形象就已逐渐道教化。不仅如此，崔府君的崇拜活动也同样明显道教化了。南宋敕撰的《中兴显应观记》云：“真君崔姓，庙在磁州，旁为道观，河朔人奉之，五百余年矣。”[2] 换言之，即磁州的崔府君祖庙，与道观结合在一起，是一种道教化了的岳神信仰。这是对唐代崔府君信仰兴起的追溯，虽然已非一手记载，但宋世去唐未远，仍有较大可信度。

甚至正是在道教化的背景下，崔府君被纳入国家祭祀。北宋时期崔府君庙宇受到官方承认，背景是北宋通过庙宇“赐额”方式，大量吸纳民间信仰，使之合法化。仁宗时太常博士胡宿请修火祀云：“祥符中，交修大礼、拱揖诸神，虽偏方远国山林之祀，不出经据、偶在祀典者，尚秩王公之爵，增牲牢之品。”[3] 基于这种认识，崔府君也被纳入祀典。而宋代对诸神封赠、赐额的原则，可以参见《续资治通鉴长编》：

> 太常寺言：博士王古云，自今诸神祠加封无爵号者赐庙额，已赐庙额者加封爵。……又欲增神仙封号，初真人，次真君。并从之。[4]

“增神仙封号”即是将诸神道教化。楼钥《中兴显应观记》提到，崔

---

[1] 陶敏等编：《全唐五代笔记》第1册，三秦出版社2012年版，第458页。
[2] 楼钥：《攻媿集》卷54，《四部丛刊初编》影印武英殿聚珍本，第1页。
[3] 黄淮，杨士奇编：《历代名臣奏议》卷126《礼乐》，上海古籍出版社1989年版，第1657页。
[4] 李焘：《续资治通鉴长编》卷336，中华书局1995年版，第8100页。

府君“淳熙十年，改封真君”[1]，即被视为道教神灵。这一过程并不突兀，崔府君信仰兴起的唐宋时代，正是北岳祭祀的高峰时段，唐玄宗从道教领袖司马承祯之说建立五岳真君祠，这一举措早已促进了岳神的道教化；宋代设立五岳观，统摄五岳帝王与五岳真君，道教与礼制中的五岳正礼合二为一。况且道教本来就崇拜五岳，《洞玄灵宝真灵位业图》之类经典中，与五岳有关的真人、真君为数甚夥。

宋代将淫祀合法化的一大方法，是道教化。换言之，很多过去的淫祀邪神，按照道教“仙话”的叙事结构，构建全新的出身故事。揭奚斯《重修崔府君庙记》云：“（崔府君）昼理阳，夜理阴。一日与杨叟奕（弈）罢，见黄衣执符言曰：上帝命以玉珪、玉带、冠衣召赴五岳，卫兵百余人。拜毕，奏箫韶之乐。”[2] 这就是一个典型的仙话故事。不过，崔府君出身故事重构的过程相当复杂。

唐宋时代，崔府君的出身故事，逐渐与道教“三茅真君”中的“大茅君”茅盈相混淆，唐代成书的《集仙传》已有这种倾向。根据元代茅山道士刘大彬编修《茅山志》所收《三神纪》，[3] 茅盈少年学道于北岳恒山，功成受封“司命东岳上真卿太元真人茅君”；无独有偶，其师弟李翼，修炼成功“入西岳去”，也受封“西岳副司命”。案崔府君本是北岳神，作为冥府判官，他也经常被称为“司命”，例如，《崔府君断冤家债主》即称崔府君为“司命君”，[4] 泰山东岳庙供奉崔府君，也称“司命司”。可见，崔府君与大茅君的形象是相当接近的。甚至揭奚斯《重修崔府君庙记》中，崔府君成道升天的场面，也与茅盈、李翼师兄弟相近。

综上所述，通过唐宋两代积累，原本“泰山治鬼”的古老信仰，已经逐步转化为修炼成真的道教形象。民间的传说故事最终都要吸收进规条严谨的道教经典，成为制度化的宗教信仰。《道藏》中的《无上黄箓大斋立成仪》写成于南宋，其中“地府大崔府君”被安置于左列第三班醮位，属于比较高级的神明，在酆都地府诸神体系中，地位高于地府诸司曹属诸大判官主者；放在五岳神明里，位次于北岳郁微洞渊无极黑帝真君。

部分海内外学者，例如，吉田隆英认为，崔府君原为农神和土地神，

---

[1] 楼钥：《攻媿集》卷54，《四部丛刊初编》影印武英殿聚珍本，第1页。

[2] 《山西通志》卷五《祠庙》，民国二十二年影明成化十一年刻本。

[3] 刘大彬编：《茅山志》，上海古籍出版社2016年版，第130—133页。

[4] 臧懋循：《元曲选》，中华书局1958年版，第1135页。

两宋之交“泥马渡康王”传说兴起后，其地位提高，神职功能也得到扩展；高桥文治则认为，崔府君与东岳神发生联系，是在宋真宗予以封赠之后。凡此种种，都倒置了该信仰的发展过程。

三、崔府君信仰的兴衰与信仰中心转移

推究崔府君信仰发展的过程，可以发现：唐代流行的狐仙志怪传奇，与门第观念相结合，演化出崔府君的基本形象。北岳的地缘环境，又让该信仰形成“护国”的神职功能。这一神职，在两宋之交特别复杂的政治、军事环境中，受到宋朝利用，发挥了“神道设教”的作用。崔府君信仰也因此受到南宋政权提倡，并摆脱地域限制，发展为全国性信仰。但是，断离北岳属性也令该信仰失去依托，在元明逐渐衰落。

（一）早期的崔府君形象的文化起源

《广异记》的“长孙无忌”条是一个“崔参军”擒捉狐妖的故事，因此收录于《太平广记》的“狐”类中。此类故事还有同出于《广异记》的“李苌”条。然而，《广异记》中还有一个相反的故事，即“韦明府”条。案“长孙无忌”条，天狐纠缠美女，因而被崔参军降服；而“韦明府”条，崔参军本身乃是魅娶韦氏淑女的天狐。此外，与“韦明府”条类似的，还有同书“李氏”条，该条亦有妖狐求娶韦氏淑女。虽然“李氏”条中没有提及“崔参军”，但这个故事里妖狐自言“入嵩岳学道”，也关涉五岳信仰。[1]

有趣的是，唐代有关“崔参军”的故事，全都与狐妖有关。《广异记》这一组故事，应当视为一个完整的文化现象。该书特别热衷于讲述狐妖，是《太平广记》“狐”类最主要的故事来源。这些狐妖故事，又主要发生在河北中部及山西地区，也就是靠近北岳恒山、崔府君信仰的源头区。因此有理由怀疑，这些故事与同一时期、产生于同一地区的民间淫祀崔府君信仰，存在某种联系。

这种联系有助于说明崔府君神名的起源。在《广异记》中，狐妖与美女最常见的两个姓氏，分别是崔、韦，其次则为李氏。显然，这几个姓氏都是唐代著名的高门。其原因在于狐仙志怪传奇往往讲述婚恋故事，而唐

---

[1] 以上故事均参见戴孚《广异记》，及《太平广记》卷447至卷449。

人的婚姻最重视门第，希望托婚高门。在这种观念下，唐代门第最高的崔姓，当然成为首选。案《唐太宗入冥记》中的崔判官名“崔子玉”，恰好是汉代“博陵崔氏”名人崔瑗的姓字。很难认为这是一种巧合。参证以白居易的一篇《唐故湖州长城县令、赠户部侍郎、博陵崔府君神道碑铭并序》，文中开头就首先提到传主崔某为“古太岳胤也，今博陵人也”，❶ 而这两点，恰是崔府君的两个文化特征。

总之，崔府君之名被附会于“崔瑗”或“崔子玉”，是唐代门第观念下的结果。“古太岳胤”和“今博陵人”，分别满足崔府君山岳神的属性和婚恋故事对门第的追求。而“崔瑗”或“崔子玉”两个名字，也是宋代以前关于崔府君神名的主要说法。元明以后，“崔珏”说取代“崔瑗”说占了绝对优势，这首先是因为门第观念不复存在；其次是因为历史上唐代诗人崔珏的籍贯，恰为崔府君信仰流传的核心地区。此外“珏”字又和“子玉”含义接近，所以受到附会。

比较难以解释的，是“崔元靖”说。此名见于部分明清文献，似乎时代较晚，但亦不能排除此名源出某种早期文献的可能性。唐代有崔元综其人，名氏与崔元靖相近，而志怪小说《定命录》又恰好记述了一个关于崔元综娶妻韦氏的故事。崔、韦结亲，既与《广异记》中的系列故事接近，同时崔元综在故事中的职衔又是益州参军，所以他也可以称为“崔参军”。至于益州地名，又恰与《朝野佥载》中崔府君的原型被授官“蜀道一丞”的记载相合。以上种种，可能都只是巧合，也可能“崔元靖”确实是由“崔元综”演化而来。

（二）信仰中心转移的历史背景

在崔府君的出身故事中，异说纷纭的还有崔府君的籍贯问题。这个问题背后，关系到崔府君信仰的流行地区。

崔府君信仰流行早期，主要分布在北岳周边，即河北中部、毗邻山西的太行山区。例如，其最大的信仰中心，“庙在磁州”。❷ 相应地，崔府君的出身故事，也主要与太行山东西两侧地区相关，即所谓“惠存磁邑，恩结蒲人”。❸ 但是，虽然太行两侧均应视为起源地，但东侧的磁州更为重

❶ 丁如明，聂世美校点：《白居易全集》，上海古籍出版社 1999 年版，第 960 页。

❷ 《护国显应公庙》，《宋会要辑稿》，中华书局 1957 年版，第 863 页。

❸ 《全宋文》卷九五八，上海辞书出版社 2006 年版，第 44 册，第 343 页。

要，这是因为北岳恒山位于太行山脉东侧。山西地区奉祀崔府君，从神有"武安神"[1]之称，武安是磁州辖下一县，毗邻滏阳，这可能是对崔府君信仰由河北传入山西的追溯。换言之，崔府君是北岳神在磁州的一个地域性的分化形象，崔府君籍贯磁州、相州、滏阳、武安的说法，都是本此而来。这一地区首要的地缘特点，是地处山西、河北之间的交通要道，"路通秦晋"，[2]地势险要、商旅发达。郜俊斌《宋以降崔府君信仰的塑造、传播及与本土化》、牛敬飞《五岳祭祀演变考论》分别绘制过崔府君祠庙及北岳行祠在这一地区的分布图，崔府君信仰自北宋时期首先传入山西的潞泽地区，而后向山西其他地区，沿商路传播。[3]

逮至两宋之交，崔府君在国家祭祀中的地位被抬高，同时信仰中心南迁至临安，邓小南《关于"泥马渡康王"》对此考辨甚详。要之，磁州系河北军事重镇，这里控制晋冀豫三省交通，且为北方王朝与北宋首都开封之间仅有的一道天然屏障。宗泽守磁州，为了凝聚抗金军心，经常祭祀崔府君，祈求保佑。此后宋高宗又进一步借此构建"泥马渡康王"的传说，以崔府君信仰神化其政权。《四库全书总目提要》评论说："盖建炎之初，流离溃败，姑为此神道设教，以耸动人心，实出权谋，初非实事。"[4]即指此而言。

实际上，以山川之神的名义来鼓舞士气，因此对山川之神加以封赠，在宋高宗建炎、绍兴年间颇为常见，崔府君一事并非孤例。很多将领都会采取类似做法，而高宗也会默契地予以认可，例如湖北的《富池昭勇庙记》记载，"以王为昭毅武惠显灵王者，建炎四年，以阴兵镇金人，御营使刘光世以状闻，太上皇帝锡之也"。[5]但崔府君的情况有其特殊之处：该神封号中长期带有"护国"字样，因而它在一定程度上被视为正统帝王的保护神。《唐太宗入冥记》中，崔判官就辅助太宗顺利还阳，并为太宗延寿；相传该神又曾保佑过唐玄宗，揭奚斯《重修崔府君庙记》云："安禄山叛，上梦府君见曰：驾弗别往，禄山必灭矣。"[6]在南宋，这一帝王保护

---

[1] 冯俊杰：《山两戏碑刻辑考》，中华书局2002年版，第265页。

[2] 纪杰：《崔府君墓碑》，《峰峰文史资料》第五辑，2004年版，第209页。

[3] 此说参见郜俊斌：《宋以降崔府君信仰的塑造、传播及与本土化》，广西师范大学2012年硕士学位论文。

[4] 纪昀等：《钦定四库全书总目》卷五十二，中华书局1997年版，第729页。

[5] 王质：《雪山集》卷7《富池昭勇庙记》，丛书集成新编第63册，第690—691页。

[6] 《山西通志》卷五《祠庙》，民国二十二年影明成化十一年刻本。

神的职能受到强调，南宋高宗、孝宗相继借其神名宣扬皇位神授。[1] 经过皇室提倡，信仰中心南移临安。

信仰中心的南迁，导致北岳联系的断裂，进而带来崔府君籍贯的种种异说。北岳恒山位于曲阳，而河北尚有“下曲阳”，二者年久相淆。凡云崔府君籍贯晋州或祁州，都是这个原因。明代以后，崔府君一般被表述为祁州鼓城人。下曲阳有祁州，在某些明代文献中，又讹为同音的江西蕲州。鼓城位于磁州，原本就是崔府君信仰的中心，后来形近讹为彭城。所以明代书商攒杂的《列仙全传》，竟尔误为并不存在的“蕲州彭城”。

另外值得特别一提的，是明洪武年间，在崔府君传统的信阳中心磁州“武安和村镇西北二里许”，发现一处所谓的“崔府君墓”，乡贤纪杰因此综合各种材料，撰写了一篇《崔府君墓碑》。其中提到崔府君临终遗言：“葬吾于鼓山之侧。”鼓山是邯郸武安的名胜，又名神钲山，山顶曾有石鼓二枚，相传鼓鸣则有战争。刘邵《赵都赋》曰“神钲发声”；[2] 左思《魏都赋》曰“神钲迢递于高峦，灵响时惊于四表”：[3] 二者都指此为言。颇疑所谓崔府君为“鼓城”人，其实即指鼓山，它是磁州一代最重要的名山，适合崔府君作为北岳神分化的身份。

这一时段，关于崔府君籍贯的其他说法，大多仅存孤例，难于辨析。只有“卫辉”一说，较有影响。东汉崔瑗任汲县令，唐代崔珏曾任淇县令，前者就在卫辉，而后者也临近卫辉，估计“卫辉”说即因此而来。元代中期，河南汲县（卫辉）、淇县、辉县、新乡一带，相继修建了供奉“唐卫县令崔珏”的崔府君庙。这一地区是太行山南段的末梢，故而崔府君代表的山岳文化在此仍有较大影响力。

最后，明代已有迁北岳之祀于山西的议论，清代北岳正式迁为山西浑源，因此崔府君籍贯“山西长子”说大为流行。今日崔府君信仰主要分布于山西东南部和河北南部，即太行山东西两麓，其他地区仅存个别孑遗。而山西长子县，则“吾州遗风，崇尚乡社，社有神祠，遇水旱螟孽疠疫之灾致祷焉”。[4] 显然，崔府君信仰已在当地本土地域化、社神化。

---

[1] 详细过程参见邓小南：《关于“泥马渡康王”》，《北京大学学报》1995 年第 6 期。过程较复杂，不再详述。

[2] 严可均：《全上古三代秦汉三国六朝文》，河北教育出版社 1997 年版，第 324 页。

[3] 严可均：《全上古三代秦汉三国六朝文》，河北教育出版社 1997 年版，第 773 页。

[4] 胡聘之：《山右石刻从编》卷二六，《修亚岳记》，第 2420 页。

以人类学方法分析，也可以发现太行山区中南部的民俗活动影响了崔府君的神迹故事。在河北中南部与河南北部，有一种名为“送羊”的习俗，即外祖、舅父向外甥馈赠面蒸的羊形食品。该习俗亦称为“送羊节”,[1] 流行区域与崔府君信仰起源区高度重合，以河北磁县最为知名,[2] 北抵河北中部的灵寿、晋州等山区县市，南达河南辉县、卫辉等南太行县市。“送羊节”的时间，各地有所不同，早至农历五月十三，晚至农历七月十五，大多为当地夏季麦收之后，可能是一个“荐新”性质的农业节日。河北成安县等地的“送羊节”定于七月初一，可能既从《礼记·檀弓上》的“有荐新，如朔奠”[3] 发展而来。但在河南卫辉等地，“送羊节”为农历六月初六，即宋代《东京梦华录》《武林旧事》已有记载的“崔府君生日”。

南宋孝宗乃高宗继嗣，在他登基之后，曾宣扬所谓“拥羊之符”：

> 孝宗母张氏，梦崔府君拥一羊，丁未生孝宗于秀州，小名羊。高宗选养宫内，赐名瑗，适于崔府君同名。（《埤雅广要》）[4]

这则传说也见于《宋史·孝宗本纪》、董嗣杲《西湖百咏》卷下等文献。它很可能是由“送羊节”的荐新习俗转化而来。因为宋高宗曾借崔府君宣扬其君权神授，编造“泥马渡康王”的著名传说，作为高宗的继承人，孝宗地位正统性的最佳证据，莫过于他的皇位同样来自崔府君神授。经由南宋两代皇帝提倡，崔府君的地位大大提高。

然而元明以后，政治环境变化，崔府君信仰由盛而衰。《元史》卷一九二《观音奴传》叙述一则故事：某人盗窃牲口，并栽赃他人，负责审案的清官观音奴令嫌犯到崔府君庙祈祷，希望神明辨别是非，不料真凶贿赂巫师，嘱使崔府君徇私舞弊。最终真相大白，观音奴因此下令拆毁崔府君神庙。[5] 作为南宋皇室的保护神，或许易代后崔府君不受战胜者欢迎；再者，元代全真派成为道教主流，该派主要崇拜八仙等一系列神灵，而崔府君不与其列，其信仰衰落也就不可避免。

---

[1] 高占祥：《中国民族节日大全》，知识出版社 1993 年版，第 57 页。

[2] 磁县面羊制作十分精细，参见刘保国《一方水土滋养一方文化——河北磁县“送羊节”习俗考察》，《中国美术教育学术论丛·民间美术卷》，辽宁美术出版社 2016 年版，第 231 页。

[3] 杨天宇注说：《礼记》，河南大学出版社 2010 年版，第 160 页。

[4] 丁傅靖：《宋人轶事汇编》，中华书局 1981 年版，第 83 页。

[5] 《元史》，中华书局 1976 年版，第 4368 页。

永嘉四灵诗文中的道教追求及意蕴

戴文霞

（湖南涉外经济学院）

摘　要：南宋时期的永嘉四灵与道教徒交往密切，在其诗文中表现出浓厚的道教追求。究其向道原因，主要有地域文化、时局、自身三方面。他们在现实的困顿中接受道家“和”的思想，在诗歌中频频表现出对身体养和与内心平和的理想追求。

关键词：永嘉四灵；道教；养生；和

永嘉四灵分别指徐照（？—1211）、徐玑（1162—1214）、赵师秀（1170—1220）、翁卷（生卒年不详）。四灵生活在永嘉，广泛、深入地接受道教文化的熏陶，他们以道家“和”为理想追求，与道教也有内在渊源。

一、永嘉四灵向道之概况

永嘉四灵与道教徒广有往来，道友分别来自不同道派，如神霄派、净明道、上清派茅山宗、灵宝派等，擅长的道术有雷法、内丹、辟谷、服食等。神霄派是将雷法与内丹相结合而形成的新道派，倡导“内以修身，外用济世”。沈洞主精通神霄雷法，赵师秀、翁卷都曾作诗相赠，诗云：

> 案上《阴符》卷，应逢骊母传。无言过永日，不食度终年。云覆烧丹灶，花浮洗药泉。时闻有玄虎，来礼洞门前。（赵师秀《沈洞主》）
>
> 想当清夜醮，带月叩仙钟。指上雷霆诀，庵前虎豹踪。药收阳地草，薪采故枝松。拟即寻师去，茅峰叠几重。（翁卷《寄沈洞主》）

由这两首诗可见，沈洞主学《阴符经》，习神霄雷法，设坛斋醮、炼丹采药、绝食辟谷。《阴符经》，即《黄帝阴符经》，道教典籍。相传唐代少室山达观子李筌至嵩山虎口岩壁中寻获，又得骊山老母为之讲解《阴符》玄义。赵师秀将沈洞主比作李筌，赞誉其道术高明。“雷霆诀”是指《雷霆梵号咒诀》，乃内炼法诀神霄派创始人王文卿所作。李丹士与徐照、徐玑、翁卷皆有往来，与徐照有数面之缘，翁卷尊他为“老君孙”。他住在九华山，主要在东南一带云游，曾到过湖南零陵，习雷法，徐照、徐玑都曾作诗《赠李丹士》，翁卷作诗《赠九华李丹士》。徐照称他“转式驱雷电，封泥伏虎龙”，能以丹砂治病，“丹砂能愈疾，不用化黄金”，并且与四灵志趣相投，好饮酒、性豪迈，有凌云壮志却又鄙视世俗，“长怀万里心”却又“枯荣事不论”。

净明派以江西南昌玉隆万寿宫为创始地，与翁卷交友的周道士就是玉隆宫净明道教徒。“净明”是净明道的最高思想境界，《太上灵宝净明法序》云“无幽不烛，纤尘不污”，[1] 认为天地万物皆为光明普照，洁净不染，思想上则应当清虚、正性。翁卷在《题玉隆宫周道士自足轩》一诗中云“花竹庭阶洁，风烟户牖虚。道人随分外，安坐不求余”，以庭阶洁净、户牖清虚来暗合赞美道长思想净明之意，赞美道人清心寡欲，潜心修道，与世人“贪得无厌者，应难向此居”形成鲜明对比。徐照曾游罗隐故居、陶贞白故居、苏仙人宅。徐照曾作诗《郴州苏仙人宅》，诗云：“一石升天处，分明孝得仙。今人修母冢，古宅抵官田。”苏仙是指苏耽，出生于湖南郴州马岭山，马岭山被列为道教第二十一福地。苏耽早年丧父，与母亲相依为命，极为孝顺，诗中“分明孝得仙”既指苏仙传说故事，又道出了净明道重人伦孝悌的思想特征。

四灵中与道士交往最密切的人，当属翁卷和赵师秀。赵师秀与茅山宗关系非同一般，与温尊师诗歌往来频繁，《寄茅山温尊师》云“几度题诗寄入山，不知何处得书看”。温尊师，名温德成，是南宋时期茅山大师。茅山宗在南宋虽然不及唐、北宋时期兴盛，但地区性影响仍然有增无减。赵师秀曾在浙江天台桐柏观与高道王灵宝有过一面之缘，《桐柏观》诗云：“道士王灵宝，轻强满百龄。”天台灵宝宗是上清灵宝派的一支，上承唐代司马承祯，经杜光庭发扬光大，至南宋时期主要在浙东一带传道。据《天台山方外志》载，王灵宝本名王茂端，行上清大洞法，“年九十八，清健不衰”，因而人称王灵宝。[2] 他在北宋徽宗时期就已颇有名气，赵师秀见到

[1] 《道藏》第10册，文物出版社1988版，天津古籍出版社，上海书店联合出版，第526页。

[2] （明）释无尽：《天台方外志三十卷》，《北京图书馆古籍珍本丛刊》（232册），北京图书馆出版社2000年版，第385页。

他时已年届百岁。赵师秀还与多位道士讨论道术、诗歌互赠，赞易道士"诗好当开板，丹灵不化银"（《赠易道士》），孔道士"诗好逢人诵，琴清只自弹""见说丹炉内，黄金化不难"（《赠孔道士》）。

翁卷与徐照、徐玑都曾作诗赠与不食姑。不食姑，顾名思义就是修炼辟谷术的女道士。这位不食姑的突出特点有三个：不食五谷，形体清羸，终日念咒。《淮南子·人间训》载，单豹"岩居谷饮，不衣丝麻，不食五谷，行年七十，犹有童子之色"。❶ 辟谷术主要有服药、服气、服水、服石四种类型，不食姑显然采取第三种方法，"饮水自通灵""饮泉能不饥""经年只饮泉"。不食姑长年辟谷、只饮泉水，四灵对此佩服不已，徐照赞其"清羸改俗形"，徐玑称其"赋质全如鹤"，但认为她念咒乃狂语、怪语，徐玑更批其"只缘多自誉，翻以致人疑"。翁卷与沈洞主、王法师、熊炼师等道人都有交往。王法师懂役鬼之术，擅长炼丹，"印下鬼神役，鼎交龙虎欢"，内丹以人体为炉鼎，龙为阳、虎为阴，龙虎交欢即阴阳相合，这是翁卷赞誉王法师炼丹术高超。熊炼师，精通草药，以采药、卖药为生，研究《周易》，喜欢弹琴，"笑人求紫衣"，表明他不慕权贵的高洁心性。翁卷与他常在一起探讨服食养生、符箓法事等道术，也难免怀有修道学仙的愿望，"见说沉砂贱，闲身去欲飞"。

除了道士，四灵也结交一些下级官员，如陈管辖、张录事等。他们恪尽职守，但身赋闲职，因而也有条件修丹炼道。陈管辖为官清廉，"一拂清风一袖云"，同时道教修为也很高，"紫阳容貌鹤精神。诗因道进言辞别，丹得师传火候真。庐岳峰前吟瀑布，浑仪图上礼星辰"。紫阳是指北宋内丹道张伯端，翁卷以紫阳喻陈管辖，可见陈管辖习南宗内丹术。筠州张录事不但爱好作诗，也注重修道，"山上仙踪丹鼎在，郭边溪色市桥分。公余若起吟游兴，游处多应儿白云"。

四灵在奔波、流离途中，也常造访道教历史文化遗迹，怀古思人，寄托情志。如徐照《题罗隐故居》云："片水静无尘，青山是四邻。上天如有意，此地著诗人。吟得物俱尽，罚令生世贫。因来寻古迹，只见石为麟。"罗隐是唐末道家学者，倡黄老无为思想，曾因其针砭政治、言辞犀利，引来统治者与群臣的不满，七次应试始终不被录用，最后愤而隐居深山，著《谗书》和《太平两同书》。徐照在诗中说是特意来怀古思人的，

❶ 张双棣：《淮南子校释》，北京大学出版社 1997 年版，第 1919 页。

或许他也与罗隐有相似的遭遇，同样身处乱世、想要力挽狂澜而不能，可悲、可叹，相伴的只有片水、青山。值得一提的是，片水与青山形成了宏观与微观的对比，“片水静无尘”就像诗人的人生一样平静得没有任何波澜、固守节操而不染，“青山是四邻”则勾勒出一个封闭的、没有出路的世界，就像诗人的内心世界一样，有无人赏识的孤独感和对当时社会的绝望，没有中兴时期文人的匡时济世的热情。又《陶贞白故居》云：“徵君上天后，有屋在松根。一片仙坛石，却当僧寺门。居山称宰相，隔代绝儿孙。太傅新为记，今来亦不存。”陶贞白即陶弘景，人称“山中宰相”，历来受到文人士大夫、道教徒的膜拜，而徐照却从陶弘景故居感受到沧海桑田、物是人非，寄托自己身份卑微、泯灭荣辱之悲叹。

二、永嘉四灵向道原因探究

细究四灵向道的原因，主要有三个。一是永嘉四灵生活在深厚的浙东道教文化影响之下。历史上浙东曾出过葛玄、葛洪、杜子恭、杜光庭、张文君、李少和、林灵素等高道，其中张、李、林三位就是永嘉人，张文君于白鹤山炼丹得道，北宋李少和在玉甑峰修道，此峰因而得名道士岩；还有郭璞、梅福、陶弘景、张无梦、司马承祯、吴筠等来到浙东修道，对浙东宗教文化影响较大；此外，道教金丹派南宗五祖之一张伯端就是天台（今属浙江）人，其他符箓道教亦广为兴盛。洞天福地方面，永嘉有三十六洞天之第十八华盖山洞，七十二福地之第十二大若岩、第二十八陶山、第二十九三皇井。这些修道高人的事迹、得道神仙的故事以及洞天福地都熏陶、鼓励着浙东人，包括永嘉四灵。

二是与当时社会政治环境有关。开禧北伐失败之后，百姓贫困程度空前严重，再加上道学之争、史弥远擅权，下层文人生活极其艰难，社会黑暗，生活贫穷。从四灵交往的众多道教徒之特点来看，多习辟谷养生之术。南宋盛行辟谷术与社会黑暗、粮食匮乏、民生凋敝有关。辟谷术产生于东汉中叶，是顺应当时社会动荡、阶级矛盾尖锐而生的。因而辟谷术在凶荒之年尤为盛行，《太平经》认为行辟谷法，“贫者足以度躯”，“凶年不危亡”。[1] 以沈洞主、不食姑为例，他们终日不言、不食，只是静坐或者辅以饮水，这不仅是道教修炼活动，更是饥年求生的一种方式，这是中兴

---

[1] 王明：《太平经合校》，中华书局1960版，第684页。

时期陆游、范成大等人所不曾经历的。四灵在诗歌中写贫穷生活的特别多，徐照在《不寐》一诗中，详细描绘家庭的辛酸生活，贫困使得孩子长期处于饥饿状态，连学业也不得不放弃，家中老人过世没有钱财安葬，这些事情激起诗人心中强烈的情绪，连作诗的心情也没有了，发出“何致贫如此”这样肝肠寸断的慨叹。其余提到经济窘迫的诗句也有多处，如：

年丰山米贱，溪涸石苔腥。(徐照《白下》)

水石惟宜夏，田桑独致贫。(徐照《愁》)

小雪衣犹裕，荒年米似金。(《忆赵紫芝》)

荒年家口众，少日鬓毛新。(《赠大罗山李秀才》)

这些诗句中提到米价的问题，丰年米价伤农，辛苦一年收入却低，荒年则米价飞涨，大部分百姓处于饥荒状态，也就是说在以小农经济为主的当时，不管收成如何，百姓生存都很艰难，这其中也包括亲自躬耕的徐照。徐照临死时，家中还处于“啼妻无完裙，弱子犹哀麠”的状况，令人唏嘘不已，在失去主要收入来源以后，其家人的生活状况可想而知。这反映的既是徐照个人的贫穷，也是南宋中期下层文人的普遍情况。

三是精神困顿，仕途渺茫。他们的生年晚于中兴诗人，恰值青壮年遇上开禧北伐。北伐失败以接受更苛刻的和议条件为代价，百姓生活更加贫苦，阶级矛盾更加尖锐。而此时，南宋内部权臣当道、党争频繁、皇帝昏庸、后宫干政，朝纲相比孝宗时期显得混乱无序，王朝日益衰落，中兴气象消失殆尽。四灵当中，徐照生活最为窘迫，他一生布衣，四处奔波，生存艰难。庆元党禁期间，朱熹被斥为“伪学”，叶适及其门生受到牵连，严重影响到四灵的仕途和生活状况。他们社会地位低下，徐玑、赵师秀虽曾做官，但官职卑下，徐照、翁卷终身布衣。仕途不顺则难免经济拮据、境遇窘迫，一家人都要忙碌生计，除了农耕、养蚕之外，有时还要远游干谒。徐照曾漫游入湘，翁卷曾至湘、闽一带，任过一些官职的赵师秀和徐玑同样四处奔波。相比而言，中兴文人虽然面临政治斗争，但始终在官场上，再怎么严酷的打压也不变心中的儒家经时济世的信念。四灵则不同，他们无法进入上层社会，还有生存之忧，儒家那套为人处世的理论没有实践的机会。他们想要摆脱贫苦而无可奈何，意欲一展抱负却无能为力。麻溪峒民曾被逼造反，杀了很多官军，徐玑则采用黄老之术，宽大处理，可见他具备一定的治理能力（叶适《徐文渊墓志铭》）。[1] 四灵坚决主战，态度鲜明，立场明确。他们关心国事，发出“一时亡国恨，千古向人言”的悲叹，恨不得能够亲赴沙场、击退金人，然而只能登高感伤，“十年前作金陵梦，重抚阑干说旧游”，连看到秋日盛开的菊花，也能联想到“邓州兵革外，流种遍江南”。河南邓州在1141年绍兴和议中被划给金人，隐射开禧和议给南宋带来的损害。再如《抚栏》中“听说边头事，时贤策在和”，《赠张亦》中“兴兵又罢兵，策士耻无名”，皆讽刺朝廷主和派祸国殃民。家贫身卑成为束缚四灵精神的枷锁，难以挣脱。即使赵师秀这样的宗室成员，也无法避免。其诗《秋日偶书》云：

> 大书公吏恐，直语众人嫌。俸少贫如故，医慵病却添。秋风墙下菊，相对忆陶潜。

诗人虽然混迹官场，但颇不如意，一则俸禄少，与做官之前一样贫苦；二则由于喜直言政事而遭到同僚的厌恶与排挤；三则疾病缠身，久治不愈。这三者中最愁居其位而不能谋其事。他们无法实现政治理想，还要在贫病和漂泊中感受时间和空间的不确定，心生不安。赵师秀在仕与隐之间反复纠结、不知所措，“旧友误称吟笔长，诸亲争笑罢官贫”，在生存中熬白了头发，消耗了生命，到头来徒劳无功，身心俱疲。诗云：

> 一身来作吏，白日算徒劳。尘土侵衣重，年光如鬓牢。（《春晓即事》）
>
> 满任添新发，还家带旧琴。（《诗》其二）

这不仅是赵师秀的个人遭遇，更是当时下层士大夫的集体困境，“何计从师老，生涯若履冰”，“民归清净化，家似困穷时”，“生平空献赋，不得似相如”，他们或满怀壮志却无人赏识，或执政清廉而难免贫困，或身陷党争之中而无法自救，为了养家糊口，不得不从事劳动、疲于奔命。至此，儒家为士人提供的两条人生道路，“达则兼济天下，穷则独善其身”，在当时下层文人身上悉数落空。四灵在儒家思想无法坚持，生存艰难之时，又长期浸染于道教文化的影响之中，倾向于道教信仰与生活，是自然而然的选择，更是他们试图在困境中超脱自适的一个方式。

---

[1] 曾枣庄、刘琳主编：《全宋文》（二二四册），上海辞书出版社2006年版，第321页。

三、贫中求和的理想与追求

“和”在道家思想中是一个重要的概念，涉及天人两个方面。在宇宙自然方面，道家主张“天和”，调和阴阳之气，如《老子》第四十二章曰：“道生一，一生二，二生三，三生万物。万物负阴而抱阳，冲气以为和。”❶意为阴阳两气相交以达到和谐状态。这一观念在《庄子》一书中得以继承和发展，如《天运》篇云：“夫至乐者，先应之以人事，顺之以天理，行止以五德，应之以自然，然后调理四时，太和万物。”❷ 庄子认为最美妙的音乐应当因循天理、应和自然，才能达到“天和”，并在《天道》篇中明确提出了“天和”与“人和”的概念，曰：“夫明白于天地之德者，此之谓大本大宗，与天和也；所以均调天下，与人和者也。与人和者，谓之人乐；与天和者，谓之天乐。”❸ 天地以无为为德，掌握这个根本就能与自然和谐，也就能够实现人和。庄子甚至提出，人本来就是天地阴阳之气聚集刚柔和顺之气而生成的，《知北游》曰：“是天地之委形也；生非汝有，是天地之委和也；姓名非汝有，是天地之委顺也。”❹ 人的身体和性命并非你自己所独据，因此要顺应大道。

养生方面，四灵重视道教养生之术，以求身体养和，“手把松枝养太和”。他们普遍有采药服食的习惯。如徐照《种菊》其二云：

> 一花八十品，秋风巧于春。不与群物竞，静性如幽人。湿干欲及宜，口口养性真。谁授服饵法，应能寿吾身。

诗人栽种菊花，一方面是仰慕它不争的品性。菊花是花中四君子之一，在宋代尤其得到文人的青睐，以寄托自己澹泊、脱俗之情志；另一方面菊花是道教长生术的一种药饵，道教很早就有服食菊花以养生的方法，葛洪《抱朴子·仙药》云：“南阳郦县山中有甘谷水，谷水所以甘者，谷上左右皆生甘菊，菊花堕其中，历世弥久，故水味为变。其临此谷中居民，皆不穿井，悉食甘谷水，食者无不老寿，高者百四五十岁，下者不失

---

❶ 陈鼓应：《老子译注及评介》，中华书局 1984 年版，第 232 页。
❷ （清）郭庆藩撰，王孝鱼点校：《庄子集释》（第二册），中华书局第 1961 年版，第 502 页。
❸ （清）郭庆藩撰，王孝鱼点校：《庄子集释》（第二册），中华书局第 1961 年版，第 458 页。
❹ （清）郭庆藩撰，王孝鱼点校：《庄子集释》（第二册），中华书局第 1961 年版，第 739 页。

八九十，无夭年人，得此菊力也。……仙方所谓日精、更生、周盈皆一菊。”❶ 葛洪认为南阳郦县山民之所以能够普遍得以长寿，与谷水中泡有菊花花瓣有关。道教服食修炼主要是通过金石丹药和草木的服食以求长生。唐代以后，外丹术衰落，主要是金石丹药易使人中毒致死，而草木由以前炼丹的辅料转而为服食的主料。因此，四灵为了服食草药，常去山野采药。翁卷《山中采药》云：

> 悬崖产灵药，等闲人顾稀。采掇获所愿，跻登倦忘归。沃叶带露滋，深根涵土肌。妍光媚幽篊，芳气盈我衣。濯以清涧泉，曝之太阳晖。制治拟如法，服食从所宜。除疴养天和，仙方岂吾欺。协彼古修意，庶用延将衰。将衰倘得延，万事焉足为。

诗人认为，人迹罕至的山崖尤其有利于具有灵性的草木生长，更利于道教长生之术的修炼。因此他不惜身赴险境去采药，在成功摘得灵药后，更是对仙境心驰神往，想象按照仙方得以驻颜长寿。在这首诗中，诗人不但记叙采药过程，还描写了自己体道过程，感受到灵药吸收阳光、雨露、沃土、清泉的滋养，集天地精气于一体，其成长就是调阴阳之气以达“天和”的过程，采摘灵药就是顺应天道，从“天和”体会“人和”的行为，仅仅想象草药祛病长寿的功效都能够给诗人带来身心的愉悦和精神的满足。再如赵师秀《大慈道》云：“青苔生满路，人迹至应稀。小寺鸣钟晚，深林透日微。野花春后发，山鸟涧中飞。或有相逢者，多因采药归。”人们偏向僻静山林采药，还可以感受到大自然的虚静与生机。

四灵之中，徐照、徐玑先亡，赵师秀与翁卷稍后。赵师秀就曾从养生角度分析徐玑的死因，在《哭徐玑》（五首）中分析徐玑“短折”的原因，“血匪无由，恐是服椒罪。君于药自深，何独此乎昧”，“岂不闻仙人，饵菖得千岁”。据诗，徐玑可能是因为误食椒导致吐血而死，应该服食道教提倡的菖蒲。徐照可能是死于误食僧人烈药，赵师秀在《哀山民》一诗中云，徐照“为寒所中，胫痹连左胛”，本来只是感染风寒，服食道教丹药已好转，后得僧人赠药，旋即虚汗连连、一命呜呼。

四灵也注重外在身体的养护。道教主张形体要瘦，饮食、生活要有节制，这样才利于养生。永嘉四灵将“清瘦”“清羸”看成理想的形态，

---

❶ （晋）葛洪著，顾久译注：《抱朴子内篇全译》，贵州人民出版社1995年版，第287页。

"心信生狂语，清羸改俗形"，"嗜茶身益瘦，兼恐欲通仙"。徐玑在游宦途中认识一位初次相识的文人，就赞美其"清羸亦好吟"。他还曾写诗赠与赵师秀，云："游宦归来隔几春，清羸还是旧时身。养成心性方能静，化得妻儿不说贫。竹长新阴深似洞，梅添怪相老于人。亦知曾见高人了，近作文章气力匀。"他赞誉赵师秀虽然几年不见，仍能够保持清羸的身形，并猜想赵可能受到世外高人的点化，心性修养和文学创作都有进步。

相比身体养和，四灵更重视保持内心平和。他们认为养生第一要务，就是保持内心平和，这样才能够养护身体，不让愁思染白头。徐照《陈待制五月十四日生朝》云："随行惟一鹤，堆案有群经。道直言皆壮，心和鬓益青。"又《送陈池州十二韵》云："道直言皆壮，心和鬓不斑。"而对四灵来说，要在长期处于贫穷和失意的生活中，做到天人和谐是个艰难而缓慢的过程。赵师秀就曾指出，徐照病故的另一个重要原因就是现实生活的压力太大，"多愁积如山，令君心不闲"，因此，他在《后哀》诗中奉劝道："未知百年后，谁复耕此穴。寄言苦吟者，勿弃摄生诀。"他指出了苦吟诗歌虽然能够留名后世，但相比摧残身体、耗尽生命又是不值得的。徐玑苦练《兰亭》，不符合养生之道，对身体有损伤，因此赵师秀还认为正是因为如此，才严重损害了徐玑的身体，导致久病不愈，最终命赴黄泉，"临池书未成，池水黑已尽。传来《叶岭》帖，遂与《兰亭》近。凡兹究极功，亦足损肝肾"。

从身体养和到心和、心闲，再到诗歌自然和美的境界，这是超感官的精神上的审美。徐照《山中》云："世事已无营，翛然物外形。野蔬僧饭洁，山葛道衣轻。扫叶烧茶鼎，标题记药瓶。敲门旧宾客，稚子会相迎。"诗歌炼字传神，"洁"的不是僧饭，是诗人超脱世事的心，"轻"的不仅是道衣，更是他摆脱形役的境界，他采药归来在家中煮茶、扫叶，这些生活化的场景都被赋予自然而然的诗意，旧友来访、稚子相迎，闲适的生活与清净的心境经过了诗人的诗意浸染，极具美感。翁卷《秋日闲居呈赵端行》云："闲居观物化，几叶又飞东。清气全归月，寒声半是风。病多怜骨瘦，吟苦笑身穷。折得邻家菊，还思靖节翁。"物化出自庄周梦蝶的典故，《齐物论》曰："不知周之梦为蝴蝶与，蝴蝶之梦为周与？周与蝴蝶，则必有分矣。此之谓物化。"梦境与现实之分，其实就是虚实之分、死生之分，庄周与蝴蝶、物与我两化而合一，最终达到万物齐一。翁卷在诗中用"物化"这个词，是一语双关，既可以指夏去秋来产生的自然事物变化，也可以借庄子齐物论思想，表现诗人对贫病生活的悲悯和自我调侃，在追思渊明的过程中心情最终归于平静。再如徐玑《题东山道院》一诗云：“静与黄蜂通户牖，闲将白鸟共沙汀。道人亦有能琴者，一曲清徽最可听。”黄蜂飞舞与环境幽静形成对比，清雅的道人悠闲地弹琴，沙汀上的白鸟与诗人和谐相处，再如翁卷《夏日闲坐》云：“无数山蝉噪夕阳，高峰影里坐阴凉。石边偶看清泉滴，风过微闻松叶香。”夏日傍晚，清风习习伴着松香，蝉鸣声声响彻山谷，诗人丝毫感觉不到燥热，而是巧妙地藏于山影之中，感受清凉、观看清泉。

四灵也喜欢读楚辞，“安得数年居此地，待须长日补骚经”“荷锄曾有约，独喜带骚经”，大约把自己的生平遭际和精神上困顿的感受和思考，悉数寄托其中，因而在描写梅花时，还把窗下零星的梅花比喻为离骚句、贾岛诗，“幽深真似离骚句，枯健犹如贾岛诗。吟到月斜浑未已，萧萧鬓影有风吹”。然而有时又奉劝自己要注意诗中平和之境，“楚辞休要学，易得怨伤和”（翁卷《送蒋德瞻节推》），“莫因饶楚思，词休失和平”（赵师秀《送徐玑赴永州掾》）。

永嘉四灵向道，一方面是因为生不逢时而不得不投向道教怀抱，另一方面更是身处道教气息浓厚的南宋时代、永嘉道教文化的浸染，这既是个人的选择，也是时代背景、地域文化使然。难能可贵的是，他们从道教中学会的不仅仅是养身求和的方法，更从中汲取思想的养分，最终达成与这纷扰乱世的共处。

周密笔记中的生命体验及其审美超越[1]

刘师健

（湖南省社会科学院　文学研究所）

摘　要：周密享有笔记巨擘之称。在其笔记文本中，他打破了文本的封闭与自足，通过时间书写、离散书写、历史书写，传达出作者对生命体验和现实关怀的全新阐释与融合，使得文本中大量史学记载不再只是一种书写策略，更是作者在历史、文化转型的危机性异质空间中建构自我认同的方法。作品中折射出作者直面人生困境的理性自觉以及渴望超越现实困境的主体意志。而且，周密并非通过外向超越的方式来克服生活中的苦难，而是着眼于自我心灵的发展与人格意识的升华，在自我与历史的对话书写中建立起理性自足的人格，实现了人生的审美化。这在笔记史上，进而在中国文化史上，无疑都具有典型的意义与独特的认识价值。

关键词：周密；笔记；生命体验；审美超越

周密（1232—1298），字公谨，号草窗，又号弁阳老人、四水潜夫，宋亡之后，隐而不仕，以整理和记载故国文献为己任，周密今存十三种著述，其中笔记九部，据夏承焘《草窗著述考》，[2] 笔记作品成书均在入元之后，作者以易代之际的独特视角抒写人情世故、世道兴衰，极具史料价值。以往学者或从年谱、传记、笺注入手对其人其作作基础考据的系统整理；或揭示其笔记在戏剧、园林、舞蹈、语言及宋史等方面的文献价值，从“史”的角度对笔记文本的书写进行了充分的探讨，但在笔记文本中与此并存的周密作为“个体”的一面，诸如，他对自我“生存世间”的凝注，对自我存在的省思与置身离散中所体验到的属己的焦虑、忧伤与无告

❶ 本文为湖南省哲学社会科学基金一般项目“两宋士人心态与笔记创作的嬗变研究”（18YBA280）的阶段性成果。

❷ 夏承焘：《唐宋词人年谱·周草窗年谱》（附录一：草窗著述考），商务印书馆2013年版，第337—341页。

等刻骨的生命体验，却多为学术界所轻忽与遮蔽。鉴此，笔者冀通过对周密笔记作品中关于时间书写、离散书写以及历史书写的探析，更为深入、全面地理解与诠释文本中蕴含的个体在动荡时局中所承受的苦难与惶迫，感知他化遣内心忧愤、疏解文化冲突缠缚、反思人生意义的遗民生存范式，以此揭示一个更为真切的周密及其笔记文本世界。

一、时光省思

对时光的感知是中国传统文化中展现对生命意义探讨的突出表现。面对时间的无尽流逝，他们一方面切己地体认生命的有限性，油然而生惶惑与惆怅；一方面又锲而不舍地追寻某种超越与永恒，力求立言与传远。周密笔记中对时间的书写，亦诠释了对时间无尽流逝的叹惋以及在此基础上对人生有限性的认识，他由此在看似退让的归隐中，试图在岁月奄忽中营构内在的心理时间，竭力在“逝者如斯夫”的时间长流中以个体话语参与存在的对话。

（一）逝者已矣

在笔记中，周密往往瞩目于静谧中归于虚无的意象，藉由寓意虚无的物象作为情感的“客观对应物”，以此刻画心中的茫然，表达对往昔的痛悼与追怀。一则以往日的地点“临安”为意象，书写昔日的繁华盛景。《武林旧事》中，作者饱含深情地记下南宋临安市民的礼乐文化、节日风俗、诸色杂艺、美食、酒楼酒名等。二则藉由岁月奄忽中已逝的故人，书写内心的悲痛：“翁往矣！回思著唐衣，坐紫霞楼，调手制闲素琴，作新制琼林、玉树二曲，供客以玻璃瓶洛花，饮客以玉缸春酒，笑语竟夕不休，犹昨日事，而人琴俱亡，冢上之木已拱矣，悲哉。”❶ 话语中铭刻着人天永隔、不胜今昔的喟叹。“青灯永夜，时一展卷，恍然类昨日事，而一旦朋游沦落，如晨星霜叶，而余亦老矣。噫，盛衰无常，年运既往，后之览者，能不兴‘忾我寤叹’之悲乎！”❷ 无限低徊与感叹之意，衰飒与惆怅

❶ （宋）周密：《齐东野语》，《全宋笔记》，朱易安等，大象出版社 2016 年版，第七编第十册，第 309 页。

❷ （宋）周密：《武林旧事》，《全宋笔记》，朱易安等，大象出版社 2017 年版，第八编第二册，第 5 页。

之情，尽在其中，含蓄地呈现了抒情主体对时间的深刻体会。

死，是世间最难忍情的，可又总是在无法预料之时，以无法抗拒的力量，攫走人们珍视的一切，留下无法弥合的破碎世界。于是，作者在伤逝中，创造属己的心灵家园，追忆不可追忆者，再现不可再现者，期冀心灵的重新交叠与会合，以此在死生流转中渡越时间的剥蚀与痛苦的渊潭。他由此追怀东坡的禅意之境：“东坡诗云：‘卧闻禅老入南山，净扫清风五百间。’其宏壮自昔已然，今益侈大矣。”❶ 其间可见作者以佛家“空观”对执着的人生态度。在《齐东野语》卷九“形影身心诗”中，周密更以佛家“中道”阐发陶渊明《形影神》诗中泰然委顺的思想：“‘纵浪大化中，不喜亦不惧。应尽便须尽，无事勿多虑。’此乃不以死生祸福动其心，泰然委顺，乃得神之自然，释氏所谓断常见者也……盖言影因形而有无，是生灭相。故佛云：‘一切有为法，如梦幻泡影。’正言其非实有也，何谓不灭？此则又堕虚无之论矣。”❷ 在他迟暮的哀愁里，我们可以体认到其深受佛家思想的浸染，只是，禅的至境是无悲无喜、无生无灭的寂灭之界，周密在洞彻生命有限性的悲剧之后，却依然执着于对意义的探求。于是，在死的阴影下，在多忧而寡欢的艰难生活中，他通过对往昔的追忆与感怀，在物象与意象的转换中，熔铸内在的心灵时间，以抗拒光阴对意义的磨烛。

（二）文化乡愁

世变之后，天地不复存在，人何以存乎？这成了作者反复叩问自己的命题。他在《癸辛杂识》中引用陈过的言论曰：“夫徒以其统之幸得而遂畀以正，则自今以往气数运会之参差，凡天下之暴者、巧者、侥幸者，皆可以窃取而安受之，而枭、獍、蛇、豕、豺、狼，且将接迹于后世。为人类者也，皆俛首稽首厥角以为事理之当然，而人道或几乎灭矣，天地将何赖以为天地乎？”❸ 面对残酷的浩劫，他以书写抗拒遗忘，以俟“后之览

❶ （宋）周密：《武林旧事》，《全宋笔记》，朱易安等，大象出版社 2017 年版，第八编第二册，第 64 页。

❷ （宋）周密：《齐东野语》，《全宋笔记》，朱易安等，大象出版社 2016 年版，第七编第十册，第 144—145 页。

❸ （宋）周密：《癸辛杂识》，《全宋笔记》，朱易安等，大象出版社 2017 年版，第八编第二册，第 235 页。

者”藉此重回往昔、重温旧梦。于是竭力在岁月的废墟中找寻昔日的残片，“嘉与好事者共之，庶亦可想象承平文物之盛焉”。[1] 希冀来者不忘故国昌盛的文化。

在经历了亡国的血的教训后，作者不“为尊者讳”，把批判的矛头指向了把持朝政、祸国殃民的权臣。他指出：“凡自三月二十日至七月，度宗升遐，贾相持丧、起复、辞免，虚文汩汩，殆无虚日。如此三阅月，内外不安，而国事边事皆置不问。”[2] 其“著《癸辛杂识》诸书，每述宋亡之由，多追咎韩、贾，有《黍离》诗人‘彼何人哉’之感”。[3] 他进而将国运不振的责任归罪于士大夫，在《野语》中著录了颇多士人的品行不佳之处，充溢着对时局的反省与责难。诚如盛杲在《齐东野语·后序》中所指出：“大抵宋季士大夫议论多而成效少，小有得失，彼此相轧如若聚颂然。是知国势之不竞，不当专责之秦、史、贾、韩辈也。”[4]

可以说，在审美视域中，周密看到的更多的是历史的美学而非历史的全体。追忆中，尽管有着省思与反讽，却并不足以抵消作者对往昔的眷念与惜逝，他瞩目于往昔雅致的生活，如《武林旧事》卷十“张约斋赏心乐事”详尽描述了张约斋与文人之间的雅事，《齐东野语》卷二十“张功甫豪奢”中更是写出了其生活的奢靡：“园池声妓服玩丽甲天下。”“酒竟，歌者、乐者，无虑数百十人，列行送客。烛光香雾，歌吹杂作，客皆恍然如仙游也。”[5] 张约斋其雅致的生活、精致的品味令置身于陌生的历史、文化时空中的周密神驰意往。于是，在对往日的不尽书写里，书写者（周密）将重新回归自我，重拾失落的过往，吟味曾经的气息。追忆因此使得时间获有了心灵的、情感的维度，不无理想化的往昔，遂成为抵御历史洪流的心灵家园，开启对存在的思索，安顿了他的文化乡愁。

---

[1] （宋）周密：《齐东野语》，《全宋笔记》，朱易安等，大象出版社 2016 年版，第七编第十册，第 92 页。

[2] （宋）周密：《癸辛杂识》，《全宋笔记》，朱易安等，大象出版社 2017 年版，第八编第二册，第 194 页。

[3] （清）永瑢等撰：《四库全书总目提要》，《万有文库》本，第 31 册，第 102 页。

[4] （宋）周密：《齐东野语》，《全宋笔记》，朱易安等，大象出版社 2016 年版，第七编第十册，第 348 页

[5] （宋）周密：《齐东野语》，《全宋笔记》，朱易安等，大象出版社 2016 年版，第七编第十册，第 338 页。

（三）敢期他年扬子云

在《齐东野语》卷十六“贾岛佛”中，周密写道：“盖酸咸之嗜，固有异世而同者，长江簿何以得此于人哉？凡人著书立言，正不必求合于一时，后世有扬子云将自知之”。[1] 他坚信，书写能够跨越岁月铸就的隔阂，立言传远，不必求合于一时。正因为有着这样的信念，周密于文字推求备至。虽曾声言“务求事之实，不计言之野”，[2] 但在可能的范围内仍追求“近雅”[3]，进而对理学家崇尚性理、卑视艺文的作为提出了严肃的批评：“宋之文治虽盛，然诸老率崇性理、卑艺文，朱氏主程而抑苏，吕氏《文鑑》去取多朱意，故文字多遗落者，极可惜。水心叶氏云：‘洛学兴而文字坏。’至哉言乎。”[4] 面对科举导致的斯文沦丧，以及功利思想对“文”的扭曲，周密更是心有戚戚焉。

> 南渡以来，太学文体之变：乾、淳之文师醇厚，时人谓“乾淳体”，人才淳古，亦如其文。至端平江万里习《易》，自成一家，文体几于中复。淳祐甲辰，徐霖以书学魁南省，全尚理性，时竟趋之，即可以约致科第功名。自此非《四书》《东、西铭》《太极图》《通书》《语录》不复道矣。至咸淳之末，江东李谨思、熊瑞诸人倡为变体，奇诡浮艳，精神焕发，多用庄、列之语，时人谓之换字文章，对策中有“光景不露”“大雅不绕”等语，以至于亡，可谓妖矣。[5]

字面上，周密似乎是在梳理宋室南渡以来太学文体之变，非《四书》《东、西铭》《太极图》《通书》《语录》不复“道”的文章除钓致科第、获取一时的“文化象征资本”外，到头来都是时移事往，堕入忘川。什么能够不被遗忘？又怎样方能传远？这恐怕是作者始终隐含于其中的终归目

---

[1] （宋）周密：《齐东野语》，《全宋笔记》，朱易安等，大象出版社2016年版，第七编第十册，第268—269页。

[2] （宋）周密：《齐东野语》，《全宋笔记》，朱易安等，大象出版社2016年版，第七编第十册，第13页。

[3] （宋）周密：《武林旧事》，《全宋笔记》，朱易安等，大象出版社2017年版，第八编第二册，第5页。

[4] （宋）周密：《浩然斋雅谈》，《全宋笔记》，朱易安等，大象出版社2017年版，第八编第一册，第146页。

[5] （宋）周密：《癸辛杂识》，《全宋笔记》，朱易安等，大象出版社2017年版，第八编第二册，第206页。

的。外在的事功已无可为，惟有将心中对理想生活世界的思考与憧憬，公诸同好、留予后世，方能突破一己的时空而进入宇宙周流的大化之中。于是，藉“书写”的强力介入，回返心灵的家园，对时间的超越，由此成为可能；对“不朽”的冀望，由此得以实现。

二、离散书写

宁知无望，周密仍渴望原乡，他曾对袁桷谈及在家乡吴兴先祖墓之侧，营冢筑室，命意为“复庵”时言：“复，反也，反诸其本也。圣人作《易》之义，深矣？余取斯名也，厥有旨。昔太公表东诸侯归葬于营丘礼，以为不忘其本。余家故齐人，虽南徙吴兴，而其遗礼，三世犹守之。自余失仕，居钱塘，非有酣豢之乐而忘其归，不幸而不得归者，势也。今老矣？苟终无所归，则与复之道奚取！亦尝推死生昼夜之理，其变无穷。反身而观，虚一而明者，物莫能御。则兹丘之乐，殆与造物者去来，而莫穷其所止也。”❶ 这其实是一段充溢着离散情结的自白，文字中凝聚着时光与地域的交错、期冀与现实的裂变、原乡与家乡的纠葛。他当如何纾解寻根的焦虑，如何在离散情结的撕扯中重构自我认同。

（一）“齐”：想象的乡愁，身份的建构

“齐”频频出现在周密的笔记文本中，引起了众多学者的关注。萧鹏、张薰、刘静等研究者认为“齐”意指代表中州正统的齐鲁文化；韩国学者安芮璿则根据“齐”往往被目为“俳谐”“怪异”的代名词，认为其对周密“滑稽”“简易混俗”的性格特点有深远影响。❷ 研究者这种从静止的视角对“齐”所作的解析，未免将其文化属性固化、简单化了。社会学研究表明文化属性“绝非永远固着于某些本质化的过去，而是受制于历史、文化与权力的不断运作或操纵”，若就弱势族群来说，“建构历史的第一步就是取得发言位置，取得历史诠释权”，而“过去不仅是发言的位置，也是赖以发言的不可或缺的凭借”。❸ 这里就指出了“文化属性”不仅是存在

---

❶ （元）袁桷：《复庵铭》，李修生：《全元文》第 23 册，江苏古籍出版社 2001 年版，第 486 页。

❷ 安芮璿：《宋人笔记研究》，复旦大学博士论文。

❸ Stuart Hall，Cultural Identity and Cinematic Representation，Framework 36，1989，p. 70。

的，也是生成的。笔者由此认为，其于易代之际令周密流连低回的并不是空间内实存的“齐”，也不完全是“齐”所代表的某一文化传统，其对原乡反复言说的用心，是在“取得发言位置，取得历史诠释权”。

易代之际，周密旨在藉由对原乡的认同，并于此认同中达致自我认同，他在《齐东野语》序中即言：“异时展余卷者，噱曰：‘野哉言乎，子真齐人也。’余对曰：‘客知言哉？余故齐，欲不齐不可。虽然，余何言哉！何言，亦言也，无所言也，无所不言，乌乎言。’”❶ 以此取得以“野”自处、自我放逐于主流之外的“发言位置”。并且，“齐”在周密的文本中总是同国族的播迁、家族的离散、个体失根的焦虑及记忆漶漫、始源迷失的恐惧扭结在一起。诸如：“余世为齐人，居历山下，或居华不注之阳。”❷ “弁阳老人周密，字公谨父，其先齐人。”❸ “我家中丞公，实自齐迁吴，及今四世，于吴为家。先君尝言：‘我虽居吴，心未尝一饭不在齐也。岂其子孙而遂忘齐哉。’”❹ 在这些反复无穷的叙述背后，作为话语或言说的“齐”，是一种关于权力话语的言说，是一种多重文本，通过它，周密既书写自己的历史人生、想象的乡愁，亦试图以野人畸士的“放言善谑、醉谈笑语”，挑战、抗拒由胜利者书写的正史。其对原乡对“齐”的关注，事实上是对“失去”的一种执迷，一种眷恋，潜流着周密历经世变彷徨于无地的困惑与焦灼，以及在这样的动荡中对重构自我认同的渴求。

（二）“耽美”于物

历史已成惘然，何不回归自我的空间，著述立言，寄托对逝去时空的记惦，以此完成生命的蜕变。诚然立言传远的理想甚为宏大，生命似乎又必须藉由某种媒介，方能有所附托，以垂之不朽。于是，作者“耽美”于物，每于书籍、法帖、鼎彝间，寄了无限的深情，探寻生命的意义。作者常常详细地描绘其赏玩之“物”的圣洁精美、动人之处，《水落石出笔格》中云：“有灵璧石小峰，长仅六寸，高半之，玲珑秀润，卧沙水道，裙摺

❶ （宋）周密：《齐东野语》，《全宋笔记》，朱易安等，大象出版社 2016 年版，第七编第十册，第 13—14 页。

❷ （宋）周密：《齐东野语》，《全宋笔记》，朱易安等，大象出版社 2016 年版，第七编第十册，第 13 页。

❸ （宋）周密：《珊瑚木难》卷五，《四库全书》第 815 册，第 142 页。

❹ （宋）周密：《齐东野语》，《全宋笔记》，朱易安等，大象出版社 2016 年版，第七编第十册，第 11 页。

胡桃文，皆具于山。峰之顶有白石，正圆莹如玉，徽宗御题八小字于石背曰‘山高月小，水落石出’。略无雕球之迹，真奇物也。”❶《向氏书画》中谓雪白灵璧石“高数尺，卧沙水道悉具，而声尤清越，稀世之宝也。”❷《华夷图石》中云：“汴京天津桥上有奇石大片，有自然《华夷图》，山青水绿，河黄路白，灿然如画，真异物也。”❸

诚然，耽物中隐含着作者对人生悲欢的叹惋与哀伤。《癸辛杂识》“白玉笙箫”中写道：“理宗朝，张循王府有献白玉箫管长二尺者，中空而莹薄，奇宝也，内府所无。即时有旨补官。未几，韩蕲王府有献白玉笙一攒，其薄如鹅管，其声清越，真稀世之珍也。此二物，皆在军中日得之北方，即宣和故物也。”❹“画本草三辅黄图”中亦载“先子向寓杭，收拾奇书。大庙前尹氏书肆中，有彩画《三辅黄图》一部，每一宫殿绘画成图，极精妙可喜，酬价不登，竟为衢人柴望号秋堂者得之。至元斥卖内府故书于广济库，有出相彩画《本草》一部，极奇，不知归之何人？此皆画中之奇品也。”❺皇宫的白玉箫管、白玉笙竟“皆在军中日得之北方”；宋朝内府“极精妙”的书画却在“至元间被斥卖于广济库。”话语中浸透着作者因往日精美饰物失去的痛惜之情，蕴藏着作者对人生的留恋和对存在的思索，对心灵家园的执着追寻，对华夏正声的依归。故国、故园、故旧，都有赖物质碎片为符码，作者以局部、片段指涉已然逝去的全部，其用心在于使其为后人提供一份可供追忆的情景，不至随着故国的覆灭而烟消云散。由此，我们可以更深入地理解周密耽溺唯美的内在动因，是特定之“物”与他个人情感与记忆的内在关联。面对世变的纷乱，作者试图通过特定之物找回自己的影子，在并不完美的生活中捕捉、创造着美，以此从赏玩过程中产生亲切感，获得对人生的深刻体悟、对美好物事与故人的真实情感，以凛然的浩气叩响着灵魂的正声。

❶（宋）周密：《癸辛杂识》，《全宋笔记》，朱易安等，大象出版社 2017 年版，第八编第二册，第 288 页。

❷（宋）周密：《癸辛杂识》，《全宋笔记》，朱易安等，大象出版社 2017 年版，第八编第二册，第 218 页。

❸（宋）周密：《癸辛杂识》，《全宋笔记》，朱易安等，大象出版社 2017 年版，第八编第二册，第 248 页。

❹（宋）周密：《癸辛杂识》，《全宋笔记》，朱易安等，大象出版社 2017 年版，第八编第二册，第 287 页。

❺（宋）周密：《癸辛杂识》，《全宋笔记》，朱易安等，大象出版社 2017 年版，第八编第二册，第 287 页。

三、写在历史的罅隙与劫灰中

社会人事是组成历史的一个时间序列，兴亡贤愚是对某个历史节点与历史人物所进行的客观评价，这种追溯是单向的，只是简单地向读者陈述历史事实。书写历史的真正用意在于追索往事来“镜”“鉴”当下。周密对这种儒家史书的书写理论有着深刻的认识，其笔记既书写着为大历史所剪辑、隐匿、忽略的事实，同时，亦以其抒情、怪诞、反讽，乃至戏谑的独特方式，书写着身世零落之感、失家亡国之痛，讲述着今生恍若隔世的故事，以期透过纷繁人事堪破世间历史变化、发展、运行的规律，为人生价值的建构提供依据。

（一）道学反思，解构神话

笔记中，周密以世变以来的历史作为参照系，就道学与晚宋政事的关联作了深刻的现实评判。《癸辛杂识》“道学”条，揭露道学之士“愦愦冬烘，弊衣蔬食，高巾破履，人望之知为道学君子也”的可憎面目，直斥他们整日清谈，党同伐异，于事无补，“以致万事不理，丧身亡国”。[1] 还以正史不载的轶闻闲话，在谐谑说笑中慨叹、沉痛以至斥责伪道学种种以“雅流自居”的怪异、迂腐、自大的一面。如饶双峰“自诡为黄勉斋门人，于晦庵为嫡孙行”、罗椅“平生素诡诈”“为巨富家子”而“青鞋破褙、蓬头拒面，然一贫儒”。方回“其处乡专以骗胁为事，乡曲无不被其害者，怨之切齿。……老而益贪淫，凡遇妓则跪之，略无羞耻之心”。在貌似诙谐的背后蕴含着他对当代士风士行的深刻反省。

（二）关注边缘者，打破权力的独白

笔记中，周密除对时代主流价值的强烈质疑，对政制缺失以及宫闱秘闻的公然论议外，[2] 还有他对盗贼、仆役、市井卖艺算命者以及位于历史与社会边缘者的称呼。如《癸辛杂识》前集中的“王小官人”，风趣而有

[1] （宋）周密：《癸辛杂识》，《全宋笔记》，朱易安等，大象出版社 2017 年版，第八编第二册，第 290 页。

[2] 《齐东野语》卷十一“慈懿李后”条（《齐东野语》，第七编第十册，第 188 页），《癸辛杂识》续集下“宁宗不慧”条。（《癸辛杂识》，第八编第二册，第 308 页。）

义理，周密称其“盗亦有道，其是之谓乎”。[1] 还如知恩图报的张约斋的佣工，“尚义介靖”不忘旧主的张防御、沈垚，不以文天祥题诗换钱的烧饼主人等有仁有识的市井小人物，周密叹其“斯人朴直可敬如此，所谓公论在野人也。”[2] 即使是关于士人的记载，周密亦是侧重于关注那些国史中隐没不闻的中下层士人。如《齐东野语》卷十一《何宏中》中“其志亦可哀矣！国史乃失其本传焉。”[3] 周密深深感叹这些或卑微或边缘的人们身上闪耀的人性光辉，试图在他们身上找寻社会精英阶层业已失去的豪侠、节义与风华，写下自己严峻犀利的评断，示其本相。

（三）写在历史边上，拷问复杂人性

在探辨历史真相的过程中，周密不惮于拷问、书写人性的复杂。如享誉后世的道学家朱熹，作者也不惮刻写他人性中的弱点。《野语》卷十七《朱唐交奏本末》，记录唐仲友自恃才华轻视朱熹，在陈同父挑唆下，两人结怨，之后朱唐两人互相搜集对方罪证，上奏皇帝案，皇帝依据王淮“此秀才争闲气耳”的解释方两平其事。[4] 在国事繁多、边境不安之时，他们不思为国效力，反而逞一时之气相互攻讦，让正史中单质化的朱熹由此变得立体、多元。再如《野语》卷三《诛韩本末》中韩侂胄因得罪了皇后和其兄杨次山，以致最终被史弥远等人设计诛杀，南宋朝廷内部政治斗争可见之一斑。作者不惮通过这些复杂的斗争，不寓回护之意，写下人性的残暴。

周密在历史书写中，融入学者特有的深邃历史知识与敏感的审美判断，不但关注大历史叙述，同时还试图填补历史边缘的缝隙，让沉默的历史与历史中“沉默的大多数”发声。这种对于历史的微观片段叙述，在不断填补历史缝隙的同时客观上也起到了对历史宏大叙事的解构作用。这种悲悯的人文情怀和对普通民众的关注，催生了作者自觉反思的沉痛与愤

---

❶ （宋）周密：《癸辛杂识》，《全宋笔记》，朱易安等，大象出版社 2017 年版，第八编第二册，第 174 页。

❷ （宋）周密：《癸辛杂识》，《全宋笔记》，朱易安等，大象出版社 2017 年版，第八编第二册，第 305 页。

❸ （宋）周密：《齐东野语》，《全宋笔记》，朱易安等，大象出版社 2016 年版，第七编第十册，第 181 页。

❹ （宋）周密：《齐东野语》，《全宋笔记》，朱易安等，大象出版社 2016 年版，第七编第十册，第 295 页。

澧，他以僭越正史自成一格的勇毅，开始了对群体命运的探辨、反思，以此示范了历史传统官方形态的另类书写模式。

四、周密笔记生命体验中的审美超越

置身易代文化冲突的生存困境中，周密在对社会人生、历史往昔深情追询的过程中，表现出来的不仅是情感上的体认与把握，更多的是对人生意义进行彻底的思考与追询，他着眼于心灵的自我完善，透过书写倾听且回应历史，在文本与记忆的召唤中获得心灵的净化、情感的升华，展现了由依靠外在因素的消解转向到主体内心境界的提升。

（一）自我书写与自我涤荡的美学典范

在生命的迟暮时分，周密似乎愈发避隐、退居于与人无竞、与世相忘的自我时空中。进而在笔记中，以易代之际的独特视角感事抒怀，这似乎有些落寞，有些悲凉，但面对厄运，他始终保有一份率真放达、自娱调侃的尊严与优雅，往往于文本中展现、描摹种种无可诉说的悲苦、惆怅、忆念。按著名文学理论家与批评家爱德华·沃第尔·萨义德的观点，离散赋予离散者双重的对位的视域，于是，一些看似悖立的、矛盾的思想情感会奇妙地汇流在他们身上。周密亦然。如坚毅刚正的节行与宽和豁达的胸襟，闲适淡泊与耽美于物，对道统的重视与对个体独立自主意识的关注。正是这种悖立与整合，周密一生历经诸多坎坷、挫败，却始终执着于自己的理念，执着于对理想抱负的追求。即使是在亡国后的归隐闲居之中，亦不忘追忆故国、省思历史；即使是在玩乐戏游之中，亦自觉地思索人生、壮心明志，始终存有对永恒事物的思辨。

事实上，身为南渡士人，年迈之时又置身于王朝鼎革、地域失序、蒙元新政、思想价值观念多元共存的时局中，周密的生命体验中始终伴有一种边缘性，似乎陷入一种不知所措、孤立无援的境地。但他似乎又总是以老者遍阅风雨、洞观世事的悲哀与超脱，以智者的明智豁达与独立卓见，藉由智性的微笑与谐趣的方式表达对苦难的体悟与包容，坚持以自娱娱人的方式在不完美的生命中淡忘逝去、追求美好。他由此打破文本的封闭与自足，跳出历史的传统官方形态的书写模式，以自身独特的视角书写人情世故、世事沧桑。由此，文本中的大量史学记载便不再仅仅只是一种书写策略，更是作者在历史、文化转型的危机性异质空间中表达自我、建构自我认同的方法，诠释了作者对生命体验和现实关怀的全新阐释与融合。通过这种自我书写，作者不仅达到了自我的净涤，还不间断地引导我们回归到审美活动中个性化、多样化的感性生命形式本身，唤醒我们内心中的生命意识，由此让我们体味历史、享有世界，进而深入探索其内在的深层精神本质与情感本体，

（二）审美与抒情观照的生命范式

在宋元鼎革之际，面对病痛、死亡、乱离，周密在离散中深悟生命之真谛，挥却羁绊，回向自我，反璞归真，坚持以独立批判的精神识见与道德勇气，著述历史、品评人世；以优雅的品味、深厚的涵养，豁达的胸襟，在国破家亡的灰烬中，还之以学术的开创、审美的超越、人格的升华；在至为艰难的境遇中闭门著述、努力不懈，顽强地记录晚宋繁盛的历史文化、辉煌的文学艺术。

据此，我们正可理解晚宋在文化上达到的新高度，正是基于大量类似周密这样的士大夫群体的优雅情怀与潜心著述，在文学作品中自由而全面地反映自我的内心世界与情感，将笔端指向心灵与个人进行自由的人性抒发，以追求学术、文学的全面发展为理想典范。他们是晚宋社会的中坚力量、精英阶层，以其真实丰富的生命体验记录了时代的优雅闲适的日常生活，展示了时代典雅精致的文化精神。从这个意义而言，作为易代之际的一种人格范式，周密给后来者开启了一个新的窗口。他不仅以浩瀚的著述，突破了人的生存困境，更以丰富、深邃的内在生命体验，对人生价值意义进行彻底的追问与终极思考，折射出直面人生困境的理性自觉以及渴望超越现实痛苦的主体意志。

危难之际，周密并非通过外向超越的方式来完成对现实困境的克服，而是着眼于主体心灵的发展与自我人格境界的提升，将心中最普遍、最深刻的东西通过真实的生命体验表现出来，在超越现实困境的同时将人生导向审美化，在著书立言的过程中臻至不忧得失兴废，不念沉浮毁誉。这种圆融冲和、自性自适的审美人格境界，在闭门遁迹、独立岁寒之操的遗民汪元量、郑思肖等人的著作中是不存在的；在与周密往来密切、处境约略相似的张炎、谢翱等人的著作中，也是不存在的。相对于那些颓废自怜、披发入山野的遗民，周密无疑表现得更具主动性与自我个性。中国文化中的遗民心境，于周密这里发展到一个新的高度。

元代文人李存与道士交游考

龚雨璐

（湖南省图书馆）

摘　要：本文从《俟庵集》入手，考察李存与道士的交游情况。先从与李存交游之道士中择八人来考察他们的生平及与李存来往的情况，再归纳与李存交游之道士的特点，最后探讨李存对道教之态度。

关键词：李存；道士；交游考

李存（1281—1354）字明远、仲公，号俟庵，元饶州路安仁（今江西余江）人。博学，通天文、地理、医药、卜巫、道、法、佛各家之书。后因舒衍而入陈苑门下，得传陆象山之学。家居讲学竹庄书院，从游之士满斋舍。高弟危素、张翥、何深传其学。著有《俟庵集》三十卷传世。他与道士来往密切，本文将考证他与道士的交游情况，探究他对道教的态度。

一、与李存交游之道士考

李存所交游之道士大部分为玄教教徒。玄教是符箓三宗分衍的支派之一，创始于元初，流传至元末，创始人为元初龙虎山道士张留孙（1248—1321）。由于得到了当时统治者的大力支持，玄教在短期内迅速发展，组织规模、社会影响都超过当时南方诸符箓派和北方的真大道、太一道，较之北方的全真教也毫不逊色。[1] 与李存交游之道士在《俟庵集》中提到者有六十余人，详见附录与李存交游之道士一览表，今择与李存交游密切的道士八人考之。

（一）张留孙

张留孙（1248—1321），字师汉，信州贵溪（今江西鹰潭市境内）人，

[1] 任继愈：《中国道教史》，上海人民出版社1990年版，第546—547页。

元朝道教领袖，玄教创始人。自幼从伯父学道江西龙虎山上清宫，为龙虎山上清宫道士，是张宗演弟子。至元十三年（1276），南宋亡，张宗演应元世祖忽必烈召去大都，留孙从行。次年，宗演还龙虎山，留孙留大都，忽必烈授以江南诸路道教都提点之职。后来，他经历世祖、成宗、武宗、仁宗、英宗五朝，备受宠遇，他历次加封的特进上卿、玄教大宗师、大真人、总摄江淮荆襄道教等头衔由以后的历任掌教承袭。李存有诗《奉赠张天师承诏趋朝》："才读天边彩色书，便登河上紫云车。神灵万里同奔走，道德千言自卷舒。夜席定知承秘问，春楼行见得尊居。无由得傍金门外，月冷河明听步虚。"[1] 又在《送龚太和随天师入朝序》中提到："皇帝即位之明年，诏江南张天师入朝，八月丁丑天师行，选其徒之才且艺者、贤有德者、壮可行者若干人从。"[2]

（二）李宗老

李宗老，达观院道士，是玄教道士吴全节的老师。1264—1294 年被授江东道教都提点，主持龙虎山上清官。李存有文《题李宗老所藏诸名公翰墨》，其中提到李宗老藏有宋代道士王与明与当时名人往来论诗的信札，他有幸一一观看，并发出感慨："世固有士大夫其勲名其著述昭昭乎天下，捐馆不旋踵而后人不能存其字泽者有焉，与明盖游乎方之外，没且百年，其山中之人，犹能宝爱其平昔所得于人者，若是亦可谓熏陶润泽远矣。"[3]

（三）吴全节

吴全节（1269—1346），字成季，号闲闲，又号看云道人，饶州安仁人。13 岁入龙虎山大上清正一宫之达观堂，师事李宗老。至元二十四年（1287）被张留孙征至京师，协助处理玄教事务。大德十一年（1307）任玄教嗣师、总摄江淮荆襄等处道教都提点，持二品银印，成为玄教第二号人物。张留孙逝后的第二年，即英宗至治二年（1322）嗣教，历世祖、成

[1] （元）李存：《俟庵集》卷九，收于（清）纪昀编：《钦定四库全书·集部》（清刻文渊阁四库全书本）。

[2] （元）李存：《俟庵集》卷十七，收于（清）纪昀编：《钦定四库全书·集部》（清刻文渊阁四库全书本）。

[3] （元）李存：《俟庵集》卷二十七，收于（清）纪昀编：《钦定四库全书·集部》（清刻文渊阁四库全书本）。

宗、武宗、仁宗、英宗、泰定帝、文宗、明宗、顺帝八朝，将玄教推向极盛。李存《俟庵集》中存与吴全节唱和诗文共十八篇，其中有为吴宗师祝寿诗，有为元统元年秋，元惠宗特书闲闲看云四大字赐玄教大宗师吴全节所写《御书赞》，有为吴全节年近八十时眼睛得善医复明而写《和吴宗师眼明识喜诗序》，有为祝贺吴全节拜祭神灵仪式成功而写《庆吴宗师降香南归帐词》等，涉及内容广，语意真挚，《次韵吴宗师沛县舟中见寄》中有"岂意云霄珠履客，未忘乡井布衣人"。[1] 其对吴全节深居高位，却对没有一官半职的自己如此关切而感动。《次闲闲吴宗师韵》中有："君似远公邀共社，我如高固盍逃盟。抽心括胃非能事，问水寻山足此生。"[2] 表明自己寄情山水，无意功名的态度。

（四）陈仲达

陈仲达为冲虚山中道士，李存《送道士刘彦基入京序》中记载："余儿时见冲虚山中道士胡君可善年八十余，两脸常如渥丹，邑有醮祭，必可善主之，登坛扬言，涵涵如撞钟，间披氅衣曳竹遨游廊庑间，可画也。其下为张君毅可亦气貌恢然，实能严事。胡张之下有陈仲达者，涉经史，又博通医经，识药物疗疾病良已，年与余相若也，而交最深，每相过辄竟日穷宵清言，有不知世累之自远也。胡与张相先后以老死，仲达克世其业，犹二君存时。"[3] 又有《赠陈仲达序》，其中提到李存因年幼体弱，也曾学医，但在为人诊断时遇到挫折，绝口不再言医，因此劝告陈仲达如若行医应该汲取自己的教训。

（五）方壶

据陶宗仪撰《书史会要》："道士方从义字无隅，号方壶，贵溪人。工诗文，善古隶、章草。"[4] 又据危素撰《仙岩图序》："方壶生学道于龙虎，心迹超迈，不污尘垢，时时写山水有奇趣。……然其人游方之外，

---

[1][2] （元）李存：《俟庵集》卷九，收于（清）纪昀编：《钦定四库全书·集部》（清刻文渊阁四库全书本）。

[3] （元）李存：《俟庵集》卷十八，收于（清）纪昀编：《钦定四库全书·集部》（清刻文渊阁四库全书本）。

[4] （元）陶宗仪：《书史会要·卷七》（清刻文渊阁四库全书本）。

莫可测度。兴之所至，不问姓名亦漫与之。否则，虽一笔不轻与也。”❶方壶俗名方从义，为龙虎山道士，善画，李存著《俟庵集》中存与方壶唱和诗文五篇，中有《谢方壶惠墨竹》：“仙人特写一竿竹，寄此山中幽且独。昨宵风雨不曾过，似听满窗秋簌簌。”❷赞扬方壶所画之竹栩栩如生。

（六）薛玄曦

据黄溍撰《弘文裕德崇仁真人薛公碑》：“公讳玄曦，字玄卿，姓薛氏，其先在春秋时为列国，至唐而河东之族尤著，有仕南唐为其司徒者……公生而颖异，举动不类常儿，雅不乐纷华，年十二辞家入道龙虎山，师事故开府太宗师张公及今特进大宗师吴公，始至京师即出游渤海碣石间，纵观古灵仙之迹，人莫知其所在，久之乃还……公自号上清外史，所著有《上清集》若干卷、《樵者问》一卷、荟粹群贤诗文为《琼林集》若干卷。”❸李存《俟庵集》中存与薛玄曦唱和诗文8篇，其中《复送薛玄卿入京序》提到：“世祖皇帝平江南，上饶张公以黄老言进，得赐号大宗师，出入禁闼者凡四十余年，张公往矣，而番易吴公继之，由是其徒之魁奇峻拔者，皆彬彬焉往来京师以为常。”❹又在《送薛玄卿入朝序》中写道：“君之往来京师也数矣，虽万里若适邻左然，至则有大宗师为之依，归行则有供给之裕而无旅琐之况也。”❺并慨然长叹：“顾古之君子，抑或有尊德乐义，而嚣嚣然以游者，而吾独无是心耶？吾丧亲，既已二竖子且长，能聚粮治装，斯亦游矣，游必先京师，先京师其必以君之师生为东道主，下榻之余，借之以一马，导之以一奴，望宫阙之伟丽，窥明堂辟雝之制，而瞻大驾之北巡也。……翱翔乎滦河之上，少栖息乎西山之阿，其去也，则道东鲁礼先圣之遗像，访三家之子孙，如是而归，则终焉而已耳。”❻他在《和宗师滦京诗二首》中也写道：“往往闻人说上都，白沙青

---

❶ （明）危素：《危学士全集·卷四》（清乾隆二十三年刻本）。

❷ （元）李存：《俟庵集》卷十，收于（清）纪昀编：《钦定四库全书·集部》（清刻文渊阁四库全书本。

❸ （元）黄溍：《金华黄先生文集·卷二十九》（元钞本）。

❹❺❻ （元）李存：《俟庵集》卷十七，收于（清）纪昀编：《钦定四库全书·集部》（清刻文渊阁四库全书本）。

草世间无……自得仙吟因想象，半生元不离门畿。”[1] 颇以不能像薛玄曦一样远游为憾。另有《薛玄卿诗序》，其中提到薛玄曦“早工于诗，四方传诵有集，学士揭公曼石为之序，黄公晋卿复序之。”[2] 薛玄卿染疾，李存修书中赠“顺气壮脾，驱风养血”[3] 八字为献，望其听纳，但他一病不起，李存闻讣不胜凄楚，书《慰君德》宽慰其弟子。

（七）叶则善

叶则善为龙虎山道士，李存撰《题叶则善弹琴卷》中写道：“余闻龙虎山善琴之士二，一为叶君则善，一为吴君斯许。去年夏入山中，则善为余作于滨洲之上，使人如乘云飞游太虚，岂有毫发尘垢为吾累哉？但未知何时得听斯许作也。”[4] 另在《题叶则善滨洲卷后》补充：“余去年以六月偶入龙虎山，叶君则善邀游，所谓滨洲者，过石桥流水，行灌木中，得洲渚，披丛篁，揽蘋芷白沙间以至，叶君为烧香、鼓琴、煮茶、酌酒，首读《青城公道院记》，如山川出龙，波涛风雨不可测，又读其《题画图》《听琴》二诗，自度不能和也。叶君以琴和之，其庶几乎？继徧诵诸名胜诗，皆奇作，益不能措一辞，然则松阴满窗户，秋风飒然，琴于斯，觞且咏于斯，吾不知果更有蓬莱方丈否也？”[5] 另张雨有《琴赞为滨洲叶则善作，先是薛外史绢书大字，类颜光禄体，则善复命仆次韵配之》：“石上之枯，玉质粹美。徽弦粲蔟，乱以松水。儗操白雪，强名绿绮。大音希声，无隐乎尔。”[6] 可知叶则善确为善琴、爱琴者。

（八）方养晦

方养晦为龙虎山道士，李存《赠方养晦针灸序》中写道：“紫云山中道士方养晦初得法于天台桐栢宫沈君，既讲明于漆园罗君，辨经络之始

---

[1] （元）李存：《俟庵集》卷八，收于（清）纪昀编：《钦定四库全书·集部》（清刻文渊阁四库全书本）。

[2] （元）李存：《俟庵集》卷二十，收于（清）纪昀编：《钦定四库全书·集部》（清刻文渊阁四库全书本）。

[3] （元）李存：《俟庵集》卷二十九，收于（清）纪昀编：《钦定四库全书·集部》（清刻文渊阁四库全书本）。

[4][5] （元）李存：《俟庵集》卷二十六，收于（清）纪昀编：《钦定四库全书·集部》（清刻文渊阁四库全书本）。

[6] （元）张雨：《句曲外史贞居先生诗集·卷一》（四部丛刊景钞元刻本）。

终，论气血之盛衰为甚详，犹以为未足，将复游四方，求贤于己者即而师友之。”并期望由他代为实现自己用针灸之法为难以承担药品费用的平民百姓治愈疾病的愿望。他另为方养晦之母亲詹寿写有《詹氏孺人墓志铭》，并提到：“子养晦幼从术家言不可以娶妻生子，入龙虎山中为道士……尝从其师入朝，得赐号明远灵悟通妙法师。”❶

二、与李存交游之道士特点归纳

（一）大多出身名门，有世代为道士者

李存撰《薛方彦墓志铭》中提到：“方彦姓薛氏，世为贵溪县渐步里人，其先多显官硕儒……国初科举废，世族子弟孤洁秀拔，率从释老游。故方彦亦入龙虎山中奉真院习清静言云。……其季父玄卿同山而异寮，有诗名于时，实亟称之，而学士虞公亦为之序。”❷ 元朝初年忽必烈废除了科举取士，许多世家大族的子弟转而游于释老，与李存来往的道士中就有不少都是出身名门，薛方彦与他的叔叔薛玄曦就同在龙虎山出家。在《吴氏示儿诗跋》中也提到：“余素慕金溪吴氏之盛，其里居有曰吴塘、曰吉原、曰新田，岁正月二日必集行长幼礼焉，率不下五六百人，自旦至于日昃乃毕，盖三百余年于此矣。他日谓大之子以善将游京师，谓大示之以诗，始也告之以历履艰难之实终也，戒之以俯仰进退之节，其弟五人者，亦各有诗，胥保爱，胥警勉，何其蔼蔼然也，亦岂非礼义熏陶之远之所致也乎?”❸ 文中所提将远游京师的吴以善即为龙虎山的道士。

另有氏族弟子因后嗣问题而成为道士者，李存撰《玄真宫记》中提到宋枢密马天骥无子，仅有一女名时闰，该女嫁人后亦无所出，夫死后感叹：“以一身承吾先人显宦之余，而女子又义于从人，不可以继世，纵子他氏继之，势或不能以永思。所以永之者，远经而近宜，莫若身为老氏学，为老氏学则士夫良家之女乐从吾游者，即吾徒也，即吾徒则必能世世

---

❶❷（元）李存：《俟庵集》卷二十四，收于［清］纪昀编：《钦定四库全书·集部》（清刻文渊阁四库全书本）。

❸（元）李存：《俟庵集》卷二十七，收于［清］纪昀编：《钦定四库全书·集部》（清刻文渊阁四库全书本）。

祀吾，所自出无隳也。”[1] 因此马时闰将马氏的宅邸改建为玄真宫，出家为女冠，皇帝还赐予她纯正守真端静法师的称号。李存听闻此事后感叹道：“古今天下事物之不齐者多矣，或得于彼则失于此，以常情观之，孰不谓马氏以公侯之贵，甲第之华，土田之多，不能有一子孙保之享之，而乃处给乎黄冠羽衣者流，岂不大可感伤而悲叹然？使幸而有子孙，不幸而其才不能中人，则亦未必世为马氏之物，而严马氏之祀矣。今而闾里相传，不绝于口者，岂不皆曰斯马氏之所建致也？”[2]

因正一派的道士可以娶妻生子，因此和李存来往的道士中也有世代为道士者，《俟庵集》中《叶真人祠堂记》提到：“友人叶行叔曰：里之王宗岭旧有叶君祠，君吾祖也，以能致风云雷雨，役鬼物事，唐玄宗拜鸿胪卿封越国公，后为神宗崇宁间锡号真君。岁久祠且圮，偕从弟克承改筑于青山之阳……行叔名必勉，克承名继清，为老子法龙虎山中，尝被玺书赐号全德纯素通玄法师云。”[3]李存友人叶继清的祖上也为道士，李存另为其写有《云锦观记》。

（二）大多博学多才，涉猎广泛

李存在《上陈先生书一》中提到自己：“谓之儒又尝慕韩退之，谓无所不通乃为大儒，由是慨然于天文、地理、医药、卜筮、道家、法家、浮屠诸名家之书皆将致心焉。”[4] 与李存来往之道士也多有博学者，除修道外还另有擅长。如《送邓子方远游序》中就写道：“子方神气洁清，为名族之子，为良师之徒，又能吟诗，能鼓琴，能写竹石，且有道术，能禁妖怪，已人疾疢，其必有所遇合而及于物而不为徒游也审矣。”[5]《散木亭记》中也提到：“余尝及识微之于其山中，其神峻以清，其气深以弘，其于三教之书，无所不览，又尝从师于穷崖绝壑之端，以讲夫道德性命之微，而复能以其余力赋诗、鼓琴、为大小二篆书，不汩汩于俗下，不踽踽于方

[1][2][3] （元）李存：《俟庵集》卷十四，收于（清）纪昀编：《钦定四库全书·集部》（清刻文渊阁四库全书本）。

[4] （元）李存：《俟庵集》卷二十八，收于（清）纪昀编：《钦定四库全书·集部》（清刻文渊阁四库全书本）。

[5] （元）李存：《俟庵集》卷十九，收于（清）纪昀编：《钦定四库全书·集部》（清刻文渊阁四库全书本）。

外。”❶ 李存另在《赠临川刘孟中弹琴序》中写道：“余少时亦尝学琴，粗能二三小操，顾穷乡下里最难得弦，遂尔废忘然，终未能无情于此也。向天冠山中祝练师丹阳惠余一琴，咸谓可寄情，有损破，近上清道士邓子方为修，意老去无僇时，或稍稍寻绎也。”❷ 道士祝丹阳赠琴，邓子方修之，二人均为李存之知音。

（三）与当时权贵联系紧密

李存撰《道録张君墓志铭》中提到：“国初制道家以上饶张氏之传为正一宜主领其教事，凡郡县之宫若观得以其徒之通敏于时者而官司之。”❸ 玄教大宗师张留孙、吴全节又常伴皇帝左右，简在帝心，因此与李存来往之道士多有与当时权贵联系紧密者。《俟庵集》中《天台静玄观记》记载：“天台去城二十里，曰咸唐宋平章贾似道尝营别业焉，既以与道士丁某、卢某而额之曰静玄观，且以田四百亩食之。其后似道窜逐以死，财用土田悉没入，而咸唐以静玄免。国初僧总统杨某宠贵有僧某者诬献之，强改为寺，其徒阎公讼之中书，复为观。元贞间，似道从子某者乞贷不得，憾之，言有司咸唐之田宜随所没者，于是财府征之。阎之徒周元泽状白玄教大宗师张公，公复上之中书，下户部推验如状还之，未几屋毁于寇，元泽改筑，今所凡为殿、为堂、为庑、为门、为庖、为湢、为厩库、为客馆总若干楹，人谓其制弘于旧也。”❹ 静玄观虽有势力者而莫能夺，虽毁而重建，这与观中道士与权贵联系紧密，朝中有人密切相关。

道士在得到权贵庇护的同时，也要付出代价，李存撰《复琴记》中记载：“龙虎山中上官炼师九龄尝得一琴于蜀人王氏，其阴之刻曰秋声。有既明者为余言，其伯父郢州通判伯坚所收也，初郢州以善琴客宋史丞相府，会理宗召天下能琴者十人入禁中，教宫人琴，郢州宝爱之，寝处必与

❶ （元）李存：《俟庵集》卷十四，收于（清）纪昀编：《钦定四库全书·集部》（清刻文渊阁四库全书本）。

❷ （元）李存：《俟庵集》卷十九，收于［清］纪昀编：《钦定四库全书·集部》（清刻文渊阁四库全书本）。

❸ （元）李存：《俟庵集》卷二十四，收于（清）纪昀编：《钦定四库全书·集部》（清刻文渊阁四库全书本）。

❹ （元）李存：《俟庵集》卷十三，收于（清）纪昀编：《钦定四库全书·集部》（清刻文渊阁四库全书本）。

俱，没而归于炼师，炼师之宝爱犹郢州也。其师玄教大宗师吴公久在朝，适贵人有好琴者，闻秋声从大宗师，索焉。秋声在江南，取未至而先以他琴献，材不下秋声，故得复还。他日余游古象山道谒炼师，适当秋半之夕，炼师为一抚弄，真铿然金石声。”❶ 贵人索要，上官九龄只能将琴秋声献出，因路途遥远，先以他琴替献，秋声才失而复得，其中有无奈和身不由己。

三、李存对道教的态度探析

李存与道士来往密切，他对道教有褒有贬，他所赞扬的，是道教中实用的，可以造福百姓的部分。如《送王既明序》中记载：“云锦山道士王既明奉其师嗣师吴公之命，往主夫闽临水庙神之祠，过别于余，且征言焉：‘吾闻自礼乐刑政之微，而鬼神之教始着，虽若幻若荒若不可度且诘者，而善恶之复，殆无毫发舛焉。君子明之众人，昧之是故或凭物而言，或假寐而通，或交于阴昏之际，或震于疾疠之间，吾尝以为上古之世之人日迁善远罪，宜不待夫尔也，故我朝岁徧礼名山大川，屡增祠官之秩，皆所以敬鬼神，辅政教也。’”❷ 李存赞扬他通过祭祀“赞乎神而接乎人，陈其礼币，所以申其诚也，肃容仪，所以齐其心也”。❸ 又在《送龚太和随天师入朝序》中提到：“吾闻天师每朝觐时，国有大祈禳，则命之天师帅其徒为坛而醮焉，悬钟磬，陈宝玉，立五方旌旗，其响应往往如桴鼓。又闻其在道路也，民有疾疠，辄扶老携幼满其车下，甚至壅遏不得。前天师则戒左右宿符篆囊而佩之，俾一一得所欲而去。嗟乎！非天下之至诚，其孰能与于此？宜乎大赉于朝，而有以及于其人也。”❹ 赞扬张天师及其弟子在国家祭祀和关切民生中起到的作用。而李存撰《秋碧先生孙公墓碑》中记载孙道士“孜孜求善言行，若日不足者，每曰：‘人生欲仰俯无愧耳，岂

---

❶ （元）李存：《俟庵集》卷十四，收于（清）纪昀编：《钦定四库全书·集部》（清刻文渊阁四库全书本）。

❷❸ （元）李存：《俟庵集》卷十六，收于（清）纪昀编：《钦定四库全书·集部》（清刻文渊阁四库全书本）。

❹ （元）李存：《俟庵集》卷十七，收于（清）纪昀编：《钦定四库全书·集部》（清刻文渊阁四库全书本）。

徒以遁林谷为名高哉?'"❶ 李存褒扬之道士虽然出家,但每思善行,以方外之人,却做红尘中儒者难做之事。

而李存戏谑批判之道士有欲归隐者,如《题潘宗远归隐庵》中有诗"炼师已是素隐者,又欲结庵归隐乎?"❷ 又如《题陈道士和归去来辞卷后》中写道:"昔陶元亮遭易代故不惜以五斗米折腰,遂赋归来之辞,天下后世闻其风而诵其语者,孰不以为高?龙虎山中陈君亨道始游钱塘,即从而追和其余音以归其旨趣,若有慕于陶者。李存闻而疑之曰:'陈君生长于国家承平之日,则又黄冠而羽衣,其所处,其所遭,大与陶异,驾飞云而御长风而游乎天地之间,玩咸池之浴日,验滨海之化鲸,亦岂非吾时乎?'"❸ 认为陈亨道所处之境遇与陶渊明异,不应一味求隐。

另外,李存对于道教通过修道服药而求长生存有疑虑,《代挽艾君度》中有句:"君子肥家真有道,神仙延命竟无方。"❹ 对于道教中的"尸解"说法他也抱有怀疑,李存撰《幻庵于真人择寿木以诗戏之》中有:"神仙合上云霄去,一剑徒留白玉棺。何事尚嫌鸢与蚁,也求三峡鹧鸪斑。"❺ 如若死后果真尸解成仙,那么于真人为何还悉心选择棺木呢?

李存既然并不完全认同道教之信仰,那么他真正服膺的又是什么呢?《清明阁记》中提到究竟什么是"清明"时,李存论述道:"默坐收视,不与外物胶,而谓之清明,则或类于禅寂者矣;必也玩弄云月,侣鹳鹤,友鹿麋,放浪形骸之外而谓之清明,则又将流为黄冠者矣。……吾尝闻之上达之士,虽视而未始视也,虽听而未始听也,至于言动,莫不皆然,事物之来,如水之止,如云之行,无祸福利害,得失老少,死生穷达之分,夫如是,斯谓之清明矣?故曰:'心外而求心,则不足以得夫心;事外而

---

❶ (元)李存:《俟庵集》卷二十四,收于(清)纪昀编:《钦定四库全书·集部》(清刻文渊阁四库全书本)。

❷❺ (元)李存:《俟庵集》卷十一,收于(清)纪昀编:《钦定四库全书·集部》(清刻文渊阁四库全书本)。

❸ (元)李存:《俟庵集》卷二十六,收于(清)纪昀编:《钦定四库全书·集部》(清刻文渊阁四库全书本)。

❹ (元)李存:《俟庵集》卷九,收于(清)纪昀编:《钦定四库全书·集部》(清刻文渊阁四库全书本)。

求事，亦不足谓之事矣。'"❶ 其最后落脚点在陆九渊之心学。李存在为其老师陈苑所写《上饶陈先生墓志铭》中提到："上饶陈先生幼业儒，不随世碌碌，尝遇异人授金丹术，既得陆氏书读之，喜曰：'此岂不足以致吾知耶？又岂不足以勉吾之行耶？'……或病其违世所尚，先生曰：'理则然尔。'甚者讥非之，毁短之，朋排之，又甚者求欲危中之，先生曰：'死不悔。'从之游者往往有省，由是人始知陆氏学。……先生刚方正大，于人情物理，靡不通练，强御无所畏，奸慝无所逃，浮沉里巷之间，而毅然以倡明古道为己任，患难困苦终其身，而拳拳于学术异同之辨，无十金之产，一命之贵，而有忧天下后世之心。呜呼！若先生者，非所谓弘毅之君子也欤？"❷ 陈苑虽曾学金丹之术，但一生所求唯有陆氏之学，而他虽处草莽之中，却以天下为己任的精神岂不正与李存褒扬道士之作为，讽刺其归隐相契合？正如李存《导中庸楼二首·其二》中所写："坐禅山中图出世，望仙海上求长生。何似饶家课奴隶，夜深机杵昼长耕。"❸

附录：

与李存交游之道士一览

序号	姓名	《俟庵集》中与之相关诗文
1	吴全节大宗师	玉龟杖（吴宗师寄归，以奉其尊人国公）、次韵吴宗师和元参议道宫墨竹诗、庆吴宗师降香南归帐词、寿吴闲闲、次吴宗师见寄韵、和宗师滦京诗二首、次闲闲吴真人赠溪月真人奉旨求贤韵二首、次韵吴宗师沛县舟中见寄、寄吴宗师、次闲闲吴宗师韵、赠吴伯宜游京并呈吴闲闲、御书赞、芝山文惠观记、和吴宗师眼明识喜诗序、通宗师书、通宗师吴闲闲、复通宗师吴闲闲、与吴宗师
2	吴道士	赠吴道士游淮
3	于仲元	于仲元之京帅、寿余仲元三首、送于仲元入京叙、慰余仲元、答于仲元、又书
4	于真人	幻庵于真人择寿木以诗戏之、慰君德、薛方彦墓志铭
5	余道士	赠余道士归九宫

❶（元）李存：《俟庵集》卷十四，收于（清）纪昀编：《钦定四库全书·集部》（清刻文渊阁四库全书本）。

❷（元）李存：《俟庵集》卷二十四，收于（清）纪昀编：《钦定四库全书·集部》（清刻文渊阁四库全书本）。

❸（元）李存：《俟庵集》卷十一，收于（清）纪昀编：《钦定四库全书·集部》（清刻文渊阁四库全书本）。

续表

序号	姓名	《俟庵集》中与之相关诗文
6	邓子高	邓子高玄明粉歌
7	柯炼师	诗别汪伯羽且闻天乐洊行并呈似一笑、题柯高士天乐卷子二首
8	祝丹阳	祝丹阳以古琴见惠，且寄以诗，次韵答之，复以《史略》一本为谢、赠临川刘孟中弹琴序
9	陈又新	薄暮署归、游古象山一首赠别陈又新入京、饥陈又新真人赴京序
10	陈亨道	题陈道士和归去来辞卷后
11	龚太和	送龚太和随天师入朝序
12	刘范字彦基	刘道士炼丹序、送道士刘彦基入京序
13	胡可善	送道士刘彦基入京序、道録张君墓志铭
14	陈仲达	赠陈仲达序、送道士刘彦基入京序
15	陈则虚	送道士刘彦基入京序、贺陈则虚建醮、复张仲举、与陈则虚
16	刘道士	格斋铭（为刘道士作）
17	茆山刘炼师	玄一堂记
18	曾高士	寄题曾高士清真斋
19	方从义字无隅号方壶	题方壶为钟伯镛作青山白云图、谢方壶惠墨竹、题道士方壶作平林远水图、题方壶画记后
20	三十七代仙姑冯淑真	挽三十七代仙姑
21	三十七代天师张与棣	挽三十七代仙姑
22	何高士	次何高士成道韵二首、中秋留古象山寄赠天谷庵何高士
23	王用亨	赠别王用亨之京、与王用亨、复王用亨、与危太朴、又与危太朴
24	王真人	赠王真人二首
25	汪子盘	挽汪子盘二首、别汪子盘序
26	张留孙大宗师	奉赠张天师承诏趋朝
27	舒真人	奉赠舒真人代祀三山还朝、通宗师书
28	饶心道	次韵心道同游方盘见示、答饶心道所寄五首
29	吴以善	送吴以善游京师、吴氏示儿诗跋
30	李盘中	挽李真人盘中二首
31	周伯岐	赠周伯岐
32	周仲简	题华盖层云图、山楼记
33	董炼师	赠董炼师、赠程自观游龙虎山并柬兰深董炼师
34	张一无	赠张一无之京

续表

序号	姓名	《俟庵集》中与之相关诗文
35	潘宗远	题潘宗远归隐庵
36	毛士原	赠道士毛士原
37	周元泽	天台静玄观记
38	叶继清字克承	叶真人祠堂记、云锦观记
39	王既明	送王既明序、复琴记、题王既明干谒衣衾棺椁疏语后
40	上官九龄	复琴记
41	周微之	散木亭记、榆原真馆记
42	孙久大	榆原真馆记
43	马时闰	玄真宫记
44	徐仲德	春晖堂记
45	程能静	赠浙道士程能静序
46	薛玄曦字玄卿	寄薛玄卿、送薛玄卿入朝序、复送薛玄卿入京序、薛玄卿诗序、与薛玄卿、慰君德、与薛玄卿、戴溪庵记、清宁斋铭
47	薛方彦	薛方彦墓志铭、条风轩辞
48	秋碧先生孙公	秋碧先生孙公墓碑
49	张平可	送张平可序
50	章德辅	赠章德辅游京师序
51	刘伯全	赠王圣从序
52	邓子方	赠临川刘孟中弹琴序、送邓子方远游序、刁斋铭（为邓子方作）、余干奉国寺微上人构楼竹中，其客邓子方为余言，曰请扁之，扁曰高清高言楼清言竹也，并赋一绝寄之
53	赵养真	赠李志尧序
54	方养晦	赠方养晦针灸序、詹氏孺人墓志铭
55	胡原字子泉	胡子泉字说
56	祝洞天	橐籥子说
57	俞天宇	俞道士天宇字说
58	周愚字蕴古	画龙说
59	薛茂弘	义训堂铭
60	张元汉	道录张君墓志铭、送道士刘彦基入京序
61	陈大荣	道录张君墓志铭
62	程希浩	程君明仲配万氏墓碣

续表

序号	姓名	《俟庵集》中与之相关诗文
63	冯瑞景	冯绍先自都下回以诗赠之、冯绍先墓志铭
64	蔡允中	冯绍先墓志铭
65	胡道士	寄咏胡道士活死人窝
66	叶则善	题叶则善弹琴卷、题叶则善滨洲卷后
67	孙文通	题叶则善滨洲卷后
68	李宗老	题李宗老所藏诸名公翰墨
69	彭大年	代书（陈永仲侄娶彭以书请道士彭大年）

张宇初交友考

黄丽俐

（湖南师范大学　文学院）

摘　要：明代道教首领张宇初历经太祖、惠帝、成祖三朝，他交往的朋友大致为四类：第一，与道士的交往，张宇初与不同身份的道士都有密切来往，既有为王朝效力的道士仙官，又有民间道人，可见张宇初交友之广。第二，与帝王的交往，太祖和成祖都对张宇初礼遇有加，张宇初与朱权更是有师徒关系，这也积极推动了道教的发展。第三，与官宦的交往，张宇初政治地位显赫，更是一位博学多才的道教学者，兼览众家之所长，使其具备了开阔的学术情怀，受到社会上层人士的敬重。第四，与释儒的交往，“三教合一”思想是张宇初思想中最有特色的一部分，在斋醮道术上希望能与佛教融会贯通，而对儒家思想的吸收和对经典的研读，又使他成为一名儒学之士，他倡导综贯三世、融为一通，他与佛僧、儒士都是亦师亦友的关系。

关键词：张宇初；道教；帝王；官宦；释儒；交友

张宇初的道教思想博大精深，不局限在对正一道的研究和修行上，对其他派别也有着自己独到的见解。张宇初所处的时代，政治上，明朝统治者加强中央集权；意识形态上，以程朱理学为官方指导思想，具体到当时的宗教思想上，是儒家思想、佛教思想和道教思想相互融合，进一步加大和深化的重要时期。理学思想家主张参禅谈佛、探讨道教的内丹，道教徒提倡明心见性、清静无为的思想，这种情况已经变成当时社会很常见的事情。在这一背景下，无疑道士张宇初的思想中体现着三教合一的特点，也正是他这种立足道教，同时，博学众长，广泛地借鉴别家思想中的有益成分，在学术思想上没有门户之见的做法，也进一步扩大了其交友范围。

首先，作为道教领袖的张宇初，道学造诣高深，寻访各处道教宫观，结交到不少德高思精的道友；其次，就张宇初所处的政治地位而言，深受明王朝统治者的青睐，从其宫廷诗可知，与帝王关系颇为密切，经常出入宫闱的他，接触了众多王公大臣，并结为好友；除去天师和领袖这两层身份，张宇初更是一位博学多才的文人雅士，在时人眼中是一位饱学之士，也正因此结交了不少文人墨客。

张宇初身份的多重性造就了其交友的多样化，深入探讨张宇初的交友情况，以期更深入地了解这位集领袖与学者于一身的道教天师。

一、与道士的交往

作为道教天师，张宇初与道士关系密切，经常题诗相赠，此类诗歌整理见表1。

表1　表序

<table>
<tr><th>人物</th><th>出现次数</th><th>《岘泉集》中相关诗歌</th></tr>
<tr><td rowspan="6">炼师</td><td rowspan="6">6</td><td>《斋宿朝天宫贻王东白炼师》</td></tr>
<tr><td>《游昭真宫赠祝洞天炼师》</td></tr>
<tr><td>《访朋山如愚炼师榆原真馆》</td></tr>
<tr><td>《次董炼师贺韵》</td></tr>
<tr><td>《次前韵答王炼师三首》</td></tr>
<tr><td>《次葛炼师贺赐衣韵》</td></tr>
<tr><td rowspan="4">曹道录</td><td rowspan="4">4</td><td>《寿曹道录》</td></tr>
<tr><td>《雪中宴曹道录》</td></tr>
<tr><td>《别曹道录》</td></tr>
<tr><td>《寄曹道录》</td></tr>
<tr><td rowspan="2">山人</td><td rowspan="2">2</td><td>《山人献紫芝》</td></tr>
<tr><td>《山人献石头》</td></tr>
<tr><td rowspan="2">王道士</td><td rowspan="2">2</td><td>《赠茅山王道士》</td></tr>
<tr><td>《元夕留茅山》</td></tr>
<tr><td rowspan="2">周仙官</td><td rowspan="2">2</td><td>《题周仙官祷雨卷》</td></tr>
<tr><td>《贺周仙官祷雨有应》</td></tr>
<tr><td rowspan="2">沈讲师</td><td rowspan="2">2</td><td>《和沈讲师韵》</td></tr>
<tr><td>《赠白云沈讲师》</td></tr>
<tr><td rowspan="2">傅仙官</td><td rowspan="2">2</td><td>《正月四日得旨还山赋别傅仙官》</td></tr>
<tr><td>《普度酿庆成贺同虚傅仙官》</td></tr>
<tr><td>葛维帧</td><td>1</td><td>《贺醮成答葛纬桢》</td></tr>
<tr><td>周神仙</td><td>1</td><td>《钦承圣论周神仙进药之异，于教有光，喜而赋以纪之》</td></tr>
</table>

（一）张宇初与炼师

炼师是指品德高尚、修行精深的道士。唐宋以后的道教，十分重视内丹的修炼，张宇初在与炼师的交游过程中，既学习了炼丹之术，又提高了道学修养。在《游昭真宫赠祝洞天炼师》中写道："丹炉光现虎时啸，雷笈风生龙每嘘。"❶ 穷尽笔墨写祝炼师炼丹时的神奇。明朝诗人虞堪称祝洞天为祝洞天真人，描写他道法十分高深："路绕脚跟千里健，澜翻舌底九河悬。"张宇初交友，没有年龄之分，宿朝天宫时，写诗赠与王东白炼师，诗中称其为"耆髦"，意为高年之人，并希望与他同修道术，诗中写道："书邻赖有华阳子，孤鹤更阑鸣九皋。"❷ 张宇初有诗："昨我寻真醉方起，寤寐思君长晏如。"❸ 可见其深厚情谊。

张宇初更是几次寻访如愚炼师，有诗《访朋山如愚炼师榆原真馆》：

榆晚高堂续构成，独桥双涧步秋清。
牵篱野蔓残花影，绕户林塘过雨声。
种木圃通黄叶路，采芝人老白云扃。
累曾约访朋山主，且遂茅茨话拾荆。

此外，还有部分炼师同张宇初一般，为明室所用，与董炼师同在建章宫，有诗曰："雪满建章欣晚霁，雨消太液觉春深。"❹ 尤其希望"林泉共拟乐虞唐"，张宇初和董炼师交往深厚，并且志趣相投，曾多次邀约，希望能继续和董炼师和韵，共唱明朝太平盛世。

历来诗人以冯唐比喻老来难以得志，张宇初还期待更多道教炼师能为王朝效力，苏轼在《江城子·密州出猎》中以："何日遣冯唐?"表明希望受到重用，王勃也曾有诗："冯唐易老，李广难封。"张宇初有诗："幺褐世承宣室重，君才应未侣冯唐。"❺ 以此勉励葛炼师，希望他的才华不被埋没，能够受到皇恩，被帝王所用。

（二）张宇初与曹道录

曹道录在张宇初诗歌中出现得较为频繁，张宇初有诗为其做寿，冬日

---

❶❷❸ 张宇初《岘泉集》，书林书局，民国十五年版，第548页。
❹ 张宇初《岘泉集》，书林书局，民国十五年版，第594页。
❺ 张宇初：《岘泉集》，书林书局，民国十五年版，第593页。

里一起赏雪饮酒，临别之际作《别曹道录》，分隔两地写诗《寄曹道录》。

从张宇初诗作中可看出，曹道录才学甚高。在《寿曹道录》中，张宇初有诗：“大庭清问过颜驷，内典精论擅楚丘”，[1] 可见曹道录才高八斗，并且乐观通达，诗中更表明希望他长寿健康：“高龄惟颂八千秋”[2]。下雪之际，张宇初宴请曹道录：“玄都绮席宴西清，昼雪缤纷瑞色明。仙酝已春云写绿，洞梅先腊雾飘琼。淩风皓氅环鸾署，访竹华簪列鹄楹。愧我林踪叨胜集，远期眉寿永恩荣。”[3] 敬酒祝祷曹道录长寿，可见张宇初对这位长辈的崇敬之情。离别之际难舍难分，还在回忆雪中嬉笑的场景：“雪霁相过载笋舆，瑶台春昼玉堂如。”[4] 以酒辞行，并期望还能互通书信：“别怀半载林泉隔，炼液期探锦笈书。”[5] 张宇初把曹道录视为长辈，更是知己，分别后作《寄曹道录》：“祖泽丕承仰昔今，支离才乏感时最。浮荣次达庄生旨，高识谁窥仲子心。鹦鹉杯前春梦少，鹧鸪巢畔野情探。当途赖有相知重，退卧应烦寄好音。”■■此时的张宇初心生郁闷，虽身处田园，但依旧渴望被任用，希望作为知己的曹道录能够给他带来好消息。

（三）张宇初与其他道士

《汉天师世家》记载，张宇初道行颇深，明太祖时期，京师大旱，张宇初奉命于神乐观祈雨，有灵验，在斋醮道术方面，张宇初也结识了一批异士，张宇初有诗《题周仙官祷雨卷》《贺周仙官祷雨有应》和《贺醮成答葛纬桢》，描写周仙官道法高深：“阿香车动玄晶脉，织女机翻太液泉。”[6] “六花幻劫融千树，八景通章转万钧。银烛光浮琼沆瀣，瑶台声动碧嶙峋。”[7] 并且突出了雨水降临后，百姓庆祝欢呼的场景。张宇初还作诗赠白云沈讲师和茅山王道士，希望能再相聚，并祝愿他们长寿。

此外，张宇初还作有《山人献紫芝二本》《山人献石》《钦承圣论周神仙进药之异，于教有光，喜而赋以纪之》。由此可看出，张宇初与民间道人也有交往，并且还会引荐给帝王，希望能报答统治者的知遇之恩。

---

[1][2] 张宇初《岘泉集》，书林书局，民国十五年版，第567页。
[3] 张宇初《岘泉集》，书林书局，民国十五年版，第568页。
[4][5] 张宇初《岘泉集》，书林书局，民国十五年版，第570页。
[6] 张宇初《岘泉集》，书林书局，民国十五年版，第589页。
[7] 张宇初：《岘泉集》，书林书局，民国十五年版，第591页。

二、与帝王的交往

无论是出于政治的需要还是个人信仰，不可否认的是，明太祖和成祖都礼遇道教人士。张宇初嗣教以来，多次被召见，帝王对其礼遇有加，并委以重任，可见张宇初与明初帝王交往甚密。

（一）明太祖与成祖

明太祖朱元璋曾作《赐褒天师旨》："夫天地之间，品类不等，生而无穷，惟人最灵。然而神圣之生，贤人所降，非常也，皆得天地至灵之气故然，亦圣贤之常也。实与国民有辅焉。至是捍大患御大灾，明三界鬼神，相继留传历代，代代无有不崇者……故常则吉，非常则祸福增减矣。悦天师法貌，其容同祖，故有赐。"[1] 利用道教的斋醮方术来稳固民心，以加强统治，这是明太祖和成祖惯用的政治手段，同时，也是促成张宇初与帝王之间联系紧密的重要因素。

作为道教首领，张宇初经常出入宫闱，侍奉帝王左右，其诗作中不乏宫廷宴饮诗。如太祖生辰，张宇初被赐宴，有诗《圣节赐宴奉天殿》，描写宫殿建筑的恢宏，以及宴会上的喜庆情景。张宇初像其他官员一样，参与早朝，有诗《立春早朝》《己巳元旦早朝》和《长至早朝侍宴》等，描绘早朝盛况之余，大多是对帝王的礼遇表示衷心的感谢，"深愧幸陪鸳鹭遭，共欣圣德布淳仁。"[2] 对于统治者的重用，张宇初深感无以为报，便有："顾惭野服际恩荣"，[3] 也只能提高道术，造福百姓来报答君王的厚待。

如前所言，明太祖和成祖都以斋醮之术取信民众，这是巩固统治的手段之一。因此，张宇初常被诏见，主持各大祭礼，或者为百姓祷雨，张宇初有《太庙陪祀岁》《元夕上清宫建醮喜晴》和《大祀》等诗作，描写举行祭祀时的盛大场面以及对来年福报的期盼。

（二）宁王朱权

朱权（1378—1448），字臞仙，别号丹丘先生、涵虚子，晚年自称南

---

[1] 《道藏》，天津古籍出版社，第 34 册，第 788 页。

[2] 张宇初：《岘泉集》，书林书局，民国十五年版，第 541 页。

[3] 张宇初：《岘泉集》，书林书局，民国十五年版，第 537 页。

极遐龄老人、臞仙、大明奇士等，从小体形魁梧，聪颖好学，时人称之“奇士贤王”。他是明太祖朱元璋第十七子，谥号为献，历史上称为宁献王，朱权十五岁时，太祖便封其于大宁，称宁王。

洪武三十一年，明太祖去世，其孙朱允炆即皇帝位，年号建文。公元1399年，朱棣发动靖难之役，举兵攻打南京，他胁迫朱权出兵相助，并许下承诺，攻下都城后，于朱权平分天下。经过四年的靖难之役，朱棣获胜，在南京即皇帝位，年号永乐，此时的朱权觉得自己是有功之臣，态度骄横，朱棣称帝后，不仅夺取朱权的兵权，还将其迁至南昌，并派人监视，等同软禁。

在南昌被软禁监视后，朱权见大势已定，认为前途无望，开始韬光养晦，经常与文人学者、教内教外人士相往来，以戏曲、游娱、著述、释道为业，想超脱凡世，正当他无计可施时，张宇初登门拜谒，他看到朱权虽然鹏程失意，但是可以借助他的威望推行道教教义。经过一番开导，朱权豁然开朗，并拜张宇初为师，学修真养性之道，研习道教典籍，弘扬道教思想。朱权在自己的封地构筑精庐，并在西山缑岭创建道观与陵墓，以示专心于道教，不再过问仕途。成祖朱棣赐额匾“南极长生宫”。作为明代著名道教学者的朱权，三教理论和诗词歌赋的造诣极高，《天皇至道太清玉册》是他对于道教研究的专著，成书于正统九年，收录在《中华道藏》中。

值得一提的是，朱权虽跟随张宇初研习道教经典，但二人在对待佛道态度上却有不同。张宇初试图将正一派法术与佛学相融合，如《灵宝炼度普说》中，在正一派的超度亡魂的法术中，借用佛教涅槃解脱之说。如“经曰：三界众生本无轮转，真一道气本无生灭。苦海无边，回头是岸。故曰：了即业障本来空，未了应须还宿债。……只为息此一念，一灵妙有，亘古长存。盖由结爱为根，积想成业，故有种种受生，种种偿报。”[1]张宇初认为，这种方法不是什么难以掌握的玄妙方法，实质上，他甚至认为这种方法是绝大多数人所能够掌握并且能够修持的方法。他认为：“大众闻此法音，顿然解悟，识自本真，绝轮回道，慎无退转，常自护持则廓然圆明，了无罣礙，视彼色相，竟复何有。是乃超凌三界，逍遥上清

---

[1] 张继禹等：《中华道藏》（道门十规），华夏出版社2004年版，第1页。

矣。”[1] 也就是说，“大众”是可以通过“识自本真”和“常自护持”的方法来达到了道的目的，是一种可以普遍推行的方法。然而，张宇初也看到了这种方法对于一些“下根性”的不适应，所以这种方法在传统的正一派观点中没有明确出现。而在朱权看来，他借唐高宗表示“且以而天人论之，道实乃天地万物之母，佛乃修道而成，道实以天称，佛在人列，孰敢以人加于天地之上哉？以夷夏断之，开道教者，朕中国之黄老；始佛教者，彼西胡之薦宾。黄老，中国之大圣，佛，西胡之善人。以夷夏论之，岂可以外夷加于中国之上哉！又以先后论之，道乃先天而先地，佛乃后出而后兴，道始于盘古之先，佛生于周庄之世上下相距三百万七千余年，孰敢以周庄加于盘古之前哉！又以朝代断之，道阐于轩辕之世，佛出于汉明之时，道在龙马之先，佛在卯金之末，孰敢以后汉为尊，而以黄帝为卑哉？”[2] 相对于朱权的崇道思想，朱权的“抑佛”思想表现得更为强烈。近乎偏执的敌意，他对佛教的排斥，在许多作品中清楚地表明了自己的态度。他一贯以丧门称呼佛教。他在《原始秘书》一书中对于“三教”的解释时，说：“此三代之教也，非以丧门拟中国之儒、道而为三教也。”[3] 也就是否认了佛教与儒、道两家并列而称的资格，但是应当注意的是，朱权虽然有明确的“崇道抑佛”思想倾向，但没有编著过抵佛的专著。

三、与官宦的交往

明初，张宇初政治地位显赫，他是一位博学多才的道教学者，兼览众家之所长，使其具备了开阔的学术情怀，受到社会上层人士的敬重。

（一）程通

程通，字彦亨，斋名为贞白，祖籍安徽，洪武十八年（1385）入太学，曾上书太祖，清除其祖戍籍，因遣词用句甚为感人，获得太祖批准。洪武二十三年，程通中举，被任为辽府纪善，后进左长史，为人忠诚孝顺，十分讲义气，后因写了《防御北兵封事疏》向建文帝献防敌之策，故得罪明成祖朱棣，最终被处死，可惜他的奏疏今天只见题目不见文章。程

---

[1] 张继禹等：《中华道藏》（灵宝炼度普说），华夏出版社 2004 年版，第 1 页。

[2] 张继禹等：《中华道藏》（天皇至道太清玉册），华夏出版社 2004 年版，第 1 页。

[3] 潘致霖：《明初正一派与佛教关系研究》，辽宁大学硕士论文，2012。

通为人孝顺，他祖父程平常年驻守边防，为了使全家团圆，他写了《陈情乞祖还乡表》，最终全家团聚。

张宇初撰《岘泉集》，程通为其作序，在序文中赞其思维开阔，不局限于一家学派，能够兼容并蓄，《岘泉集》中有言："学通百氏，道贯三才，体用兼该，精诣独得……及观集中所著《中道》《填本》《太极》《河图》《原性》诸篇，义理之玄微，研究之精极，议论之闳肆。其于天地造化、山川人物、礼乐制度，靡不该贯……非帷有功于玄教，其于世教，亦有稗焉。"❶ 程通对张宇初的思想赞誉有加，认为他的学说不仅对道教有益，对其他教派也大有裨益。

（二）王绅

王绅（1360—1400），字仲缙，室名为继志斋，婺州路义乌县凤林乡（今浙江省义乌县尚阳乡）来山村人，明太祖朝翰林待制，同知制诰兼国史院编修王祎之次子，宋濂弟子，有志于学，官国子博士，预修《太祖实录》。撰有《继志斋集》12 卷，收入《四库总目》行于世。

王绅在《岘泉集·序》中对张宇初才华评价颇高，称其博览群书，并没有禁锢在老子之说，还赞赏他的为人，自张宇初领道教事起，以教化民众为己任，得到王公缙绅的敬重。《岘泉集·序》中有言："嗣教真人张公无为，自其家世宗老子之教，至公凡四十三传。公天资颖敏，器识卓迈，于琅函药岌金科玉诀之文，既无不博览而该贯，益于六经子史百氏之书，大肆其穷索。公领宗门之重任，专以化人诱善，辅国斓祚为心，其见于此者，特其绪余耳。王公贵卿缙绅之士，亦莫不礼貌焉。"❷ 张宇初还曾为王绅继志斋题诗，作有《题继志斋》："乾坤运无息，斯道具六经。君子继先志，廓焉观厥成。宇宙毓精粹，矧资川岳灵。婺郡卓文胄，奕世峨簪缨。词林振高步，圣域扬休声。文节茂家训，终艰欣嗣英。幽潜奋举翮，雅誉跻王廷。贤屏著令德，锡言周睿情。王君揭华扁，至泽惟忠贞。砥砺藉明习，涵濡资内澄。积中发妙蕴，丽藻纷琼瑛。仰止光祖烈，崇编垂令名。

❶ 《道藏》，天津古籍出版社，第 34 册，第 182 页。
❷ 《道藏》，天津古籍出版社，第 34 册，第 182 页。

昔贤贯金石，千载归诚明。”[1] 可见他们感情深厚。

（三）宋濂

宋濂，(1310—1381)，字景濂，号潜溪，别号玄真子、玄真道士、玄真遁叟，祖籍浙江，明初文学家。宋濂出身贫寒，但聪明好学，曾拜元末古文大家吴莱、柳贯等为师，勤学好问，致力于文学，有文记载，宋濂从少年到老年，没有一日不读书，他博览群书，并不拘泥于一家之说。元朝末年，元顺帝曾召他为翰林院编修，他以要供养父母为由，辞不应召，致力于修道著书。宋濂与刘基均以散文创作闻名，并称为“一代之宗”，他坚持散文要明道致用、宗经师古，强调“辞达”，注意“通变”，要求“因事感触”而为文，所以他的散文内容比较充实，且有一定的艺术功力，其散文质朴简洁，或雍容典雅，各有特色。明朝立国，朝廷礼乐制度多为宋濂所制，刘基赞其“当今文章第一”。

文学成就颇高的宋濂，为《岘泉集》作序，并称张宇初为：“颖悟有文学，人称列仙之儒，国初名僧辈出，而道家之有文者独宇初一人。”[2] 在《岘泉集》序言里，更多的是对张宇初的溢美之词。

（四）苏伯衡

苏伯衡，字平仲，金华人，生卒年均不详，约元惠宗至正二十年前后在世，博洽群籍，为古文有声，苏轼九世孙，苏友龙三子，元末，贡于乡。明太祖辟礼贤馆，伯衡亦被延致，擢翰林编修，乞省亲归，学士宋濂致仕，荐伯衡自代，称他“文词蔚赡有法，殆非虚美”。复以疾辞，后聘主会试，为处州教授，坐笺表误下吏死。

苏伯衡在《明史》里夸赞张宇初博学多才，见其文词翰墨，心生敬慕之情：“行峻而学广，灵仙飞化之变幻，禁祝禳祈之灵异。儒经释典，靡不该贯，诸子百家，多所涉猎，其绪余见于文词翰墨，一时亦复鲜俪，岂帷玄学之士之宗之也，犹山之于恒岱，水之于江海而已，天子礼貌焉，王公敬信焉，绮绅欲慕焉，郡县仰望焉，其春秋甚富，而其誉望甚隆，凡厥

---

[1] 张宇初：《岘泉集》，书林书局，民国十五年版，第466页。

[2] 《道藏》，天津古籍出版社，第34册，第182页。

者俊，风斯下矣。”❶

（五）杨士奇

杨士奇（1366—1444），明代大臣、学者，名寓，字士奇，号东里，谥文贞，江西泰和（今江西泰和县澄江镇）人。官至礼部侍郎兼华盖殿大学士，兼兵部尚书，历五朝，在内阁为辅臣四十余年，首辅二十一年。他与杨荣、杨溥同辅政，并称“三杨”，因其居地所处，时人称之为“西杨”“三杨”中，杨士奇以“学行”见长，先后担任《明太宗实录》《明仁宗实录》《明宣宗实录》总裁。

杨士奇曾为张宇初画作题诗，作有《题璠林积雪图送张宇初真人归龙虎山》，从诗中可看出杨士奇对张宇初的尊敬，诗曰：“五彩春霞导金节，还向山中咽飞雪。明年北上翔双凫，更采灵芝谒丹阙”，临别之际，表示来年去龙虎山拜访张宇初。

四、与释儒的交往

“三教合一”思想是张宇初思想中最有特色的一部分，在斋醮道术上希望能与佛教融会贯通，而对儒家思想的吸收和对经典的研读，又使他成为一名儒学之士，他倡导综贯三世、融为一通，这为他以释儒为中心的交游奠定了坚实的基础。

（一）张宇初与佛教

明之际，佛教主要是禅宗盛行，禅宗以明心见性为核心思想，相对道教而言，其心性理论是非常完善的，因而，相比之下道教则较为薄弱，尤其是传统道教正一道。张宇初在其著作《道门十规》《岘泉集》《度人经通义》中都能体现出对心性思想的吸收，以《道门十规》为例，在“坐圜守静”这一部分，他这样论述：“经曰：积心善行，绝世所虑，不行妄想，无有染著，不滞于有无，永绝生灭，是名真人。近世以禅宗为性宗，道为命宗，全真为性命双修，正一则惟习科教。”❷ 由此可得，第一，他明显受

❶ 李昶：《张宇初道教思想研究》，中央民族大学博士论文。
❷ 《道藏》，天津古籍出版社，第32册，第198页。

到了禅宗的影响，禅宗明心见性讲的是无心、无念不着一切物，心不被外物所染。此处，张宇初明确指出了无有染著的概念。与此同时，指出了禅宗是性宗，由此，我们可以推知禅宗对其影响之复杂。第二是看到了禅宗、全真教与自己所代表的正一道之间的不同之处。基于本身的不足性，张宇初作出了坐圜守静的规定，从而达到身心的清净。这对以符箓斋醮为自己本分的正一道来说无疑是对自身理论的提升，因而，从客观上促进了正一道自身的发展。

张宇初常以佛教语言入诗，在其《负暄》中有言："蔬食不求余，高趺惟弊服。结习尘障生，虚妄熏陶熟。若澹视莫亲，浮萦互趋逐。孰探天地和，心境堪敦复。"❶ "结习"为佛教用语，意为烦恼。《维摩经·观众生品》："时维摩诘室有一天女，见诸大人，闻所说法，便现其身，即以天华散诸菩萨大弟子上。华至诸菩萨，即皆堕落，至大弟子便著不堕……结习未尽，华著身耳，结习尽者，华不著也。""心境"也是佛教用语，指意识与外物。唐朝诗人希运作有《黄檗山断际禅师传心法要》："凡夫取境，道人取心。心境双忘，乃是真法。"由此可见，张宇初对佛教词语运用自如，也曾想以佛教涅槃之说摆脱尘世烦恼。

对佛教知识的研习，扩宽了张宇初的交游范围，曾作《访独庵少师》《次独庵少师韵》和《次姚少师茶歌韵》，其中独庵少师和姚少师同为一人，乃姚广孝，姚广孝幼名天僖，法名道衍，字斯道，又字独闇，号独庵老人、逃虚子。张宇初在《访独庵少师》中说："清昼春和十日深，城南迂径访禅林。莲花刻漏真如性，贝叶传灯古佛心。雁塔倒垂台殿影，虬池方抱桧松阴。远公久被恩光重，结社诗盟许再寻。"❷ 张宇初认为姚广孝是有佛心、有禅性的人，更有："五灯慧剑山灵护，千佛泥珠海藏惊。"❸ 称赞独庵少师传授佛法的真谛，令人惊奇："说法雨飞藏虎啸，谈经花满卧龙惊。"❹ 张宇初还有诗作《贺了庵李东堂八十》，大赞李东堂的德行与情操。

---

❶ 张宇初：《岘泉集》，书林书局，民国十五年版，第480页。

❷ 张宇初：《岘泉集》，书林书局，民国十五年版，第591页。

❸❹ 张宇初：《岘泉集》，书林书局，民国十五年版，第592页。

（二）张宇初与儒学

张宇初顺应时代思潮，上承全真祖风，盛倡三教归一，他规诫道士："行有余力，若儒之性理，释之禅宗，更能融通一贯，尤为上士。"❶ 张宇初对理学颇为看重，由于本身的文化积累，以及理学在当时的影响，张宇初的思想逐渐向理学靠拢。他的思想与儒家本有的穷理尽性致命的思想有着很大的相似性，但是，他始终站在道教的立场上论证宗教信仰的意义，以及斋醮符箓之术存在的合理性。他承认神和上帝的存在，也承认主宰的作用，对此他曾这样记载："天也者，积气也，上帝则天之主宰也……虚无之界无穷，轻清之乐无体，而宰制之神亦无方也。"❷ 从这段文字中，我们可以看出太虚凌驾于上帝、神之上。张宇初受理学的影响，认为性本于命，天理存在于性中。心统性命而成为道，但与程朱理学有着很大的不同，提出独有的心为太极的命题。张宇初这种心统性命而为太极的观点，从理学角度而言，吸收了周敦颐、二程、邵雍、朱熹、陆九渊等理学家的思想。张宇初之所以引用上述理学家的学说，其原因是他认为他们都是从不同角度来解释太极，说的是同一个道理。但是，此处出现了心为太极和道为太极两种观点，张宇初认为这并不矛盾，他这样论述："且鸿濛溟涬之初，则元气为万物根本，其体谓之理，其阴阳流行不息者，气也，是故未分之前，道为太极；已形之后，皆具是理，则心为太极。"❸ 张宇初认为，道为太极和心为太极产生的先后不同，前者是天地未分之前产生的，后者是天地已分产生的。从后天角度而言，他认为后天万物都禀赋于理，而理存在于心中。万事万化皆本诸心，心所具者天地万物不违之至理也。可见，心是一切变化的根源，心中具有万物运动变化之理。

龙虎山道士的儒学化在南宋与金、元对峙及元统治的历史背景下，当时文士入道者较多，形成汉族士人与道士的结合，许多道教领袖人物均具有较高的文化修养，与名士交往密切，这种现象在龙虎山"道区"表现得尤为突出。由于元代的宗教及科举用人政策，该地域内很多士人转而入龙虎山修道讲法。因此，龙虎山道教便注入了儒家思想的因子，儒家思想对玄教的深刻影响，深化了玄教的儒学化程度。在张宇初的思想体系中，不

---

❶ 《道藏》，天津古籍出版社，第 32 册，第 177 页。

❷ 张宇初：《岘泉集》，书林书局，民国十五年版，第 4 页。

❸ 张宇初：《岘泉集》，书林书局，民国十五年版，第 35 页。

论在宇宙本体论还是心性论方面都明显地体现了儒学对他的影响。而从其生平行事来看，天师家族又特别重视家族教育，尤其是重视培育族中子弟的儒学素养。这都为张宇初形成以儒学为中心的交游打下了基础。

彭孟悦为儒学之士，张宇初与他是师友关系，张宇初曾同他探讨性理之学，二人互有书信。又有贵溪张澹漠，尝师事李存、祝蕃，并与张宇初同居一里。张宇初孩时便曾“侍公于先君子之侧，获请益焉”。另外，张宇初与上清倪日新交好，从倪日新生前就有“吾老且病，异日吾墓非子谁为铭”之言，可以看出二人交情之厚。倪氏世代得传象山本心之学，倪日新之曾祖父倪南杰得朱陆会同之说。其父不仅曾游学象山书院，还曾到建溪山书塾，延请祝蕃授业，修明理学。因此，倪日新得从祝蕃游。而倪日新与危素、张率、卢贞、夏衍等皆师友之，张宇初与这些人也过往甚密。张宇初又与倪子正相结交，倪子正“授陆氏本心之说于彭先生孟悦”。张倪二人对性理之学“琢砺讨论”，张宇初称“皆君之益，凡交处十余年犹一日也”。又与周孟启交厚，周孟启曾师从彭孟悦，张宇初所撰墓志铭称“乡先生彭君孟悦明陆氏学为时所宗，公（周孟启）师之，久之于性理有得”。❶

透过张宇初的生平和著述，我们能够清晰了解到他与朝臣官吏、炼师道士、释儒人士以及乡野村民之间的交友。道士只是他身份的一重，所以，他并不是纯粹站在道士的角度去进行创作和交游，他完全称得上是诗人和学者。帝王信任时，他感恩戴德，至情至性，遭受贬谪时，他毫无怨言，归隐山水。他的交友没有身份的束缚，不因对方的地位而有高低之分，他的朋友都是经过自己的挑选与拣择，成为好友的契机是爱好相当、志趣相投、价值观一致，彼此尊重和欣赏。

❶ 胡荣明撰：地域空间与社会网络：宋明理学与道教的交融——以陆学士人与龙虎山道士的交游为中心，《南昌大学学报》，2011 年第 3 期。

论《红楼梦》道教元素的叙事意义

王攸欣

（中南大学　文学与新闻传播学院）

摘　要：中国人的生活世界，道教因素是弥漫性的存在。《红楼梦》既具有写实性，又尽量利用各种文化因素表达作者的价值观念和叙事目的。道教的神仙世界、超世箴言、扶乩算命、符咒斋醮等道教元素贯穿笼罩《红楼梦》，在故事的关键节点上，起着相当大的作用，作者也有意识以反讽的姿态叙述道教的法事和出世观念。论文选取几个道教元素的具体应用，对其叙事意义作出分析论述，揭示《红楼梦》与道教的复杂关联，显示道教因素叙事的人性、文化内涵及其叙事学意义。

关键词：《红楼梦》；道教元素；叙事意义

道教巫术思维可以说渗透中国人的日常生活，是一种普遍性的文化实存，正如鲁迅所谓“中国根底全在道教”。[1] 因为《红楼梦》显示中国文化状态的真实性整体性，道教元素也贯穿笼罩着整个《红楼梦》。作者并不相信道教宗旨和法力，却在叙述中借助道教元素表现他对人性和社会的深刻观察，揭示世人生活之真实状态，甚至表达其反讽意识。此前已有研究者就《红楼梦》中表现的道教因素作过研究，如牟钟鉴《〈红楼梦〉与道家和道教》，胡绍棠《〈红楼梦〉与道教》，张耀武《〈红楼梦〉所反映的清初道教的世俗化》，高梓梅《论〈红楼梦〉的道教信仰风俗》等。[2] 不过，此类论文大多阐述《红楼梦》所显示的道教文化之思想与风俗之特点，就道教元素对于《红楼梦》叙事的意义作出研究论述者则甚为少见。其实，曹雪芹借助道教元素的叙事，对于《红楼梦》表达主旨，设计情节，塑造人物，显示价值意识等都有相当重要的意义，颇有出人意外者，

[1] 鲁迅：《致许寿裳》，《鲁迅全集》第 11 卷，人民文学出版社 1981 年版，第 353 页。

[2] 以上论文分别见：《宗教学研究》1988 年第 3 期；《红楼梦学刊》1988 年第 6 期；《北京教育学院学报》2001 年第 2 期；《陕西师范大学学报》2006 年第 5 期。

值得予以较深入的探讨。

中国民间社会，佛教道教诸多元素融合，不作严格区分。《红楼梦》作者并不信仰佛道二教，在《红楼梦》中，作者大体上也不刻意分别道佛元素，茫茫大士、渺渺真人即癞头和尚、跛足道士往往一道携手而行，济世保生，消灾除病。色空、出世观念也几乎成了二教共同宗旨，似乎构成《红楼梦》的主题之一——当然，实际上无论宝玉或作者，都是“云空未必空”。这些且不多论，本文选取具有明显道教特征的几个元素和节点，探讨其在《红楼梦》故事叙述中的意义。

一、太虚幻境构思的道教来源及其女权意识

《红楼梦》第80回写到迎春出嫁受苦，王夫人拟接回暂住。正说着：

> 贾母打发人来找宝玉，说：“明儿一早往天齐庙还愿。”宝玉如今爬（引者按：当为“巴”）不得各处去俇俇（引者按：当为逛逛），听见，如今喜的一夜不曾合眼，盼明不明的。次日一早，梳洗穿带（引者按：当为戴）已毕，随了两三个老嬷嬷坐车出西城门外天齐庙来烧香还愿。这庙里已是昨日预备停妥的。宝玉天性胆怯，不敢看狰狞神鬼之像。这天齐庙本系前朝所修，极其雄壮。宝玉天性胆怯，不敢细看，又因年深岁久，又极其荒凉，里面泥胎塑像，皆极其凶恶，是以忙忙的焚过纸马钱粮，便退至道院歇息。❶

此处所说的天齐庙，据新红学大家周汝昌考证，即元朝初创，多次重建，至今尚存的北京东岳庙。不过并非在西城门外，而是在朝阳门外。东岳庙是道教正一道华北第一大道场，正殿供奉土神“东岳大帝”即泰山神，宋真宗曾封为“东岳天齐仁圣大帝”，故又称“天齐大帝”，此庙则又称天齐庙。笔者30多年前曾至此庙探访，大体结构尚存，总体有破败之象，稍作了一些修补，所存石碑甚多，堪称碑林。东岳大帝掌管人间生死祸福，东岳庙有七十二司，如掌所生贵贱寺、掌善报司、掌注福司、掌化生司等，厢房一小间为一司所在，但这些司里泥木所塑造的神像已经荡然无存。据相关材料介绍，东岳庙原来有玉皇阁、碧霞元君殿等。明清时

❶《脂砚斋重评石头记》（庚辰本）文学古籍刊行社，1955年影印版版，第1966页，此回无回目。

期，玉皇大帝已逐渐取代元始天尊成为道教系统至尊神，位置于最高处。碧霞元君即东岳大帝的女儿“东岳泰山天仙玉女碧霞元君”。据周汝昌《曹雪芹新传》或带有很大想象性质的叙述，在东岳庙寝宫中，有一百多个姿态各异的侍女塑像群[1]。他认为七十二司和侍女群塑像直接激发了曹雪芹虚构出太虚幻境的想象力。

《红楼梦》第五回《贾宝玉神游太虚境警幻仙曲演红楼梦》显然有整体性、结构性的意义。通过太虚幻境的设置，以及宝玉在神游幻境过程中，参观“痴情司”“结怨司”“朝啼司”“夜哭司”“春感司”“秋悲司”等，观览“薄命司”内金陵十二钗正、副、又副册命运判词，并聆听红楼梦套曲十二支，预示了《红楼梦》中所有重要人物的命运和贾府的结局，这一点为红学研究者共识。但太虚幻境的拟神话不仅具有这种整体笼罩全书情节和人物命运的意义，同时也具有显示作者反抗父权宗法等级的价值意识，又或有以民间社会普遍信奉的宿命论的陈述，刻意文饰、辩护人物叛逆宗法伦理行为的叙事意义。

道教神仙世界颇有一些女神，如王母娘娘、麻姑、妈祖、太阴元君、碧霞元君等，但并没有形成以女性神灵为主体的独立神仙世界。碧霞元君不管在道教系统中还是东岳庙内，都是次要的神灵。曹雪芹从道教神话改造而成的太虚幻境，是一个以女仙为主的神仙世界，警幻仙姑是主神，“司人间之风情月债，掌尘世之女怨男痴”，其属下都是清纯天真的“神仙姐姐”，所谓痴梦仙姑、钟情大士、引愁金女、度恨菩提之类，从取名上看有道佛混同之态，男性主神根本没有出现，只有茫茫大士、渺渺真人作为无关紧要的过路神灵，勉强能够起一点引度生灵、传递信息的辅助作用。在太虚幻境之外，也并没有叙述一个另外的男神世界，如玉皇大帝的天庭，如来佛祖的西天，对这一幻境有所统领或压抑。中国民俗文化中的天庭和西天的等级秩序，都是世俗王权、男权社会的映射，等级森严的所在。曹雪芹显然厌恶这样一种男权世界，虚构了一个与父权宗法社会并不一致的女权仙界，显示其独立存在的可能性，且掌管着人间的生死祸福、风月浓情，来传达他尊重女性的价值意识，可以看作对男权体制和伦理价值取向的某种颠覆。但这种颠覆借助于拟神话的叙述，200 多年以来，竟然一直没有受到充满父权意识的读者之訾议和批评，似乎被看作理所当然

---

[1] 周汝昌：《曹雪芹新传》，外文出版社 1992 年版，第 150—151 页。

的，也就潜移默化地影响着男权社会中的读者对于女性的态度——尽管这种影响或许是相当有限的。

二、木石前盟宿命对于叛逆观念的文饰与其带来的“悲凉之雾”

《红楼梦》主要人物宝玉、黛玉的性格和价值观念，背离正统伦理准则之处不少，其他风流孽债承担者如秦可卿、秦钟、尤二姐、尤三姐、鸳鸯、司棋、贾瑞、柳湘莲、秦钟等亦复多有，更不用说作者以明显同情青年男女爱情婚姻自由选择的态度。讲述这些故事，必然呈现与主流意识形态有所对抗的姿态，让某些深受正统伦理观念影响的读者不易接受，故曾被地方官员列为禁书。[1] 不过，中国民间社会相信宿命论者居多，宿命的观念某种程度上会淡化主人公和作者叛逆的程度，让读者更容易理解并接受主人公的人生选择，因为这成了人物不得不遵循的命运过程。《红楼梦》拟神话的叙事，尤其是主人公贾宝玉和林黛玉的前身神瑛侍者和绛珠仙草的木石前盟，决定着他们的下凡动力和情感纠缠，构成了带有宿命论意味的情节，这种宿命论叙事从另一种意义上，确实也弱化了主人公形象的自主选择和反抗伦理规则的意识，如黛玉还泪之说，理性分析，黛玉只是为报神瑛侍者灌溉之恩而付出爱了。当然，因为实际过程的叙述生动逼真，充满人性和文化的内涵，也可能使读者不再太关注这种命定对人物自主性的限制。

关于宝玉神游太虚幻境的叙事，本身存在着难以回避的矛盾。宝玉神游的原因是警幻仙姑受宁荣二公之托，着意接引：

> 你等不知原委：今日原欲往荣府去接绛珠，适从宁府所过，偶遇宁荣二公之灵，嘱吾云：“吾家自国朝定鼎以来，功名奕世，富贵传

[1] 汪堃：《寄蜗残赘》记：“《红楼梦》一书……。聪明秀颖之士，无不荡情佚志，意动心移，宣淫纵欲，流毒无穷。至妇女中，因此丧行隳节者，亦复不少。虽屡经查禁，迄今终未绝迹”（《红楼梦资料汇编》第34页，南开大学出版社2001年版）。梁恭辰《北东园笔录四编》载：“满洲玉研农先生（麟），家大人座主也，尝语家大人曰：‘《红楼梦》一书，我满洲无识者流，每以为奇宝，往往向人夸耀，以为助我铺张。甚至串成戏文，演作弹词，观者为之感叹欷歔，声泪俱下，谓此曾经我所在场目击者。其实毫无影响，聊以自欺欺人，不值我在旁齿冷也。其稍有识者，无不以此书为诬蔑我满人，可耻可恨。若果尤而效之，岂但《书》所云‘骄奢淫佚，将由恶终’者哉？我做安徽学政时，曾经出示严禁，而力不能远及，徒唤奈何！’”（《红楼梦资料汇编》，南开大学出版社2004年版，第33页）关于作者的价值观与宗法伦理规则的关系及其不一致之处的论述，可参看拙作《论王国维〈红楼梦评论〉与〈红楼梦〉根要》（《曹雪芹研究》2014年第4期）、《再论新文化观及〈红楼梦〉根要》（《曹雪芹研究》2016年第2期）等。

流，虽历百年，奈运终数尽，不可挽回者。故近之于子孙虽多，竟无一可以继业。其中惟嫡孙宝玉一人，禀性乖张，性情诡谲，虽聪明灵慧，略可望成，无奈吾家运数合终，恐无人规引入正。幸仙姑偶来，万望先以情欲声色等事警其痴顽，或能使彼跳出迷人圈子，然后入于正路，亦吾兄弟之幸矣。"如此嘱吾，故发慈心，引彼至此。先以彼家上、中、下三等女子之终身册籍，令彼熟玩，尚未觉悟。故引彼再至此处，令其再历饮馔声色之幻，或冀将来一悟，亦未可知也。❶

然而在警幻仙姑对宝玉解释意淫，并以兼美许配，让他领略仙闺幻境风光，希望他能够"改悟前情，将谨勤有用的工夫，置身于经济之道"，以便改入正路、复兴家业之前，已向他展示早已写成命运判词的金陵女儿命运册和"红楼梦"套曲，这些预示了几乎作为主要叙述对象的所有女儿们无法改变的结局，所以无论宝玉是否听从警幻之劝，对于他最看重的女儿命运的悲剧性都已经无济于事。这就与作者正面叙述的宝玉神游太虚境的直接目标构成了难以调和的矛盾。因为实质上，此回并非作者真正要让宝玉的性情、性格发生改变——没有改变的宝玉恰是作者所肯定的状态——只不过通过神仙世界的特殊预知前事的功能，为《红楼梦》人物提供整体的"悲凉之雾，遍被华林"的悲剧感和无何奈何的命定感。当然，《红楼梦》借助道教的仙话，表达的这种宿命感和悲剧感，从根本上说，并不符合道教的精神，因为道教并不赞成宿命论，而是追求以人制天，认为"我命在我不在天"，这正显示作者在利用道教元素时，并无推崇、遵循道教宗旨之意。

三、道教符咒魔法的深层叙事蕴涵

符咒是道教法术之一种，可以说是最明显的道教特征。《红楼梦》中的符咒书写成为非常重要而频繁的引出故事发展、改变人物命运、显示剧烈冲突的叙事要素。

女娲炼石补天弃置在青埂峰下的巨石，是如何变成由宝玉可以口衔而降生人间的五彩晶莹、扇坠大小、刻有铭文的宝玉，相关段落，除甲戌本外，其他诸本都已缺失。甲戌本正文开篇不到300字的地方，有很重要的

❶ 《脂砚斋重评石头记》（甲戌本），第143—144页，人民文学出版社2010年影印版。

一大段429字，叙述宝玉之玉的来历。《红楼梦》以拟神话开头，讲女娲补天，炼了高12丈，见方24丈的大顽石36501块，其中36500块都用去补天了，惟独剩下一块没有用，因为经过女娲氏锻炼后，灵性已通，自怨自艾，日夜悲哀。但是这么一大块石头，怎么变成一块可以由贾宝玉口里衔着诞生的扇坠大小的玉呢？原来是一僧一道来到这块大石头边上，讲起人世间的繁华富贵，使得石头动心了，求两位大师慈悲，携带到凡尘中走一遭，于是僧人施展魔法，念咒书符，才把大石头变成小扇坠大小的宝玉的。原文如下：

(一僧一道) 坐于石边，高谈快论：先是说些云山雾海、神仙玄幻之事，后便说到红尘中荣华富贵。此石听了，不觉打动凡心，也想要到人间去享一享这荣华富贵，但自恨粗蠢，不得已，便口吐人言，向那僧道说道："大师，弟子蠢物，不能见礼了！适闻二位谈那人世间荣耀繁华，心切慕之。弟子质虽粗蠢，性却稍通，况见二师仙形道体，定非凡品，必有补天济世之材，利物济人之德。如蒙发一点慈心，携带弟子得入红尘，在那富贵场中，温柔乡里受享几年，自当永佩洪恩，万劫不忘也！"二仙师听毕，齐憨笑道："善哉，善哉！那红尘中有却有些乐事，但不能永远依恃；况又有'美中不足，好事多磨'八个字紧相连属，瞬息间则又乐极悲生，人非物换，究竟是到头一梦，万境归空，倒不如不去的好。"这石凡心已炽，那里听得进这话去，乃复苦求再四。二仙知不可强制，乃叹道："此亦静极思动，无中生有之数也！既如此，我们便携你去受享受享，只是到不得意时，切莫后悔！"石道："自然，自然。"那僧又道："若说你性灵，却又如此质蠢，并更无奇贵之处。如此也只好踮脚而已。也罢！我如今大施佛法，助你助，待劫终之日，复还本质，以了此案。你道好否？"石头听了，感谢不尽。那僧便念咒书符，大展幻术，将一块大石登时变成一块鲜明莹洁的美玉……❶

那僧不仅以符咒将大石变成美玉，还为这玉刻上了篆文，变成了贾宝

---

❶ 《脂砚斋重评石头记》(甲戌本)，人民文学出版社，2010年版，第8—9页。因为后来诸本漏掉这段宝玉来历的重要文字，使得程高本又把这块石头和神瑛侍者混为一谈了。本来石头是变成了宝玉降生所含的那块小小的玉石，是宝玉护身符，也是宝玉经历和贾府繁华衰败的旁观者、见证者，程高本变成神瑛侍者和他投胎后的宝玉本人了。

玉的护身符，其正面文字为："通灵宝玉莫失莫忘仙寿恒昌"，背面文字为"一除邪祟二疗冤疾三知祸福"，这显然具有明显的道教镇邪避祸功能。当然，这块通灵宝玉也是贾宝玉的性灵和象征。正因为如此，通灵宝玉的一次蒙蔽和一次丢失成了《红楼梦》叙事的重大关节，关系到贾府的内斗和宝玉的命运转折。

因为贾环对于宝玉的嫉恨，故意用灯油烫伤宝玉，引起王夫人、王熙凤的严厉责备，语及赵姨娘。赵姨娘受马道婆挑唆，以马道婆施行道教法术暗害王熙凤、宝玉二人。这样一个情节，借助外在的道教魔法介入贾府内部资源的争夺，是第一次充分展示贾府内在矛盾的叙事设计。这种巫术竟然具有奇效，果然让王熙凤、宝玉疯癫，几乎丧命。在紧急关头，又是癞头和尚和跛足道人前来施救：

> 贾政问道："你道友二人在那庙焚修?"那僧笑道："长官不须多言。因闻得尊府人口不利，故特来医治。"贾政道："到（引者按：应为倒）有两个人中邪，不知二位有何符水?"那道笑道："你家现放着希世奇珍，如何到（引者按：应为倒）还问我们有符水?"贾政听这话有意思，心中便动了，因说道："小儿落草时虽带了一块宝玉下来，上面说能除邪祟，谁知竟不灵验。"那僧笑道："长官，你那里知道那物的妙用。只因如今被声色货利所迷，故此不灵验了。你今且取他出来，待我们持诵持诵，只怕就好了。"贾政听说，便向宝玉顶（引者按：应为项）上取下那玉来，递与他二人。那和尚接了过来，擎在掌上，长叹一声道："青埂峰一别，展眼已过十三载矣！人世光阴，如此迅速，尘缘满日，若似弹指！可羡你当时的那段好处：
>
> 天不拘兮地不羁，心头无喜亦无悲；
> 却因锻炼通灵后，便向人间觅是非。
> 可叹你今朝这番经历：
> 粉渍脂痕污宝光，绮栊昼夜困鸳鸯。
> 沉酣一梦终须醒，冤孽偿清好散场！
>
> 念毕，又摩弄一回，说了些疯话，递与贾政道："此物已灵，不可亵渎，悬于卧室上槛，将他二人安在一室之内，除亲身妻母外，不可使外人冲犯。三十三天之后，包管身安病退，复旧如初。"说着回头便走了。

此处庚辰本眉批："通灵玉除邪，全部百回只此一见，何得再言？僧道踪迹虚实，幻笔幻想，写幻人于幻文也。壬午孟夏，雨窗。"这样，道教法术和符咒成为开启和结束这场生死之斗的主要叙事元素。这当然不太可能是作者的生存现实中发生的真事，所以并非写实。但作者为何要进行这样一种虚构呢？实际上作者在书写其家世和家庭内部矛盾的时候，是必然有所避讳的，这种超现实的法术就可以方便地用来弥合需要因避讳而缺失的故事关节点，使事件的叙述有较完整的过程，让读者不去细究的时候，能够较自然地接受文本的叙事，这在第九十四回开始的"失宝玉"引起宝玉痴傻的整个过程叙事的分析中，更加明晰。

《红楼梦》第九十四回《宴海棠贾母赏花妖　失宝玉通灵知奇祸》，为解决宝玉面临重大人生选择的困境，让他丢失了通灵宝玉，陷入痴呆状态[1]。此回写宝玉、黛玉、宝钗的爱情婚姻到了需要作出最终选择的时刻，宝玉怡红院的海棠，十一月违背时令盛开，众人皆疑是花妖，乃不祥预兆。贾赦贾政都有针对性措施的建议，平儿且私与袭人道："奶奶说，这花开得奇怪，叫你铰块红绸子挂挂，便应在喜事上去了。以后也不必只管当作奇事混说。"贾母、黛玉等均以为吉兆，贾母且开筵备酒，大事庆贺，结果宝玉之通灵宝玉莫名其妙地遗失，致使宝玉疯癫痴傻。这个情节的设计纵贯 20 余回，直到第一百一十六回引出一僧一道的对于宝玉本性的开悟，宝玉重游太虚幻境与诸多死去的女儿包括黛玉、晴雯见面，最后中乡魁却尘缘，篇幅占后四十回的一大半。除了赏海棠、失通灵都有道教意味外，中间又有不少道教元素的运用，如扶乩、测字、求签、问卦等。如请妙玉扶乩：

> 妙玉笑了一笑，叫道婆焚香，在箱子里找出沙盘乩架，书了符，命岫烟行礼，祝告毕，起来同妙玉扶着乩。不多时，只见那仙乩疾书道：
>
> 噫！来无迹，去无踪，青埂峰下倚古松。欲追寻，山万重，入我门来一笑逢。
>
> 书毕，停了乩。岫烟便问："请是何仙？"妙玉道："请的是拐仙。"

[1] 笔者认为《红楼梦》后四十回大体为曹雪芹所作，故选择后四十回相关情节论述。可见王攸欣贝京《红楼梦后四十回续作说的方法论观照》，《红楼梦学刊》2015 年第 5 期。

具体过程且不必多说，关键是这一情节设置的叙事意义。笔者认为这次失通灵引发宝玉痴呆的故事设置，作者主要是考虑到，宝玉在自己的婚姻大事上没有决定权，但如果任由贾母、王夫人等作主娶宝钗，具有自传性意味的主人公无法真实地面对黛玉：如果不作出决绝的反抗，则不足以显示其执著的情感；如果作出决绝的反抗，又不太符合宝玉相对柔弱、不敢违抗贾母、王夫人之命的个性。同时，正因为文本的自传性，也牵涉作者如何处理对于长辈原型人物的态度问题，所以就只好以宝玉不能正常行为、思考的方式，来解决这个有些棘手的叙事选择。这种处理方式，也从某种意义上回避了在剧烈的冲突中呈现宝玉性情性格丰满性和复杂性的机会，从纯粹文学表现人性状态的维度来说，不一定是最好的选择。但从显示其他人物的个性的维度而言，又有其成功之处，如贾母、王夫人、王熙凤、袭人、宝钗等，都在面临这种处境时，有着非常突显各人性格的表现，显现出各自人性展示的内在逻辑，让人信服，是曹雪芹以外的作者很难达到的水准。譬如写宝钗忍辱负重，大度包容，能够把握适当的时机，促使宝玉一定程度解开心结，回归大致正常的生活。关于黛玉、紫鹃等人的书写，则可能因为在故事原型和小说叙事之间的复杂纠葛，有得也有失。写她们的执著深情，生死以之，甚为动人，显示了女性情感体验的深挚纯真，而写她们对宝玉的误会，则虽然大体合乎情理，又略有让人疑惑处，因为宝玉的因失通灵宝玉而痴呆不能自主，她们理应知道，小说中也叙述了相关细节，但可能正是因为现实中的宝玉原型并没有因失玉而痴呆，故这种可能由黛玉、紫鹃原型对宝玉的误会而引起的叙事上的错位，或许更能够解释小说中人物行为情感的不同寻常处。

《红楼梦》第一零二回《宁国府骨肉病灾祲　大观园符水驱妖孽》写大观园荒废以后，妖怪精鬼的传说给贾府带来的恐慌。贾府于是邀请道士作法驱邪，最终似乎产生了效果。作者显然既不相信有妖孽精怪，也不相信道士法师有驱魔功能，但这种叙述显示出作者有意以道教元素的介入，来揭示贾府的下人们蒙昧无知，而又习惯于蒙骗主子，而主子们本受儒家教育熏陶，不信鬼神，但被各种偶合现象和下人们合力欺瞒后，将信将疑，宁信其有不信其无的心理状态，最后因为道士法师作法而发生普遍的心理安慰而收场，写出了作者对于普遍蒙昧的嘲讽，也揭示道士法师为获得利益装神弄鬼的虚伪造作。这样的叙事，可以充分显示作者对于人性和社会现象的观察，具有锐利的眼光和深刻的反思，这种冷静的理性深度是甚为难得的，他也有意在《红楼梦》中展示出来，富于文化批判的叙述意义。

四、道教元素的反讽性运用

《红楼梦》第一、第五两回所述太虚幻境中的石牌坊上所书对联“假作真时真亦假，无为有处有还无”，既是对文化本质的描述，又可谓作者自述其创作之奥妙。《红楼梦》每每以佛道二教“色空”“出世”观念，来舒缓、逃避生存的残酷与痛苦，不少书中人物，都因经历痛苦的情感体验而出家出世，或浪迹天涯，或独守青灯，如宝玉、湘莲、惜春、紫鹃等，故不少读者认为《红楼梦》主旨为宣扬色空出世。如第一回一僧一道劝石头不必入世时说：“那红尘中有却有些乐事，但不能永远依恃，况又有‘美中不足，好事多磨’八个字紧相连属，瞬息间则又乐极悲生、人非物换，究竟是到头一梦、万境归空。”脂砚斋重抄《石头记》甲戌本有侧批：“四句乃一部之总纲”。❶ 当然，作者显然并不真如情僧那样“因空见色，由色生情，传情入色，自色悟空”，而是对于已然逝去的青春少女的深情曼妙与钟鸣鼎食之家的繁华乐事，萦怀不已，并不相信有什么方法能够真正度脱世人，达于“空”境，故他在叙述有关佛道超越之人和事时，不时带有反讽性的意味，如以茫茫大士、渺渺真人来称度脱俗众的一僧一道。宝玉最后明明出家成为和尚，却被皇帝赐予“文妙真人”道号，这一点前人虽有提到，但其中显示的反讽性意味，关注者似不多。❷

不说玉皇阁的张真人只不过一个善于逢迎的俗道，也不说其他驱邪逐妖的道士也不过骗点糊口之资，即使是渺渺真人化身的跛足道人，唱着《好了歌》，甄士隐似乎由此悟透人生，为之作注，好像在宣扬道教的出世精神，实际上却充满着价值观念上的内在矛盾，在作者笔下也具有了反讽的意味。第一回《甄士隐梦幻识通灵贾雨村风尘怀闺秀》，就出现跛足道人对甄士隐唱《好了歌》：

> 世人都晓神仙好，惟有功名忘不了。古今将相在何方？荒冢一堆

---

❶ 《脂砚斋重评石头记》（甲戌本）人民文学出版社 2010 年版，第 9 页。

❷ 贝京《红楼梦未了——〈好了歌〉意蕴及其逻辑分析》曾提到好了歌及注的反讽性特征，《湖南大学学报》2003 年第 3 期。该文论点作者与笔者曾经讨论，故笔者多有认同，后文将予充分引述。

草没了！世人都晓神仙好，只有金银忘不了。终朝只恨聚无多，及到多时眼闭了！世人都晓神仙好，只有姣妻忘不了。君生日日说恩情，君死又随人去了！世人都晓神仙好，只有儿孙忘不了。痴心父母古来多，孝顺儿孙谁见了？

甄士隐“本有宿慧”，听闻道人“可知世上万般，好便是了，了便是好。若不了，便不好；若要好，须是了”之言，“心中早已彻悟”，于是为之作注：

陋室空堂，当年笏满床，衰草枯杨，曾为歌舞场。蛛丝儿结满雕梁，绿纱今又糊在蓬窗上。说什么脂正浓、粉正香，如何两鬓又成霜？昨日黄土陇头送白骨，今宵红灯帐底卧鸳鸯。金满箱，银满箱，展眼乞丐人皆谤。正叹他人命不长，那知自己归来丧！训有方，保不定日后作强梁。择膏粱，谁承望流落在烟花巷！因嫌纱帽小，致使锁枷扛。昨怜破袄寒，今嫌紫蟒长。乱烘烘你方唱罢我登场，反认他乡是故乡。甚荒唐，到头来都是为他人作嫁衣裳！

此注为跛足道人所认证后，甄士隐就随之一起出家了。其实，从《好了歌》及其注解来说，无论跛足道人还是甄士隐，都是既未好，又未了。这涉及人生的价值根基问题。道教在这个问题上并没有立足于生存体验基础上的真正深入的思考，故缺乏足够的人性深度和合理性。

为什么说作者叙述《好了歌》及其注具有反讽意味呢？从作者创作动机和对人物的刻画来看，不可能真正认同好了歌及其注，从歌与注的文本来看，根本没有解决欲望与满足、失意与超脱、结局与过程的冲突问题。正如论者所言：首先是跛足道人和甄士隐都没有参透，他们并没有真正否定世俗的对于满足欲望的功名、金银、娇妻、儿孙的追求，只不过因为死亡构成这些追求的边界，所以认为追求没有意义。问题是如果因死亡而否定这些价值追求的话，生命本身也应该否定，而他们并没有这种否定，也不太可能有这种否定，因为《好了歌》所谓神仙之好正是生命的永存。其次，如果因为死亡，功名、金银、娇妻不能终极拥有而否定这些因素的话，并不能否定拥有这一切的当下快乐，这种快乐本身构成价值的因素，所以这种否定是无力的。再次，歌与注表达的“了悟”是伴随着磨难所带来的价值系统的崩溃，这是人的异化状态，不会被正常人所接受，也不应该予以正面的肯定。又次，《好了歌》所谓“君生日日说恩情，君死又随人去了”“痴心父母古来多，孝顺儿孙谁见了”，明显不符合真实存在的人的状态，贞女烈妇、孝子贤孙在历史上包括在正史记载中是大量存在的，作为事实描述有以偏概全之嫌。最后，《好了歌》过于强调了人类情欲、意志与命运的相似性、普遍性，忽视了个体生存形态的独特性，每个人在自己的生存过程中都有对于价值的体悟和确立，并不因为欲望的存在而消解这种价值，甚至可以说本能的欲望是文化的价值标准的根基，而把生存仅仅归结为欲望又是一种本质主义的思维方式，并不能真实地展示人的生存状态。❶ 上述论断虽有可斟酌之处，但触及了《好了歌》及注的根本问题，作者不太可能真正认同这样一种对于人生及其价值观念的描述，因此很可能具有一种反讽性的意味。上述论文还就形成这种反讽性叙述的根源进行了分析，也言之成理，最核心的一点是：

> 《好了歌》并非作者的度世金针，它是为了文学的表现需要而作的，一方面真实显示了当时的一种貌似超脱的流行观念，另一方面也昭示了作者在经历了由追求到不能满足欲望，试图超越世俗而最终还是无可奈何的心路历程后，获得了新的人生体悟，意识到《好了歌》表达的价值观念的虚妄而以此表现对于这种观念的反讽。这种反讽与其说是对人生人世的“悟空”，还不如说是对人生无奈深切体悟后的似俗而实则高超的文学表达。我们对它进行分析，恰恰可以得出一个与之相反的命题：了未必好，好未必了。❷

当然，《好了歌》的注还具有对《红楼梦》中人物结局的相对抽象的预言作用，这种预言，一方面预示了人物的结局，另一方面又很难据此去确定后文的具体情节，但看过《红楼梦》原稿的脂砚斋在甲戌本中对每一句都作出了针对性的提示，如对于“展眼乞丐人皆谤”一句的侧批有“甄玉、贾玉一干人”文字，比较清楚地显示《红楼梦》已经散佚的曹雪芹原稿——笔者认为现存百二十回本后四十回是曹雪芹重写稿——甄、贾宝玉后来成为乞丐，受人冷眼谤议。有人作强盗有人流落妓院等。这就使得甄士隐的注似乎有了真实的预言功能，但即使如此，不管是甄士隐还是渺渺

❶❷ 贝京《红楼梦未了——〈好了歌〉意蕴及其逻辑分析》曾提到好了歌及注的反讽性特征，《湖南大学学报》2003 年第 3 期。另可参阅王攸欣《论王国维〈红楼梦评论〉与〈红楼梦〉根要——为纪念〈红楼梦评论〉发表 110 周年作》(《曹雪芹研究》，2014 年第 4 期) 对于文化根源的阐释。

真人，都无法改变人物的命运，包括士隐女儿英莲的悲惨命运，这又从另外一个层面构成对于道教的反讽——貌似神通广大，实则无可奈何。当然，这未必是作者的自觉表达，而是当他真实自然地书写世界时就会产生的对于一切超现实能力的反讽。

焦竑《老子翼》与《庄子翼》中的三教合一论对其文学观的影响[1]

杨　敏

（云南民族大学）

摘　要：《庄子翼》与《老子翼》是焦竑的重要学术著作，集中体现了其三教合一论。以空无论心性是焦竑三教合一论的理论出发点，也是其以儒佛释老庄的理论基础。对超越的人生境界的追求是焦竑以儒佛释老庄的目的所在。焦竑在《老子翼》与《庄子翼》中所体现出的此种学术思想影响了其文学观，具体表现为自适与体道的文学价值观及其文道关系论。

关键词：三教合一论；空无之心性论；超越的人生境界；文学价值观；文道关系论

一、焦竑《老子翼》与《庄子翼》中的三教合一论

在中国思想史上，从唐朝李翱开始儒释道三家就开始逐渐融合，宋代以二程与朱熹为代表的理学家一方面极力于三家之辩，另一方面也吸取了佛道学说来充实与完善儒学。王阳明曾对自己的“良知”学说受益于佛学直言不讳，但对儒佛之别也作了清晰的阐述。焦竑则明确提出了三教合一的思想。《庄子翼》与《老子翼》是焦竑的重要学术著作，集中体现了其三教合一论，以儒佛解释老庄是《老子翼》与《庄子翼》的重要特点。

儒释道三家的区别首先表现在对于“心”的内容有着不同的解释，儒家强调的是仁、义、礼、智的道德心，而佛道对道德之心却持一种否定的态度，道家讲究与“道”合一，因此，道家之心是与道合一的“自然心”。“自然心”以虚静为其主要特征。佛家之“心”比道家更为超越，佛家之“心”是超临一切情感与现象的空寂心，其以一切情感与现象为幻，而以

[1] 本文为国家社会科学基金青年项目“焦竑与晚明思想转型研究”阶段性成果。

空寂心为其真。在所倡导的心灵境界方面，儒释道三家也存在着不同。佛家之境界是息灭生死烦恼而获得彻底的心灵解脱，以实现无限与永恒，佛家称之“虚空”或“涅槃”。道家之境界是与道合一之境，也就是“无”的境界，“道”或“无”是一种无待的自由之境，实现了“无”才能逍遥于无向有之乡、广漠之际。佛家的涅槃是“空”，“空”比“无”更加超脱，更加彻底。但在获得心灵自由这一点上，两家是很接近的。然而佛与道也有一个很重要的区别，那就是在对现实人生的关怀方面，道家尽管向往自由与精神解脱，但对现实人生也不乏关怀，特别是老子尤其如此，所以道家虽有出世的一方面，却不是彻底的宗教境界。相形之下，佛家所倡导的是彻底的超脱，它的精神实质是追求出世的永恒，“成佛”也就是彻底摆脱一切生死变化与世间事务，从而实现心灵的绝对超越，相对于佛、道两家来说，儒家之境界具备超越性，它要超越“小我”“私我”而成就一个“大我”，与佛道的玄无相比，儒家之境呈现出实有的色彩。❶

以空无论心性是焦竑三教合一论的理论出发点，也是其以儒佛释老庄的理论基础。焦竑认为儒与佛都是以“空无”来理解心性，只是两家采用了不同的命名方式。儒家称之为“未发之中”，而佛家称之为“本来无物”。

> 佛虽晚出，其旨与尧、舜、周、孔无以异者，其大都儒书具之矣。所言“本来无物”者，即中庸“未发之中”之意也。“未发”云者，非拨去喜怒哀乐而后为未发也，当喜怒无喜怒当哀乐无哀乐之谓也。❷

“未发之中”这个概念来自《中庸》，所谓“未发之中”是指喜怒哀乐未发之前的状态，它是寂然不动的，在这一方面它和佛家所述的空寂的确有相似之处，而另一方面，“未发之中”是与至善之天理联系在一起的。《中庸》里说：

> 喜怒哀乐之未发，谓之中；发而皆中节谓之和。中也者，天下之大本也；和也者，天下之达道也。喜怒哀乐，情也；其未发，则性也。无所偏倚，故谓之中。发而中节，情之正也。无所乖戾，故谓之和，大本者，天命之性，天下之理皆由此出，道之体也。达道者，循

---

❶ 蒙培元：《心灵超越与境界》，人民出版社1998年版，第85—98页。

❷ 焦竑：《又答耿师》，《澹园集》，李剑雄点校，中华书局1999年版，第81页。

性之谓，天下古今之所共由，道之用也。❶

对比二者对“未发之中”的理解，可以看出焦竑所强调的是“当喜怒而无喜怒”的空无的状态，这其实是拿佛家的空寂之心来阐释儒家的伦理道德之心。儒家十分重视心性之善，这一点焦竑并非没有体认，也没有加以忽视，但他认为要言善，首先要超越善恶，在此前提下的“善”才是真善，是无善之善，这又是可以与佛家贯通之处。

《内典》云：无我无作无受者，善恶之业亦不亡。“无作无受”者，言“于尤为之中，识无为之本体”云尔。又云：能善分别诸法相，于第一义而不动，分列之中本无动摇云尔……是“无我无作无受”也，是“不动”之“第一义”也，乃孔门“立言”之宗也，即子思“未发之中”，“无声无息”之“天载”也。❷

不仅如此，焦竑还认为佛家即心即佛的为学方式与王阳明提倡良知具足，要求学者反求诸己，发现内心之良知是一致的。其实从根本上说，焦竑所真正关注的并非儒佛之异同，他更关注的是自我心性的修养，能达到目的，任何有益的思想资源都可以为我所用，可以儒也可以佛，最终，当自我心性涵养到了一定的境地，便可以无佛无儒了。

在儒道问题上，焦竑的根本观点是儒道可以互补。道家是“无”，儒家是“有”，可以用道家之“无”补充儒家之“有”，儒家并不是不说“无”，而是将“无”寄于“有”之中，希望学者能通过“有”之修炼而达到“无”的境界，这叫作“下学而上达”。道家采取了与此相反的方式：

孔孟非不言无也，无即寓于有。而孔孟也者，姑因世之所明者引之，所谓‘下学而上达’也。彼老庄者生其时，见夫为孔孟之学者局于有，而达焉者之寡也，以为必通于无而后可以用孔孟之有。于焉取其略者而详之，以庶几乎助孔孟之所不及。❸

在焦竑看来，儒与道一样都是为了达到对“无”的把握与体认，都是合“有无”为一体的，只是二者的侧重点不同而已。在儒释道三家学说中，心灵与境界的学说占据了一个很重要的部分。人生境界的相似相通是

❶ 朱熹：《四书章句集注·中庸章句集注》，中华书局 1983 年版，第 18 页。
❷ 焦竑：《答耿师》，《澹园集》，李剑雄点校，中华书局 1999 年版，第 80 页。
❸ 焦竑：《庄子翼序》，《庄子翼》卷一，文渊阁四库全书，子部 1058 册。

焦竑三教合一思想中一个很有意义的部分，三家的人生境界虽然很不相同，但对内在超越性的强调是其一致之处。坦荡旷达的胸襟、洒脱淡然的人生态度无疑需要三家学说的共同滋养。对超越的人生境界的追求是焦竑以儒佛释老庄的目的所在。

焦竑心中与笔下的儒者，虽都秉持儒者以天下为己任的社会责任感，但更为重要的是他们都具有一种超越的情怀，因此不同程度地带有佛道的气息。儒家之人生境界以“乐”为其主要特征，从孔孟到程朱都对其有充分的强调，“孔颜乐处”与“曾点气象”是宋明理学中的重要问题。所谓“孔颜乐处”，《论语》中记载道：

> 饭疏食饮水，曲肱而枕之，乐亦在其中矣。不义而富且贵，于我如浮云。❶
>
> 其为人也，发愤忘食，乐以忘忧，不知老之将至云尔。❷
>
> 一箪食，一瓢饮，在陋巷，人不堪其忧，回也不改其乐。❸

从以上材料可以体会出“孔颜乐处”可以分为两种：一种是士志于道的积极进取，另一种是安贫乐道、顺天应命的从容淡定。“孔颜乐处”所乐的内容就是“道”，结合孔子的思想来看，这里的“道”其实可以替换为“仁”，首先要在内心体会到“仁”，所谓“我欲仁，斯仁至矣”“其心三月不违仁”；其次在外在行为上符合“仁”的规范，做到克己复礼就可以体会到“乐”。因此，在孔子思想中“乐”既具有情感体验性又具有道德伦理性。

在宋代理学家那里，探讨“孔颜乐处”成为一个重要话题，并且在宋代理学那里加强了“乐”的内在体验性。在宋代理学中，“孔颜乐处”要联系“心”“性”“天理”这三个在理学中重要的并且具有连贯性的范畴加以理解。通过这三个范畴，宋明理学将天理与人心紧密结合起来，认为可以通过自我心性的修养达到与天理合一的至高境界，“孔颜乐处”也正是这一境界。下面来看焦竑对“孔颜乐处”的体认。

> 疏水曲肱，箪瓢陋巷，孔颜之阨穷抑已甚矣。一则曰“乐在其中”，一则曰“不改其乐”，此岂勉强以蕲胜之哉？勉强不可以言乐，

---

❶❷ 《论语·述而》，《论语注疏》卷七，十三经注疏，中华书局1998年影印本。
❸ 《论语·雍也》，《论语注疏》卷六，十三经注疏，中华书局1998年影印本。

勉强不可以持久，则孔颜之为乐，必有以也。周茂叔尝令二程寻孔颜乐处，非求之孔颜，求诸己而已矣。或曰“吾方忧之重重也，何乐之可寻?”曰“但谛观忧来何方，作何形相? 所依既不立，能依何得生? 当体全空，豁然无碍，则转忧为乐，在瞬息间尔”。❶

从中可以看出，焦竑认为要领悟孔颜乐处，首先要从自我身心上求，而不是从外在的“孔颜”处求。更为重要的是，焦竑所谓的“孔颜之乐”，不是以仁或者天理为内容，他所谓的“乐”是无忧无乐的至乐，不以任何理论范畴为内容，可以说这是一种“无乐之至乐”。只有体认到空无之心体，才能达此至乐之境，其以“空”为乐的思想显然融合了佛道，尤其是佛的境界。佛家以“空”看世界、看人生，“空”是佛学最根本的范畴，人生之所以有痛苦与忧愁，是因为没有体会到“一切皆空”。在佛家看来，看破了生死以至世间一切皆空，才能达到彼岸之极乐世界。儒家的孔颜之乐虽也具有超越性，但以道德修持为根本，佛家之极乐源于对人生苦难的深刻体验与关怀。焦竑能够淡然得失之场，遭遇科场案也从容自适，当然与儒佛洒脱、旷达、豁然无碍的胸襟有着密切的联系。

与此相关的是“曾点气象”。以朱熹为代表的理学家认为曾点气象的实质是指“人欲尽处，天理流行”，是一种以天理为一的境界。焦竑却认为“曾点气象”所代表的乃是《庄子》中无待的逍遥之境：

曾晳之志似虚而实，二三子之志似实而虚。有勇、知方、民足、小相，皆实用也，而不能无待。待之未至，而我之目前皆空阙也。曾晳者，暮春即可乐，不择时也；童冠即可与，不择人也；浴沂舞雩即可为，不择地也。彼其有所待哉?❷

三教合一，给焦竑带来的最重要的影响，莫过于会通出世入世。既出世又入世，以出世之胸怀来经世是对焦竑人生价值、人格气质最精准的概括。一般来说，儒家被称为入世之学，佛道被称为出世之学，但焦竑看来，并不能做这样截然的划分，他给佛与道下了个这样的转语：

《华严》圆教，性无自性，无性而非法；法无异法，无法而非性。非吐弃世故，栖心无寄之谓也。故于有为界，见示无为；示无为法，

❶❷ 焦竑：《读论语》，《焦氏笔乘·续集》，李剑雄点校，中华书局2008年版，第247页。

不坏有为。此与夫洗心藏密而与民同患者，岂有异乎哉！[1]

对于道家，焦竑也采取了这样的方式，尤其表现在他对《庄子》一书主旨的阐发上：

《庄子》一书，以明道也。儒之语道，不离仁义礼乐，庄子绝而弃之，疑于不类。夫瓦砾糠秕，无非道妙，独仁义礼乐为其所不载，明乎非蒙庄之意矣。何者？仁义礼乐，道也；而世儒之所谓仁义礼乐者，迹也。执其迹不知其所以迹，道何由明？故不得已摒而弃焉，使人知道也者，立象先，超关系表，而吾所挟者之无以为也。庶几能进而求之也乎。[2]

这样看来，佛与道就不是完全出世的了，佛道之出世是对儒家入世的有益补充。焦竑认为佛道的真实目的，并不是要人们鄙弃人伦物理，而是要在世间之事物中识取空无的本体，以便更好地处理世事，这就是“即有证无”“即念无念”。道家之道又被称为“无”，在道家看来，“无”是道最根本的特征，然而“无”并不是空洞无物，其中包含了有。《老子》中就说：“无名天地之始，有名万物之母”“道之为物，惟恍惟惚，惚兮恍兮，其中有象，恍兮惚兮，其中有物”。焦竑进一步强调了这种有无合一的模式，他认为《老子》数言“无”，只是为执着于“有”的人设的一个方便法门，其实并非舍有以求无，相反，是当“有”的时候不执着于“有”，领悟到“无”的意义，这样的“无”才是真无。出于这样的逻辑，焦竑将知、不知、无、无为这些相对峙的概念贯通起来理解，认为他们并无任何差别。这一点最集中体现在其对《老子》第十章的解释上。

载营魄抱一，能无离乎？专气致柔，能如婴儿乎？涤除玄览，能无疵乎？爱民治国，能无为乎？天门开阖，能为雌乎？明白四达，能无知乎？生之畜之，生而不有，为而不恃，长而不宰，是谓玄德。

焦竑解释为：

载营魄者，非拱默之谓也。即爱民治国而能无为也，所谓为无为也。专气致柔者，非郁闭之谓也，即天门开合而能为雌也，所谓雄守

---

[1] 焦竑：《刻大方广佛华严经序》，《澹园集》，李剑雄点校，中华书局 1999 年版，182 页。

[2] 焦竑：《读庄子》，《庄子翼》卷首，文渊阁四库全书，子部 1058 册。

雌也。涤除玄览者，非晦昧之谓也，即明白四达而能无知也，所谓知不知也。❶

《老子》曾说："大道废，有仁义"，对于仁义礼智，道家一般是否定的，而提倡反璞归真、少私寡欲。焦竑却把两者结合起来，认为二者之间并无必然矛盾，而是相互补充的，老庄虽然谈虚无之理，但并不是要废除世教，老庄认为学者如果一味局限于仁义理智，就会缺少通达的胸怀，最终反而被仁义礼智所困，成为一介俗儒，真正的儒者应仁民爱物，以天地万物为一体。道家"致虚极、守静笃"的虚静观，有助于达到一个大儒的境界，由此焦竑将"虚无"看作世教的根本：

虚无者，世教所以立也。彼知有物者不可以物物，而睹无者斯足以经有，是故"建之以常无有"。不然，圣人之业将以成变化行鬼神，而欲责之胶胶扰扰之衷，其将能乎？❷

见素抱朴，乃圣智仁义之精也，焉用文之？❸

《人间世》是《庄子》集中阐发庄子处世态度的一篇，其中庄子提出了"虚心以游于世"的处世方法，这种处世方法则是通过"心斋""坐忘"的修养工夫实现的。所谓"心斋""坐忘"，从根本上说，就是虚己任物，也就是忘己。焦竑对这种修养方法极为赞赏，称其为圣人终身遵循的法则。

为人使则有我，故易伪；为天使则无我，故无伪。夫知以不知，如人之将不以步，鸟之飞不以翼者，天使之也，此所谓虚也。空虚则白生，心虚则道集，盖非有吉祥也，而吉祥莫大焉。人之安身栖志，释此则无归矣。

夫耳目内通，则无闻见；外于心智，则无思为。如此，则可以言虚，而鬼神来合矣，况于人乎？此所以命万物之化，而不化于万物，古圣人所为，服行终身者也。❹

有人认为《庄子》中《养生主》讲的是出世法，《人间世》讲的是人

❶ 焦竑：《老子翼》卷一，文渊阁四库全书，子部 1055 册。

❷ 焦竑：《读庄子》，《庄子翼》卷首，文渊阁四库全书，子部 1055 册。

❸ 焦竑：《老子翼》卷二，文渊阁四库全书，子部 1055 册。

❹ 焦竑：《庄子翼》卷四，文渊阁四库全书，子部 1058 册。

世法，焦竑认为这两种说法都有失片面，而是“出世而后能住世”。焦竑所说的“出世”其实是指身心的修养，以达到通生死、外祸福的坦荡胸怀，而住世则指的是成天下之务的经世情怀，会通出世入世，这就是注重自我性命安顿的焦竑始终没有放弃科举考试的最终原因。

在修身与治世这两端中，焦竑始终坚持以修身为本、治世为末的主张。儒家经典《大学》曾对修身与治世的关系作过一番阐释：“古之欲明明德于天下者，先治其国；欲治其国者，先齐其家；欲齐其家者，先修其身。”这番话一直被作为士人立己行事的根本纲领，从修身到治国，是一个不断递进的由内而外的过程，在焦竑对这个问题的论述中，却省略了这个修持的过程。道在而功随才是焦竑理想的人生境界，其云：“君子非用世之贵，而能自治其身者之难。何者？自治其身，乃所以用世者也。”[1]伊尹、吕尚可以被称为“大器”，因为他们在修身、治世两方面都达到很高的境界。这就是“性分融而功皆命表事也，道机彻则名皆身外物也。”而管仲虽然事功显赫但却“济于事而未全于道”，所以不能称为“大器”。会通三教使得焦竑颇具超脱情怀。焦竑的超脱表现在对得失荣辱的超越。焦竑认为要超越得失荣辱，首先就是要泯灭是非，和以天倪。有各种是非意见横生于胸中，扰闹了心境的空明是可悲的。圣人超越了是非的对待，超然于是非之表，这就是《齐物论》中所说的“枢始得环中中，以应无穷”。要超越是非，则需要从根本上体会到“无”的境界，所谓“适无则无是非，因人之是非以为是非。”[2]这就是“有即无”“事即空”，这是佛的境界，也是道德境界，同时更是阳明心学中廓然大公的良知境界。

二、焦竑《老子翼》与《庄子翼》中的三教合一论对其文学观的影响

对内在超越的人生境界的追求使得焦竑诗作中表现出一种自适与体道的情怀。此点集中体现于其山水诗中。焦竑诗集中就有三组咏叹金陵山水的组诗。丰富的情感与山水之趣使得作为学者的焦竑具备了一种诗人气质。

---

[1] 焦竑：《大器犹规矩准绳论》，《澹园集》，李剑雄点校，中华书局 1999 年版，第 21 页。
[2] 焦竑：《庄子翼》卷二，文渊阁四库全书，子部 1058 册。

人日仁祠好，春风动鸟声。相期载酒往，共作探梅行。涧水溶溶净，林芳转转生。禅栖吾自适，非为薄时名。[1]

南郭高台迥，乘春数散愁。雨余千嶂立，树杪一江流。地拥樱花胜，情兼水石幽。角巾差自得，端合老林丘。[2]

比起执着于科举的焦竑，诗中的他多了一种超越的情怀。不为世务所牵绊才能感受到寺边涧水、林芳之中勃勃生机，才能体验到万物之间难以言表的禅意，才能说出“禅栖吾自适，非为薄时名”。比起忧心于国事的焦竑，诗中的他多了一种享受人生的自得之乐，以至于他宁愿终老林壑。对于自然山水，焦竑有着丰富细腻的感受能力，他往往能以细致的笔触描绘出景物的特征。焦竑还在数首诗中表达出寄情于山水田园的愿望：

中散岂不伟，终以明子销。元亮中道归，弃官如逋逃。何如璜原叟，白首卧林皋。晨兴事垅亩，钱镈亦常操。四体良已勤，意适忘其劳。不稼而取禾，羞为达者嘲。残灯照风雨，浊酒且自陶。悠悠沮溺心，千载如相招。

夙昔厌喧嚣，委身及田庐。榆柳覆茅屋，绿荫盈前除。闲引月下泉，灌我畦中蔬。所冀营一饱。意足不愿余。行看松岭云，倦枕藜床书。有时会邻曲，酌醴烹溪鱼。情亲易成醉，地偏来者疏。悠哉复游哉，不乐将何如。[3]

诗中一片从容自得、乐在其中的气象。诗人以嵇康、陶潜自期，表达的是一种“久去樊笼中，复得返自然”的出世之情。这种寄情于山水以求自适的价值追求似乎与焦竑以经世为旨归的人生价值观相冲突。其实两方面并不矛盾，这一方面不排除焦竑科举失意、仕途受挫时的失落。另一方面，正如上章所述，会通三教的学术思想使得焦竑能够合出世、入世为一。究其实质，这种人生价值观意在于经世、入世之时也保持一种超然的情怀。这种超然情怀表现为一种旷达、宁静、平和的心境，焦竑将这一情怀寄之于山水，当然是自然而然的事，这本身就是文人山水诗的一贯传统。焦竑其实是将山水当作一种扫除俗念、涤荡胸襟的手段。然而于山水中寄托超然自适的情趣并不是焦竑这一类诗作所体现的全部价值追求。焦

[1] 焦竑：《人日南郊僧寺作》，《澹园集》，李剑雄点校，中华书局 1999 年版，第 613 页。

[2] 焦竑：《雨花台》，《澹园集》，李剑雄点校，中华书局 1999 年版，第 627 页。

[3] 焦竑：《田家二首》，《澹园集》，李剑雄点校，中华书局 1999 年版，第 596 页。

竑这一类诗作包含着更加深远的精神内涵。从思想渊源上看，儒家的曾点于暮春三月浴沂舞雩，在自然景物中追求和乐的内心体验，老庄尚自然的人生态度，与道合一的人生境界往往就是大部分山水诗所要表达的精神内核。从山水诗产生的历史渊源来说，以山水通于玄理为契机，徜徉于江南山水中的六朝名士借山水以谈玄，最终促成了山水诗的形成。之所以作这番追溯，是由于焦竑此类诗作中渗透着上述几方面的因素并最终融合为借山水体道的价值追求。如前所论，焦竑对孔颜乐处与曾点气象有着独到的理解，其以无乐为至乐，以无待逍遥之境为曾点气象。这种体会影响其对山水之乐的看法。焦竑对忘情于山水的人生态度是否定的，这只是一种“乐己之乐”。在焦竑看来这种不顾天下国家的一己之乐是自私自利的，那么焦竑是否否定了于山水中求乐呢？显然不是。他要在山水中体会到的是超然于是非荣辱、宠辱不惊的恬静淡漠。这也再一次印证前面所论及的焦竑于山水中求自适的真实内涵。如此看来，于山水中自适与借山水体道就成了同一个问题的两个不同侧面。焦竑对于山水的态度其实更倾向于庄子。《庄子》中的“游”是一种心游与神游，庄子所向往的是逍遥于无何有之乡、广漠之野，徘徊乎无为之侧。焦竑也表达过类似的观点：

> 君以读经览胜为日课．行年七十有二矣，倾游华岳终南而还，此编乃出。昔严君平有言：“州有九，游其八；经有五，涉其四．”君旁通五经，而履齿所历，遍于诸岳，其意骎骎未已也。夫挟其有馀之才，以骛于无涯之知，必极所如往而后止，则将安所税驾哉！自今戢影金陵，忘怀息照，与余共游于无何有之乡，余之幸也。君其有以许我也夫！❶

心学是一种重在内心体验的学问，要传达这种隐秘的内心体验就必须找到有效的途径。讲学集会是其中一种方式。然而这种方式是对众人的言说，而通过文学表达此种内心体验则可看作是对自己的言说。由此可以理解焦竑诗作中这种借山水来表达体道心境的文学现象所包含的价值与意义，也可以理解焦竑文学创作中所体现出的强烈哲理化倾向。这种哲理化倾向集中体现于焦竑铭、赞类文章中。对于焦竑的此类作品，我们当然不

❶ 焦竑：《题尚书疏衍》，《澹园集·续集》，李剑雄点校，中华书局1999年版，第911页。

能以审美的标准去评判，因为其所表征的是一种生命存在方式与一种心灵状态。

三教合一论使得焦竑对“道”有着更为宽泛的理解，并影响了其对文道关系的看法。

> 夫文奚为而作？以诠道也。……忆自先恭简倡道东南而弱侯以弱冠辄为之先，行解兼胜，先恭简特属意焉，计其所得，当在渊、参之间邪！久之，识弥高，养弥邃。综万方之略，究六艺之归，其于道深矣。迨时泚笔为文，要以阐古先之微言，抒胸怀之本趣而止。即海内人士，得其片言，莫不叹以为难得。而弱侯不以属意也。盖其所包蓄者秘且富，故有吞天浴日之奇，而莫测其涯；所冥契者渊且醇，故有弄丸承蜩之巧，而不且其迹。子之言曰：“辞达而已矣。”夫未有不通乎道而能达者也，弱侯挺命世之才，而负穷理尽性至命之学，宜其旨远辞文，直指横发，借书于手，无不瞭然，以至于达也者与？❶

这是《澹园集》出版之后，耿定向三弟耿定力为其作的序，之所以将其引述于此，是由于该文准确地揭示了焦竑文道关系论及其内涵。文道关系是焦竑文学思想的一个核心命题。焦竑文道关系论中的第一个问题是文、道、经三者的关系。在对这个问题的看法上，其秉承了传统儒家“道—经—文”的一贯模式。他说：“六经者，先儒载道之文也。而文之致极于经，何也？世无舍道而能文者也。无论言必称先王，学必窥本原，即巧如承蜩，捷如转丸，甘苦徐疾如斫轮运斤，亦必有进于技者，技岂自神哉？技进于道，道载于经，而谓舍经术而能文，是舍泉而能水，舍隧而能火，舍日月而能明，无是理也。”❷ 在儒家文学观念中，经是作为一个联结道与文的中介而存在的，经不仅是道的记录与体现，并且作为最高的文学成就与文学典范实现了文与道的合一，后世以荀子、扬雄为代表的原道宗经说正是建立在此种观念之上，观上引焦竑所论，其中理路也大致遵循着这一逻辑。原道宗经观最具代表性的理论表述莫过于宋代理学家的文以载道说。周敦颐曾提出：“文所以载道也，轮辕饰而人弗庸，涂饰也。况虚车乎？文辞，艺也；道德，实也。美则爱，爱则传焉。贤者得以学而至

❶ 耿定力：《焦太史澹园集序》，《澹园集·附编一》，李剑雄点校，中华书局1999年版，第1211页。

❷ 焦竑：《刻两苏经解序》，《澹园集·续集》，李剑雄点校，中华书局1999年版，第750页。

之，是为教。故曰：‘言之不文，行之不远。’然不贤者。虽父兄临之，师保勉之，不学也；强之，不从也。不知务道德而第以文辞为能者，艺焉而已。”❶ 理学家的文以载道说，撮其要点包含两方面的内涵：其一，他们所谓“道”实指“天理”“天道”，可具体化为儒家的义理、思想；其二，理学家真正推崇的是道而不是文，文只是表现道的工具，不具有独立之价值。

焦竑文道关系论与此则有很大区别。焦竑对“道”的理解较为宽泛，他所谓“道”，从学术流派上说，会通了儒释道三家，而从内容上说，包容了性命之道、事功之道等多个方面。更为重要的是，在文道关系这一问题上，焦竑持有“道致而文从”的文道合一论，与理学家以文为载道工具的文道分离论形成了鲜明对照：

> 君子之学，凡以致道也。道致矣而性命之深迥与事功之曲折，无不瞭然于中者，此岂待索之外哉？吾取其瞭然者而抒写之文从生焉。❷

在焦竑看来，文的发生是以道的获得为根本，道的自然发露便是文，而且还是最高意义上的“至文”。

> 六经四子无论已，即庄、老、申、韩管晏之书，岂如后世之空空哉？庄、老之于道，申、韩、管晏之于事功，皆心之所契，身之所履，无丝粟之疑。而其为言也，如倒囊出物。借书于手，而天下之至文在焉，其实胜也。❸

焦竑在这里所要表述的与其说是文学的发生，不如说是体道的心境。从思想渊源上说，焦竑“道致而文从”的文道关系论与庄子“技进于道”“寓道于艺”的文艺思想在学理逻辑和精神质素方面都有相同之处。技是末而道是本，但技最终又可以通于道，于文艺创作中体会到逍遥之境，这也是焦竑道致文从说的基本内涵。在文学史上最符合焦竑这种文学观念的除了庄子之外首推苏轼，焦竑对苏轼的推崇也正是立足于此点。

> 苏子瞻氏少而能文，以贾谊、陆贽自命。已而从武人王彭游，得竺乾语而好之，久之心凝神释，悟无思无为之宗，慨然叹曰：三藏十二部之文，皆易理也。自是横口所发皆为文章；肆笔而书无非道妙。

---

❶ 周敦颐：《通书·文辞》，四部备要子部15册。

❷❸ 焦竑：《与友人论文》，《澹园集》，李剑雄点校，中华书局1999年版，第92页。

神奇出之浅易，秾纤寓于淡泊，人人以为己之所欲言，而人人之所不能言也，才美学识方为吾用之不暇，微独不为病而已。盖其心游乎六通四辟之途，标的不立而物无留簇焉，迨感有众至文动形生，役使万景而靡所穷尽。非形生有异，使形者异也。❶

以上引文再一次体现出焦竑对道的理解是较为宽泛的，他所说的"道"是"六通四辟之途"，目的在于达到心无执着、标的不立的状态，在此状态下才能心照万境，役使万景，从而文动形生。尽管焦竑的道致文从说以道的获取为核心，取消了文的独立性，然而焦竑还是对文给予了一定程度的重视，"非文以文之，则意不能无首尾，语不能无呼应，格不能无结构，词与法也，而不能离实以为词与法。"❷ 焦竑是以词与法为立足点来讨论文的，这就涉及焦竑文道关系论包含的第二个重要命题，即仰师于古与自得于心的问题。

首先说仰师于古。早在入南京兆学读书之时，焦竑就颇好古文，他后来回忆自己为文经历说："仆于此道，盖嗜古而无成，有其志而未暇也，忆十五、六始得《左传》《国语》《战国策》《史记》《庄子》《离骚》，读而好之，摹拟为文。侪辈姗笑，不为衰止。顾以举业萦怀，不得专力。迨晚岁入仕，阅历日久，见古人之著作益多，洞然悟为文之法，益信近世剽窃文离者为非。"❸ 从中可见，焦竑好古文原因在于希望从古文中领悟到为文之法度。他认为"昔之文，有体、有格、有彀、有绳，今之文百不得一"。❹ 以"法度"为标准，焦竑对前代之文进行了一个评判。他认为秦汉古文是最符合法度的，蒯通、隋何、郦生、陆贾之文属于游说文之类型，这类文章宗法战国；晁错、贾谊之文属于经济文之类型，这类文章宗法申、韩、管晏；司马相如、东方朔、吾丘寿王之文属于谲谏文之类型，这类文章宗法楚辞；董仲舒、匡衡、扬雄、刘向之文属于说理文之类型，这类文章宗法六经；司马迁、班固、荀悦之文属于记载文之类型，这类文章宗法春秋左氏。总之，秦汉文无论在文辞的安排还是在法度的遵循方面都堪称典范，并且能够华实相符。然而，焦竑所谓的"法度"并不在于文词

❶ 焦竑：《刻苏长公集序》，《澹园集》，李剑雄点校，中华书局1999年版，第142页。

❷ 焦竑：《与友人论文》，《澹园集》，李剑雄点校，中华书局1999年版，第92页。

❸ 陈懿典：《尊师澹园先生集序》，《澹园集·附编二》，李剑雄点校，中华书局1999年版，第1213页。

❹ 焦竑：《文通引》，《澹园集·附编二》，李剑雄点校，中华书局1999年版，第1198页。

安排方面对古文的摹拟与承袭，也不在于文章结构方面对一定程式的遵守，而是对“所以为法者”的深刻领悟：

夫词此文之急也，而古之词又不以相袭为美，书不借采于易，诗非假途于春秋也。至于马、班、韩、柳，乃不能无本祖，顾如花在蜜，药在酒始也，不能不借二物以胎之，而脱弃陈骸，自标灵采，实者虚之，死者活之，臭腐者神奇之，如光弼入子仪之军，而旌旗壁垒皆为变色，斯不谓善法古者哉。❶

善法古者，既不会破坏法度又能书写自我胸怀，从心所愈而不愈矩，达到意与法之间的融合。因此，不仅要“师法于古”还要“自得于心”。

自得于心的第一层意思是心与道契的创作心境，此点前已论及，此不赘述。自得于心的第二层意思是提倡为文不苟同于人的独创性。这是焦竑推崇苏轼的第二个重要原因。唐宋以来，韩愈、欧阳修、曾巩之文，从对规矩法度的遵循上来说，美则美矣，但却缺乏独见，只有苏轼为文能凋览流略、落笔千言、抒胸怀之本趣。由于焦竑要求为文要卓然有所自见，他尤其反对对某一种固定程式的遵循，而提倡为文之多样化：“夫言岂一端而已。言者心之意，而文其精者也，文而一端，则鼓舞不足以尽神，而言将有时而穷。易有之：物相杂曰文。相杂则错之综之，而不穷之用出焉。”❷

焦竑的题跋、书信类文章往往能以简短精练的语言直接阐明观点，最能体现其“自得于心”的文学观。此类文章形式简短、用语灵活不拘，虽然只是三言两语，却能说理透彻，直抒胸臆。更进一步说，“自得于心”与“师法于古”这两方面统一于“空明之心性”，以“空明之心性”驾驭自我之意与客观之法，才能寓新意于法度之中，寄妙理于至当之外，这才是焦竑既强调师法于古，又强调自得于心的深意所在。万历辛亥年，金季儒为《瞻园续集》作序，很精准地揭示了焦竑文道关系论中的这一深层内涵：

而今可知先生之学，定悟参彻于所谓灵明圆莹者，自信而得之，

❶ 焦竑：《与友人论文》，《澹园集》，李剑雄点校，中华书局1999年版，第92页。

❷ 焦竑：《文坛列俎序》，《澹园集·续集》，李剑雄点校，中华书局1999年版，第781页。

万应不竭，奚诗文之足多乎？则尝喻庄生庖割之刃解，日官之止也。乃瞿昙氏亦以山河大地之象，指其涵于玄明而窃于灵觉，彼诚异教，然而窥见枢牙者，吾儒未有以易之也。今文章技不卑于鼓刀，而其象不滞于山河大地，先生独以灵明圆莹之本驭之，宜其纵横浩渺，率有所成，以舒其衰而裨与道。❶

文中指出了三个重要问题，一是焦竑为文以“灵明圆莹之体”为根本，其所说的“灵明圆莹”其实指的是空明的心境。二是以“灵明圆莹”之本驭之，所达到的效果是文风的纵横浩渺。三是指出了焦竑为文的此种特点是受到佛道思想的影响，苏轼曾有一首论诗诗，其中表达了类似的观点，其诗云：“欲令诗语妙，无厌空且静，静故了群动，空故纳万境。”（《送参廖师》）将上述引文与此相对勘，可以看到两种观点的相似处。从根本上说，仰师于古与自得于心的统一是必然与自由的统一，始于对自然之法度的自觉遵守与熟练掌握，终于对法度的自由运用与超越。之所以要以空明心境为基础，目的在于泯灭心灵的自由性与外物的必然性二者之间的绝对对立。孔子要求君子要“毋意、毋必、毋固、毋我”，佛老提倡以虚明清静之心应物，目的都在于此。无心应物而物无隐情，才能从根本上把握法度，从而超越法度，在意与法的兼容下达到创作的自由之境。

做到仰师于古与自得于心的统一，为文才能挥洒自如、落笔千言，焦竑认为唐宋以来，韩愈、欧阳修、曾巩之文都能合于法度，但却中靡独见，只有苏轼能做到两者兼顾。东坡就曾说自己“为文如万斛泉源，不择地而出。在平地滔滔汩汩，虽一日千里无难。及其与山石曲折，随物赋形，而不可知也。常行于所当行，常止于所不可不止，如是而已矣”。焦竑称赞苏文说：“古今之文，至东坡先生无余能矣，引物连类，千转万变，而不可方物，即不可摹之状与甚难显之情，无不随形立肖，跃然现前者，此千古一快也。”❷ 结构严谨而挥洒自如也正是焦竑为文之一大特色，尤其是论说文，可算作焦竑文中之上品。

---

❶ 金季儒：《澹园续集序》，《澹园集·附编二》，李剑雄点校，中华书局 1999 年版，第 1217 页。

❷ 焦竑：《刻坡仙集抄引》，《澹园集·附编一》，李剑雄点校，中华书局 1999 年版，第 1185 页。

焦竑“道致文从”的观念其实根植于一种超然自得、旷达从容的人生境界。此种人生境界的获取源于焦竑三教合一的学术思想，这从一个侧面说明其人生、学术与文学之间的紧密联系。

从《象村稿》看朝鲜中后期对道家道教思想的接受[1]

刘　畅

（扬州大学　历史系）

摘　要： 道家道教在朝鲜半岛产生了深远影响。高丽是道教全盛期，朝鲜朝崇尚朱子学，道教由盛转衰，但道家道教思想经久不衰。申钦作为朝鲜王朝中后期代表士人之一，其诗文集《象村稿》直接体现出庄子、邵雍乃至道教思想的影响。他接受了庄子齐万物、等生死、泯是非而无物我的思想；接受了邵雍认为一切皆有定数的思想；也在道教内丹派的影响下，希求借服食、守静而延年：这些思想在申钦诗文中都有所显现。但因根植于朝鲜朝崇尚朱子学的土壤中，他在深受道家道教影响的同时，也有所去取。

关键词： 道家；道教；朝鲜王朝；韩国

朝鲜半岛最晚在三国时期，已有《道德经》等书传入，高句丽曾一度盛行五斗米教。统一新罗时期，老庄思想影响力虽不及土俗信仰、佛教信仰以及儒学，但受唐代影响，知识人读书必会涉猎佛老，社会上也有道流出现。受宋代影响，高丽历代国王崇奉道教，斋醮盛行。“出于为国家和王室祈福禳灾的目的，道教斋醮也被纳入国家祭祀体系。”[2] 朝鲜初以昭格署统理道教事宜，16 世纪“昭格署废除后，道教斋醮科仪在官方祭祀活动中逐渐减少，道教在朝鲜半岛的发展由盛而衰”，宣祖三十三年（1600），“下令禁止使用老庄术语”。[3]

---

[1] 本文系本人独立承担国家社科基金青年项目《古代中国影响下的高丽汉诗发展研究》（批准号 17CZW034）阶段成果。

[2] 黄勇：高丽王朝的道教机构，《宗教学研究》，2017 年第 1 期。

[3] 孙亦平：朝鲜王朝的皇家道观昭格署考论——兼论道教在朝鲜王朝的兴衰，《世界宗教文化》，2014 年第 3 期。

此前学界的朝鲜半岛道教研究，多集中于文献传入、道教机构、科仪、相关制度等层面，[1] 而少有深入诗文作品内部，探讨道家道教思想对文士大夫思想层面的影响。本文将以朝鲜朝中后期文士代表申钦的诗文作品《象村稿》为中心，探讨其对道家道教思想的接受，以及因深植于朝鲜崇儒思想，表现出的对道家道教思想的去取。

一、庄子的影响[2]

庄子主张一种相对的绝对，即认为宇宙万物皆相齐于一，齐寿夭、等生死，泯是非而无物我，这些思想在申钦诗中都有不同程度的显现。关于生命长度，《九日闲居》说“达识齐彭殇，拘人恋死生”，有《齐物论》“莫寿于殇子而彭祖为夭”的意味。关于生死，《拟古》其二说“无物又无我，有初当有终”，这是用了《秋水》“道无终始，物有死生”的意思，郭象注云“死生者，无穷之变耳，非终始也”，亦即生命开始与结束无非是物我转化的过程而已，并非意味着开始与结束，既然物我本身都不存在，那也就不会有所谓“初”“终”，也就无所谓生死。

《至乐》说，人之始本无生、无形、无气，变而有气、有形、有生，又变而之死，《大宗师》继言“若人之形者，万化而未始有极也”，表明死生不过是一种存在形式转为另一种存在形式。申钦曾作《饮酒》其一悼念知己黄慎之亡：“初来自何所，既去亦何之？来也亦一时，去也亦一时。生死固有常，旷古皆若兹。”曾为岳父作《外舅清江公迁葬祭文》：“形乎胲我，气乎维我。倏焉而散，还于造化。”都是这种思想的明确表现。

申钦说“余喜漆园之《齐物论》”（《庄邵白三公文后跋》），他虽然贬斥齐物论不合于朱子学之处，但也还是将之归于春秋战国的乱世，并赞叹其妙悟旷达。（《书齐物论后》）并表示“齐物等漆园”（《读山海经》其二）、“漆园欲齐物，此老岂我欺”（《饮酒》十二）。

齐物论的宗旨是：“凡物皆无不好，凡意见皆无不对。”[3] 生死作为生

---

[1] 代表论文如上引述，著作如（韩）李能和辑述、李钟殷译注《朝鲜道教史》（韩国普成文化社 1977 年版）、孙亦平《东亚道教研究》（人民出版社 2014 年版）、《道教在韩国》（南京大学出版社 2016 年版）。

[2] 本文中《庄子》相关篇目内容参照刘文典《庄子补正》，云南人民出版社 1980 年版，下文不再出注。

[3] 冯友兰：《中国哲学史》，中华书局 1961 年重印版，第 294 页。

命的两种存在形式，二者互相对照，无所谓好坏对错。其理论根基，则正在“是非”的相互对照。

一方面，万物各有其性、各有所好，人的意见千万不同，但也皆无不对，不必也无须强求一致。《齐物论》说，“彼亦一是非，此亦一是非”，若处在彼此相互是非之中，则不得超脱，而若不与是非者辩论，便可“枢始得其环中，以应无穷”。申钦说，“非者不自非，是者谁谓是”（《饮酒》其六），自己虽然不是老子，也未在庄子的漆园中居住，却也可以像老庄一样超脱“环中”，领悟大道（《答庞参军》）。

另一方面，如果以相对之心来观物，若“以俗观之”即用世俗的政治、社会等眼光来分别贵贱，便会导致“贵贱不在己”，若“以物观之”，便会出现《逍遥游》中蜩与学鸠之笑大鹏、“自贵而相贱”的情况（《秋水》）。可如果以道之观点来观物，不作一切分别，就可以达到物我合一、与道合一之境界，便会如同“圣人和之以是非”，听万物之自然，不废是非而超越是非，实现物无不齐而无所谓贵贱（《齐物论》）。申钦在《杂诗》其六中说：“荣辱既云了，何尝有忧喜？物我既无异，何尝有难事。”物我合一，则无荣辱忧喜，便是这种思想的体现。

《大宗师》言“杀生者不死，生生者不生”，只有忘生才可得不死，从而“无古今，不死不生”，只有超越死生，才可获得超越时间的永存。其方法，便是如《逍遥游》“乘天地之正而御六气之辩以游无穷”，即与自然宇宙相融合。

与自然融合的境界，可通过“心斋”“坐忘”来实现。于是，东晋以来的诗歌创作中，便出现将此思想融入山水审美的情况。申钦在《读山海经》其二中描写山景而后言“忘我仍忘言”，在《归园田居》其五中慨叹人生如寄之后便纵情山水，说“清游不厌频，聊以穷昏旭”，便是这种思想的延续。其目的在于达到心灵与自然的冥合，在“清游”中“忘生”，也就达到了《庄子·天地》所描绘的“忘汝神气，堕汝形骸，其庶几乎”的“忘己”境界，希望借以获得与自然相等同的生命长度。

《大宗师》还讲述了“藏舟于壑”的故事，也用来表明，只有与宇宙相融合，才可使生命永存。申钦《杂诗》其十云：

> 客有一方舟，其如大浸稽。半夜丧维楫，飘泊山北崖。长年技已穷，伫立空伤怀。江神不我相，牲帛日既弥。衣袽孰能戒？握筵占重离。岂乏济川手，那肯为尔羁？徒令鲛鳄横，坐见尔载亏。

便是截取了“藏舟于壑”的场景，借大舟的无计可留，表明生命的消失非人力可挽回。亦即宇宙万物，有朝一日终将逝去，不是人力可以留住，生命也是如此。只有“得其所一而同焉”（《庄子·田子方》)，与天地宇宙融为一体，才可以让自己同于宇宙的无终无始，获得生命的无终无始，从而超越生死，获得永恒。

庄子的“逍遥”原本是超越死生的，而郭象注却解释成：“物任其性，事称其能，各当其分。”❶ 也就是说，万物皆有其自然之性，顺性即可得幸福；如果各人满足于自己所得于天者，便会得到逍遥的境界。以此思想为基础，认为“性不可易，命不可变”（《庄子·知北游》）就是死生有定分，非人所能改变，对生死也就应采取顺天安命的态度。这种思想同样影响了申钦，他的诗中表现出一种安分知足的思想。《怨诗楚调示庞参军邓治中》说：

> 隐沦愧渔父，谋生后计然。枉落瓮盎中，浮沈三十年。违时迹既孤，涉世性又偏。中岁堕文罔，狼狈获归田。食力是我愿，犁锄充赋尘。耕余欣一饱，卧向北窗眠。此外复何求？万事任推迁。兴来时出步，云山当我前。依依榆柳间，羃羃生白烟。逍遥且自聊，永矢踵高贤。

他对自己为官以来的生活作了回顾，想到自己不合于俗、被谗放归，并最终在田居生活中感叹“此外复何求”。《归园田居》其四直言“丰约且安分，那复计赢余”，更是这种对于安分知足思想的表达。

二、邵雍的影响

邵雍（1011—1077）字尧夫，北宋著名理学家，而其曾师事李之才，学习河图、洛书、宓羲八卦六十四卦图像，“遂衍宓羲先天之旨，著书十余万言行于世，然世之知其道者鲜矣”。❷ 除《皇极经世》《观物内外篇》《先天图》等，相传《梅花易传》等亦出自其手。邵雍于象数学造诣颇深，其先天图又对道教发展影响重大，而其平素闲行又常着道服，故后世民间常有其善于推演的传闻，亦有将其归入道士者。

❶ （晋）郭象注，（唐）成玄英疏，刘文典补正：《庄子补正》，云南人民出版社 1980 年版，第 1 页。

❷ （元）脱脱等撰：《宋史》卷四二七《道学一》，中华书局 1985 年版。

在与朋友的书信中，申钦写道："冬间，久淹江上，适有《南华》一秩在案上。时时阅览，此老恢诡之论，颇有所会。及到配所，读《邵易》，益知人生定分，不可移易。只以面前家累，不能不关情，亦随事任遣尔。"（《答李昌期》）可见，他的思想在受庄子影响的同时，还受到《邵易》的强化，"冥心任大化"（《和连雨忆旧游》）、"万事任推迁"（《怨诗楚调示庞参军邓治中》），都是这种思想的直接体现。

申钦很看重象数之学，他认为："象数既隐，则安有所谓《易》者乎？特一部《庸》《学》比尔。"（《先天窥管识》）继在《先天窥管跋》中说：

> 余少时喜观《邵易》而未领其要……暨万历癸丑，得罪于朝，窜迹田间，无他随身物，秖有皇朝诸学士所纂《性理大全》在床上。捐佩之余，取经世约法观之，则忽若有所通晓。因以推研，则信其为加倍之法，而又非渺茫难知者也。于是乎闭户考证，渐得蹊迳，而心不敢自信。旋捐金于燕市，购《邵子全书》以来，以所领会者校之，则颇似符契。余既自幸其粗有所得，而顾海隅偏壤，文献不备，如先儒笺释莫有见者。此数之源委，但凭注解参互尔。然《经世》内外篇，若《方》《圆》两图，天地始终；《元会》诸图，已具其概，推之自当悟入……大抵《易》，象而起也。象者，物也。物生而有数，易乃数之原也，数作而理在其中矣……

邵雍认为一切事物发生发展变化均有算式可推，均有定数。[1]所谓《方图》，即邵雍所制定的《伏羲六十四卦方图》，它阐释了《周易·说卦》所言"天地定位，山泽通气，雷风相薄，水火不相射"[2]的原理，研究了阴阳对立统一这一先天易学的基本法则。《圆图》即邵雍所设计的"伏羲六十四卦方位图"（又称大圆图），作为完整的先大图，它构成了先天易学的一种基本图式，表示出宇宙间阴阳消长、大化流行、万物兴衰、人世治乱之机。《元会》诸图，即《皇极经世》"以元经会"十二图，是邵雍从宏观上描述世界历史年表的作品，借此在说明宇宙万物变化规律的基础上，探讨人类历史治乱兴废的规律。

申钦提及的"因以推研，则信其为加倍之法"，也就是利用邵雍"加一倍法"进行推算。正因为一切皆有规律，皆可推算，故而申钦阅读《邵

---

[1] 自此言及邵雍部分，参照唐明邦《邵雍评传》，南京大学出版社 1998 年版。

[2] 《十三经注疏·周易本义》，北京大学出版社 1999 年版，第 326 页。

易》，一切皆有定数，思想自然会产生，而有定数，则自然有定分。

在此基础上，申钦产生了“任其自然”的思想。《答庞参军》其四说：

> 天道变化，四序平分。盈虚得丧，胡戚胡欣？或陷而泥，或升而云。任此大运，屏我知闻。

天道变化有常，每一年都平分为四季。盈虚得失、此消彼长，又哪里值得悲喜呢？落陷入泥、升遐入云，如此看来，地位变迁也有常理，自己所能做的，也只是摒弃外在感官，“任其数之自然”（《求正录下》）。

事实上，申钦这种思想的产生也与他的现实经历有着密不可分的关系。就个人而言，他少年居高官、年老遭遇王位、政党双重争斗而被贬，这种巨大落差使他在人生跌宕中感受到毁誉变换，迫使他对于造成一切的深层动因穷究根底。在阅尽世事、历尽人情的基础上，想到一切皆因“造物”：“阅世饱酸咸，处己铲廉隅。半生宠辱间，老去复危途。问之何因尔？苦被造物驱”（《饮酒》其十）。

《读山海经》十三云：“困厄亦何关？轩冕为倘来。于物自无竞，胡被鹰隼猜？”面对这种无妄之灾，他只有借“任运乐天命”（《读山海经》）、“大运纷相乘，身外任推迁”（《和张常侍》），才可以令自己觉得未陷囹圄已是幸运，从而获得一种心理安慰。

看到社会衰败、卖官鬻爵，“取人之路，坏乱极矣”，他在《春城录》写道：“邵氏之言曰‘好花须看未开时’，盖开便有落之理，已开则怕其落也。此老审乎盛衰之理，观天地世运，国家兴亡亦然。”相信不论自然界的花开必有落，还是人世的有盛必有衰，其衰败都是有定数的，从而慨叹“其亦气运之使然欤”（《求正录下》）。

虽然他《坎止窝铭》的“止于所止，窃庶几乐天知命之君子”，是用了《周易·系辞上》“乐天知命，故不忧”，孔疏“顺天道之常数，知性命之始终，任自然之理，故不忧也”，❶ 也就是申钦《求正录》所言的“圣人率其性之当然，而任其数之自然”。但是，申钦“任自然”思想的得来，又有着他自己的理解过程：

> 命之说有二：仁义礼智受于天者，谓之天命；穷达寿夭系乎人者，亦谓之天命。一即性，性即理也；一即气，气即数也。理，无眹

❶ 《十三经注疏·周易正义》，北京大学出版社 1999 年版，第 267 页。

也，属天；气，有联也，属形。才形，为物矣；才物，有成坏矣；才成坏，有美恶长短吉凶矣。其所以然者，理也。二者不相离矣。故圣人率其性之当然，而任其数之自然。（《求正录中》）

圣人率“性”任“数”，是因为“命”中有“性”有“数”的成分。天命之性，是“仁义礼智受于天者”，即“理”；天命之“气”，是“穷达寿夭系乎人者”，即“数”。“气”有征兆，属“形”，可以形成物，进而有成坏，也就会产生美恶、长短、吉凶；“理”无征兆，属“天”，涵盖着“气”可以形成美恶、长短、吉凶等外在表象的道理。

这样一来，所谓率“性”、任“数”，也就有了秉承“仁义礼智”以正确处理外在事物，正确对待事物的形成、衰败乃至美恶、长短、吉凶等一切的意味。这种思想就与简单的委任自然有了区别，更加体现出朝鲜性理学所特有的思想背景，此将在后文进一步说明。

三、道教思想的影响

申钦对生命短暂有着强烈的感觉，对时间极其敏感，他说：“钟漏行不辍，崦嵫景已倾”（《九日闲居》）。“何当倾北斗？手汲南溟斟”（《和郭主簿二首》其一）。“岁月懔无几，崦嵫驰徂晖”（《送客》）。眼看时间一点点消失，他感到生命一点点的接近尾声，不禁发出“浮生本如寄”（《己酉九月九日》）的慨叹。

面对生命短暂，申钦希求长年，表现出道教思想的影响。“服气或坐晨”（《与殷晋安别》）、“服食保长年”（《和连雨忆旧游》）、“晚闻服食诀，咽吸疗我饥”（《贫十七首》其一）所提及的“服气”“服食”，都是道教词汇。

道教认为，人既然与宇宙天地万物同禀一气而生，那么便可以借“食气”补亏耗，即“服元气”[1]。申钦虽在《道家经义说》中言“修养家不过自私之小道”，但他又对道教书中“隐语”一一解释，其中，“丹田有三：脑为上丹田，心下为中丹田，脐下为下丹田”，是典型道教内丹派的说法。所以他所说的“服食”，也并非外丹派所言口服金丹。

《读山海经》其四言：“我梦游蓬莱，上有魏伯阳。贻我飡玉法，服食

[1] 葛兆光：《道教与中国文化》上编，上海人民出版社1987年版，第112页。

年纪长。”可见申钦的服食法取自魏伯阳，即《周易参同契》。申钦自言：“余年十五得俞玉吾所注《参同契》，试其法。”《春城录》）旧题俞琰《周易参同契发挥》注“欲知服食法，至约而不烦”说：“《指玄·三十九章》云，内里明来是至真，外边入者即非亲。谓丹在身中，不必求之外也。今魏公乃有服食之说，得非丹自外来而吞入口与？曰，非也。丹生于坎中，因火逼而出位，遍历三宫，降而入口，故曰服食也。”❶ 也是一种体内修炼的方法。

《劝农》诗说：“丹田有种，匪黍匪稷。玉池神水，可灌可植。昧者何知？不耕不穑。天光泰宇，如日未食。”借农事比喻炼内丹。《黄庭外景经》上部说：“丹田之中精气微，玉池清水上生肥……方寸之中谨盖藏，精神还归老复壮……物有自然道不烦，垂拱无为身体安。”其实也就是莫燥莫欲，守神养气，自然无为，莫使精气外耗的意思。❷

至于《拟古》其五，有了羽化而登仙的味道：“人寰不可托，空外双青鸾。语了拂衣去，蓬海灵风寒。”《拟古》其四就更是一首游仙诗了：

> 我昔骖青鸾，凌云睨穷荒。飞仙在其上，迢迢白玉堂。尘世若蜉蝣，万劫何微茫？时时逢素女，大笑百千场。浮生能几岁，毕竟同归邛？贻我不死诀，精神为激昂。欲将刀圭剂，一一分四方。共得玄命秘，庶其无夭伤。

诗人想象自己飞仙入天，在天宫中俯视尘寰。其后不只像李白一样遇到仙女，更加得到不死之方，分与世人，共得长生。他在送朋友朝京的诗歌中，嘱托朋友要趁机在中国学习道教升仙之法，并言“毋以余为谐”（《送李佥知寿俊以贺节朝京师序》），可见他说“但知驻三关”以“老至有童颜”（《拟古》其五），也属认真之言。

申钦认为“道在五气五脏”，不在“金石草木”，所以他排斥秦皇汉武类的求丹问药，他觉得“生神生气、清明在躬，则可以占人元之寿”。（《道家经义说》）具体做法，也就是“蕴真致虚静”（《杂诗》其二）、“物欲止于里”（《止酒》）、“嗜欲苟不深，自可延脩龄”（《九日闲居》）。《老子》说，最大的祸就来自于欲得，最大的咎就来自于有私，因此“少

❶ 《周易参同契发挥》卷中，台湾商务印书馆《景印文渊阁四库全书》第1058册，第698页。
❷ “《黄庭外景经》”至此参考《道教与中国文化》上编第51页。

私寡欲，见素抱朴”才是人生应该追求的理想境界。❶ 这种把心理上的清净虚明、无思无虑与生活上的自然恬淡、少私寡欲当作养生之术基础的理论，与唐宋以来所形成的道教主流哲学是相一致的。

中国唐宋以来三教合流，道教融入禅宗“坐禅入定”的方法，得到自己的一套与禅相类似的修炼方法。就南宗而言，即“起真正般若观照，一刹那间，妄念俱灭”，都是一种在内心中寻求空明宁静境界的方法。❷ 申钦《归园田居》其二“内景得三住，已断流注想”，正是这种思想的体现。

因唐朝至少有五位帝王（太宗、宪宗、穆宗、武宗、宣宗）因服食丹药中毒身亡，宋代士人不太信任道教外丹之术，而相信道教中合于《周易》“何思何虑”、《论语》“仁者静寿”之说，对于道教清心寡欲、养气守神理论表示赞赏。❸ 宋代士人中，苏轼是具有这种思想的一个代表，而申钦对苏轼也是非常推崇，称之为“坡仙”（《次东皋牛家庄》），即带有“仙”字之称。

四、对道家道教思想的去取及其原因

如前所述，申钦喜爱庄子，但贬斥其思想不合孔孟处（《书齐物论后》）；其诗中多有仙境之描绘，但他对道教思想吸收的，也仍旧是合于儒家的部分，即不断经过自省，修炼内在人格。

通过《周易》，申钦学到了“静坐唤醒”以“正先天光景”（《答郑时晦》），而这也是符合儒学，尤其是性理学要求的。他在《进古经周易劄》进一步写道：

> 《易》言“寂然不动”，即子思子所谓“未发之中”也；《易》言“感而遂通”，即子思子所谓“发而中节”也。一以贯之，初无二致。能使吾之心体寂然之中，天机不昧，感应之际，本原常静，物交于前而不与俱往，事交于外而不与俱迁，鉴空水止，纤尘莫染，则神明在躬，阖辟由我，观象玩占，特余事尔。

《周易·系辞上》言：“易无思也，无为也，寂然不动，感而遂通天下

❶ 葛兆光：《道教与中国文化》上编，上海人民出版社 1987 年版，第 308 页。

❷ 同上书，第 310—311 页。

❸ 同上书，第 305 页。

之故。”[1]《中庸》说：“喜怒哀乐之未发谓之中，发而皆中节谓之和。中也者，天下之大本也。和也者，天下之达道也。致中和，天地位焉，万物育焉。”[2] 程颐曾言：“‘喜怒哀乐之未发谓之中’，中也者，言‘寂然不动’者也，故曰‘天下之大本’。‘发而皆中节谓之和’，和也者，言‘感而遂通’者也，故曰‘天下之达道’。”[3] 申钦的议论，正是在程颐的基础上阐发，意思是说：天地之道寂静不动者，体现在人，即喜怒哀乐未发；道流行天地、化育万物者，体现在人，即发而为情，符合天理规范。人的天命之性与天地之道，本无二致，故而若体悟天地大道，守持本心，寂静不动之时，洞察天机变化；外物而来，应对之际，不改本体常静，应对事物而不随之迁移本心。用心如镜如水，外物来则映照、泛起涟漪（应对），外物去则镜子空、水波静，恢复常态而无丝毫牵挂，那么就能做到自己做了自己心性的主人。这才是《周易》真正教人的大道，至于用它占卦，都不过是细枝末节罢了。

上述论断深刻反映出申钦思想的性理学渊源，正因如此，当他在有了齐物、安分、委任自然乃至道教思想之后，仍旧可以说出“恶来寿亦短，伯夷夭亦长。人伦所重者，三纲与五常”（《读山海经》其八）的话，而其根源，也正是儒学思想深入骨髓的影响。

朱子学思想的根基，使申钦思想中含有道家道教的成分，但不会一味放任山水、无所作为，《游斜川》：

> 开岁倏五十，缅想陶翁休。謇余纵罹罟，方寸有天游。行藏既无意，得坎或逢流。栖息依江口，忘机同海鸥。幽悁不可蠲，杖策登崇丘。青松为我伴，白云为我俦。呼酒时命侣，得句无人酬。借问夸毗子，能识陶翁不？虽乏三事贵，而无一朝忧。九原傥可作，此翁吾所求。

首二句对应渊明原诗“开岁倏五十，吾生行归休”而来。“天游”句出《庄子·外物》，说自己纵使获罪放归，但“方寸之心，制之在我”，[4] 仍可心游天地，任真而行。行藏出处无须考虑，不论坎止流行，都可如水

---

[1] 《十三经注疏·周易本义》，北京大学出版社 1999 年版，第 284 页。
[2] 《十三经注疏·礼记正义》，北京大学出版社 1999 年版，第 1422 页。
[3] 朱熹、吕祖谦纂、张京华辑校：《近思录集释》卷一，岳麓书社 2010 年版，第 27 页。
[4] 杨明照：《抱朴子外篇校笺·嘉遁卷一》，中华书局 1991 年版，第 44 页。

一样任其自然。后面说自己栖息江口，鸥鹭忘机。尽管忘机，也仍旧有挥之不去的忧愁，故而效法渊明登东皋以舒啸，以青松白云为伴侣。一时兴起，与同伴饮酒，却可惜无人酬和。“夸毗”二字出自《诗·大雅·板》，即指屈己卑身，求得于人，阮籍《咏怀》五三说“如何夸毗子，作色怀骄肠。乘轩驱良马，凭几向膏粱”，❶ 这样的人往往仕途亨达，衣食无忧。这两句是感叹世人不识陶翁。渊明虽无正身之德、利民之用、厚民之生（《尚书·大禹谟》），但却以仁义为标准，也就不会有“一朝之忧”（《孟子·离娄下》），渊明若死而复生，那正是自己追随的对象，呼应开篇。

《形影神》组诗中，申钦这种坚持节操的思想更为明显。该诗更多关注于道德准则与处事方式，不只形有以圣贤为楷模的意思，看到影同神灭的道理之后，仍旧提出的是“威仪欲不愆，服礼当自竭”的行为操守。至于《神释》，虽然用到《庄子》的掌故，但其最终仍旧谈到穷达的问题，直至拉回现实生活中“穷则独善其身”的思想，让人不禁想到“不知生，焉知死”的典型儒家理念。末尾不愧屋漏、“清明苟在躬，自可屏百虑”，直显朱子学“慎独”、坚守本性的自我要求。

申钦恪守人生信条，坚持操守的思想渊源于朝鲜时代崇尚朱子学的大背景。“朝鲜代之学问乃是以朱子学为中心的儒学”，16 世纪的朝鲜朝更是朱子学的全盛时期。❷

赵光祖被视为朝鲜朱子学的始祖，申钦为其身死己卯士祸感到不平之余，更加充满钦佩其“学问操履”（《书己卯党籍后》）。赵光祖思想中很重要的一点，便是认为，如果脱离孝悌、忠信、仁义等日常所应行之道，朱子学则说明无由。进而强调，不只要知道个别规范之所当然，还要明白其根本原理之所以然；不只要行为合于“善行”，遵守慈爱、孝道、忠诚、友爱，还要穷究所以行其道的真义。在重视具体操行之外，更严别“义利”“王霸”以正君心、造福百姓，认为除此外，无崇道学、仿圣贤之由。❸

在宋代性理学东传三百年后，出现诸多巨儒，均以朱子学为唯一法门。❹ 申钦 7 岁时，母亲、父亲相继过世（《先府君墓表》），此后便在外祖

❶ 陈伯君校注：《阮籍集校注》，中华书局 1987 年版，第 350 页。

❷ 柳承国著，传济功译：《韩国儒学史》，台湾商务印书馆 1989 年版，第 129—133 页。

❸ 同上书，第 133 页。

❹ 李丙焘（韩）著、许宇成（韩）译：《韩国史大观》，台湾正中书局 1979 年台四版，第 322 页。

宋麒寿家长大，“承训于庭者盖十祀”，而宋麒寿即“契许”李滉(《右参赞宋公神道碑铭》)。放归后，申钦曾说：

> 穆陵即位，首召退溪李滉。是时上方砺己向学，朝廷之间，清议方兴，无有螮蝀之干翳，士庶亦望风响慕。韦布之徒，无不上谈性命，下持礼容。(《山中独言》)

李滉在朝之时，举国上下都在学习朱子学。退溪的学风在当世影响之深，表现在具体行动上，便是谈性命、持礼容。虽然退溪、栗谷二人并称儒学双璧,[1] 但申钦却明显偏向退溪李滉之学。[2]

退溪主“理”，视“理”作人间神圣本性的穷极根源，强调圣、美的价值与人的尊严。退溪的“性理”指向了人间的本性，与从身体、物质条件所由来者严格区别。为完成人间本性，人应将此发挥扩充，尽力于人之所以为人者。退溪在“四七论”中言“四端”[3]（道心），“理发而气随之”，发自本然之性，纯善无杂；“七情”[4]（人心），“气发而理承之”，发自形气，虽本为善，而如失其中庸，则为人欲、为恶。退溪在以此“二元论”把握人间事物的过程中，继承并发扬了朱子学“心为身主，敬为心主”，“敬”为圣学始终之要的思想。用“敬”所构成的主体，扩充从人间本性而来的“四端”，并给人间身体的欲求下一界限，使不沦于人欲，使得人间自我主体被要求、限制。[5]

申钦同样强调源自天命之性与发自形气之性的区别，他在《求正录》中言“天命之性，无不善；气质之性，有善有不善”，并将“天命之性”与“气质之性”比作“水”流入清、浊不同之地，言“物欲之蔽，皆原于气质之累”。

虽然与退溪认为“七情”皆“气发而理承之”不同，申钦认为：“情有七而发于性”“圣人之情一于理，故情而性；凡人之情多发于气，故违性者众；小人之情纯乎欲，故反于性而沦于恶。”但是他同样强调“中节”“以中节、不中节为圣凡之别”，在这点上继承了退溪的思想，并进一步强

---

[1] 柳承国著，传济功译：《韩国儒学史》，台湾商务印书馆 1989 年版，第 129 页。
[2] 《山中独言》：“栗谷李珥、牛溪成浑并起一时，虽元气乍漓，而风俗丕变”。
[3] 四端，孟子言人有仁义礼智之本性，与此对应，有恻隐、羞恶、辞让、是非之四端。
[4] 七情，《礼记》言人有喜、怒、哀、惧、爱、恶、欲七情。
[5] 柳承国著，传济功译：《韩国儒学史》，台湾商务印书馆 1989 年版，第 131—132 页。

调了“心”对于性情的统帅作用，提出“心清则气亦清，心污则气亦污，复性之本在乎心”的主张。

朱子学的修养基础是持敬。申钦也强调“敬”说：“《大学》之书只言纲领条目，而程朱说持敬以为《大学》进修之阶，此实圣门三昧。”并进一步落实“敬”的内涵道：“无仪节度数，故务外者或以言语訾之也。至于曲礼节文，乃下学工程，不可伪为者也。必先从事于此，使筋骸有所持循，行检有所櫽栝，心虑有所定帖，然后可以无扞格矣。”

五、小结

申钦深受道家道教思想影响，这反映在他的诗文作品中。但朝鲜朝的思想文化深深植根于朱子学，在这样背景下成长的申钦，其思想难免植根其中，以儒生对于个人操守的坚持为自己生命的依归。加之，党争士祸频仍，多有正直之士惨遭牺牲的命运，在邪理横行、是非不明的社会中，退溪为阐发真实的善恶与正邪的根源，提示了正直的真理与行为标准。❶ 而与李滉相同，赵光祖也关注人之所以为人之标准（道德准则与行为规范）、坚守义理，这都给申钦产生很大影响。这使得申钦在接受道家道教影响的同时，仍旧以朱子学为依归，有所去取。

与此同时，庄子等道家思想在中国古代影响广泛，加之唐宋以来三教合流，理学家本身也受到其他思想，尤其道家道教思想的影响。邵雍在象数推演方面造诣颇深，朱子也曾对魏伯阳《周易参同契》等著颇多赞许，申钦受到的道家道教影响，与朱子学影响本身，也是紧密联系，有所承续。

❶ 柳承国著，传济功译：《韩国儒学史》，台湾商务印书馆 1989 年版，第 132 页。